中國語言文字研究輯刊

二二編

許學仁 主編

第 8 冊

明代戲曲用韻與清代官話語音研究

彭 靜 著

花木蘭文化事業有限公司

國家圖書館出版品預行編目資料

明代戲曲用韻與清代官話語音研究／彭靜 著 -- 初版 -- 新北
市：花木蘭文化事業有限公司，2022〔民 111〕
目 4+264 面；21×29.7 公分
（中國語言文字研究輯刊　二二編；第 8 冊）
ISBN 978-986-518-834-4（精裝）
1.CST：明代戲曲　2.CST：聲韻學　3.CST：北方方言
4.CST：語音學
802.08　　　　　　　　　　　　　　　　110022444

ISBN-978-986-518-834-4

9 789865 188344

中國語言文字研究輯刊
二二編　第八冊　　　　　　ISBN：978-986-518-834-4

明代戲曲用韻與清代官話語音研究

作　　者　彭　靜
主　　編　許學仁
總 編 輯　杜潔祥
副總編輯　楊嘉樂
編輯主任　許郁翎
編　　輯　張雅淋、潘玟靜、劉子瑄　美術編輯　陳逸婷
出　　版　花木蘭文化事業有限公司
發 行 人　高小娟
聯絡地址　235 新北市中和區中安街七二號十三樓
　　　　　電話：02-2923-1455／傳真：02-2923-1452
網　　址　http://www.huamulan.tw 信箱 service@huamulans.com
印　　刷　普羅文化出版廣告事業
初　　版　2022 年 3 月
定　　價　二二編 28 冊（精裝）　台幣 92,000 元

明代戲曲用韻與清代官話語音研究

彭靜 著

作者簡介

彭靜，1971 年 9 月生，江蘇省徐州市沛縣人，2004 年畢業於徐州師範大學（現江蘇師範大學）語言研究所漢語言文字學專業，獲文學碩士學位，2008 年畢業於北京大學中文系漢語史專業，獲文學博士學位，現為韓國梨花女子大學中文系助教授，長期在韓國從事漢語教學與研究工作，主要研究興趣為音韻學、現代漢語語法、對外漢語教學等。

提　要

本書集收錄明代戲曲用韻論文六篇及清代官話音研究論文八篇。

明代戲曲用韻的六篇論文，前四篇論文通過對明末蘇州傳奇曲家梁辰魚、張鳳翼、顧大典、許自昌傳世戲曲作品用韻情況的考察研究，討論了這四位明末蘇州曲家的用韻特點以及他們用韻中所反映出來的當時的蘇州話的語音特點；第五篇通過對蘭茂戲曲《性天風月通玄記》用韻的考察，討論了蘭茂戲曲用韻的特點及其用韻所反映出來的五百年前雲南方言的語音特點；最後一篇通過對明末有名的「貳臣」阮大鋮四部傳世戲曲用韻的考察，討論了阮氏戲曲用韻的特點及其用韻所反映出來的明末北京話讀書音的一些特點。

清代官話語音研究的八篇論文，前三篇通過對清代後期官話課本《正音咀華》的聲母、聲調及音系基礎的考察研究，討論了《正音咀華》列於表面的語音系統和通過「硃注」等方式反映出來的實際的語音系統，提出了和前輩學者不同的觀點；中間三篇論文通過對清代後期漢語官話課本及西方傳教士漢語官話學習資料的分析，探討了清代後期官話音學習材料中的入聲問題、微母問題以及「兒」系列字的讀音問題；最後兩篇論文通過對清末南京官話課本《正音新纂》聲母系統和韻母系統的考察，討論了一百多年前南京官話聲母系統和韻母系統的特點。

目次

梁辰魚《浣紗記》用韻考

一、引 言

　　梁辰魚（1519～1591），字伯龍，號少白，江蘇崑山人，是明代嘉靖年間重要的戲曲家。其作品《浣紗記》相傳是按照魏良輔改革後的崑山腔演唱的第一部傳奇，是崑劇的奠基之作，在中國戲曲發展史上佔有重要的地位。因此，當代研究明清戲曲史或崑曲史的著作提到魏良輔的崑曲改革時，沒有不緊接著介紹梁辰魚的《浣紗記》的。但是，論及其用韻情況的卻很少。戲曲大師吳梅先生曾在《霜厓曲跋》卷二「浣紗記跋」中提到其用韻情況，認為《浣紗記》「韻律時有錯誤，如第二折〔玉抱肚〕云：「感卿贈我一縑絲，欲報慚無明月珠。」第七折〔出隊子〕云：「八九寸彎彎兩道眉，盡道輕盈，略覺胖些。」猶為顯然謬誤……」[1]（P609）明代曲論家對梁氏作曲的用韻情況也曾有過論述：徐復祚在《花當閣叢談》中曾說：「梁伯龍作《浣紗記》……不多出韻，平仄甚諧，宮調不失，亦近來詞家所難。」[1]（P634）沈德符《顧曲雜言》談及「填詞名手」云：「近年則梁伯龍、張伯起，俱吳人，所作盛行於世，若以《中原音韻》律之，俱門外漢也。」[2]（P206）凌蒙初《譚曲雜札》認為：「曲之有中原韻，猶詩之有沈約韻也，而詩韻不可入曲，猶曲韻不可入詩也。今人如梁、張輩，往往以詩韻為之。」[2]（P255）徐復祚說《浣紗記》「不多出韻」當然是以《中原音韻》為標準來衡量的，但吳梅先生為什麼認為《浣紗記》「韻律時有錯誤」

呢？沈德符為什麼說他是《中原音韻》的門外漢呢？凌濛初為何說梁氏以詩韻入曲呢？帶著這些疑問，本文對《浣紗記》的用韻情況作了詳盡的考察。考察時使用的是吳書蔭編集校點，上海古籍出版社 1998 年出版的《梁辰魚集》中收錄的《浣紗記》。

二、本文考察對象及研究方法

《浣紗記》共 45 齣，341 支曲子，72 首上、下場詩。我們認為上、下場詩更多地還是遵循傳統詩韻的，因此只把 341 支曲子作為考察對象。我們把一支曲子算作一個基本用韻單位，但其中有 5 支曲子有換韻現象，要分別考察。我們研究的主要方法是韻腳字歸納法，在確定韻腳字時主要使用排列對比法：要確定韻腳字就要瞭解韻例，「即押韻字出現位置的規律，或者叫做押韻的格式」[3]（P14）。相同曲牌的曲子，韻例一般相同。我們把相同曲牌的曲子放在一起進行排列對比，就比較容易看出該曲牌的韻例，從而確定韻腳字。如《浣紗記》第十六齣〔駐馬聽〕曲（「〔前腔〕」即用前面一支曲子的曲牌）：

〔駐馬聽〕海畔窮囚，何幸今朝到上國遊？伏願前言莫計，後悔難追，往事休仇。聽微臣將病症說緣由。看吾王玉體還依舊，樂矣忘憂，從今永遠似南山壽。

〔前腔〕斂衽低頭，不是生前不害羞。為甚懶舒眉黛，瘦損腰肢，減盡風流？殿庭前灑掃我從頭，洞房中趨走誰落後？湯藥親投，望吾王將舊罪皆寬宥。

〔前腔〕禮意綢繆，須要分明恩與仇。看你儀容忠厚，度量寬弘，性格溫柔。你兩三年光景易淹留，我萬千遭恩德也難消受。若歸去登樓，姑蘇臺在望須頻回首。

〔前腔〕誰肯嘗溲，許我沉屙不日瘳？憐你依林越鳥，走險韓盧，喘月吳牛。你年常貢獻莫夷猶，我病中言語非虛謬。贈汝吳鉤，蛇門之外更有三杯酒。

〔前腔〕荏苒三秋，不覺年華似水流。在此緊中尋殼，閒處垂鉤，暗裏藏鬮。你天時將到莫悲愁，機關做定休洩漏，伏櫪騄駬，康莊有日終馳驟。

此曲共九句，摘錄每句最後一字排列對比如下：

〔駐馬聽〕囚遊計追仇由舊憂壽

〔前腔〕頭羞黛肢流頭後投宥

〔前腔〕繆仇厚弘柔留受樓首

〔前腔〕溲瘳鳥盧牛猶謬鉤酒

〔前腔〕秋流觳鉤圃愁漏騮驛

可以看出，每曲第三、四句不入韻，把它們去掉，剩下的就是韻腳字，但最後一曲三、四句「觳」「鉤」字在《浣紗記》其他曲中是入韻的，我們這裡把它們也算作韻腳字。

有時〔前腔〕與其前面的曲牌用的是不同的韻，但其韻例是相同的，如第十六齣〔剔銀燈〕曲：

〔剔銀燈〕為遊到離宮別館，鎮朝昏獨紅裙作伴。霎時間患病神魂亂，算將來有兩月之半。飯食不吃一碗，幾時得胸膈暫寬？

〔前腔〕笑君王儀容衰老，沒來由將精神消耗。連宵摟著如花貌，羅的羅耀的要耀。而今看看瘦了，笑你雞皮鼓能經幾敲？

〔前腔〕聞說道君王困窘，我夫婦特來相問。進宮來正遇中宵糞，適親嘗已探佳信。微臣敢忘大恩，看不一月當除病根。

此曲共六句，摘錄每句最後一字排列對比如下：

〔剔銀燈〕館伴亂半碗寬

〔前腔〕老耗貌耀了敲

〔前腔〕窘問糞信恩根

根據與《浣紗記》中其他韻腳字對比併系聯，我們看出：每曲六句話句句入韻，但三支曲子用韻並不相同，我們最後根據系聯結果把它們各歸其部。

一些曲子按照排列對比併不能非常容易地確定韻腳字時，我們就參照曲譜，主要參照吳梅先生的《南北詞簡譜》。如《浣紗記》第二齣：

〔玉胞肚〕行春到此，趁東風花枝柳枝。忽然間遇著嬌娃，問名兒喚作西施。感卿贈我一縑絲，欲報慚無明月珠。

〔前腔〕何方國士，貌堂堂風流俊姿？謝伊家不棄寒微，卻教人惹下相思。勸君不必贈明珠，猶喜相逢未嫁時。

此曲共六句，摘錄每一句最後一字排列對比如下：

〔玉胞肚〕此枝娃施絲珠

〔前腔〕士姿微思珠時

每曲最後一字一定是入韻的，因此「珠」字一定入韻。兩支曲子的第三句「娃」字「微」字是否入韻我們沒有把握，但根據《南北詞簡譜》第606頁，

此處「娃」字不入韻，在《浣紗記》的其他曲子中「娃」字也從不入齊微韻；因此「娃」字不是韻腳字，「微」字在其他曲子中是入齊微韻的，但這支曲子明顯用的是支思韻，因此「微」字也不算作韻腳字。

三、《浣紗記》二十一韻部

通過系聯韻腳字，我們共得出陰聲韻部 9 個：

支思、齊微、魚模、歌戈、車遮、家麻、皆來、蕭豪、尤侯；陽聲韻部 8 個：東鍾、江陽、寒山、桓歡、先天、庚青、真文、侵尋；入聲韻部 4 個：敵國、獨曲、列接、落索，共 21 韻部。下面分別介紹這 21 部。

（一）陰聲韻部

1. 支思部

主要來源於中古止開三字，相當於《中原音韻》（以下簡稱《中原》）的支思部，僅涉及 2 支曲子：「〔玉胞肚〕此枝施絲珠〔前腔〕士姿思珠時（2）①〔註1〕」。雖然有「珠」字入韻，但作者此處明顯想用支思韻。因此這兩曲獨立為支思部。

2. 齊微部

此部包括《廣韻》支（舉平以賅上去，下同）脂之微齊祭廢諸韻、部分灰韻、泰韻字和入聲質職錫昔韻字，相當於《中原音韻》的齊微部，但有少數魚模部字入韻（都是中古魚、虞韻字）。共 61 支曲子，其中齊微自押 44 支，支思入韻的有 7 支，魚模入韻的有 4 支，家麻入韻的有 1 支：「〔尾聲〕世歸涯（35）」，車遮入韻的有 1 支：「〔出隊子〕翠妻飛眉些（7）」，入聲字入韻的有 4 支，如：「〔北梅花酒〕齊齊旗泥食戟筆吉（45）；〔北得勝令〕識知韁馳會遲回（45）」。

3. 魚模部

此部包括《廣韻》魚虞模各韻字，及部分支之脂韻字，相當於《中原》魚模部，另有部分支思、齊微部字入韻，共 30 支曲子，魚模自押 25 支，支

〔註1〕①號中數字是指該曲在《浣紗記》中所在齣數，此處「（2）」指該曲在《浣紗記》第二齣，下同。

思入韻 1 支，齊微入韻 4 支。如：「〔鷓鴣天〕居餘書吳如夫（3）；〔三段子〕紆齊孤吳顧土扶（20）；〔皂羅袍〕慮愚吳魯予儒覷〔前腔〕句徒馳處予儒覷（24）」。

4. 歌戈部

此部包括中古果開一歌韻、果合一戈韻字，相當於《中原》的歌戈部，共涉及 10 支曲子，如：「〔鷓鴣天〕坷磨多波何河（10）；〔普賢歌〕駝科拖多貨（17）」。

5. 車遮部

來自中古假開三麻韻字，相當於《中原》的車遮部，僅一例：「〔傳言玉女〕謝也夜赦（18）」。

6. 家麻部

此部包括中古假攝麻韻（舉平以賅上去入，下同）二等字、蟹攝二等佳韻字，以及蟹合二夬韻的「話」、果開一歌韻的「那」和梗開二庚韻的「打」字，相當於《中原音韻》的家麻部，共涉及 6 支曲子，如「〔繞池遊〕霸下馬話華（2）；〔金井水紅花〕斜霞誇畫家花罷他咱話（2）」。

7. 皆來部

此部包括《廣韻》佳皆灰咍泰夬等韻字，相當於《中原》皆來部，共 13 支曲子，如「〔北朝天子〕排挨外來帶歪彩開海海快快（14）；〔醉翁子〕奈載愛待開凱階〔前腔〕揣海塊慨來凱階（21）」。

8. 蕭豪部

此部主要來自中古效攝豪肴宵蕭各韻字，相當於《中原》的蕭豪部。共涉及 32 支曲子，如：「〔一枝花〕曉繞好暴保笑（5）；〔鵲踏枝〕桃苗蒿了咷（12）」。

9. 尤侯部

此部包括中古流攝的侯尤幽各韻字，相當於《中原》的尤侯部，共涉及 27 支曲子，如「〔瑣窗郎〕囚尤州溜宥咎〔前腔〕遊口溝愁宥咎〔前腔〕仇酬羞逗宥咎（4）」。

（二）陽聲韻部

10. 東鍾部

此部包括中古通攝合口字及庚攝部分字，相當於《中原》的東鍾部，共 20 支曲子，如：「〔紅林檎近〕逢櫳紅宮中籠鋒龍（1）；〔北醉太平〕東龍中送捧重宮（14）」。

11. 江陽部

此部包括《廣韻》江陽唐韻字，相當於《中原》的江陽部，共涉及 17 支曲子，如：「〔尾犯序〕江浪翔快掌鄉〔前腔〕方喪妝悵帳鴦（10）；〔醜奴兒令〕涼香場方將強（30）」。

12. 寒山部

此部主要包括中古山攝寒山刪各韻字，相當於《中原》寒山部，共涉及 4 支曲子：「〔鎖南枝〕艱殘寒患山雁〔前腔〕斑鬢蘩飯難賤〔前腔〕彈翰翻漢顏歎（15）；〔浪淘沙引〕潺珊寒歡關山難間（15）」，桓歡部一字入韻一次，先天部一字入韻一次。

13. 桓歡部

此部來源於中古桓韻，相當於《中原》桓歡部，只涉及 2 支曲子：「〔剔銀燈〕館伴亂半碗寬（16）；〔洞仙歌〕汗滿亂漢轉換（30）」，但第二例有寒山部二字及先天部一字入韻。

14. 先天部

此部來源於中古山攝先仙各韻字，相當於《中原》的先天部，共涉及 20 支曲子，其中桓歡部一字入韻一次，如：「〔甘州歌〕遠芊換年先園天煙（19）；〔十二時〕天遠覷憐怨（13）；〔鳳凰閣〕殿面倦箭年（32）」。

梁氏的寒山部、桓歡和先天三部的韻腳字可以系聯到一起，但是，從作者的用韻情況看，三部分立的傾向十分明顯，因此分為三部而不歸為一部。

15. 庚青部

此部包括中古梗攝庚耕清青四韻字、曾攝的登韻字，相當於《中原》的庚青部，共涉及 28 支曲子，如：「〔臨江仙〕傾兵營聲凌成（6）；〔一江風〕逕淨映聲聲停姓〔前腔〕靜問應迎迎生敬（23）」。其中有真文部五字各入韻一次，

侵尋部一字入韻一次，如：「〔三換頭〕影徑經驚行聘成（23）；〔東甌令〕婷成馨定新卿（23）；〔劉潑帽〕令城應臨幸（23）」。

16. 真文部

此部包括中古臻攝真諄文欣魂痕各韻字和個別深開三侵韻字（如「品」字），相當於《中原》的真文部，共涉及 36 支曲子，如：「〔勝葫蘆〕君門肯順恩（8）；〔北朝天子〕尊吞振秦順身郡君謹謹信信（14）；〔剔銀燈〕窘問糞信恩根（16）」。

17. 侵尋部

此部包括中古深開三侵韻字，相當於《中原》的侵尋部，涉及 6 支曲子，如：「〔一翦梅〕沉心心吟霖霖（31）；〔繡帶兒〕凜尋沉斟審滲淫鴆（31）」。

（三）入聲韻部

18. 敵國部

此部包括中古梗攝昔錫陌、曾攝職德、臻攝質迄、深攝緝韻字，另有山合四「穴」字入韻。共涉及以下 10 支曲子，如「〔滿江紅〕國荻赤戢（4）；〔高陽臺〕敵集北國（8）；〔高陽臺〕立積匿穴乞〔前腔〕迫役夕戚得惜〔前腔〕惑適食拾國擲〔前腔〕執射釋歷必益〔前腔〕憶闔德日極室〔前腔〕逆集及僻敵實（8）；〔尾聲〕檄直力（8）；〔減字木蘭花〕質客（44）」。

19. 獨曲部

此部包括中古通攝屋韻、燭韻字，共涉及以下 7 支曲子：「〔憶秦娥〕辱曲曲復〔前腔〕熟束束蹙（27）；〔憶多嬌〕觸哭卜福獨獨促〔前腔〕熟穀贖屋獨獨促（29）；〔鬥黑麻〕伏辱促束簇速目〔前腔〕祿竹縮木簇速目（29）；〔減字木蘭花〕辱復（44）」。

20. 列接部

此部來自中古山攝月薛屑韻和咸攝帖葉業韻，共涉及以下 9 支曲子：「〔疏影〕徹赦絏妾傑闕（18）；〔畫眉序〕列熱設越節〔前腔〕別闕雪絕節〔前腔〕歇褶血蝶節〔前腔〕切結滅葉節（18）；〔滴溜子〕疊撇涉竭缺（18）；〔鮑老催〕熱徹絕揭悅怯烈（18）；〔雙聲子〕列列疊接接滅折折別月（18）；〔尾聲〕傑業些（18）」

21. 落索部

此部包括中古宕開一鐸韻字，只涉及 1 支曲子：「〔憶秦娥〕落落鶴薄索索（43）」。

四、對《浣紗記》用韻的討論

《浣紗記》的陰聲韻部和陽聲韻部共 17 部，與《中原》的 19 部相比，只少了監咸和廉纖兩部，可以看出，梁氏作曲時是有意遵循《中原音韻》的，這也許是為了符合崑山腔「依字行腔」的要求。但是，由於被方音所圍，他作曲時自然地流露出自己的方音特點來。吳梅先生所說的《浣紗記》「韻律時有錯誤」是因為他是以《中原音韻》作為作曲的用韻標準來評價的，但正如徐復祚《南北詞廣韻選》卷十所說「伯龍如南方人作漢語，非不咬嚼，而時露蠻」[1]（P635），梁氏作曲「韻律時有錯誤」的地方恰恰是其方音的自然流露。以下對此略作些解釋。

（一）陰聲韻部

支微魚虞互押

支思部中，有「珠」字入韻，吳梅先生《南北詞簡譜》606 頁認為，「珠」字韻是「誤押」，我們認為這裡並非誤押，而是當時吳語的反映。沈寵綏《度曲須知》指出：「……非以蘇城之呼書為詩，呼住為治，呼朱為支，呼除為池之故乎？」[4]（P232）明代馮夢龍編輯的《山歌》中也有「知珠」同音的例子，如：「結識私情人弗覺鬼弗知，再來綠紗窗下送胭脂。仰面掃塵落來人眼裏，算盤跌碎滿街珠。」（原注：吳音「知、珠」相似）[5]（P349）「滿街珠」即諧音「滿街知」。

齊微部中，魚模部入韻的字有五個：「住暑樹緒去雨」。在現代蘇州方言中，在現代蘇州方言中，「去」字有文白異讀，文讀音是〔y〕，白讀音是〔i〕，「緒」字韻母的讀音是〔i〕，「雨」字韻母的讀音是〔y〕，「住」「暑」「樹」韻母的讀音是〔i〕，這些字在這裡入韻也應是梁氏方音的反映。

車遮部「些」字入韻和家麻部「涯」字的入韻也是作者方音的反映。王驥德《曲律》卷二《論須識字第十二》：「伯龍又以『盡道輕盈略作胖些』與『三尺小腳走如飛』同押，蓋認『些』字作『西』字音，又蘇州土音矣！」[2]（P120）

　　「涯」字在《中原音韻》屬家麻部，魯國堯先生《元遺山詩詞曲韻考》「曲韻」部分對「涯」字做過討論：「涯」字，早在唐代就有麻韻音，但《廣韻》只有佳韻五佳切，支韻魚羈切；《集韻》增加了麻韻牛加切；《五音集韻》麻韻五加切，「涘也」，佳韻、支韻音亦收。王文郁《新刊韻略》麻韻「新添」欄目下有「涯」，五佳切，也注明另有二音。元好問古體詩 2 次，詞 7 次，近體詩 8 次押入家車部，但是在古體詩中 2 次，古賦中 1 次押入皆來部……可見金代麻車部音佔優勢，皆來部音還保存。而《廣韻》魚羈切音也在語言中有表現，如南宋福建詞人曾以「涯」與支微部字叶：陳德武《望海潮·三分春色》叶「菲知時詩期涯眉飛宜衣歸」。只是在同時代的北方，此音似不存。[6]（P439）

　　「涯」字的入韻說明其《廣韻》「魚羈切」音在 16 世紀的蘇州話中還有保存。魚模部中入韻的齊微部字有「齊」「馳」「知」「齰」「地」「衣」「飛」，支思部字有「兒」，可能是〔y〕音把〔i〕和〔u〕聯在了一起。

（二）陽聲韻部

庚青、真文、侵尋互押

　　雖然作者有意把庚青、真文和侵尋分開用，但有些地方還是有互押現象，如「〔生查子〕競慍（23）；〔一江風〕靜問應迎迎生敬（23）；〔三換頭〕影徑經驚行聘成（23）」中，「慍」字、「問」字、「聘」字入庚青部，「〔劉潑帽〕令城應臨幸（23）」中，「臨」字入庚青韻。這也是作者方音的自然流露，沈寵綏《度曲須知·收音問答》中云：「吳俗承訛既久，庚青皆犯真文，鼻音誤收舐齶。」[4]（P221）徐謂《南詞敘錄》也談到：「凡唱最忌鄉音。吳人不辨『清、親、侵』三韻。」[7]（P244）梁氏在其他作品中也有庚、真、侵押韻的例子，如沈德符《萬曆野獲篇》卷二五《南北散套》云：「如梁少白『貂裘染』，乃一揚州鹽客，眷舊院妓楊小環，求其題詠。曲成，以百金為壽。今無論其雜用庚青、真文、侵尋諸韻，即語意亦俚鄙可笑，真不值一文！」[1]（P641）

（三）入聲韻部

　　《浣紗記》中有四個入聲韻部，反映了梁氏作曲時是遵照魏良輔對崑腔「依字行腔」的要求而作的。魏良輔在《曲律》中說：「五音以四聲為主，四聲不得其宜，則五音廢矣。平上去入，逐一考究，務得中正，如或苟且舛誤，聲調自乖，雖具繞梁，終不足取。」[4]（P5）沈寵綏《度曲須知》：「常考平

上去三聲，南北曲十同八九，其迥異者，入聲字面也。」[4]（P279）梁氏作曲中入聲的運用即是依據南曲唱腔的特點而作的。俞為民認為：「自崑山腔採用依字定腔的演唱方式後，南北曲皆以中州音作為標準字聲，只是為了顯示南曲的特徵，在南曲的字聲中，還保留著入聲字，而北曲則將入聲字派入三聲之中。」[8] 梁氏的四個入聲韻部很可能反映出 16 世紀蘇州話的入聲韻部，例如「敵國」部字包括《中原》齊微部入聲字和個別皆來部入聲字，如〔減字木蘭花〕中「質」字與「客」字押韻，「質」是《中原》齊微部字，在現代蘇州話中韻母主元音的讀音是〔ɤʔ〕，「客」是《中原》皆來部字，在現代蘇州話中韻母主元音的讀音是〔ɒʔ〕，表面上看不可以押韻，但梗開二字在現代蘇州方音中有文白異讀，其文讀為〔ɤʔ〕，白讀為〔ɒʔ〕，很可能當時的蘇州話中這類字已經出現了文讀音。

五、結 語

　　明代曲論家一般認為作曲務必遵循《中原音韻》，如沈寵綏《度曲須知》「絃索題評」云：「我吳自魏良輔為『崑腔』之祖，而南詞之布調收音，既經創闢，所謂『水磨腔』、『冷板曲』數十年來，遒邁遜為獨步⋯⋯而釐聲析調，務本『中原』各韻，皆以『磨腔』規律為準，一時風氣所移，遠邇群然鳴和，蓋吳中『絃索』，自今而後始得與南詞並推隆盛矣。」[4]（P202）凌蒙初、沈德符及近代吳梅先生評判《浣紗記》的用韻時也都是以《中原音韻》為標準的，對不符合《中原音韻》的地方他們認為是作者用韻的錯誤。從《浣紗記》用韻的實際情況看，梁氏作曲是儘量遵守《中原音韻》的，他並非《中原音韻》的「門外漢」，但是，由於他是「南方人作漢語」，因此會「時露蠻鴃」，一些出韻的地方是作者方音的自然流露。

六、參考文獻

1. 梁辰魚集〔M〕，吳書蔭編集校點，上海：上海古籍出版社，1998 年。
2. 中國戲曲研究院，中國古典戲曲論著集成：四〔M〕，北京：中國戲劇出版社，1959 年。
3. 耿振生，20 世紀漢語音韻學方法論〔M〕，北京：北京大學出版社，2004 年。
4. 中國戲曲研究院，中國古典戲曲論著集成：五〔M〕，北京：中國戲劇出版社，1959 年。

5. 劉瑞明，馮夢龍民歌集三種注解：下冊〔M〕，北京：中華書局，2005 年。

6. 魯國堯，元遺山詩詞曲韻考〔M〕，魯國堯語言學論文集，南京：江蘇教育出版社，2003 年。

7. 中國戲曲研究院，中國古典戲曲論著集成：三〔M〕，北京：中國戲劇出版社，1959 年。

8. 俞為民，崑山腔的產生與流變考論〔J〕，南京大學學報（哲社版），2004 年，（1）。

張鳳翼戲曲用韻反映出的
四百年前的蘇州話語音特點

一、引　言

　　明代流傳下來大量的傳奇作品是從採用「村坊小曲」演唱的民間南戲發展而來，很多傳奇作品承襲了南戲「不避俚俗，常以口語入韻」的特點，所以能反映當時的實際語音，是我們研究明代語音史和方音史的重要資料。游汝傑（2006：1）認為：「任何一種戲曲，其起源都侷限於一定區域，採用當地方言，改造當地的民間音樂、歌舞而成，其雛形都是地方戲……區別這些地方戲的最顯著的特徵是方言，而不是聲腔。」本文通過對明代傳奇作家張鳳翼戲曲用韻的研究，探索四百年前蘇州話的語音特點。

　　張鳳翼（1527～1613），字伯起，號靈墟，別署泠然居士，世居長洲（今江蘇蘇州），明嘉靖年間蘇州有名的才子，善於寫詩作曲，存世傳奇作品主要有五部：《紅拂記》、《祝髮記》、《灌園記》、《竊符記》、《虎符記》（以下簡稱《紅》、《祝》、《灌》、《竊》、《虎》）。對於張氏作曲時的用韻特點，明人徐復祚、沈德符等都有論及。徐復祚《曲論》云：「張伯起先生，余內子世父也，所作傳奇有《紅拂》、《竊符》、《虎符》、《戾廖》、《灌園》、《祝》諸種……頭腦太多，佳曲甚多，骨肉勻稱，但用吳音，先天、廉纖隨口亂押，開閉罔辨，不復知有周韻

矣。」（徐復祚 1959：237）沈德符《顧曲雜言》談及「填詞名手」云：「近年則
梁伯龍、張伯起，俱吳人，所作盛行於世，若以《中原音韻》律之，俱門外漢
也。」（沈德符 1959：206）沈德符並將張氏與沈璟的用韻特點進行比較：「沈工
韻譜，每製曲必遵《中原音韻》、《太和正音》諸書，欲與金元名家爭長；張則
以意用韻，便俗唱而已。余每問之，答云：『子見高則誠《琵琶記》否？余用此
例，奈何訝之！」（沈德符 1959：208）

　　明代曲論家認為作曲應遵《中原音韻》（以下簡稱《中原》），所以他們批評
張氏「但用吳音」、「隨口亂押」、「以意用韻」等，他們的批評卻為我們提供了
寶貴的信息：張氏用韻的這些地方反映的或許是他自己的語音，即當時蘇州話
的特點。

二、本文的研究材料和研究方法

　　本文考察時使用的底本是中華書局 1994 年版的《張鳳翼戲曲集》，該書
收錄了張氏的這五部傳奇，另外還附有《屍厴記》，但不知是否為張鳳翼所作，
因此不將之列入本文考察範圍。考察的具體內容包括：《紅》34 齣 221 支曲
子、《祝》28 折 186 支曲子、《灌》30 齣 165 支曲子、《竊》40 齣 245 支曲子、
《虎》40 折 242 支曲子，計 172 齣 1059 支曲子〔註1〕。統計時，我們把一支
曲子視為一個韻段，這樣共得到 1059 個韻段。通過對這 1059 個韻段的韻腳
字進行考察，我們發現張氏的戲曲用韻受《中原音韻》的影響很大，但同時
很多地方也自然地流露出作者自己的方音特點，本文主要討論張氏戲曲用韻
反映出的方音特點。

　　本文使用的最主要的研究方法是韻腳字歸納法。「本方法的操作程序可分
為四個步驟：選定研究對象，分析韻例，歸納韻部，分析『異部互押』的性質、
原因。」（耿振生 2004：13）本文研究時，依據的就是這四個步驟，其中最複
雜的步驟是分析韻例。這裡主要介紹分析韻例的方法：

　　分析韻例時我們主要使用排列對比法。韻例，「即押韻字出現位置的規律，
或者叫作押韻的格式」。（耿振生 2004：14）相同曲牌的曲子，韻例一般相同。
我們把相同曲牌的曲子放在一起進行排列對比，就比較容易看出該曲牌的韻

〔註 1〕這五部戲還有 176 首上、下場詩，但不納入我們的考察範圍，因為我們認為這些詩
　　　　多數還是主要依據平水韻用韻的。

例，從而確定韻腳字。

相同曲牌曲子的句數、字數和押韻情況一般是相同的。如《虎符記》第三十八折：〔註2〕

〔紅納襖〕夷遣歧年岸天犴肝囚斑（《虎》38）

〔前腔〕臣刬軍延難間般談遊完

〔前腔〕罷顏道歡勸翰宣傳朝冠

〔前腔〕曾先曾殿遠賢卷轉城傳

此曲十句，通過排列對比，可以看出，第一、三、九句不入韻。把第一、三、九句去掉，剩下的就是韻腳字。

又如「〔瑞鶴仙〕」曲：

〔瑞鶴仙〕勇略仲湧耀重雲夢去跡動（《紅》2）

〔瑞鶴仙〕絨換昔日樂籍古力馬孝歟（《祝》2）

〔瑞鶴仙〕後眼侯首息媾下壽定待逗（《灌》4）

〔瑞鶴仙〕烈握渴揭熾轍夜業務傑（《竊》2）

〔瑞鶴仙〕警志獷耿虜請逞聖武播境（《虎》32）

此曲共十一句，《竊符記》十句，根據排列對比，第二、五、七、九、十句（《竊符記》第九句）不押韻。把不入韻的字去掉，剩下的就是韻腳字。

很多同一曲牌的曲子在同樣的地方有的可入韻有的可不入韻，僅根據排列對比併不能非常容易地確定韻腳字，這時就要參照曲譜，我們根據的是吳梅的《南北詞簡譜》（以下簡稱《簡譜》），看《簡譜》是否規定該處入韻或不入韻。但是，當曲譜的規定與排列對比的結果發生矛盾時，我們根據排列對比的結果，而不按照曲譜的規定來確定韻腳字。比如：

〔泣顏回〕衣提蒂涯灰耳花離（《祝》22）

〔泣顏回〕疑機彼知疑去持圍（《灌》17）

〔前腔〕疑時位差隙計持圍

〔泣顏回〕符戈將扶荷座鄆何（《竊》20）

〔前腔〕河魔代過摩我城阿

〔註2〕說明：「〔　〕」中是曲牌名，後面是摘錄下來的每句話最後一字；「〔前腔〕」指用前面一支曲子的曲牌。一般情況下，「前腔」與其前面的曲子用的是一個韻，有時也有用不同韻的情況，但其韻例一般都是相同的。「38」是指第三十八折。

〔泣顏回〕鯢離氣移旗翅歸辭（《虎》34）

〔前腔〕師枚涕霓奇志苴兒

此曲共八句，根據排列對比，第三句和第七句有的曲子入韻，有的不入韻，這時就要查曲譜，根據《簡譜》，此曲八句，第三、五、七句不入韻，我們就根據《曲譜》把每曲第三字和第七字去掉，但以上曲子第五句均入韻，這時就按照排列對比的結果將之確定為韻腳字，而不能按照曲譜的規定把它們去掉。

對於按《簡譜》要求入韻但作者卻沒有入韻的情況，我們也是按照排列對比的結果而不按曲譜的規定來確定韻腳字。

如「〔浪淘沙〕」曲：

〔浪淘沙〕空同通也東（《祝》18）

〔浪淘沙〕零清汀裏瀛（《虎》18）

〔前腔〕清驚營婦情

根據《簡譜》，此曲五句，句句入韻，但根據排列對比，張氏此曲的第四句均不入韻，我們按照排列對比的結果把第四字去掉，其他字作為韻腳字。

三、張鳳翼戲曲用韻反映出的四百年前蘇州話的語音特點

（一）家麻、車遮相押

張氏戲曲用韻中，《中原》「家麻」「車遮」陰聲韻字相押的曲子共 12 支，其中《紅》8 支，《灌》4 支，韻腳字包括中古假攝麻（舉平以賅上去入，下同）、蟹攝佳韻字，還涉及果開一的「他」「大」、蟹合二的「話」。如《紅》第 17 齣〔番卜算〕叶「夜家捨」，〔西地錦〕叶「斜涯」，《灌》第 29 齣〔謁金門〕叶「罷畫大捨駕也假話」。這 12 支曲子的韻腳字韻母的讀音在現代蘇州方言中主要可分為兩類［註3］：

〔ɒ〕類：他大（文）家（文白）嫁（文白）價（文白）駕（文白）假（文白）灑葭瑕呀迓訝涯斜嗟夜吒差（文）霞（文）鴉（文）也（白）咱搲

〔o〕類：麻靶罷差（白）霞（白）鴉（白）沙罵媧誇花華話畫掛卦遮車舍

下（文白）（有 bɒ²、bo² 二音）摸〔註4〕

這兩類字在現代蘇州方言中是不押韻的，但從這些字的文白異讀中我們發現它們曾經是可以押韻的。

〔ɒ〕類是假開二牙喉音字、齒音字、假開三字、蟹二開字及果開一字；〔o〕類是中古假開二唇齒喉音字、假合二字和蟹合二字。可以看出，〔ɒ〕類字很多字都有文白異讀，「鴉」「霞」「差」的白讀音都是〔o〕，「家」、「嫁」、「價」「駕」文讀和白讀都是〔ɒ〕，「也」字的白讀音是〔ɒ〕。我們認為，它們反映的是不同層次的文白異讀現象：

「鴉」「霞」「差」字的文白異讀屬於較早的層次，這類字文讀音是〔ɒ〕，白讀音是〔o〕，白話音代表較為早期的讀法〔註5〕，因此〔ɒ〕類字早期在蘇州方言的讀法應該是〔o〕。張氏用韻中家麻車遮互押現象反映出十六世紀的蘇州方言中這類字韻母的讀音是相同的，根據〔o〕類字的讀音，我們可以比較有把握地說，這一韻部當時應該讀成〔o〕音，但果攝字「他、大」的入韻說明當時這類字已經出現了文讀音〔ɒ〕。

假開二牙音字「家」、「嫁」、「價」「駕」在今蘇州方言中文讀和白讀都是〔ɒ〕，但是在歷史上，它們也應該有〔o〕的白讀音。《度曲須知》有：「丫枝、丫叉、丫頭之類俗呼別有土音，即是藥韻之音。」（沈寵綏 1959：208）（石汝傑 1991：68）認為，這樣的例子說明「『家麻』白讀不是〔ɒ〕，當為〔o〕」我們認為石先生的說法是正確的。十六世紀的蘇州方言中，這類字在蘇州的白讀音應為〔o〕，文讀音為〔ɒ〕（因為既然是「俗呼別有土音」，說明「丫」字還有文讀的讀法），文白讀競爭的結果使這類字的白讀音〔o〕消失，只剩下文讀音〔ɒ〕的讀法。

〔ɒ〕類字中假開二牙喉音字（「鴉」「霞」除外）的文白異讀屬於較晚的層次，這類字韻母主元音都是〔ɒ〕，不同之處在於聲母：文言讀舌面音，白話讀舌根音。丁邦新（2003：28）認為：「白話音代表中古讀舌根的讀法，文言音是舌根音齶化以後才進到蘇州來的。」「見系齶化大約形成於十六世紀，那麼見系二等的齶化當更在十六世紀之後了。」因此可以推想，文白競爭的結果使這類

〔註 4〕根據此字「莫胡切」的讀音歸入此類。

〔註 5〕丁邦新（2003：36）認為：「……通常認為白話音代表早期音讀的想法從蘇州方言看來是有道理的。」

字讀成〔kɒ〕類，它逐漸成為這類字的唯一讀法，後來受北方官話見系二等字顎化的影響，此類字出現了文讀音〔tɕiɒ〕類，原來的〔kɒ〕類就成了底層的白讀音。

《紅》第 17 齣〔獅子序〕「罷、麻、涯」押韻，今蘇州方言中，麻的韻母是〔o〕，「罷」的韻母有〔ɒ〕〔o〕二音，「罷、麻、涯」互押說明「涯」字當時可能有白讀音〔o〕，而在現代蘇州方言中「涯」字的這種白讀音已經消失了。

果開一「大」字在今蘇州方言中文讀韻母為〔ɒ〕，白讀為〔əu〕，在這裡入韻或許可以說明當時〔ɒ〕類已有了這種文讀音。

「攎咱」二字《漢語方音字彙》未收，但有證據證明它們是當時蘇州土音，《度曲須知》教吳人度曲時說：「『咱』非『查』、『查』非『攎』」，（沈寵綏 1959：289）說明在當時吳語中「咱」「攎」的發音與「查」相當接近。

張氏的這 12 支曲子中，有一支有入聲字入韻，即《紅》第 17 齣〔降黃龍〕叶「嗟捨攎訝摸發」，「發」字的入韻可能受《中原音韻》影響所致。

馮夢龍編纂的《山歌》中也有家麻車遮押韻的現象，胡明揚（1981）將之歸為「家麻車遮」部；石汝傑（2006：169）歸之為「麻鞋」韻，並將其中〔ɒ〕類和〔o〕類的「通押」現象解釋為「可能是方音的差別」「也可能是官話的影響」。我們認為，張氏戲曲用韻中家麻、車遮相押的現象是其方音的自然流露。

清人劉禧延（1940：12）曾說：「車遮，吳語呼此韻字，與家麻無別。『車』如『差』，『遮』如『渣』，『賒』如『沙』，……彈唱家或因二韻通用，竟讀此韻作家麻，以為通融借叶，雜吳語於中原雅音，不又儒衣僧帽道人鞋乎？」

（二）魚模、歌戈互押

張氏的五部戲曲中，《中原》「魚模」「歌戈」部字相押的曲子共 29 支，其中《紅》4 支，《祝》3 支，《灌》5 支，《竊》6 支，《虎》11 支，韻腳字包括《廣韻》歌戈模韻字，少數魚虞韻字以及個別尤韻、侯韻字，如《紅》第 1 齣〔西地錦〕叶「渡波火烏」，第 4 齣〔北二犯江兒水〕也「戶戶鎖歌侶戈途過河取符符度度壺」《祝》第 14 折〔楚江情〕叶「姑和波何羅媔跎跎過奴奴奴路，初和途夫蛾隅胡胡婦麼奴他暮」，《灌》第 27 齣〔金蕉葉〕叶「何祖柯戶」，〔紅衫兒〕叶「賀夫他過跎我我，怒何他多夫戶戶」；《竊》第 20 齣〔步蟾宮〕叶「坐鎖戈武」；《虎》第 11 齣〔縷縷金〕叶「波跎露扶虜」，〔水底魚兒〕叶

「多歌婦徒，波坷路戈」。

現代蘇州方言中這 31 支曲子的韻腳字的讀音主要可分為以下幾類：

〔u〕類：波破；布夫符扶魷俘撫無（文）（白：m）蕪府輔父婦武

〔əu〕類：阿他歌柯坷河何和鵝多（文）（白：ɒ）跎沱我蛾左（文）（白：i）佐賀戈窠羅蘿躲鎖火過坐座臥莎；孤呱姑固故苦呼壺弧胡醐虎戶護烏五伍都度渡圖途徒奴怒廬虜櫓露路祖措訴楚數；所殂俎初

〔ʮ〕類：蕘主

〔i〕類：紫侶取泥兒（白）（文：l）

〔y〕類：軀隅覦語雨

〔uᴇ〕類：幃

〔o〕類：暮墓魔麼

對於〔u〕類和〔əu〕類的押韻，我們可以在丁邦新先生《一百年前的蘇州話》一書中找到證據。丁先生在此書中對比總結了民國時期陸基編的《蘇州方言同音字彙》（以下簡稱《字彙》）和 1998 年葉祥苓編寫的《蘇州方言志》）（以下簡稱《方言志》）語音的六點差異，其中第五點涉及到歌戈韻字與魚虞模韻字的語音，抄錄如下：

《字彙》的-u《方言志》分成-u 和-əu

例　字	波	鋪	蒲	夫	無	多	拖	途
《字彙》	pu	p'u	bu	fu	vu	tu	t'u	du
《方言志》	pu	p'u	bu	fu	vu	təu	t'əu	dəu
例　字	租	粗	蘇	歌	枯	梧	呼	
《字彙》	tsu	ts'u	su	ku	k'u	ŋu	hu	
《方言志》	tsəu	ts'əu	səu	kəu	k'əu	ŋəu	həu	

丁邦新先生（2003：126）說：「《字彙》的-u 韻在《方言志》中唇音聲母后仍然保存，但在其他聲母之後都變成-əu 了」

這樣看來，〔u〕類和〔əu〕的分道揚鑣是近一百年來的事情，它們在早期的讀音是相同的。十六世紀的蘇州方言中它們韻母主元音的讀音應該都是〔u〕。《度曲須知》教吳人度曲時說：「歌戈，莫混魚模。」（沈寵綏 1959：205）並在「同聲異字考」一節中對比這兩類字，如：「虎非火；胡非何；可非苦；戈非姑；珂非枯；賀非戶；故非過」（沈寵綏 1959：285），這也可以證明張氏

所處的時代蘇州方言的讀音中，「虎」＝「火」，「胡」＝「何」，「可」＝「苦」，「戈」＝「姑」，「珂」＝「枯」，「賀」＝「戶」；「故」＝「過」。

　　〔o〕類字「暮墓母魔麼」都是明母字，在《字彙》中這類字韻母的讀音也是「〔-o〕」〔註6〕，與「麻」類字讀音相同。這有兩種可能的解釋：一是因為-u和-o語音相近，所以可以在一起押韻；二是因為這些字的韻母本來也讀成-u，受到雙唇鼻音聲母 m-的影響變讀成-o。我們認為，第二種解釋的可能性更大些，因為如果按照第一種解釋，就難以解釋為什麼沒有「麻」類字和「模」、「戈」類字相押。

　　〔ʮ〕類、〔i〕類、〔y〕類、〔uE〕類字入韻當是作者押寬韻所致。

（三）支微魚互押

　　張氏戲曲用韻中，《中原》「支思」「齊微」部字與「魚模」部一部分字在一起大量相押，有支思字押入魚模，有齊微字押入魚模，有魚模字押入支思或齊微，還有很多支思、齊微、魚模互押的曲子，這些在一起押韻的曲子共176支，韻腳字包括《廣韻》支之脂微、齊灰祭以及魚虞各韻字，另外，家麻部的「涯」字、「些」字也多次與支思、齊微、魚模部字相押。如《紅》第8齣《尾聲》叶「去迷思」，第29齣〔征胡兵〕叶「些涯淚至，支時處至」；《祝》第9折〔霜天曉月〕叶「處濟米饑」，第22折〔西地錦〕叶「去知閉書」〔玉抱肚〕叶「紙的迷書魚，縷的妻垂兒」；《灌》第20齣〔七娘子〕叶「倚指旅緒」〔忒忒令〕叶「戚侶戲珠裏」；《竊》第17齣〔霜天曉月〕叶「聚嫵絮絲」，第21〔夜遊朝〕叶「計危悸處」，第40齣〔尾聲〕叶「比義書」；《虎》第9折〔排歌〕叶「知涯眉兒處餘杯誼枝思」，〔山歌〕叶「飛臾啼伕處餘杯誼枝思」。

　　這些曲子的用韻情況較複雜，有的可能受當時官話的影響，有的可能是作者押寬韻，但我們從中仍可看到很多作者的方音現象。

　　在現代蘇州方言中這些入韻字韻母的讀音主要可分為以下幾類：

　　〔ɿ〕類：此紫雌子辭慈思絲孜滋字姿私死肆寺；是匙紙指；師使侍事士

　　〔ʮ〕類：之止志支枝肢翅氏脂旨至施恥池馳弛持幟時；恥置笞制製滯勢致

〔註6〕引用丁邦新先生根據《字彙》中陸基的注音符號所作的標音。見《一百年前的蘇州話》，55頁。

遲杼除儲處舒書鼠恕庶如汝；墜（白）水（白）

〔i〕類：鄙否備媚眉（白）寐地比彼庇，伊梨履利俐肌棄器，喜起異鼇里理己疑欺期旗矣頤姬意你李秘來，機饑稀衣依畿氣，雞髻濟計臍棲妻齊啟砌西棲蹊奚洗繫細猊霓衹低底砥遞第蹄啼提體剃黎藜禮麗迷麋米嘶攜齎陛閉易倚椅蟻避歧離籬宜，誼寄義議欹奇騎疲罷忮技移廖屣彌釐戲被；微尾飛非扉菲沸費；淚（白）悸遺維；些；閭膂旅侶呂慮縷；徐絮緒苴；須（文）聚取；去（白）

〔ɛ〕類：悲；炊垂陲推綏追醉悴翠墜（文）水（文）誰疊淚（文）；貝；枚佩輩背昧眉（文）對隊雷罪摧催粹碎；許（白）

〔uɛ〕類：回徊灰悔晦會；輝圍（文）魏暉違幃諱髓威尉歸揮貴；葵愧

〔y〕類：居渠去（文）覷胥許（文）餘魚與語予豫具驅軀；籲隅臾虞盂羽宇車據絮女墟

此處入韻字絕大部分是〔i〕類字，其次是〔ʅ〕類、〔ɛ〕類、〔uɛ〕類和〔y〕類字，這幾類字雖然在現代蘇州方言中讀音分歧很大，但在十六世紀的蘇州方言中，它們很有可能可以在一起押韻的，從保存在現代蘇州方言中的個別字的文白異讀現象或許可以找到一些蛛絲馬蹟。

〔ɛ〕類字中，「眉楣湄」與「淚」韻母的白讀音都是〔i〕，白讀音代表較早期的讀法，蘇州方言中止開三唇音字和止合三來母字的韻母早期應該讀成〔i〕音；此類遇合三字「鋸、虛、許」的白讀音是「〔ɛ〕」，文讀音是「〔y〕」，白讀音的聲母都未齶化，應是較早的讀法，但是，明代這些字並不一定讀「〔ɛ〕」音，《度曲須知》有「吳興土俗以勤讀群、以喜讀許」（沈寵綏 1959：232），說明當時吳語中「喜」字與「許」字是同音字，那麼這些字在當時應讀成「〔i〕」音。此類中「墜、吹、水」韻母的白讀音是〔ʅ〕[註7]，說明止合三知章組字在蘇州方言中早期不是讀「〔ɛ〕」音。清人劉禧延（1940：8）說：「韻中齒音合口字，吳音作開口呼，入支思，『錐』作『支』、『吹』作『差』（從正齒音）、『菙』作『詩』、『椎』作直時切」。「錐」字在現代蘇州方言裏只有「〔ɛ〕」音一讀，應該是失去了白讀音的讀法。丁邦新（2003：34）根據《字彙》「吹、水」有文白異讀（文讀音為〔ɛ〕，白話音為〔ʅ〕）的現象，推論說：「我們從

〔註7〕據丁邦新（2003）的研究，此音早期的讀法是捲舌音「〔-ʅ〕」。

白話捲舌聲母看得出來源較早，還保留照三系的捲舌音；也許中古 uei 一類的音變成 ui，再在捲舌聲母之後變成 ʮ。」根據這個推論，止合三知章組字在早期的蘇州方言中很可能讀〔ʮ〕音。

〔uE〕類字「龜、鬼、跪、虧、窺、圍」的白讀音都是〔y〕，這說明在蘇州方言的歷史上，〔uE〕類字曾經有〔y〕的讀法。石汝傑（1991：70）文中有例：「葉盛《水東日記》（15 世紀中葉）卷四『方言暗合古音』稱『吾崑山吳淞江南，以『歸』呼入虞字韻』」。因此上例中「歸」的韻母應讀為〔y〕。清人劉禧延（1940：8）說：「其齶音喉音合口字，又作撮口呼，入居魚，歸作居，『虧』作『區』、『馗』作『渠』、『餧』作『飫』、『諱』作『酗』、『圍』作『於』。」清錢大昕（1983：114）在《十駕齋養新錄》中提到：「吳中方言『鬼』如『舉』，『歸』如『居』，『跪如巨』，『緯』如『喻』，『虧』如『去』平聲，『逵』如『瞿』……『小兒毀齒』之『毀』如『許』。」現代蘇州方言中這類字很多失去了歷史上存在過的白讀音，只保留了後期的文讀音的讀法。因此，〔uE〕類字和〔y〕類字當時是可以押韻的。根據沈寵綏《度曲須知》「吳興土俗以勤讀群、以喜讀許」的說法，它們和〔i〕類字也是可以押韻的。

《中原》「魚模」部字主要集中在〔ʮ〕類、〔i〕類和〔y〕類中。

〔ʮ〕類字包括中古止開三、蟹開三知章組字、止合三個別知章組和精組字，相當於《中原》的「支思」「齊微」部的部分字；另外，還包括大量的遇合三知章組字，相當於《中原》「魚模」部的部分字。《度曲須知》指出：「……豈非以蘇城之呼書為詩，呼住為治，呼朱為支，呼除為池之故乎？」（沈寵綏 1959：232）《山歌》也中有「知珠」同音的例子，如：「結識私情人弗覺鬼弗知，再來綠紗窗下送胭脂。仰面掭塵落來人眼裏，算盤跌碎滿街珠。」（原注：吳音「知、珠」相似。）[註8]「滿街珠」即諧音「滿街知」。

〔i〕類字中《中原》「魚模」部字都是中古遇合三精組和來母字，它們在明代的讀音應該就是〔i〕音，不僅如此，遇合三牙喉音字在當時也應是〔i〕音，《度曲須知》中「以喜讀許」的例子就可以證明這一點。〔y〕類字全是遇

[註8] 劉瑞明《馮夢龍民歌集三種注解》（下冊）中華書局，2005 年，349 頁，此書以上海古籍出版社 1993 年影印本《馮夢龍全集》（出於明寫刻本）為底本。

合三牙喉音字，其中「去」字的白讀音是〔i〕也可以證明這類字在明代的讀音是〔i〕。

〔ʅ〕類字中，「姊」的文讀音是〔tsʅ〕、白讀音是〔tsi〕，「死」的文讀音是〔sʅ〕，白讀音是〔si〕，這說明在蘇州方言的歷史上，止開三精組字曾經讀〔i〕音。

因此，張氏戲曲用韻中「支思」、「齊微」、「魚虞」互押可能並非一些前輩學者所說的「押寬韻」或「相鄰韻部可以通押」，實際情況是，在作者的口中，這些韻腳字主元音的發音是相同或非常相近的，它們之間有可以相押的語音基礎。關於齊微、支思、魚模三者相互混叶，明人徐渭（1959：224）曾說「松江人支、朱、知不辨」，清人劉禧延（1940：8）也說：「韻中撮口字後人析為居魚韻，其屬齒音者吳人俱讀如支思齊微韻。諸作支，樗作差（從正齒音），書作詩，苴作蠐，蛆作凄，胥作西，除作直時切，殊作時，徐作夕移切，聚作集異切，如作日時切（沽模韻中梳蔬字吳語讀司，居魚韻須字又讀如蘇，至吳興語全無撮口字，讀居如基，袪如欺，渠如其，於如伊，余如移，蓋作齊齒呼），又閭作黎（此半舌音），前人詞曲亦有沿土音而誤入支思齊微者」。

《紅》第 29 齣〔征胡兵〕叶「墜些涯淚書至」。

「些」字《廣韻》有三讀：「寫邪切」（開口三等麻韻）、「蘇計切」（開口四等齊韻）、「蘇個切」（開口一等歌韻）。《中原》中收錄了其「寫邪切」與「蘇個切」音，分部歸入「家麻」和「歌戈」部，其「蘇計切」音沒有被收入，可能是因為當時的北方話中沒有這個音，但這個音還保留在南方的某些方言裏，今蘇州方言中「些」字就讀〔si〕音。明崑山作家梁辰魚《浣紗記》第 7 齣〔出隊子〕叶「翠妻飛眉些」，王驥德《曲律》卷二《論須識字第十二》評論《浣紗記》用韻時說：「伯龍又以『盡道輕盈略作胖些』與『三尺小腳走如飛』同押，蓋認『些』字作『西』字音，又蘇州土音矣！」（王驥德 1959：120）張氏此處明顯是以方言入韻的。

「涯」字在《中原》中屬「家麻」部，但在張鳳翼戲曲用韻中押入「家車」2 次，押入「支微魚」8 次。

魯國堯（2003：439）《元遺山詩詞曲韻考》「若干韻字的討論」部分對「涯」字做過討論：

「『涯』字，早在唐代就有麻韻音，但《廣韻》只有佳韻五佳切，支韻魚羈切；《集韻》增加了麻韻牛加切；《五音集韻》麻韻五加切，『涘也』，佳韻、支韻音亦收。王文郁《新刊韻略》麻韻『新添』欄目下有『涯』，五佳切，也注明另有二音。元好問古體詩 2 次，詞 7 次，近體詩 8 次押入家車部，但是在古體詩中 2 次，古賦中 1 次押入皆來部……可見金代麻車部音佔優勢，皆來部音還保存。而《廣韻》魚羈切音也在語言中有表現，如南宋福建詞人曾以『涯』與支微部字叶：陳德武《望海潮・三分春色》叶『菲知時詩期涯眉飛宜衣歸』。只是在同時代的北方，此音似不存，《五音集韻》、《新刊韻略》仍錄魚羈切音，只是抄舊書罷了。」

從張氏用韻的情況看，《廣韻》「魚羈切」音在當時的蘇州方言中應有保存，但現代蘇州方言中這種讀音已經消失了。

（四）皆來、齊微互押

張氏戲曲用韻中《中原》「皆來」和「齊微」合口字在一起相押的曲子有 28 支，其中《祝》16 支，《竊》11 支，《虎》1 支，入韻字包括《廣韻》佳皆灰咍泰夬等韻字和部分止攝合口字，如《祝》第 16 折〔朝中措〕叶「輝埃才」，〔朝天子〕叶「回催來徊埋乖乖，灰催開懷釵諧諧」，第 28 折〔山花子〕叶「沛乖諧灰階開埃回，外媒臺才階開埃回」；《竊》第 25 齣〔醉扶歸〕叶「海來裁在槐帶來泰回街快歸彩會會」；《虎》第 30 折〔小重山〕叶「巒外」。在現代蘇州方言中，這些字韻母的讀音可分為以下幾類：

〔ɒ〕類：泰（白）賴（白）帶（白）大害蓋丐[註9]藹[註10]；外；街差豸解派債；階（白）（文：tɕiɒ）埋（白）拜諧排界（白）（文：tɕiɒ）尬（同上）；敗

〔uɒ〕類：槐；乖（白）快（白）怪（白）

〔ɛ〕類：泰（文）賴（文）帶（文）；海臺哀來萊賽待愛埃哉災載再才彩埃開改；沛狽；埋（文）；杯醅配梅媒佩輩雷堆催罪隊對；巒；帥醉闖（文：kuɛ，白：tɕy）

〔uɛ〕類：回回徊灰；會；乖（文）懷；快（文）怪（文）；輝威歸渭

〔註 9〕《漢語方音字彙》無此字，據「蓋」字的讀音歸入此類。
〔註10〕《漢語方音字彙》無此字，據「蓋」字的讀音歸入此類。

〔o〕類：釵

以上讀音主要有兩類：〔ɒ〕類和〔ɛ〕類。我們可以看到，蟹攝一等咍、泰韻部分字、二等皆、佳、夬、怪韻部分字如「戴」（代）、「帶、泰、太、賴、外」（泰）、「奶」（蟹）、「埋、挨」（皆）、「乖（皆）、怪（怪）、快（夬）」等有文白異讀，其文讀為〔ɛ〕、〔uɛ〕白讀音〔ɒ〕、〔uɒ〕，雖然〔ɛ〕類大部分字的白讀音和〔ɒ〕類大部分字的文讀音已經消失，但在蘇州話的歷史上，一定有一個很長的文白讀相互競爭的時期，在此期間這兩類字是可以押韻的；〔ɒ〕類中蟹開二皆韻牙音字「階芥介界戒」等的文白讀都是〔ɒ〕，白讀音是〔kɒ〕類，文讀音是齶化的〔tɕiɒ〕類，這是較晚層次的文白異讀現象，發生在北方話見系二等字齶化之後，早期這類字的文讀音應為〔ɛ〕，白讀音應為〔ɒ〕。

「輩雷催罪隊對回徊灰會醉輝威歸」等字也入支微魚部，表明此部字當時文讀音〔ɛ〕的讀法是存在的。蟹開二怪韻的「械」字在現代蘇州方言韻母的讀音是〔iɪ〕，它的主元音很可能經過了由〔ɛ〕到〔iɛ〕再到〔iɪ〕的變化，明代它的主元音很可能還是〔ɛ〕。

《祝》第 16 折〔朝天子〕叶「灰催開懷釵諧諧」，「釵」字據《漢語方音字彙》在蘇州方言中韻母只有〔o〕音一讀，但或許當時不讀此音，「釵」「差」二字《廣韻》是同一小韻的字，都是「楚佳切」，它們當時在蘇州方言的讀音可能也是相同的。

劉禧延（1940：8）指出，「皆來，此韻母每有混入歸回韻者，如『乖』作『歸』、『歪』作『威』、『衰』作色威切、『臺』作『頹』、『杯』作『回』之類」，劉氏認為這是吳人「不知分別韻腳之病」，但這可以反應出早期吳語中「皆來」與「齊微」合口字同音的現象。

（五）寒山、桓歡、先天、監咸、廉纖部字大量相押

張氏戲曲用韻中屬《中原》「寒山」「桓歡」「先天」「監咸」「廉纖」五部字在一起相押形成「寒廉」部。這也部分地反映了當時吳語的特點。

「監咸」、「廉纖」部字押入「先天」「寒山」反映出吳語區閉口〔-m〕尾消失，併入〔-n〕尾的現象，徐復祚《曲論》說張鳳翼作曲「但用吳音，先天、廉纖隨口亂押，開閉罔辨」就證明了這一點。實際上，宋元南戲用韻的特點反映出，南方某些方言在宋元時期〔-m〕尾就已經併入〔-n〕尾了。虞集為周

德清《中原音韻》作的序中說：「吳人呼『饒』為『堯』，讀『武』為『姥』，說『如』近『魚』，切『珍』為『丁心』之類，正音豈不誤哉！」（周德清 1959：173）「丁心」切「珍」反映出吳語區的一些地方-n 尾和-m 尾已經合流了。

（六）庚真侵互押

張氏戲曲用韻中屬《中原》「庚青」、「真文」、「侵尋」三部的字很多在一起押韻，入韻字包括《廣韻》庚耕清青、登、真諄文欣魂痕、侵等韻字，如《紅》第 16 齣〔紅衫兒〕叶「品人盟您，並人心勇」，《灌》第 2 齣〔齊天樂〕叶「震晉臣並警鶯輕」；第 10 齣〔孝順歌〕叶「心沉任奮審窘緊引，心深似忍粉進侵音，臣今軍隄忍問忿心槿」；《虎》第 18 折〔駐雲飛〕叶「陵輕進順盈信贈生兵，騰兵命盡心近遁們神」。現代蘇州方言中，這類字全部讀成〔ən〕韻。《度曲須知‧收音問答》中說：「吳俗承訛既久，庚青皆犯真文，鼻音誤收舐齶。」（沈寵綏 1959：221）在教吳人辨別不要混淆吳語中同音但《中原》不同音的字時作者舉了「貞非真」「英非因」「青非親」「升非申」「興非欣」「靈非鄰」「擎非勤」「景非緊」「映非印」（同上：290）等例，又舉了「針非真」「音非因」「侵非親」「深非申」「歆非欣」「林非鄰」「琴非勤」「錦非緊」「蔭非印」（同上：292）等例，說明在當時吳語中「貞真針」「英因音」「青親侵」「升申深」「興欣歆」「靈鄰林」「擎勤琴」「景緊錦」「映印蔭」等是同音字。徐渭《南詞敘錄》也談到：「凡唱最忌鄉音。吳人不辨『清、親、侵』三韻。」（徐渭 1959：244）

可見，這類字在 16 世紀已經讀成〔ən〕韻。眾多梗開二字（如「生笙甤省盲猛亨衡行鯁緶梗哽爭更耕耿硬幸迸掙」等）入韻的現象表明，它們當時已經出現了文讀音〔ən〕。

（七）梗開二庚韻個別字押入「江陽」

《灌》第 26 齣〔山歌〕叶「娘張黨橫場腸賬光膀膨羊」，「橫」、「膨」字入江陽韻完全是蘇州方言的反映。清劉禧延（1940：13）說：「若北人讀崩烹朋盲傾橫入東鍾韻，吳語則多有如江陽韻者。呼庚如中州音岡，坑如中州音康，繃如中州音幫，砰如中州音滂，棚如中州音旁，盲如中州音茫，爭如中州音臧，撐如中州音倉，橙如中州音藏，生如中州音桑，櫻如中州音映……」馮夢龍編輯的《山歌》中也有庚青韻字入江陽韻例，馮氏在卷首說：「凡生字、

聲字、爭字，俱從俗談叶入江陽韻，此類甚多，不能備載。」（劉瑞明 2005：320）。

（八）入聲字單押

張鳳翼戲曲用韻一些曲子有入聲字單押的現象。根據韻腳字的來源可分為兩類：一類是《廣韻》「屑薛月葉帖合洽轄曷合末沒德職質緝」等韻字在一起押韻，這樣的曲子共 30 支，如《紅》第 15 齣〔高陽臺引〕叶「節越決別」，〔卜算子〕叶「轍接」，〔高陽臺〕叶「合訣設怯截，列別發說雪，發突說滅活」，第 21 齣〔南江水兒〕叶「冽月節絕別闕」；《竊》第 2 齣〔寶鼎兒〕叶「舌節列轄」，〔錦堂月〕叶「列葛折別業，悅葉夾怯別業」，〔醉翁子〕叶「蘖雪竭歇熱結，潔澈沫冽爇結」。另一類是《廣韻》「麥陌昔錫德職緝沒物術質櫛」等韻字在一起押韻，這樣的曲子共 54 支，如《紅》第 18 齣〔謁金門〕叶「脈碧識覓力歷昔尺」，《祝》第 2 折〔瑞鶴仙〕叶「紋昔日籍力數」，〔尾聲〕叶「策赤失」；第 24 折〔四邊靜〕叶「敵律鏑尺刻北」，〔紅繡鞋〕叶「革革易易客逆黑」，《灌》第 2 齣〔高陽臺〕叶「急吸食測益，夕失識逆入，敵及擊墨惜，役默直責得」；《竊》第 23 齣〔遶池遊〕叶「織壁惜」，〔五更轉〕叶「食急息色翩力墨，粒泣急吸翼立急」；《虎》第 7 折〔四邊靜〕叶「黑赤鏑百璧責，嚇策碧百璧責，國棘繳百璧責」。

這些用韻現象和當時的吳語方言可能也有很大的關係。

第一類韻腳字主要來源於中古山、咸攝入聲字，在現代蘇州方言中這些字韻母的讀音也有〔ɤʔ〕、〔iɪʔ〕、〔uɤʔ〕、〔yɤʔ〕四種，「ɪ 出現在入聲韻裏要後些短些，同舌面輔音相拼時也可以讀成 ĭəʔ」，[註11]《漢語方音字彙》把它們列為相應的開、齊、合、撮韻，[註12] 它們在一起押韻是沒有問題的，在明代蘇州方言中它們應該也是可以在一起押韻的。

第二類韻腳字主要來源於中古梗、曾、臻、深四攝入聲字，在現代蘇州方言中，這些字韻母的讀音也主要有〔ɤʔ〕、〔iɪʔ〕、〔uɤʔ〕、〔yɤʔ〕四種，因此，這些字在現代蘇州方言中是可以押韻的，在明代它們韻母的音值或許與現在不同，但應該也是可以在一起押韻的。梗開三章組字「赤」在現代蘇州方言中

〔註11〕袁家驊，《漢語方言概要》，61 頁。其中的「ə」即《漢語方音字彙》中的「ɤ」。

〔註12〕見北京大學中國語言文學系語言學教研室編《漢語方音字彙》（第二版重排本），語文出版社，2003 年，第 18 頁。

韻母有文白異讀，文讀為「〔ɣʔ〕」，白讀為「〔ɒʔ〕」，很可能明代文讀音已經存在了。「客」字讀音為「〔ɒʔ〕」，但在現代蘇州方言中梗開二字如「策、冊、澤、格、嚇、額、魄」等都有文白異讀，韻母文讀為「〔ɣʔ〕」白讀為「〔ɒʔ〕」，「客」字現在或許失去了曾經存在過的文讀音，只剩下白讀「〔ɒʔ〕」的讀法，但明代它的文讀音「〔ɣʔ〕」很可能是存在的。

第一類和第二類很多韻腳字韻母的讀音在今蘇州方言中是完全相同的，但由於它們的中古音來源是不同的，它們在吳語的歷史上讀音一定曾經有過不同，它們韻母的主元音當時很可能是不一樣的，或許是高低的不同，或許是前後的不同，現代的同音狀態是幾百年來語音演變的結果，明代這兩類的韻腳字或許還沒有演變為現在這種完全同音的狀態。

四、結 語

馮夢龍編纂的《山歌》反映了明末的蘇州語音，這一點是學界公認的，馮氏在為《山歌》用字作評時說：「……吳人歌吳，譬諸『打瓦』、『拋錢』，一方之戲。正不必如欽降文規，須行天下也。」（劉瑞明 2005：320）張氏的用韻與《山歌》用韻有很強的一致性（參考胡明揚 1981，石汝傑 2006），因為張氏是「以意用韻，便俗唱而已」，很多入韻處自然地流露出了他自己的方音特點。明代曲論家認為張氏「隨口亂押」，明清及近代曲論家認為作曲應遵循《中原音韻》，不合《中原音韻》處一般被批為「雜韻」、「犯韻」或「借押」。從張氏用韻的情況看，他作曲時可能並非「隨口亂押」或「雜韻」、「犯韻」、「借押」，實際情況是：在張氏的口音中，它們很可能是同一韻部的字。

五、參考文獻

1. 北京大學中國語言文學系語言學教研室編，《漢語方音字彙》，北京：語文出版社，2003 年。
2. 丁邦新，《一百年前的蘇州話》，上海：上海教育出版社，2003 年。
3. 馮夢龍編纂，劉瑞明注解，《馮夢龍民歌集三種注解（下冊）》，北京：中華書局，2005 年。
4. 胡明揚，三百五十年前蘇州一帶吳語一斑，《語文研究》第 2 期，1981 年。
5. 劉禧延，中州切音譜贅論，載任訥輯《新曲苑》第三十種，中華書局，1940 年。
6. 魯國堯，元遺山詩詞曲韻考，《魯國堯語言學論文集》，江蘇南京：江蘇教育出版社，2003 年。

7. 權容浩，淺談南戲曲韻研究中的韻書問題，《藝術百家》第 3 期，2000 年。

8. 沈寵綏，《度曲須知》，載中國戲曲研究院編《中國古典戲曲論著集成（五）》，北京：中國戲劇出版社，1959 年。

9. 沈德符，顧曲雜言，載《中國古典戲曲論著集成（四）》第 193～228 頁，北京：中國戲劇出版社，1959 年。

10. 石汝傑，明末蘇州方言音系資料研究，《鐵道師院學報（社會科學版）》第 3 期，1991 年。

11. 石汝傑，《明清吳語和現代方言研究》，上海：上海辭書出版社，2006 年。

12. 隋樹森、秦學人、侯作卿，《張鳳翼戲曲集》，北京：中華書局，1994 年。

13. 王驥德，《曲律》，載中國戲曲研究院編《中國古典戲曲論著集成（四）》，北京：中國戲劇出版社，1959 年。

14. 吳梅，《南北詞簡譜》，載《吳梅全集》，河北：河北教育出版社，2002 年。

15. 徐復祚，《曲論》，載中國戲曲研究院編《中國古典戲曲論著集成（四）》，北京：中國戲劇出版社，1959 年。

16. 徐渭，《南詞敘錄》，載中國戲曲研究院編《中國古典戲曲論著集成（三）》，北京：中國戲劇出版社，1959 年。

17. 游汝傑，《地方戲曲音韻研究》，北京：商務印書館，2006 年。

18. 袁家驊，《漢語方言概要》，北京：語文出版社，2003 年。

19. 周德清，《中原音韻》，載中國戲曲研究院編《中國古典戲曲論著集成（一）》，北京：中國戲劇出版社，1959 年。

20. 周維培，試論明清傳奇的用韻，載徐朔方，孫秋克編《南戲與傳奇研究》，湖北：湖北教育出版社，2003 年。

明代蘇州曲家顧大典戲曲用韻考

一、引 言

明傳奇承襲南戲而來，從明中葉開始進入繁盛時期，湧現出大批優秀的明傳奇作家和作品，很多作品具有文學上和語言學上的雙重價值，對這類材料的挖掘和研究對近代漢語語音史及漢語方言語音史都將是有益的補充。本文研究了明代蘇州府吳江縣傳奇作家顧大典兩部傳世戲曲作品的用韻，發現顧氏不是完全遵照《中原音韻》用韻的，顧氏用韻的很多地方反映的應該是 16 世紀吳語方言的語音特點。

顧大典（1540～1596），詩人、戲曲家、書畫家，字道行，一字衡宇，號恒獄，明代蘇州府吳江人。明穆宗隆慶二年（1568 年）進士，授紹興府教授，歷任處州府（今浙江省麗水市）推官、刑部主事、南京兵部主事、吏部郎中、山東按察副使、福建提學副使等職，居官清正，後因不徇私情被人彈劾，被貶謫為禹州知州，顧氏於是辭官回到家鄉教授戲曲、創作傳奇。顧氏私家花園「諧賞園」建成於顧大典外出為官之前，棄官後即以此作為燕樂終老之地。顧氏在家中蓄養戲班，常常拍著紅牙板自己譜詞唱曲。著有《青衫記》、《義乳記》、《葛衣記》、《風教篇》，合稱《清音閣傳奇》四種，今僅存《青衫記》、《葛衣記》兩種。

顧氏與沈璟交往密切，沈璟 1589 年辭官回鄉後也在家蓄養戲班，經常與

顧大典在一起切磋曲學，二人「每相唱和，邑人慕其風流」（潘檉章《松陵文獻》卷九）。眾所周知，沈璟是「吳江派」的領袖，主張作曲必遵《中原音韻》，以至其追隨者及後代曲學家常以《中原音韻》為標準來評判曲家用韻。如徐復祚批評張鳳翼用韻「但用吳音，先天、廉纖隨口亂押，開閉罔辨，不復知有周韻矣」〔註1〕。顧大典也被歸入吳江派，但考察顧氏戲曲的用韻，我們發現，顧氏作曲並沒有完全遵照《中原音韻》，其用韻的很多地方還是反映了自己的方音特點。

二、本文考察對象及研究方法

顧大典共兩部傳世戲曲：《青衫記》和《葛衣記》。《青衫記》現存明萬曆金陵鳳毛館本、明末汲古閣本、《六十種曲》本，《古本戲曲叢刊》二集據明末汲古閣本影印；《葛衣記》現僅存梅蘭芳所珍藏舊抄本，《古本戲曲叢刊》五集據以影印。本文考察的《青衫記》、《葛衣記》均是《古本戲曲叢刊》中收錄的版本。《青衫記》全劇 30 齣共 182 支曲子，《葛衣記》全劇 27 齣共 128 支曲子，兩劇共 310 支曲子。本文以這 310 支曲子作為考察對象，一支曲子算作一個基本用韻單位。

本文使用的最主要的研究方法是韻腳字歸納法。「本方法的操作程序可分為四個步驟：選定研究對象，分析韻例，歸納韻部，分析『異部互押』的性質、原因。」本文研究時，依據的就是這四個步驟，其中最複雜的步驟是分析韻例。韻例，「即押韻字出現位置的規律，或者叫作押韻的格式」。相同曲牌的曲子，韻例一般相同。我們把相同曲牌的曲子放在一起進行排列對比，就比較容易看出該曲牌的韻例，從而確定韻腳字。如《青衫記》第二齣【高陽臺】曲（「〔前腔〕」即用前面一支曲子的曲牌）：

【高陽臺】〔生〕藩鎮縱橫。朝綱解紐。正澄清攬轡時節。建立何先。賢豪須有施設。顛越。道傍築室猶未決。笑蘇張漫勞饒舌。倘遭逢。弛張戰守。早權優劣。

【前腔】〔小生〕明哲。謀斷兼資。昔推房杜。而今付之空說。國是盈庭。雌黃未有分別。迂闊。依違廟堂無石畫。歎君門萬里懸絕。運嘉謀。只愁阻隔。

〔註1〕徐復祚，《曲論》，《中國古典戲曲論著集成（四）》，北京：中國戲劇出版社，1959年，237頁。

未能直達。

【前腔】差迭。言路當開。直臣應獎。須知帝裾難絕。自林甫姦邪。把忠賢視同吳越。悲咽。九齡已老韓休死。仗馬鳴杜鵑啼血。到如今。滿朝鉗口。百僚結舌。

【前腔】員缺。推轂宜精。建牙當選。豈容債帥星列。二卵棄干城。把膺揚付之彈鋏。崩竭。汾陽薨逝西平殞。有誰人奉公竭節。到如今。虎臣矯矯。化為蛇蠍。此曲共四支，首支共十一句，從第二支開始每曲十二句，摘錄每句的最後一字排列對比如下：

【高陽臺】橫紐節先設越決舌逢守劣

【前腔】哲資杜說庭別闊畫絕謀隔達

【前腔】迭開獎絕邪越咽死血今口舌

【前腔】缺精選列城鋏竭殞節今矯蠍

根據排列對比，此曲首支第三、五、六、八、十一句的最後一字是韻腳字。第二支至第四支的第一、四、六、七、九、十二句的最後一字是韻腳字。把不入韻的字去掉，此曲的韻腳字就確定為：

【高陽臺】節設越舌劣

【前腔】哲說別闊絕達

【前腔】迭絕越咽血舌

【前腔】缺列鋏竭節蠍

有時同一曲牌的曲子作者會加上襯字或對句式做些變動，但根據句意和排列對比仍可確定韻腳字。如【集賢賓】曲：

【集賢賓】秋花點點浥露芬。繞碧砌苔茵。菊散叢金蓮墜粉。喜寒葩似帶餘春。繁華易隕。恐青女又侵青鏡。（合）心自忖。拚取綠醑青尊同引。（《青衫記》第二十五齣）

【前腔】秋風隱隱入座馨。更秋色宜人。把豔舞嬌歌還再整。奈感時濺淚傷神。金風漸緊。怕玉露又催霜信。（合前）

【集賢賓】稱觴膝下祈壽考。望西池怎借蟠桃。論反哺猶慚枝上鳥。賴俎豆三千恩教。寂寥梧槁。望西池慈母動勞報。（合）齊祝禱。願忘憂似北堂萱草。（《葛衣記》第二齣）

【前腔】槖砧亡祿捐棄早。只遺下書卷簞瓢。書為兒郎求窈窕。締婚盟扳附同袍。我的憂心悄。論六禮全德缺少。（合前）

此曲共八句，句句入韻。雖然《葛衣記》此曲第二句由五字變為七字，其他一些地方加上襯字，但我們仍可根據句意和排列對比確定韻腳字如下：

【集賢賓】芬茵粉春隕鏡忖引（《青衫記》第二十五齣）

【前腔】馨人整神緊信忖引

【集賢賓】考桃鳥教槁報禱草（《葛衣記》第二齣）

【前腔】早瓢窕袍悄少禱草

運用排列對比的方法確定韻腳字後，我們共系聯歸納出《青衫記》韻部12個，《葛衣記》韻部11個。下面是兩部戲曲的韻部及各韻部的韻腳字。

三、顧大典戲曲用韻韻部

（「〔 〕」中為曲牌名，「（ ）」中為該曲在戲曲中所在出數）

（一）《青衫記》韻部

（1）東鍾（8支曲子）

〔浣溪沙〕紅慵濃櫳風（3）〔番卜算〕封擁雄重（9）〔紅繡鞋〕雄雄通通轟橫弓，紅紅蓬蓬塘龍風（9）〔畫堂春〕宮龍風中（11）〔豹子令〕動動峒峒擁龍功，誦誦風風勇雄功（11）〔虞美人〕窮中風東（26）

（2）江陽（17支曲子）

〔卜算子〕往訪（15）〔剔銀燈〕坊攘向傍傷鄉忘，郎樣攘況莊房鄉（15）〔鵲橋仙〕講上鄉爽（23）〔解三酲〕仗章降堂帳鄉望陽，暢娘上鴦傍長望陽（23）〔生查子〕江舫邦賞（23）〔太師引〕惶恙傷悵忙浪揚行房，訪郎傍梁上喪行商，巷陽亮漿響攘方亡，掌廊向腸障網場梁，愴張障郎帳攘廂凰（23）〔鎖南枝〕方張梁鄉長枉，行茫鄉行堂傍（29）〔江頭金桂〕訪邦鴦漾涼恙償陽傍量狂，障鄉芳仗香上腸鄉放量長（29）

（3）庚青（17支曲子）

〔鷓鴣天〕聲名生青驚平（2）〔北點絳唇〕影靜，靜悷（6）〔四邊靜〕整境並勝令應，競陣迸勝令應（12）〔正宮粉蝶兒〕鳴映庭耿聽（14）〔耍孩兒〕命成哽定傾甚靈（14）〔四煞〕懲明令聽平甚靈（14）〔三煞〕爭兵進行應邢

（14）〔二煞〕成名境平獍生（14）〔一煞〕精興逞停令明（14）〔朝元歌〕程景聲境影梗塵情深平隱慶慶，嶺青橫屏清星聽京增生情隱慶慶（18）〔風入松〕城亭艇慶行迎，情婷定慶傾迎（30）〔催拍〕京生城旌盟程並，盟馨情燈鶯程並（30）

（4）真文侵尋（18 支曲子）

〔駐馬聽〕綸聞塵鄰因本諄隱（6）〔駐雲飛〕聞忱引隱紜震訓臣，聞恩闈損存問淨云（6）〔山花子〕穩新宸文恩聞塵鄰（6）〔菊花新〕塵人春飲（7）〔香遍滿〕塵春人新（7）〔宜春令〕新津近英蔭警，頻茵映民井警，蘋宸影旬頓警（7）〔雙勸酒〕緊頓人信雲昏（24）〔好姐姐〕恩信人憫問塵，嗔聘新憫問塵（24）〔畫堂春〕雲臣勻顰（25）〔集賢賓〕芬茵粉春陰鏡忖引，馨人整神緊信忖引（25）〔貓兒墜〕塵雲唇顰春，身塵雲盈春（25）〔尾聲〕問醞身（25）

（5）寒山先天桓歡監咸廉纖（18 支曲子）

〔滴溜子〕傳剪殿選宣，天淺變點仙（6）〔破陣子〕淺娟遠煙彈（8）〔清平樂〕斷半伴散（8）〔六犯清音〕掩燕慘年先換添眠筵鈿面遷仙（8）〔琥珀貓兒墜〕天顏鞭連苑娟，氈年邊連苑娟（8）〔醉扶歸〕面泉滿（13）〔懶畫眉〕箋遷鞭遣延，箋煙懸雁錢（20）〔哭相思〕牽潸難（21）〔淘金令〕轉淺汗伴煙年牽扇（21）〔步步嬌〕遣限船眠欠歡塹（27）〔玉嬌枝〕戀緣伴煎涎面弦猿（27）〔川撥棹〕怨鉗顏顏嫌拳前見搏（27）〔尾聲〕賤綣泉（27）〔出隊子〕怨怨緣煙間前（29〔天下樂〕然邊衫弦（29）

（6）支思齊微魚模（23 支曲子）

〔看花回〕期隨飛為眉枝歸（1）〔菩薩蠻〕淒嘶翠淚啼迷（4）〔園林好〕衣裾里居居（5）〔江兒水〕麗迷際去繫語曳（5）〔清江引〕矣翳市侶（5）〔清平樂〕眉萋西（8）〔駐馬聽〕遲之迷悲碎驅止（15）〔金瓏璁〕肌移（17）〔耍孩兒〕蟻翠宜幾泥，美媚遲幾泥（17）〔東甌令〕癡誰淚計兒辭，兒些誓棄棲雞（17）〔月雲高〕避裏樹細誰枝，止事慮戾忌衣遲（19）〔生查子〕閨倚至（19）〔紅衲襖〕知緋敝的疑知衣，時回繫易迷密衣，的誰事枝知伊移，眉圍意枝知疑悲，伊渠費珠知迷枝（19）〔鵲橋仙前〕淚喜（21）〔鵲橋仙後〕起（21）〔眼兒媚〕萋西樓溪歸閨（23）〔一封書〕姬淒餘飛迷隨違題（21）

（7）家麻車遮（9 支曲子）

〔一翦梅〕霞花花斜涯涯（4）〔菊花新〕華誇家亞（4）〔黃鶯兒〕霞賒畫麻加價家花，馬咼花掛瓜咱下嗟紗（4）〔簇御林〕賒花掛化遮些，花涯掛駕誇槎（4）〔尾聲〕遐灑誇（4）〔六么令〕畫家沙華話話（16）〔普天樂〕娃架下花掛麻罷涯（16）

（8）來回（4 支曲子）

〔七娘子〕害債回奈待（13）〔不是路〕來猜在回尬階怪慨在在（13）〔皂角兒〕靄塞埃敗黛海排雷來，捱奈埋戴礙敗猜哀開（13）

（9）蕭豪（41 支曲子）

〔謝池春〕好倒曉廟少早鳥老（1）〔霜天曉角〕悄曉了勞（3）〔錦纏道〕聊消憔交刀槽腰笑操道招（3）〔普天樂〕躁俏喬拋著騷，鈔釣燒橋著妖（3）〔古輪臺〕饒梢笑噪勞套繞宵貌熬掃凋少消苗（3）〔尾聲〕料拋夭（3）〔玩仙燈〕調抱巧（7）〔惜奴嬌〕髦綃惱抱刀好（7）〔鬥寶蟾〕嬌宵調表倒少豪笑（7）〔錦衣香〕醪倒肴造嬈笑袍陶老保禱照島（7）〔漿水令〕小桃朝搖廟少了高（7）〔尾聲〕報拋腰（7）〔十二紅〕貌豪宵少調腰梢到（7）〔似娘兒〕皋寥消杳（20）〔水底魚〕蕭腰雕，敲高勞（12）〔秋夜月〕高寶道照嫖嫖，喬寶笑照嫖嫖（17）〔喜遷鶯前〕詔道朝遙（26）〔虞美人〕了老小渺（26）〔孝順歌〕高霄招巢照緲討陶調（26）〔喜遷鶯後〕到邀眺袍（26）〔啄木兒〕久勞寥宵朝保道軺，鳥毛桃鷯搖要趙蕭，調騷饒皋勞耗笑消（26）〔新水令〕槽少鳥蛟嘈調（28）〔步步嬌〕老道高倒聊到（28）〔折桂令〕消勞嬌腰槽糟熬高（28）〔江兒水〕表杓曉操（28）〔雁兒落帶過得勝令〕腰貌高抱拋操巢燒廟橋要要（28）〔僥僥令〕惱苗造要要（28）〔收江南〕宵道膠條交交描（28）〔園林好〕標髦早喬喬（28）〔沽美酒帶太平令〕鴞鴞膠毫騷璈趙笑誥綃潮老（28）〔尾聲〕早宵桃（28）〔探春令〕召（30）〔大環著〕召召朝詔廟曹要好耀堯鮑（30）〔越恁好〕倒倒髦笑交交調霄道老（30）〔尾聲〕少道毫（30）

（10）尤侯（14 支曲子）

〔神仗兒〕守守驟厚後州州，守守柳候臭留留（10）〔白練序〕友頭奏遊秋手酒，眸頭流留收游手酒（10）〔集白句〕悠頭（20）〔山查子〕耦袖，厚候（22）〔玉胞肚〕輳樓後裯遊，柳留守洲牛（22）〔山坡羊〕愗瘦鷗耦流由有彀

羞舟留頭（22）〔臨江仙〕州頭收悠投秋（22）〔浣溪沙〕秋悠留頭幽（25）〔朝天子〕秋羞收浮樓酬酬，頭浮投留由流流（25）

（11）列發（7支曲子）

〔高陽臺〕列月烈發（2）〔生查子〕舌傑（2）〔高陽臺〕節設越舌劣，哲說別闊絕達，迭絕越咽血舌，缺列鋏竭節蠍（2）〔尾聲〕傑說愒（2）

（12）急力（6支曲子）

〔菩薩蠻〕寂力（4）〔鬥黑麻〕執急愊給息歷質，匹失濕適息歷質（21）失濕適息歷質（21）〔憶多嬌〕日憶密識息息室，日息隔跡寂寂惜（21）

（二）《葛衣記》韻部

（1）東鍾（2支曲子）

〔引〕通峰同濃重（27）〔山花子〕擁東通龍榮重同紅（27）

（2）江陽（17支曲子）

香涼傷江堂忘常郎場（1）〔引〕相涼祥快（8）〔甘州歌〕相藏謗牆常妨祥狂量當養床強忘張常（8）〔解三酲〕廣床狀量上丈翔講皇，養涼想商丈量講浪鴦（8）〔引〕傷長行江（13）〔五更轉〕喪裳上養上講障浪（13）〔香柳娘〕光唱上長茫莽腸向（13）〔香柳娘〕廂廂上傍傷漾張上（13）〔引〕賞涼（23）〔引〕快裳（23）〔刮鼓令〕鄉堂狼光，傷霜亡江攘房嫜（23）〔引〕章揚常（24）〔泣顏回〕行章忘郎望光鄉，光傷央傍恙忘當，揚忘涼江漾商量（24）

（3）庚青（19支曲子）

〔窣地錦襠〕青行情聲，軍城京聲（5）〔駐雲飛〕征城暝冷行贈成淨兵銘，城生緊影征耿零哽（5）〔引〕庭聲（6）〔引〕淨影（6）〔降黃龍〕明淨靈境齡影燈（6）〔太平令〕憎情迎，情橫輕（6）〔滾〕爭逞迸爭忖盟（6）〔引〕聲營陵勝（9）〔紅繡鞋〕橫騰迎行城（9）〔引〕警整（17）〔引〕城明（17）〔啄木兒〕情更名屏貧競證迥（17）〔三段子〕驚生靜經兵佞蓋情穎（17）〔歸朝歡〕零頸挺騁靜名（17）〔鎖窗郎〕婷藤城聘定稱，輕盟生徑定命（12）

（4）真文（13支曲子）

〔齊天樂〕春門貧存論津坤（2）〔引〕衰鬢寸（3）〔引〕褪芬信嫩（4）〔金梧桐〕印春暈悶問（3）〔東甌令〕溫人韻昏論（3）〔大勝樂〕神盡近氛恨

魂緊韻（3）〔解三酲〕粉芬魂裀鱗曛恨雲（3）〔尾〕訊春頻（3）〔出隊子〕勳聞濱津（25）〔哭相思〕梗引（25）〔三換頭〕影盡身沉臣認盟雲，深緊論窨忍人盟雲（25）〔望吾鄉〕門因引粉近分門（25）

（5）支微（16 支曲子）

〔三學士〕去居足書取遲（11）〔引〕細議契（12）〔引〕閉悴曳（12）〔四換頭〕你誰兒悔底移昧違水媒遲非，楣恥持移志題非裏違渠垂逼妻（12）〔繡花郎〕棲時閉蔽旨理（13）〔金井梧桐〕書計禮霓為事茲秘淚，余志符意齊蔽異時淚（14）〔引〕飛許（14）〔引〕眉知（16）〔好事近〕垂飛幃知義疑此涯（16）〔榴花泣〕思書離渠取移去姿棄（16）〔催拍〕去提舒虞知（16）〔剔銀燈〕絮質矣取期推禮，據繼取誼悲的輩，醉勢濟取知威罪（20）

（6）魚模（10 支曲子）

〔引〕謨府符武（4）〔玉芙蓉〕符鼓軀粗主狐，圖戍祖孤主狐（4）〔不是路〕居去虛嫗書顧語絮（18）〔宜春令〕粟踈慮軀楚錄，篤苦羽侶取錄（18）〔引〕楚廬（11）〔引〕途儒〔一江風〕黍釜惧無路，故許無疏舒踈暮（20）

（7）來回（13 支曲子）

〔引〕衰捱懷外（7）〔引〕懷擺乖耐（7）〔桂枝香〕待愛礙賴在排揣諧，態待駭才賴猜改諧（7）〔金蕉葉〕腮開賴（10）〔山坡羊〕愛改豺海猜在懷哉哀堆來，擺賴懷解乖災再睞徊開灰（10）〔縷縷金〕街外臺愛哀待，狽在尷諧胎敗債開來（10）〔貓兒墜〕排態臺開財，徊街慨涯懷財（10）〔二犯傍妝臺〕催腮諧（11）待開裁捱（11）

（8）蕭豪（31 支曲子）

〔齊天樂〕好繞道杳孝紹消（2）〔引〕遙寶廟老調（2）〔集賢賓〕考勞桃鳥寥報禱草，早瓢窈袍悄少禱草（2）〔黃鶯兒〕蒿遭道豪寥料抱稍（2）〔貓兒墜〕鷯燒高朝僚（2）〔尾〕豹遙毛（2）〔忒忒令〕凋保造藐了，拋告妙勞遙杳了（15）〔沉醉東風〕交鮑霄孝鳥高搖腰，苞喬曹保草高搖腰（15）〔哭相思〕搗沼袍綃（15）〔江兒水〕遙孝少道惱老（15）〔五供養〕告夭濤窈操潮造（15）〔玉胞肚〕禱燒交濤要（15）〔玉交枝〕杳到燒霄寶超抄（15）〔川撥棹〕惱消皋邀了（15）〔尾〕抱遭遙（15）〔金蕉葉〕高槁道（22）〔紅衫兒〕了條靠操料，惱騷甩耀好（22）〔新水令〕交笑陶刀哨（26）〔步步交〕道料落莔靠（26）

〔折桂令〕敲聊邀高蕭濤毫高（26）〔江兒水〕燥嘲到倒誚曉敲調（26）〔雁兒落〕標草抛了朝薄巧喬敲敲了（26）〔僥僥令〕早桃造操交橋勞老豪鴞（26）〔園林好〕要操老交（26）〔沽美酒〕叨曹較叼了趙討噪交交哨（26）〔尾〕照褒簫（26）

（9）家車（4 支）

〔點絳唇〕野滅蹶（19）〔水底魚〕笳遮法邪，霞賒蛇（19）〔四邊靜〕雪烈赫烈邪闕（19）

（10）急力（3 支）

〔引〕劃責（21）〔憶多姣〕錫急德濕戟（21）〔鬥黑麻〕敵劃檄德職力德（21）

四、對顧氏戲曲用韻的討論

顧氏一生所著傳奇共四部，但流傳下來的只有以上兩部。從這兩部的用韻情況來看，顧氏用韻比較複雜，有的地方受《中原音韻》的影響（如顧氏在兩部戲曲用韻中都有意把「庚青」、「真文」分開，《葛衣記》中還可以歸納出一個「魚模」部，該部中有入聲字入韻等等），有的地方押寬韻（支思、齊微、魚模部中的一些字的押韻或許是押寬韻），但很多方面則自然地流露出自己的方音。這裡分陽聲韻部、陰聲韻部和入聲韻部分別討論顧氏用韻中流露出的方音特點。討論時參考現代蘇州方言，現代蘇州方言的發音取自北京大學中文系編的《漢語方音字彙》（第二版）。《漢語方音字彙》未收的字根據《廣韻》同小韻的字的讀音歸類。

（一）陽聲韻部

（1）庚青、真文、侵尋互押

顧氏作曲時好像有意把庚青和真文分開，但其庚青部中有真文、侵尋部字押入，真文部中也有庚青和侵尋部字押入，如《青衫記》第六齣〔北點絳唇〕叶「影靜，靜悃」，第十八齣〔朝元歌〕叶「程景聲境影梗塵情深平隱慶慶，嶺青橫屏清星聽京增生情隱慶慶」；《葛衣記》第二十五齣〔哭相思〕叶「梗引」，〔三換頭〕叶「影盡身沉臣認盟雲，深緊論窨忍人盟雲」。現代蘇州方言中，這類韻腳字字全部讀成〔ən〕韻。

　　沈寵綏《度曲須知‧收音問答》中說：「緣吳俗庚青皆犯真文，鼻音並收舐
齶，所謂兵、清諸字，每溷賓、親之訛，自來莫有救正。」〔註2〕在教吳人辨別
不要混淆吳語中同音但《中原》不同音的字時作者舉了「貞非真」「英非因」「青
非親」「升非申」「興非欣」「靈非鄰」「擎非勤」「景非緊」「映非印」等例，又
舉了「針非真」「音非因」「侵非親」「深非申」「歆非欣」「林非鄰」「琴非勤」
「錦非緊」「蔭非印」〔註3〕等例，說明在當時吳語中「貞真針」「英因音」「青
親侵」「升申深」「興欣歆」「靈鄰林」「擎勤琴」「景緊錦」「映印蔭」等是同音
字。因此顧氏的這種用韻現象明顯是其方音的自然流露。

　　（2）寒山、桓歡、先天、監咸、廉纖部字大量相押

　　顧氏戲曲用韻中屬《中原》「寒山」「桓歡」「先天」「監咸」「廉纖」五部字
在一起相押形成「寒廉」部，韻腳字主要包括中古山攝寒桓山刪先仙韻字以及
咸攝覃談鹽添咸銜嚴凡韻字，這也部分地反映了當時吳語的特點。

　　在現代蘇州方言中，這些韻腳字可分為以下幾類（有文白異讀的列出文讀
和白讀，下同）：〔ɛ〕類：彈難；限（白）散

　　〔ø〕類：半伴絆〔bø，pɛ 俗〕滿斷汗；慘；氈衫潸扇然；傳轉船

　　〔iø〕類：怨繾遠猿苑；娟拳緣

　　〔uø〕類：歡換

　　〔iɪ〕類：顏；顏；間（文）；點添；嫌掩雁；言軒；鞭變面連眠先搴；煎
遷牽箋延筵仙前錢鉗剪淺遣賤；煙燕天殿蔪涎欠鈿年邊牽弦遣；宣選泉戀懸

　　這類字在現代蘇州方言中的讀音可分為三類：〔ø〕、〔uø〕、〔iø〕；〔ɛ〕（字數
足夠多的話應該還有〔uɛ〕音）；〔iɪ〕，其中〔ɛ〕音與來回部字主元音的讀音相
同，但顧氏戲曲中並沒有來回部字與此部字押韻的現象，因此，十六世紀的蘇
州方言中這類字一定是有韻尾的，可能是〔-n〕，也可能是鼻化韻。此部有以下
幾點需要討論：

　　〔-m〕尾併入〔-n〕尾

　　監咸、廉纖與先天寒山相押（即〔-m〕尾併入〔-n〕尾）是當時吳語的特

〔註2〕沈寵綏，《度曲須知》，《中國古典戲曲論著集成（五）》，北京：中國戲劇出版社，
　　　　1959 年，221 頁。

〔註3〕沈寵綏，《度曲須知》，《中國古典戲曲論著集成（五）》，北京：中國戲劇出版社，
　　　　1959 年，290 頁。

點，徐復祚《曲論》說張鳳翼「但用吳音，先天、廉纖隨口亂押，開閉罔辨」就證明了這一點。實際上，宋元南戲用韻的特點反映出，南方某些方言在宋元時期〔-m〕尾就已經併入〔-n〕尾了。元周德清《中原音韻》序：「吳人呼『饒』為『堯』，讀『武』為『姥』，說『如』近『魚』，切『珍』為『丁心』之類，正音豈不誤哉！」〔註4〕「丁心」切「珍」反映出吳語區的一些地方-n尾和-m尾已經合流了。

〔iɪ〕類與〔ɛ〕類的關係

〔iɪ〕類山、咸攝開口二等牙喉音字的白讀音都是〔ɛ〕，從聲母來看，這些二等字白讀音聲母都是未齶化的〔k〕類，文讀音的聲母都是齶化〔tɕ〕類，因此，白讀音〔ɛ〕是蘇州本地早期的讀音，而且，在十六世紀的蘇州方言中，這類字很可能還沒有〔iɪ〕音，因為見系二等的齶化是十六世紀以後才在北方開始發生的，顧氏所處的時代蘇州方言還沒有〔tɕ〕類音。山、咸攝二等牙喉音字韻母讀成〔iɪ〕是較晚的事情，剛開始出現文讀時可能讀成〔iɛ〕，〔ɛ〕受介音〔i〕的影響高化為〔ɪ〕。我們推測，〔iɪ〕類其他一些字可能早期也讀成〔iɛ〕音，後來主元音高化變成〔iɪ〕。我們在丁邦新（2003）總結的《字彙》和《方言志》的「語音的差異」部分找到了證據，茲抄錄如下：

《字彙》〔iɛ〕韻的字如邊 piɛ、偏 p'iɛ、棉 miɛ、顛 tiɛ、天 t'iɛ、田 diɛ《方言志》作〔iɪ〕。大體都是從山咸兩攝三四等來的。這些字《方言志》都作-iɪ，沒有音類的不同。相信在《字彙》的時代這些字都能夠跟-iɛ、-uɛ 兩韻的字押韻，到《方言志》的時候就不行了。〔註5〕

這說明我們的推測是正確的，〔iɪ〕韻的出現或許只是近幾十年來的事情，顧氏所處的時代此部沒有〔iɪ〕類音。但是此部的〔ɛ〕類字四百年前是否一定讀成這個音？答案是否定的。山咸攝二等牙喉音字在一百年前也有文白異讀，其韻母文讀是〔ɛ〕白讀是〔iɛ〕，如「監奸揀澗間艱減」文讀「〔tɕiɛ〕」，白讀「〔kɛ〕」〔註6〕；「眼」文讀〔iɛ〕，白讀〔ŋɛ〕，「閒咸」文讀〔jiɛ〕，白讀

〔註4〕周德清，《中原音韻》，《古典戲曲論著集成（一）》，北京：中國戲劇出版社，1959年，173頁。

〔註5〕丁邦新，《一百年前的蘇州話》，上海：上海教育出版社，2003年，124頁。

〔註6〕丁邦新，《一百年前的蘇州話》，上海：上海教育出版社，2003年，27頁。

〔ɦɛ〕。〔註7〕這說明山咸攝二等部分字主元音在蘇州方言中早期的讀音是〔ɛ〕，那麼山咸攝一等部分字主元音可能也是〔ɛ〕，也可能發音部位比〔ɛ〕還要低，所以此部〔E〕、〔uE〕類字在當時的蘇州方言中主元音並非〔E〕音。《字彙》顯示，一百年前的蘇州話中「蘭 lɛ≠來、雷 lE」〔註8〕，那麼四百年前它們的讀音更是不同的，因為「蘭」類字還有鼻音韻尾的存在。

〔ø〕類和〔E〕類的押韻

〔ø〕類和〔E〕類的區別是現代蘇州方言的一大特點，但在張氏的戲曲中是完全可以互押的。有證據證明在明代這兩類音就是對立的：沈寵綏《度曲須知》例：「蠶，叶慚，非攢閉口。曇潭，叶談，不作傳字閉口。」〔註9〕這是教吳人辨別閉口韻，石汝傑（1991）認為：「這說明，『蠶曇潭』當讀為〔ø〕，與『慚談』〔E〕不同，所以要特意指出。」〔註10〕胡明揚（1981）把《山歌》中這種互押的現象解釋為：「山寒兩類讀音很不同，合用顯然是韻書的影響。」〔註11〕

（二）陰聲韻部

（1）家麻、車遮互押

顧大典的兩部作品中《中原》「家麻」、「車遮」部字在一起押韻組成「家車」部，韻腳字包括中古假攝麻（舉平以賅上去入，下同）、蟹攝佳韻字。這種用韻現象反映的也很可能是作者的方音特點。

在現代蘇州方言中，這些韻腳字韻母的讀音主要可分為兩類：

〔ɒ〕類：他大（文）家（文白）嫁（文白）價（文白）駕（文白）假（文白）灑葭瑕呀迓訝涯斜嗟夜吒差（文）霞（文）鴉（文）也（白）

〔o〕類：麻靶罷差（白）霞（白）鴉（白）沙罵媧誇花華話畫掛卦遮車捨下（文白）（有 bɒß、boß、二音）

〔註7〕丁邦新，《一百年前的蘇州話》，上海：上海教育出版社，2003年，28頁。

〔註8〕丁邦新，《一百年前的蘇州話》，上海：上海教育出版社，2003年，12頁。

〔註9〕沈寵綏，《度曲須知》，《中國古典戲曲論著集成（五）》，北京：中國戲劇出版社，1959年，279頁。

〔註10〕石汝傑，〈明末蘇州方言音系資料研究〉，《鐵道師院學報（社會科學版）》，1991年3期，66～71頁。

〔註11〕胡明揚，〈三百五十年前蘇州一帶吳語一斑──《山歌》和《掛枝兒》所見的吳語〉，《語文研究》，1981（2），93～110頁。

　　可以看出，以上很多韻腳字在現代蘇州方言中有文白異讀。「鴉」「霞」「差」字的文白異讀屬於較早的層次，這類字文讀音是〔ɒ〕，白讀音是〔o〕，白話音代表較為早期的讀法，因此〔ɒ〕類字早期在蘇州方言的讀法應該是〔o〕。〔ɒ〕類字中假開二牙喉音字（「鴉」「霞」除外）的文白異讀屬於較晚的層次，這類字韻母主母音都是〔ɒ〕，不同之處在於聲母：文言讀舌面音，白話讀舌根音。張鳳翼戲曲用韻及馮夢龍編纂的《山歌》中也有家麻車遮押韻的現象〔註12〕，胡明揚（1981）將之歸為「家麻車遮」部；石汝傑（2006）歸之為「麻鞋」韻，並將其中〔ɒ〕類和〔o〕類的「通押」現象解釋為「可能是方音的差別」「也可能是官話的影響」。〔註13〕我們認為，對這種現象的最合理的解釋是：它們在作者的口中是屬於一個韻部的。

　　清人劉禧延曾說：「車遮，吳語呼此韻字，與家麻無別。『車』如『差』，『遮』如『渣』，『賒』如『沙』，……彈唱家或因二韻通用，竟讀此韻作家麻，以為通融借叶，雜吳語於中原雅音，不又儒衣僧帽道人鞋乎？」〔註14〕《葛衣記》第十九齣有入聲字「法滅蹠雪烈赫烈闕」和陰聲韻字「野笳遮邪霞賒蛇」押韻的現象。俞為民先生對入聲字押入陰聲韻有一個較好的解釋：

　　　　關於入聲字，沈璟提出：「倘平聲窘處，須巧將入韻埋藏」。這也就是說，若在按曲律該用平聲字而找不到合適的平聲字時，可用入聲字代替。這就指出了入聲字的字腔特徵。入聲僅南曲有，北曲無入聲，如元代周德清在《中原音韻》中，將入聲字分別派入平、上、去三聲。南曲入聲字的字聲特徵是短促，字一出口便戛然而止。由於入聲字出聲急促，聲音低啞，這便與南曲細膩婉轉的唱腔不合，故在剛吐字出聲時，尚作入聲，通常稱作「斷腔」，首音一出口即止，以表現入聲字短促急收的特點；在稍作停頓後，再接唱腹腔與尾腔，隨腔格的變化，抑揚起伏，以與纏綿婉轉的旋律相合。若延長，則似平聲，若上升或下降，則成上聲或去聲，故入聲

〔註12〕 參考彭靜，〈張鳳翼戲曲用韻反映出的四百年前的蘇州話語音特點〉，《語言科學》，2011（3），131～141頁。

〔註13〕 石汝傑，《明清吳語和現代方言研究》，上海：上海辭書出版社，2006年，169頁。

〔註14〕 劉禧延，《中州切音譜贅論》，任訥輯《新曲苑》第三十種，上海：中華書局，1940年，12頁。

字可代替平、上、去三聲。」〔註15〕

（2）「支思」、「齊微」、「魚模」互押

顧氏戲曲中《中原》「魚模」部的部分字與「支思」、「齊微」部字在一起大量相押，韻腳字包括《廣韻》支之脂微、齊灰祭以及魚虞各韻字。在現代蘇州方言中這些入韻字韻母的讀音主要可分為以下幾類：

〔ɿ〕類：茲姿辭此思嘶；事士市

〔ʮ〕類：知支枝之止志旨至癡遲持時恥勢誓；珠處舒書樹；水（白）

〔i〕類：眉媚楣（白），伊，喜起異離裏理疑矣意你，衣，肌幾雞計寄際忌期棲淒妻萋齊西稀溪繫細霓泥底啼提題禮戾麗閉敝蔽迷，翳移宜誼義蟻議；飛非緋費；淚（白）；些；侶慮；聚取；去（白）曳兒棄避姬契計秘濟

〔ɛ〕類：悲輩；眉媚楣（文）媒美昧；垂推悴翠碎水（文）誰淚（文）；罪醉；許（白）

〔uɛ〕類：歸回悔；威為圍（文）違幃；閨

〔y〕類：居裾據驅渠去（文）許（文）餘語；虞絮；圍（白）〔iɒ〕涯

顧氏的這種用韻現象和張鳳翼的用韻相當一致。據彭靜（2011）的研究，「支思」、「齊微」、「魚虞」互押可能並非一些前輩學者所說的「押寬韻」或「相鄰韻部可以通押」，實際情況是，在作者的口中，這些韻腳字主元音的發音是相同或非常相近的，它們之間有可以相押的語音基礎。關於齊微、支思、魚模三者相互混叶，明人徐渭（1959：224）曾說「松江人支、朱、知不辨」〔註16〕，清人劉禧延也說：「韻中撮口字後人析為居魚韻，其屬齒音者吳人俱讀如支思齊微韻。諸作支，樗作差（從正齒音），書作詩，苴作蹟，蛆作淒，胥作西，除作直時切，殊作時徐作夕移切，聚作集異切，如作日時切（沽模韻中梳蔬字吳語讀司，居魚韻須字又讀如蘇，至吳興語全無撮口字，讀居如基，袪如欺，渠如其，於如伊，余如移，蓋作齊齒呼），又閭作黎（此半舌音），前人詞曲亦有沿土音而誤入支思齊微者」。〔註17〕

〔註15〕俞為民，〈沈璟對崑曲曲體的律化〉，《東南大學學報（哲學社會科學版）》，2008（6），110～115頁。

〔註16〕徐渭，《南詞敍錄》，《中國古典戲曲論著集成（三）》，北京：中國戲劇出版社，1959年，224頁。

〔註17〕劉禧延，《中州切音譜贅論》，任訥輯《新曲苑》第三十種，上海：中華書局，1940年，8頁。

〔i〕類中有一「些」字。明崑山作家梁辰魚《浣紗記》第 7 齣〔出隊子〕叶「翠妻飛眉些」，王驥德《曲律》卷二《論須識字第十二》評論《浣紗記》用韻時說：「伯龍又以『盡道輕盈略作胖些』與『三尺小腳走如飛』同押，蓋認『些』字作『西』字音，又蘇州土音矣！」〔註18〕（王驥德 1959：120）顧氏同時期的蘇州曲家張鳳翼、許自昌戲曲中都有「些」字壓入「支微魚」部的現象，應是以方音入韻。

《葛衣記》第十齣〔貓兒墜〕叶「徊街慨涯懷財」，「涯」字押入皆回部；第十六齣〔好事近〕叶「垂飛幃知義疑此涯」「涯」字押入「支微魚」部；《青衫記》第四齣〔一翦梅〕叶「霞花花斜涯涯」，「涯」字押入「家車」部。

魯國堯先生在《元遺山詩詞曲韻考》「若干韻字的討論」部分對「涯」字做過討論：

> 「涯」字，早在唐代就有麻韻音，但《廣韻》只有佳韻五佳切，支韻魚羈切；《集韻》增加了麻韻牛加切；《五音集韻》麻韻五加切，「涘也」，佳韻、支韻音亦收。王文郁《新刊韻略》麻韻「新添」欄目下有「涯」，五佳切，也注明另有二音。元好問古體詩 2 次，詞 7 次，近體詩 8 次押入家車部，但是在古體詩中 2 次，古賦中 1 次押入皆來部……可見金代麻車部音佔優勢，皆來部音還保存。而《廣韻》魚羈切音也在語言中有表現，如南宋福建詞人曾以「涯」與支微部字叶：陳德武《望海潮・三分春色》叶「菲知時詩期涯眉飛宜衣歸」只是在同時代的北方，此音似不存，《五音集韻》、《新刊韻略》仍錄魚羈切音，只是抄舊書罷了。〔註19〕

從顧氏用韻的情況看，「涯」字的這三種讀音或許在當時的吳語中同時存在。

此部有五個入聲字（質、逼、的、密、足）押入，可能是受《中原音韻》的影響，也可能是找不到合適的平聲字，於是用入聲字代替。

〔註18〕王驥德，《曲律》，《中國古典戲曲論著集成（四）》，北京：中國戲劇出版社，1959年，120 頁。

〔註19〕魯國堯，〈元遺山詩詞曲韻考〉，《魯國堯語言學論文集》，南京：江蘇教育出版社，2003 年，439～440 頁。

（3）「皆來」和「齊微」合口字相押

顧氏戲曲中《中原》「皆來」與「齊微」合口字在一起相押形成「皆回」部，韻腳字包括《廣韻》佳皆灰咍泰夬等韻字和部分止攝合口字。在現代蘇州方言中，此部字韻母的讀音可分為以下幾類：

〔ɒ〕類：賴（白）戴（白）蓋慨；外；街薑解債；埋（白）擺諧排尬；敗塞捱涯

〔uɒ〕類：乖（白）怪（白）揣

〔ɛ〕類：賴（文）戴（文）；海害奈臺胎哀來睞待愛埃態哉災再在才財豺裁腮開改猜黛捱礙駭耐；狽；埋（文）；雷堆催

〔uɛ〕類：回徊灰；乖（文）懷；快（文）怪（文）；衰

以上讀音主要有兩類：〔ɒ〕類和〔ɛ〕類。我們可以看到，蟹攝一等咍、泰韻部分字、二等皆、佳、夬、怪韻部分字如「戴」（代）、「帶、泰、太、賴、外」（泰）、「奶」（蟹）、「埋、挨」（皆）、「乖（皆）、怪（怪）」、「快（夬）」等有文白異讀，其文讀為〔ɛ〕、〔uɛ〕白讀音〔ɒ〕、〔uɒ〕。「雷堆催罪回徊灰會」等字也入支微魚部，表明此部字當時文讀音〔ɛ〕的讀法是存在的。

劉禧延指出，「皆來，此韻母每有混入歸回韻者，如『乖』作『歸』、『歪』作『威』、『衰』作色威切、『臺』作『頹』、『杯』作『回』之類」，〔註20〕劉氏認為這是吳人不知分別韻腳之病，但這可以反應出早期吳語中「皆來」與「齊微」合口字同音的現象。

（三）入聲韻部

顧氏戲曲共用到兩個入聲韻部：列發部和急力部。「列發」部韻腳字主要來源於中古山、咸攝入聲字，包括《廣韻》月曷屑薛合帖諸韻字及部分《廣韻》未收字，例見《青衫記》「列發」部；急力」部韻腳字主要來源於中古梗、曾、臻、深四攝入聲字，包括《廣韻》麥陌昔錫德職緝質等韻字，例見《青衫記》及《葛衣記》「急力」部。

同時代的蘇州曲家張鳳翼、許自昌戲曲用韻中也有類似的現象，入聲字單押都可以分為兩類，一類是《廣韻》「屑薛月葉帖合洽轄曷合末沒德職質緝」等韻

字在一起押韻，如張鳳翼《紅拂記》第 15 齣〔高陽臺引〕叶「節越決別」，〔卜算子〕叶「轍接」，〔高陽臺〕叶「合訣設怯截，列別發說雪，發突說滅活」，第 21 齣〔南江水兒〕叶「冽月節絕別闕」，《竊符記》第 2 齣〔寶鼎兒〕叶「舌節列轍」，〔錦堂月〕叶「列葛折別業，悅葉夾怯別業」，〔醉翁子〕叶「蘗雪竭歇熱結，潔澈沫冽蓺結」；又如許自昌《桔蒲記》第 22 齣〔絳都春〕叶「撇結設迭月接」，〔滴滴金〕叶「徹舌怯闕啜折雪」，〔尾聲〕叶「別頰撇」，《靈犀配》第 14 齣〔金蕉葉〕叶「別血堞」，〔傍妝臺〕叶「闊合絕裂血穴滅結」，〔尾聲〕叶「月節說」。另一類是《廣韻》「麥陌昔錫德職緝沒物術質櫛」等韻字在一起押韻，如《紅拂記》第 18 齣〔謁金門〕叶「脈碧識覓力歷昔尺」，《祝髮記》第 2 折〔瑞鶴仙〕叶「綌昔日籍力斁」、〔尾聲〕叶「策赤失」，第 24 折〔四邊靜〕叶「敵律鏑尺刻北」、〔紅繡鞋〕叶「革革易易客逆黑」，《灌圓記》第 2 齣〔高陽臺〕叶「急吸食測益，夕失識逆入，敵及擊墨惜，役默直責得」，《切符記》第 23 齣〔遶池遊〕叶「織壁惜」、〔五更轉〕叶「食急息色弼力墨，粒泣急吸翼立急」，《虎符記》第 7 折〔四邊靜〕叶「黑赤鏑百璧責，嚇策碧百璧責，國棘繳百璧責」；又如許自昌《節俠記》第 15 齣〔卜算子〕叶「黑轍，失碧」、〔畫眉序〕叶「客碧滴集栗北，屋色碧幗栗北」、〔滴溜子〕叶「織日北跡珀」、〔鮑老催〕叶「隔色白密得瀝極」、〔雙聲子〕叶「腋石轄轄極極籍」、〔餘文〕叶「席瀝急」。

這樣看來顧氏用韻中入聲單押的現象不是顧氏個人用韻的特點，這幾位蘇州曲家這些共同的用韻現象，反映的很可能是當時的一種語言現象。

顧氏「列發」部韻腳字在現代蘇州方言中的讀音可以分為以下幾類：

〔iʔ〕類：列烈傑節劣別絕迭咽竭蠍愒

〔ɤʔ〕類：舌設哲說

〔uɤʔ〕類：闊

〔yɤʔ〕類：月越缺血

〔aʔ〕類：發達

這些字韻母的讀音有〔iʔ〕、〔ɤʔ〕、〔uɤʔ〕、〔yɤʔ〕四種，「ɪ 出現在入聲韻裏要後些短些，同舌面輔音相拼時也可以讀成 iə」〔註21〕，《漢語方音字彙》把

〔註21〕袁家驊，《漢語方言概要（第二版）》，北京：語文出版社，2006 年，61 頁。其中的「ə」即《漢語方音字彙》中的「ɤ」。

它們列為相應的開、齊、合、撮韻，它們在一起押韻是沒有問題的，在明代蘇州方言中它們的音值或許與現在不同，但也是可以在一起押韻的。〔aʔ〕類字押入〔ɤʔ〕類韻可能是因為在當時這兩類字的主元音是相同的，現在的不同是幾百年來語音演變的結果。

顧氏「急力」部韻腳字在現代蘇州方言中的讀音可以分為以下幾類：

〔iIʔ〕類：寂力急悒給息歷匹憶密跡惜日（白）錫戟敵檄

〔ɤʔ〕類：執質失濕適識室責德職

〔uɤʔ〕類：劃

〔ɒʔ〕類：隔

這些字韻母的讀音主要有〔iIʔ〕、〔ɤʔ〕、〔uɤʔ〕、〔ɒʔ〕四種，〔iIʔ〕、〔ɤʔ〕、〔uɤʔ〕三類字在現代蘇州方言中是可以押韻的，它們在明代韻母的音值或許與現在不同，但可能也是可以在一起押韻的。「隔」字韻母主母音讀音為「〔ɒʔ〕」，但在現代蘇州方言中梗開二字如「策、冊、澤、格、嚇、額、魄」等都有文白異讀，韻母文讀為「〔ɤʔ〕」白讀為「〔ɒʔ〕」，「隔」字現在或許失去了曾經存在過的文讀音，只剩下白讀「〔ɒʔ〕」的讀法，但在明代它的文讀音很可能是存在的。「列發」部和「急力」部很多字韻母的讀音在今蘇州方言中是完全相同的，但由於它們的中古音來源是不同的，它們在吳語的歷史上讀音一定曾經有過不同。從來源看，急力部字主要來自梗曾兩攝，而列發部字主要來自山咸兩攝，山咸兩攝字互押的現象說明十六世紀的吳語中-p 尾已經併入-t 尾，但當時這兩部入聲字的對立是-k 尾與-t 尾的對立嗎？應該不是，因為此部中有部分臻、深攝入聲字，如「日室質急」等，它們與梗、曾攝入聲字押韻只能說明當時的入聲韻尾都變為喉塞音了。急力部與列發部的對立也只能是主元音的對立，其中前〔a〕與後〔ɒ〕的對立是很明顯的。丁邦新先生解釋〔a〕與後〔ɒ〕形成的原因時說「從絕大多數的例字看來，〔ɒ〕韻母來自梗宕兩攝的入聲，大概是原來的-k 尾使得母音向後移；而〔a〕韻母來自咸山兩攝的入聲，相信是-p 尾先併入-t 尾，-t 尾使得母音向前移，形成了前 a、後 ɒ 對立的局面。」〔註22〕從顧氏的用韻看，這種對立的局面當時已經形成了，而〔iIʔ〕、〔ɤʔ〕、〔uɤʔ〕、〔yɤʔ〕四類字和後〔ɒʔ〕押韻也許因為梗攝的部分字當

〔註22〕丁邦新，《一百年前的蘇州話》，上海：上海教育出版社，2003 年，32 頁。

時可能有文白兩讀（文讀 ɣʔ，白讀的 ɒʔ）並存的情況。

　　明傳奇從南戲發展而來，南戲是宋元時期在我國南方地區流行的一種戲曲藝術。它原是一種採用「村坊小曲」演唱的民間小戲，因為它最初發源於浙江溫州一帶（溫州在唐時曾改為永嘉郡），所以又稱為溫州雜劇或永嘉雜劇。據徐渭《南調敘錄》記載：「永嘉雜劇興，則又即村坊小曲而為之，本無宮調，亦罕節奏，徒取其畸農、士女順口可歌而已。」〔註23〕可見它最初只是一種採用農村中群眾熟悉的流行曲調來演唱的民間小戲，後因受到人民群眾的喜愛，逐漸流傳開來。南戲流傳到某一地區，就和當地的方言相結合，形成有地方特色的戲曲。游汝傑先生認為：「任何一種戲曲，其起源都侷限於一定區域，採用當地方言，改造當地的民間音樂、歌舞而成，其雛形都是地方戲……區別這些地方戲的最顯著的特徵是方言，而不是聲腔。」〔註24〕顧氏是蘇州府吳江人，「明代初年將元代的平江路改為蘇州府，下轄吳縣、長洲、常熟、吳江、崑山、嘉定、崇明七縣。到明代中葉，素稱魚米之鄉的蘇州在經濟、文化等方面遙遙領先，成為東南地區首屈一指的大都會」，〔註25〕晚明時期，「全國戲劇繁榮的中心在江南，而江南戲劇繁榮的中心在蘇州。蘇州借助崑山腔的興起等多種有利條件，一躍成為當時的劇壇翹楚、曲學重鎮和演出中心。」〔註26〕周維培先生也認為：「傳統曲學認為，曲為詞餘，包括韻律在內，都與詞有著血脈繼承關係。這個看法有道理，但並不準確。無論北曲雜劇還是南曲戲文，它們都是地域性極強的聲腔劇種，它們的語言基礎與各自發源地的方音有著千絲萬縷的聯繫。從其原始韻律上看，北曲雜劇及散曲，實以元代大都為中心的北方地區的語音為基礎；南曲戲文及傳奇，則以江浙一帶的吳語為韻律主幹……當北雜劇與南戲傳奇成為流佈全國的大劇種時，又出現了方音與通用語之間的融合，這些都帶來了南北曲韻律上的特殊性。」〔註27〕蘇州曲家一些相同的又不同於當時通語的用韻現象反映的很可能是當時蘇州方言的特點。

〔註23〕徐渭，《南詞敘錄》，《中國古典戲曲論著集成（三）》，北京：中國戲劇出版社，1959年，240頁。

〔註24〕游汝傑，《地方戲曲音韻研究》，北京：商務印書館，2006年，1頁。

〔註25〕鄭雷，《崑曲》，杭州：浙江人民出版社，2005年，7頁。

〔註26〕劉召明，〈晚明蘇州劇壇傳奇創作重心的下移及原因〉，《南京師大學報（社會科學版）》，2007年3期，129～134頁。

〔註27〕周維培，《曲譜研究》，南京：江蘇古籍出版社，1999年，323～324頁。

五、結　語

　　吳江派領袖沈璟主張南曲應遵循《中原音韻》，他的《南詞韻選》是按《中原音韻》十九個韻部列目的，《南詞韻選‧範例》云：「是編以《中原音韻》為主，雖有佳詞，弗韻，弗選也。若『幽窗下教人對景』、『霸業艱危』、『畫樓頻傳』、『無意整雲鬟』、『群芳綻錦鮮』等曲，雖世所膾炙，而用韻甚雜，殊誤後學，皆力斥之。」為了幫助吳語地區崑曲作家與演唱者糾正字音不准的問題，沈璟還編撰了《正吳編》一書，來糾正吳地的方言土音。他的追隨者們如馮夢龍、沈自晉等作曲也都是嚴格按照《中原音韻》用韻的。顧大典由於家住吳江且與沈璟過往甚密，向來被認為是吳江派很重要的一位作家，但顧氏作曲並不是完全遵循《中原音韻》用韻，而是在很多地方流露出當時的吳語方音特點，僅從戲曲用韻的角度講，顧氏或許並不適合歸入吳江派。

六、參考文獻

1. 北京大學中國語言文學系語言學教研室編《漢語方音字彙》（第二版重排本），北京：語文出版社，2003 年。

2. 丁邦新，《一百年前的蘇州話》，上海：上海教育出版社，2003 年。

3. 耿振生，《20 世紀漢語音韻學方法論》，北京：北京大學出版社，2004 年。

4. 顧大典，《青衫記》；《古本戲曲叢刊（2）》，北京大學圖書館館藏。

5. 顧大典，《葛衣記》；《古本戲曲叢刊（5）》，北京大學圖書館館藏。

6. 胡明揚，〈三百五十年前蘇州一帶吳語一斑——《山歌》和《掛枝兒》所見的吳語〉；《語文研究》，1981 年 2 期。

7. 李修生主編，《古本戲曲劇碼提要》，北京：文化藝術出版社，1997 年。

8. 李漁，《閒情偶記》；《中國古典戲曲論著集成（七）》，北京：中國戲劇出版社，1959 年。

9. 劉禧延，《中州切音譜贅論》；任訥輯，《新曲苑》34 種，上海：中華書局，1940 年。

10. 劉召明，〈晚明蘇州劇壇傳奇創作重心的下移及原因〉，《南京師大學報（社會科學版）》，2007 年 3 期。

11. 魯國堯，〈元遺山詩詞曲韻考〉；《魯國堯語言學論文集》，南京：江蘇教育出版社，2003 年。

12. 潘檉章，《松陵文獻：十五卷》，北京大學圖書館館藏電子圖書。

13. 沈寵綏，《度曲須知》，《中國古典戲曲論著集成（五）》，北京：中國戲劇出版社，1959 年。

14. 沈璟，《南詞韻選》，中國國家圖書館館藏民國間版本。

15. 石汝傑，《明清吳語和現代方言研究》，上海：上海辭書出版社，2006 年。

16. 吳梅，《南北詞簡譜》；《吳梅全集》，石家莊：河北教育出版社，2002 年。

17. 徐朔方，《晚明曲家年譜》，杭州：浙江古籍出版社，1993 年。

18. 徐渭，《南詞敘錄》，《中國古典戲曲論著集成（三）》，北京：中國戲劇出版社，1959 年。

19. 俞為民，〈沈璟對崑曲曲體的律化〉；《東南大學學報（哲學社會科學版）》，2008 年 6 期。

20. 游汝傑，《地方戲曲音韻研究》，北京：商務印書館，2006 年。

21. 袁家驊，《漢語方言概要》，北京：語文出版社，2001 年。

22. 鄭雷，《崑曲》，杭州：浙江人民出版社，2005 年。

23. 劉召明，〈晚明蘇州劇壇傳奇創作重心的下移及原因〉；《南京師大學報（社會科學版）》，2007 年 3 期。

24. 周德清，《中原音韻》，《古典戲曲論著集成（一）》，北京：中國戲劇出版社，1959 年。

25. 周維培，《曲譜研究》，南京，江蘇古籍出版社，1999 年。

明代蘇州曲家許自昌戲曲用韻考

一、引　言

　　漢語方音史研究是漢語語音史研究的一個重要組成部分，研究漢語語音史和方音史的資料除各時代的韻書、韻圖外，還有韻文資料，包括各時代的詩、詞、曲、賦等。明代流傳下來大量的傳奇作品，是我們研究明代語音史和方音史的重要資料，對某一地區同時期作者作品用韻的研究既有助於瞭解當時傳奇用韻的共同特點及作者的個人用韻特點，也可以從中發現當時該地方言的語音特點，如蘇州曲家梁辰魚的《浣紗記》中，《中原音韻》車遮部的「些」字押入齊微部，王驥德《曲律》卷二《論須識字第十二》評論說：「伯龍又以『盡道輕盈略作胖些』與『三尺小腳走如飛』同押，蓋認『些』字作『西』字音，又蘇州土音矣！」〔註1〕現代蘇州方言中，「些」字發音為［si］，因此，從傳奇作品的用韻中可以發現作者的方音特點。但是，明傳奇的用韻非常複雜：不同作者的作品用韻各有特色；同一地區作者的作品因為依據的標準不同用韻會相差很大；按用韻特點可以歸為一類的作品其用韻也有內部差別；即使是同一個作者的不同時期的作品，也會由於某些原因用韻差別很大。要想從傳奇作品的用韻上發現明代某一地區方言音系的特點，就要盡可能多地研究該地區作者作品的

〔註 1〕王驥德，《曲律》，《中國古典戲曲論著集成》（四），中國戲劇出版社，1959 年，120頁。

用韻情況，這樣，該地區不同作者相同的用韻現象可以相互印證，再與現代方音對比，結論會更有說服力。例如，研究蘇州曲家梁辰魚的戲曲用韻，發現一些蘇州方言的語音特點後，我們再研究當時其他蘇州曲家的用韻情況，就可以從中發現更多的當時蘇州方音的特點，這會使我們對明代蘇州方音特點的討論更具說服力，這對漢語方音史的研究無疑是有益的補充。蘇州是明代的曲學重鎮和演出中心，〔註2〕很多明傳奇作品的作者如梁辰魚、張鳳翼、顧大典、孫柚、沈璟、徐復祚、朱鼎、許自昌、馮夢龍等都是蘇州人，對他們戲曲用韻的研究有助於發現當時蘇州方音的特點。

　　本文研究了明代蘇州傳奇作家許自昌四部傳世戲曲作品的用韻，發現跟明代蘇州曲家張鳳翼、顧大典一樣，許氏用韻的很多地方反映的也是四百年前蘇州話的語音特點。

　　許自昌（1578～1623），字玄祐，號霖寰，自稱高陽生，別署梅花墅、梅花主人，長洲（今江蘇蘇州人）。其父靠經商成為巨富，許自昌20歲遊學南國子監，屢試不第，萬曆三十五年入貲得文華殿中書舍人，次年即以侍親告歸。所作傳奇四種：《水滸記》、《節俠記》、《桔浦記》、《靈犀佩》。本文研究的這四種傳奇均據《古本戲曲叢刊》本。《水滸記》共31齣228支曲子，《節俠記》共32齣208支曲子，《桔浦記》共32齣219支曲子，《靈犀佩》共32齣106支曲子，四部傳奇共127齣761支曲子。

　　本文使用的最主要的研究方法是韻腳字歸納法。「本方法的操作程序可分為四個步驟：選定研究對象，分析韻例，歸納韻部，分析『異部互押』的性質、原因。」〔註3〕

　　本文研究時，依據的就是這四個步驟，其中最複雜的步驟是分析韻例。韻例，「即押韻字出現位置的規律，或者叫作押韻的格式」。〔註4〕相同曲牌的曲

〔註2〕　「明代初年將元代的平江路改為蘇州府，下轄吳縣、長洲、常熟、吳江、崑山、嘉定、崇明七縣。到明代中葉，素稱魚米之鄉的蘇州在經濟、文化等方面遙遙領先，成為東南地區首屈一指的大都會」（轉引自鄭雷《崑曲》浙江人民出版社，2005年，第7頁）。晚明時期，「全國戲劇繁榮的中心在江南，而江南戲劇繁榮的中心在蘇州。蘇州借助崑山腔的興起等多種有利條件，一躍成為當時的劇壇翹楚、曲學重鎮和演出中心。」（轉引自劉召明「晚明蘇州劇壇傳奇創作重心的下移及原因」，《南京師大學報》（社會科學版），2007年第3期。）

〔註3〕　耿振生，《20世紀漢語音韻學方法論》，北京大學出版社，2004年，13頁。

〔註4〕　耿振生，《20世紀漢語音韻學方法論》，北京大學出版社，2004年，14頁。

子，韻例一般相同。我們把相同曲牌的曲子放在一起進行排列對比，就比較容易看出該曲牌的韻例，從而確定韻腳字。〔註5〕

相同曲牌曲子的句數、字數和押韻情況一般是相同的。如【玉芙蓉】曲：

【玉芙蓉】交情託寶刀。濁酒供談笑。歡馬周寥落。張儉飄颻。便縑囊不惜居傭保。復壁無緣慰寂寥。憐松紹。再杯傾幾瓢。謾催程，我心懸旆正搖搖。（《水滸記》第26齣）

【玉芙蓉】皇風扇九圍。聖德超千代。看花神奉詔。東帝揚輝。香飄白雪依旌蓋。色借青陽豔酒杯。邦家瑞。喜陽和早回。惟願取萬千長此樂無涯。《節俠記》第25齣）

【前腔】奇花感睿才。勝事邀行蓋。似橫汾曲奏。在鎬筵開。文移北斗成天象。酒近南山作壽杯。邦家瑞。喜陽和早回。惟願取萬千長此樂無涯。

【前腔】堯尊傍日隈。舜樂臨風外。看瓊筵正啟。寶扇橫開。花迎喜氣何須待。鳥識歡心卻再來。邦家瑞。喜陽和早回。惟願取萬千長此樂無涯。

【前腔】姦邪犯德威。流竄遭摧敗。是遊魂沒主。死命無歸。須知有毒防蜂蠆。莫自無端縱虎豺。休輕貸。早驅除禍胎。管取那萬年長此樂無涯。

【玉芙蓉】刀笑落颻保寥紹瓢搖
【玉芙蓉】圍代詔輝蓋杯瑞回涯
【前腔】才蓋奏開象杯瑞回涯
【前腔】隈外啟開待來瑞回涯
【前腔】威敗主歸蠆豺貸胎涯

此曲九句，通過排列對比，可以看出，第三句不入韻。把第三句去掉，剩下的就是韻腳字。但《節俠記》第25齣第一隻【前腔】曲中的第五句的最後一個「象」字沒有壓入「皆來灰」部的其他用例，在這裡是一個孤例，因此也不算作韻腳字，最後我們得到的韻腳字是：

【玉芙蓉】刀笑颻保寥紹瓢搖
【玉芙蓉】圍代輝蓋杯瑞回涯
【前腔】才蓋開杯瑞回涯

〔註5〕這種方法彭靜（2007，2011，2012）在研究蘇州曲家梁辰魚、張鳳翼、顧大典等曲家的用韻時使用過。

【前腔】限外開待來瑞回涯

【前腔】威敗歸薑豺貸胎涯

用這種方法，筆者得到每只曲子的韻腳字，然後系聯，得出每部戲曲的韻部。

二、許自昌四部戲曲的用韻

（一）《水滸記》的用韻

《水滸記》31 齣 228 支曲子，共用到 11 個韻部。下面列出每個韻部及該韻部的韻腳字。韻腳字前面「[ ]」中是曲牌名，「[前腔]」是指該曲用的是前一支曲子的曲牌，韻腳字後「( )」中的數字是該曲所在齣數，如「[一江風] 鍾種夢龍鳳東東通動 [前腔] 途哄擁紅鳳風風中動（5）」中，「[一江風]」是曲牌名，「[前腔]」指韻腳字為「途哄擁紅鳳風風中動」的這支曲子的曲牌仍然的「[一江風]」，「(5)」是指前面這兩支曲子在《水滸記》的第五齣。

1. 東鍾（16 支）

[一江風] 鍾種夢龍鳳東東通動 [前腔] 途哄擁紅鳳風風中動（5）[懶畫眉] 豐紅風奉中 [前腔] 蒙風東哄中（5）[三學士] 東窮紅用空通 [前腔] 通窮蓬重風通（5）[一翦梅] 虹鴻鴻雄匆匆（25）[柳南枝] [香柳娘] 風風洶送窮窮空控 [瑣南枝] 蓬鞚（25）[柳交枝] [香柳娘] 逢逢縱控通通朧憁 [玉嬌枝] 窮風（25）[玉嬌娘] [玉嬌枝] 夢蓬送風鴻鳳 [香柳娘] 逢逢濃湧（25）[園林柳] [園林好] 空通鳳（25）[劉潑帽] 縱蹤用朧恐（25）[秋夜月] 雄重擁哄縱（25）[東甌令] 籠中擁用從窮（25）[金蓮子] 甤寵橫窮（25）[尾聲] 弄訟通（25）

2. 江陽（18 支）

[迎仙客] 量張狼商（20）[滾繡球] 忙慌望裝降倆香廣傍強（20）[滾煞尾] 謊傍光量當方揚（20）[三迭引] 帳放望（22）[犯胡兵] 敞羊糠想浪望 [前腔] 傍祥妨想朗望（22）[接雲鶴] 猖陽（27）[一盆花] 蕩裳黃降良張曠狀 [前腔] 象場良魉將詳量狀（27）[油核桃] 喪仗往匡（27）[三臺令] 良狼張擋（32）[山坡羊] 嶂仗關往張藏狀倆量傷狂當 [前腔] 撞漾殃喪場傷謊帳張強唐擋（32）[四犯黃鶯兒] 張忙喪場傍擋恙壯 [前腔] 螂量擋張揚謊暢

壯（32）［攤破簇御林］張量蕩望傍良光［前腔］量狼恙壯曠梁光（32）［意不盡］漾敞鄉（32）

3. 庚真侵（65 支）

［滿庭芳］心英騰深情生奔城聞（1）［鷓鴣天］名平貧卿清舜平（2）［絳都春］正尊論刃硎奮（8）［出隊子］問星擒省明（8）［鬧樊樓］命禁穩憎箸定鏡（8）［滴滴金］聽認問甚頓穩傾酊（8）［畫眉序］村逞鷹門警徑贈（8）［啄木兒］橫親林信隕傾（8）［三段子］林鷹林鱗影哂阱（8）［鬥雙雞］噴奮奔程徑逞（8）［下小樓］忿人競聞（8）［鮑老催］性甚忿分忍敬恨吞（8）［雙聲子］徑徑品問問隱因因尋尋證［尾聲］幸頸行（8）［天下樂］濱驚闈禁（13）［瓦盆兒］更衾門侵聞恨準問臣（13）［榴花泣］英倫承禁勝請忍型（13）［喜漁燈］禁命民林甚耕本心（13）［尾聲］正親名心（13）［香柳娘］門門進嶺林林行定輪輪蒸引［前腔］行行頓近人人勝隕林林身引（14）［劉滾］郡嶺行影徑［前腔］命進陰影徑（14）［吳歌］因心人（14）［大砑鼓］明吻尊論生行［前腔］馨角身困清行（14）［吳歌］生傾深（14）［金錢花］沉沉睜睜橫輪平［前腔］林林尋尋深橫平（14）［引駕行］辰生成困聲形［前腔］矜人靈進程形（14）［海棠春］定靜京陣（16）［六么姐兒］［六么令］城蒸巾［好姐姐］兵［梧葉兒］生人［前腔］驚鳴人禁明人（16）［顆顆珠］停城（17）［馬蹄花］行珍憑明穩身［前腔］嗔遵擒庭臍身（17）［撲燈蛾］驚驚緊陳忍正坤奔信塵（17）［亭前送別］［亭前柳］鶼輪［江頭送別］整卿（17）［雁過南樓］人勤民憤逞人徑認（17）［章臺前柳］［章臺柳］殷膺存名［亭前柳］訂魂津（17）［尾聲］隕禁停（17）［駐馬聽］城沉金輕近明門［前腔］鄰人鱗倫近伸門（23）［思園春］身旬青塵（23）［粉孩兒］甚寢深鼙冷（23）［馬福郎］問瞑幸憎縈滕（23）［紅芍藥］痕盟淨影沈雲穩（23）［耍孩兒］瞑甚沉燈盡寢悶（23）［會河陽］矜聞衾痕影滾刃（23）［縷縷金］井因金證雲井（23）［越恁好］影影心近忍（23）［紅繡鞋］裙裙萍萍衾文門（23）［尾雙聲］影景巾身（23）［滿江紅］槿泯徑泠褪零恨（31）［憶王孫］墳雲人巾神（31）［梁州序］粉影恨人冷塵雲命人（31）［漁燈兒］身輪奔塵（31）［錦漁燈］贈靈痕塵（31）［錦上花］頻英人吟殷亭形（31）［錦中拍］陰淪瞑剩靈寢門情恨嶺（31）［錦後拍］生聲興興滾衾隱盡（31）［罵玉郎帶上小樓］屏心門茗情心心雲昏昏紅枕褪沉陰並（31）［前腔］身雲萍巾心焚

焚衾靈臨影恨性魂深並［尾聲］窘冥寢（31）

4. 寒桓先監廉（45 支）

［喜遷鶯］旃肝膽山散懸鉉（2）［七娘子］檻妍靨案［旦］仙年天（2）［錦芙蓉］［錦纏道］年摶前變椽［玉芙蓉］念甸桓［前腔］年前憐厭殲勸難桓（2）［燕歸梁］堅冠連泉（2）［芙蓉紅］［玉芙蓉］錢劍憐變懸［雁來紅］念摶掾願［前腔］權怨偏變竿亂安佞願［前腔］摶展劍畔山怨全圖願（2）［上林春］案念寅斷（11）［小措大］閻堪艱按變亂寒安撼天（11）［不是路］前氈軟川賢面邊掩遣見見存（11）［紅衲襖］還便阮媛遍憐箋環［前腔］嫌券鐫變年伴關環（11）［大節高］［大勝樂］旋綣淺［節節高］擔緣眷念便慚願［前腔］天案婉晚艱倦憾嫌願（11）［尾聲］轔連然（11）［荷葉鋪水面］豔憐先穿焰顛緣眼（15）［玉井蓮］然婉［前腔］前燦（15）［海棠醉東風］［月上海棠］歡豔然綿轉［沉醉東風］年年鶯（15）［姐姐插海棠］［好姐姐］然燦免［月上海棠］鳳鶯歡眷邊綣（15）［撥棹入江水］［川撥棹］願懸山山憐［江兒水］軟（15）［玉枝帶六么］［玉姣枝］倦然［六么令］憐殘伴（15）［園林帶僥僥］慳憐諳妍連（15）［秋蕊香］亂殘見剪（18）［蝶戀花］遍宴扇練面見轉怨（18）［忒忒令］闌檻惋言言然臉（18）［尹令］檻扇展靨牽（18）［品令］躑連綣燕豔攢（18）［豆葉黃］憐怨憐雁雁然腕（18）［玉嬌枝］轔年畔斑偏燕鴛鶯（18）［賽紅娘］蹇寒扇憐縮斷減亂（18）［雙蝴蝶］褰彈轉喚圓泉安（18）［鶯踏花］言臉念慚（18）［元卜算］牽便川山（18）［窣地錦襠］仙鞭天蘚（18）［十二嬌］散闌念懸前緣（18）［尾聲］慣軟間（18）［搗練子］天前蓮（22）［玉女步瑞雲］山漢［瑞雲濃］前［前腔］蘭電前（28）［獅子序］間肩瀾盼邅斷觀（28）［太平歌］變函緘便辨天（28）［賞宮花］全然掩延電轅（28）［大聖樂］旋陷探便犬鶯轉念（28）

5. 支微魚（8 支）

［似娘兒］姿期縷離（3）［浣溪沙］溪鸝幃低時（3）［醉花雲］［醉扶歸］住欹蹊主施倚［四時花］遲［渡江春］岐啼［前腔］己思期樹時婿思飛啼（3）［一封羅］［一封書］扉闈展車［皂羅袍］計移苦逾氣［前腔］啼移髻扉覷飛袂霏氣（3）［醉羅歌］［醉扶歸］砌姿妃水［皂羅袍］褘奇蔡迷雨［排歌］碗襦依［前腔］護如蹠誼外岐裏枯睨訐迷依（3）

6. 家麻（4支）

　　〔生查子〕涯駕下〔前腔〕麻大下（4）〔瑣窗郎〕奢沙華納價誇〔前腔〕嗟沙芽納法誇（4）

7. 車遮（12支）

　　〔六么令〕者者者者也也〔前腔〕也也也也者者（19）〔北新水令〕傑涉徹越折熱（19）〔南步步嬌〕者切嗟迭遮帖（19）〔北折桂令〕劣怯射揭列訣孽也車（19）〔南江兒水〕列設徹滅脫烈（19）〔北雁兒落帶得勝令〕月雪徹合（19）〔南僥僥令〕車決脫（19）〔北望江南〕捷躡沙野絕獗（19）〔南園林好〕滅捷野孽業（19）〔北沽美酒帶太平令〕儸儸者截軏業月迭折發轍血（19）〔尾聲〕結徹滅（19）

8. 歌模（15支）

　　〔光光乍〕途戈泊負（9）〔瑣窗繡〕〔瑣窗郎〕都夫途虜〔繡衣郎〕土土〔前腔〕多夫徒虜土土（9）〔熙州三臺〕跎娥過他（12）〔黃鶯學畫眉〕〔黃鶯兒〕過疏左朔〔畫眉序〕鵝壺（12）〔黃鶯穿皂羅〕〔黃鶯兒〕梭搓那睃蘇路〔皂羅袍〕羅疏慕（12）〔貓兒墜玉嬌〕〔貓兒墜〕初珂婆〔玉嬌枝〕貨負錯（12）〔貓兒墜桐花〕〔貓兒墜〕顧波蜍雛〔梧桐花〕拖露（12）29〔玉井蓮〕蘇坐（29）〔風入園林〕〔風入松〕珂河鵝〔園林好〕躲蛾蛾（29）〔月上園林〕〔月上海棠〕瑣我過〔園林好〕錯娥娥（29）〔風入園林〕〔風入松〕蘿跎暮〔園林好〕露河河（29）〔月上園林〕〔月上海棠〕吐過鱄〔園林好〕誤河河（29）〔風入園林〕〔風入松〕波他負〔園林好〕怒磨磨（29）〔月上園林〕〔月上海棠〕顧禍娥〔園林好〕措磨磨（29）

9. 皆來灰（4支）

　　〔碧牡丹〕蓋開怪（24）〔大齋郎〕捱改臺（24）〔碧牡丹〕駭腮在怪（24）〔大齋郎〕差牌雷捱臺（24）

10. 蕭豪（33支）

　　〔玉樓春〕好棹鬧少笑照（1）〔北醉花陰〕草曉豪毛調（5）〔北出隊子〕笑豪曹好效（5）〔北刮地風〕驕饒寶膏耗擾囂腦掏豪（5）〔北四門子〕小小招醪寶消豪挑驍（5）〔北水仙子〕屬高醑繞遙皋寥廟宵（5）〔北尾〕攬豪鳥（5）

［點絳唇前］耀巧笑（10）［點絳唇後］了到倒小（10）［降黃龍］朝膏寶倒
［前腔］豪草到調巧倒［前腔］韜到效椒套倒［前腔］遙嶠道遊效倒（10）
［黃龍滾］豪豪到老巧擾［前腔］高高巧杳倒擾（10）［霜蕉葉］鬧草調遙（21）
［小桃紅］聊照宵爻邀巧橋敲（21）［下山虎］遙紗寥杳覺俏調邀笑（21）［山
麻秸］笑稍約桃（21）［五韻美］約效調窈草嘲倒（21）［蠻牌令］飄嬌綃倒騷
交遙（21）［五般宜］茅寥邀倒笑巧豪擾（21）［江頭送別］惱笑寶搖（21）
［江神子］僚招鮹消繞（21）［尾聲］草擾消（21）［緱山月］濤勞巢騷（26）
［西江月］霄驕少瑤橋曉（26）［普天樂］繞邀繞到造遙杳勞（26）［雁過聲］
朝繞交杳勞潮巧倒料（26）［傾杯序］濤綃帽燥倒飄（26）［玉芙蓉］刀笑落搖
保寥紹瓢搖（26）［雁來紅］耗消豪老草霄傲毫抱（26）［朱奴兒］醪羔豪倒杳
高報（26）

11. 尤侯（8 支）

［番卜算］州候浮壽（7）［桂枝香］輳偶苟遛遛敲懋猶憂［前腔］舊久走
遊遊厚救舟憂（7）［劍器令］由敲究芻（30）［八聲甘州］久侯驟候投收由［前
腔］搊謬頭久浮尤由（30）［解三酲］咎憂首頭蚪牛湊由［前腔］漏糾懋尤久憂
咎由（30）

（二）《節俠記》的用韻

《節俠記》共 32 出 208 支曲子，用到 11 個韻部。

1. 東鍾（23 支）

［三臺令］蹤蓬中風（18）［沉醉東風］重詠風風用擁濃鍾峰［前腔］重諷
風風奉弄濃鍾峰（18）［五供養］動虹空踵種戎夢［前腔］重橫風動鳳蹤縱（18）
［玉姣枝］恐東共雄鴻夢逢逢［前腔］頃蓬重東濃猛逢逢（18）［川撥棹］痛湧
濃濃鴻逢中［前腔］風通東東紅逢中（18）［尾聲］慟送功（18）［天下樂］風
蒙夢東（20）［香柳娘］通通控送逢逢紅鳳重重鴻鞚［前腔］聰聰擁鳳窮窮虹棟
融融橫鞚［前腔］中中傯動窮窮重迥逢逢衷鞚［前腔］蓬蓬共奉風風榮重攏攏
聰鞚（20）［北醉太平］空東弓風擁送蓬雄（24）［普天樂］動重弓風哄紅咚（24）
［北朝天子］空風猛虹鞚重重峰勇勇動動（24）［普天樂］擁送松風哄紅咚（24）
［北朝天子］弓猛茸種衝衝鋒勇勇動動（24）［普天樂］滃動朧風哄紅咚（24）
［北朝天子］龍熊猛風鳳虹虹空勇勇動動（24）［普天樂］湧動熊濃哄紅咚（24）

2. 江陽（17支）

〔鷓鴣天〕揚場行箱光香（2）〔北滾繡球〕陽望倆長亡王黃狂張王（4）〔北滾煞尾〕上唐章藏降央揚方傷當仗（4）〔秋葉香〕上向張詳量（6）〔玉井蓮〕光兩（6）〔八聲甘州〕莽王望常象光防祥〔前腔〕唐莽狂謗良喪量詳傷（6）〔解三酲〕黨常抗綱妄誑殃〔前腔〕魍魎狀陽妄放亡（6）〔亭前柳〕簧香裳樣長（8）〔小桃紅〕妝光芳帳傍悵長〔前腔〕湘涼黃放傍況長（8）〔下山虎〕皇浪霜荒腸望傷長〔前腔〕良網方狂腸蕩茫長（8）〔一封書〕郎霜荒陽黃堂江長〔前腔〕昂鋼裝陽航堂江長（8）〔菩薩蠻〕涼長（23）

3. 庚真侵（43支）

〔滿庭芳〕橫生盟零勤塵榮平（1）〔霜天曉角〕醒鏡雲（5）〔六犯清音〕〔梁州序〕鏡影塵〔桂枝香〕盡橫〔甘州歌〕零情〔傍妝臺〕聲〔皂羅袍〕晴鬢〔黃鶯兒〕神信新（5）〔西地錦〕正新近聲（5）〔風入松〕城景分正閣門〔前腔〕峋憫緊困屏聞（5）〔逍遙樂〕緊恨迎吟（13）〔宜春令〕徑茵輕耿恨襟影明景〔前腔〕影陰程景問塵蔭明徑（13）〔金字經〕聲城茵茵生成〔前腔〕情聲生生清平〔前腔〕唇陰陳陳春聲〔前腔〕身傾聲聲成輕（13）〔貓兒墜〕雲頻春婷辰〔前腔〕沉青庭婷辰（13）〔鳳凰閣〕嶺冥情問馨（16）〔桂枝香〕正恨身影門門屏釁論仁〔前腔〕俊邂侵分朋朋釁論神心（16）〔雙勸酒〕親甚淫佞君臣（17）〔破陣子〕傾群行（21）〔漁家傲〕塵郡信盡聲臨行（21）〔剔銀燈〕鬢徑影信君辛（21）〔攤破地錦花〕城景魂聲冥蒸湮（21）〔麻婆子〕身行神量準程（21）〔金瓏璁〕恨深沉盡神錦縈（23）〔九疑山〕〔香羅帶〕聲凝生塵。〔征胡兵〕冷緊問〔懶畫眉〕文新燈〔醉扶歸〕稱形近〔梧桐樹〕頻襯寸盡〔瑣窗寒〕憫禁針〔大迓鼓〕深勤潤〔解三酲〕痕省城忖忖（23）〔劉潑帽〕影信（23）〔尾聲〕引明君（23）〔瑣窗寒〕庭輕文信門驚唇（23）〔東甌令〕聲明緊冷人因（23）〔三換頭〕群魂泯今頓緊新金（23）〔劉潑帽〕影陰倩翎近（23）〔菩薩蠻〕枕錦（23）〔梁州令〕宸人生庭（26）〔四邊靜〕盡問城郡辛聽塵進〔前腔〕緊信沉審辛聽塵進（26）〔胡搗練〕楞信生（31）〔綿搭絮〕零塵人昏聞聲聲〔前腔〕驚雲魂萍憑聲聲（31）〔摧拍〕騰生盈盈金明幸吟輪（31）〔一撮棹〕盆冰省忖深聞雲（31）

4. 寒桓先監廉（59 支）

　　［夜遊湖］選閒漢［前腔］顯蟬嶮（2）［啄木兒］遷艱天亂遍年［前腔］邊奸天變願年（2）［三段子］年淵難天難變全（2）［歸朝歡］奸變官亂遠慘全（2）［薄倖］眼斷暖掩雁（3）［傍妝臺］乾煙燕還年殘漫［前腔］年鈿遠寒眠殘漫［前腔］煙安遠還間殘漫［前腔］看餐暗山懸殘漫（3）［如夢令］滿半限斷斷遠（8）［意難忘前］妍歡煙（12）［意難忘後］畔邊仙翩（12）［惜奴嬌］懸滿燦間燕宴羨［前腔］邊填見暖間燕宴（12）［鬥寶蟾］躧仙見篆燦盤鮮緣限［前腔］綿鸞喚扇燦筵年緣限（12）［錦衣香］邊畔巔岸聯絆煙川劍雁淺眷斷（12）［漿水令］面顏山堅鑒怨散年（12）［尾聲］滿暖闌（12）［雙調北新水令］山亂衫難戀（28）［南步步嬌］暗險懸慣驂眼（28）［北折桂令］鞍潭寒關電玕片瀾肝天（28）［南江兒水］難面怨限險天淺（28）［北雁兒落帶得勝令］寒變觀閃山閒斷桓盼殘斑斑（28）［南僥僥令］闌倦關關（28）［北望江南］趲邊連寒前前蘭（28）［南園林好］前全戰遭遭（28）［北沽美酒帶太平令］泉泉先攔煩彎閃冠戰難斷難蘭見（28）［南尾聲］幻然憐（28）［謁金門前］斷染卷亂（22）［謁金門後］遠霰眼怨（22）［梁州序］滿宴翰遍煙天饌勸然［前腔］滿斷泉遍端天饌勸然［前腔］賢面怨館寒天扇勸年［前腔］間見遠亂圓天扇勸年（22）［節節高］筵牽遍幔占現羨雁畔［前腔］盤娟淺遍連滿羨雁畔（22）［尾聲］練爛年（22）［朝中措］天前關（30）［山坡羊］漢殿畔前還遍怨憐難然難［前腔］燕雁畔間還限斷憐難然難（30）［憶多嬌］寒寒前年看看泉［前腔］寒寒前年看看泉（30）［鬥黑麻］邊年冤天間猿泉［前腔］言捐難淵間猿泉（30）［繞池遊］殿畔蘭倦（30）［玉胞肚］犬肩天鸞鵑［前腔］塹奸冤鸝鵑［前腔］劍淵憐鸞鵑［前腔］扇歡顏鴛鵑（30）［行香子前］珊翩懸（32）［行香子後］冉芊綿（32）［山花子］眼全安圓寒歡闌天［前腔］羨懸堅瞻寒歡闌天（32）［舞霓裳］年年端端天線弦（32）［紅繡鞋］煙煙簾簾管川軟斑天（32）［意不盡］箭筵原（32）

5. 支微魚（24 支）

　　［菊花新］時居隅細（9）［掛真兒］侶離膝水（9）［唐多令］離歧泥遞織絲（9）［傾杯玉芙蓉］蹄地違至稀遇氣馳飛［前腔］非去施主時遇氣馳飛（9）［普天樂犯］垂緒路輿累處崇飛威（9）［朱奴兒犯］字淚憶其祠翠稀處溪（9）［尾聲］處迷低（9）［生查子］威裔悲會［前腔］扉邸時夜（11）［剔銀燈］擬比喜意棲私［前腔］諱恕鬼水為機（11）［集古曲］歸飛衣衣謳（13）［長

拍〕緒處樹離鸝去語時其（16）〔短拍〕水陞回繫遞至閭（16）〔尾聲〕裏誰追
（16）〔普賢歌〕低威稽非幾（17）〔大迓鼓〕幾置歸意虞魚〔前腔〕違國威避
飛臍（17）〔賀聖朝〕輿旗儀墀（29）〔駐雲飛〕萎涕蔽隅恕慈氣悲〔前腔〕違
地許虞世慈賜池（29）〔神仗兒〕至至使裏紙雞雞（29）〔滴溜子〕裏迷裏啟水
閻地渝（29）

6. 模歌（6支）

〔北點絳唇〕河主壚武〔前腔〕娛鼓呼溥（4）〔鳳凰閣〕玉蛾蘿宿土（16）
〔似娘兒〕多戈過羅（19）〔瑣窗郎〕多壺河輔禍珂〔前腔〕跎坷歌左禍珂（19）

7. 家麻（1支）

〔梨花兒〕大花化耍（25）

8. 皆來灰（6支）

〔搗練子〕徊臺來（5）〔鵲橋仙〕瑞代臺載（25）〔玉芙蓉〕圍代輝杯瑞回
涯〔前腔〕才蓋開杯瑞回涯〔前腔〕限外開來瑞回涯〔前腔〕威敗歸豺貸胎涯
（25）

9. 蕭豪（10支）

〔上林春〕豪了（7）〔北賞花時〕霄濤遙少蒿（7）〔北後庭花煞〕袍帽討
朝牢保毫毛標道料消笑遙（7）〔長相思〕寥遙饒桃銷（10）〔二郎神〕搗草道嶢
老靠遙軺〔前腔〕焦少料飆到梢悄聊（10）〔囀林鶯〕鳥遙棹鑣悄到簫〔前腔〕
杳勞抱濤紗好朝（10）〔啄木鸝〕鴉鳥袍傲槁焦橋〔前腔〕刀草蕭老照蒿橋（10）

10. 尤侯（12支）

〔一翦梅〕幽遊遊鉤頭頭〔前腔〕愁憂憂秋裘裘（14）〔太師引〕鷲幽猴透
首酬流〔前腔〕有頭丘柳秋囚舟（14）〔三學士〕秀流侯構遊〔前腔〕有秋樓友
遊（14）〔風馬兒〕驟瘦晝（27）〔花落寒窗〕儔愁友遘休留樓〔前腔〕留繆厚
守休裯裘（27）〔不是路〕丘陬友投頭湊由叩透走走（27）〔掉角兒〕仇受休慪
流驟丘頭〔前腔〕眸鬥鉤岫愁驟丘頭（27）

11. 日得（8支）

〔卜運算元〕黑轍〔前腔〕失碧（15）〔畫眉序〕客碧滴集栗北〔前腔〕屋
色碧幗栗北（15）〔滴溜子〕織日北跡珀（15）〔鮑老催〕隔色白密得瀝極（15）

［雙聲子］腋石轄轄極極籍（15）［餘文］席瀝急（15）

（三）《桔浦記》的用韻

《桔浦記》共 32 齣 219 支曲子，用到 10 個韻部。

1. 東鍾（6 支）

［夜行船］弄匆夢擁（31）［瑣南枝］逢蠓從恐鴻鳳［前腔］宮中龍棟聰鳳（31）［賀聖朝］鴻蓬重鍾（31）［四塊金］通重宮封紅重幪鳳［前腔］重擁送宮風蓬龍鳳（31）

2. 江陽（26 支）

［浣溪沙］香涼光塘量（10）［梁州令］長涼妝芳（12）［白練序］想腸帳長翔悵謊（12）［醉太平］快恙鴛郎量傷敞廣當（12）［白練序］長凰茫光望況（12）［醉太平］傷藏傍蕩倆祥方樣徨放（12）［尾聲］帳行航（12）［字字雙］強蕩腔狀央像場撞（24）［西地錦］當量降慌（24）［降黃龍］場強章倆幌［前腔］妨放妄浪幌（24）［西地錦］蕩煌障黃（24）［黃龍滾］藏壯放爽亮漾［前腔］詳障樣莽喪漾（24）［尾聲］張蕩忙（24）［水底魚］當囊謊狼霜茫鞅忙［前腔］腸傍莽狂慌張望忙（30）［禿斯兒］狼皇浪蕩嘗［前腔］皇亡象網嘗（30）［滿江紅］堂望朗兩帳暢（32）［山花子］敞煌傍光凰堂妝洋［前腔］漾祥央光凰堂妝洋（32）［遶地遊］藏浪往漿傍（32）［大和佛］揚妝傷涼上皇狀張（32）［錦衣香］曠朗上光忘喪倆樣（32）［意不盡］狀量場（32）

3. 庚真侵（32 支）

［瑞鶴仙］盡整訓印蘊困（2）［臨江仙］身心聲情（2）［懶畫眉］春憑盡橫［前腔］貧情憫橫（2）［桂枝香］憫問倫鄭成成甄繒禁情［前腔］病憫情運成成訓窘憑情（2）［浪淘沙］君銀身映門（4）［一尺布］潯縉輕濱（4）［浪淘沙］繪吞文影鵪（4）［一尺布］羹親征冰（4）［亭前柳］臣形懇生應珍傾［前腔］繪鱗隱生耿因恩（4）［雙勸酒］深進聞定近崙（17）［六么梧葉］恩城真衡驚聞［前腔］輕蠅生刑因聞（17）［六么姐兒］［六么令］身嗔君［好姐姐］影臣［梧葉兒］明聞［前腔］芹身生禁林鈴聞（17）［上林春］情敬［前腔］鵬奮（21）［沙雁揀南枝］身人甚畛群憎憫哂［前腔］珍賓憎阱輕論恨哂（21）［思園春］勝影仍醒萍（25）［好孩兒］信梗塵程憑瓶困（25）［福馬郎］命信梗奔塵（25）［紅芍藥］門庭蹤準生近春晉（25）［耍孩兒］緊神泯晉信（25）［會陽

河］塵筠成影恨信（25）［縷縷金］沉憑門尋（25）［越恁好］塵親影情慶倩（25）
［紅繡鞋］門門亭亭巡秦塵（25）［尾聲］盛影輪（25）［憶秦蛾先］庭情情令
倩（27）

4. 寒桓先監廉（40支）

［鷓鴣天］然賢鞭眠天錢（2）［風入松慢］蟬眠顫倦闌扁遷轉（10）［七
賢過關］偏滿燕鈿亂泉圓喧簾（10）［風送嬌音］［風入松］端憾遍［惜奴嬌］
減班豔［前腔］憐返憾劍偏豔（10）［生查子］前轉懸判［前腔］前怨冤按（14）
［剔銀燈］敔絆閃陷天全［前腔］辨按劍返旋全（14）［一翦梅前］然憐憐（19）
［一翦梅後］冤憐憐（19）［玉胞肚］倦憐丹天還［前腔］陷援冤懸還（19）
［窣地錦襠］安冠難前（23）［二犯朝天子］鞭肩瀾憐連援牽藩藩（23）［窣
地錦襠］仙弦歡前（23）［二犯朝天子］看天安緣藩然難藩藩（23）［憶秦蛾
後］縣念念怨（27）［啄木鸝］堅面桓戀騫先緣［前腔］難返顏燕念前緣（27）
［賣花聲］豔燦懸占遠盦輦（27）［歸仙洞］斷限旋寒淺婉安（27）［尾聲］
安雁前（27）［一枝花］燕喧雁千穿（28）［瓦盆兒］前田妍連安艱現蘭宴團
（28）［榴花泣］端乾安鞭縣盼川苑（28）［喜漁燈］遠雁懸然畔傳纏難前（28）
［尾聲］軒前牽（28）［謁金門前］饌殿宴絆（29）［謁金門後］選縣簡斷亂
（29）［黑麻序］樽泉山瞻懸前漢［前腔］選潭前歡桓喧旋漢（29）［忒忒令］
姦亂忖川川筵熸（29）［尹令］按掩岸變旋（29）［品令］煙川管燕衫豔仙（29）
［豆葉黃］年綣辨然淡豔（29）［玉交枝］轉箋緣牽絆（29）［月上海棠］間淺
寒年縣連（29）［好姐姐］言乾變旋閃宴懸（29）［尾聲］川怨全（29）

5. 支微魚（38支）

［滿庭芳］虞私悲異扉奇意期烏儒（1）［步步嬌］侶肢旎籟寄（5）［孝南
枝］衣蹊依侶楚系陂涯魚（5）［香柳娘］魚魚鯉寄溪途路隅隅敷武（5）［園林
好］居違佩稀飛（5）［江兒水］理違主寄計繫阻（5）［五供養］度魚蔕枝寄阻
翅圍依（5）［川撥棹］淒岐思迷攜（5）［嘉慶子］迷溪書書期絲移（5）［僥僥
令］侶書計迷（5）［尾聲］憶紙飛（5）［哭岐婆］李句字虛取（6）［四邊靜］
麗細樹舉士郎［前腔］異比姿美子主郎（6）［雙鸂凍鳥］趣肆裕語已計［前腔］
易喜裏去處計（6）［碧牡丹］資義利私取（13）［卜運算元］夷氣幃慮（13）
［碧牡丹］奇秘據私取（13）［玉井蓮］奇滓（13）［八聲甘州］氣飛議隅比期

欺〔前腔〕非避私地藜罪思欺〔前腔〕迷裏虧敝儀庇思欺〔前腔〕知起儒義魚比思欺（13）〔縹山月〕衹依喜池（18）〔梧桐樹〕機氣至佩已異（18）〔東甌令〕會飛時地至期岐（18）〔浣溪沙〕異西細霏莉姿攜（18）〔尾聲〕刺縷闌（18）〔天下樂〕西泥淒（26）〔神杖兒犯〕舉舉去裏騎輿輿（26）〔耍孩兒〕騎飛鷺躓淒去危（26）〔神杖兒犯〕裏裏起沸計濟隅隅（26）〔五煞〕迷起蔽避支濟璵（26）〔四煞〕迷侈勢使時器雌（26）〔三煞〕奇秘計沸移已夷（26）〔二煞〕岐洗濟計知異私（26）〔煞尾〕居濟喜（26）

6. 家車（10支）

〔駐雲飛〕娃木差亞雅家下假鴉〔前腔〕娃丫寡猾葭架下鴉（7）〔駐馬聽〕木差花嗟霞畫華架〔前腔〕枒華喳木差下車架（7）〔菊花新〕巴沙涯掛（7）〔泣顏回〕麻假寡沙瓦嫁巴〔前腔〕嘩加嗟發遮罷寡巴（7）〔撲燈蛾〕花瓦弱灑加塌蝦〔前腔〕嘉大雜灑嗟駕蝦（7）〔尾聲〕大家嗟（7）

7. 皆來灰（4支）

〔燕歸梁〕臺萊回槐（3）〔七娘子〕泰艾戴（3）〔芙蓉紅〕〔玉芙蓉〕催靄臺黛釵〔雁來紅〕再懷載〔前腔〕來改杯靄開在衰載（3）

8. 蕭豪（44支）

〔玉樓春〕好眺稻少笑料（1）〔紫蘇兒〕弔耗聊草（8）〔如夢令〕驟酒否舊舊瘦（8）〔小措大〕悄拋照療倒料少巧爻（8）〔不是路〕遙茅報樵潮遶濤早保舠舠（8）〔長拍〕高高矯搖濤消兆飄渺橋（8）〔短拍〕驕驕渺胞濤保毫（8）〔隔尾〕刀渺寥（8）〔尾犯序〕搖靠邀簫落曹〔前腔〕聊袍鳥交停道曹（8）〔北出隊子〕到消調嬌耀（9）〔倘秀才〕號消寥遙莩（9）〔慶東源〕遶腰高濤噍囂（9）〔雁兒落〕倒逃漂灶（9）〔沉醉東風〕擾銷消小逃掃套保（9）〔十憂傳〕到號棹敲飄消竅饒潮橈（9）〔滾繡球〕遙橋棹朝報落咷草濤消（9）〔醉太平〕消驕調少告早膠遭（9）〔尾聲〕小杳橋（9）〔霜蕉葉〕耀弔高（15）〔普天樂〕召告銷曉杳曜鼇寶遙（15）〔雁過聲〕喬笑消號綃鳥悼勞（15）〔傾盆序〕消造逃倒靠梟（15）〔玉芙蓉〕搖巧蹺料交報毛高（15）〔山桃犯〕倒巧飽爪調逃（15）〔尾聲〕號保毛（15）〔神杖兒〕紗紗躍召巧濤濤（16）〔北醉花陰〕到消早（16）〔神杖兒〕鳥鳥草暴罩濤濤（16）〔北刮地風〕毛笑鳥莩造嘷饒（16）〔北四門子〕盜盜豪毛早巢獒腰喬遶倒（16）〔北水仙子〕道拋濤告嘲

號梟蹈喬（16）［清江引］逃到靠嘲［前腔］澆巧道嘲（16）［霜天曉月］杳峭遶消（20）［小桃紅］宵照拋嬌紗膏囂超（20）［下山虎］潮効鷓腦老小嬌消妙（20）［山麻客］島邀療喬（20）［五韻美］消稿照笑棹皎翹灝（20）［蠻牌令］髦牢號保消交瑤（20）［五般宜］豪霄蒿好鳥笑到耀（20）［江頭送別］保好鳥鶵（20）［江神子］髦邀標招耀（20）［尾聲］到老蓼（20）

9. 尤侯（6支）

［一江風］流救躊受投酬僽［前腔］猶茂悠九酬瘳僽（11）［太師引］湊眸投瘦遊劉瘳［前腔］候浮酬咎樓休瘳（11）［三學士］久鉤候秋有憂［前腔］友收救酬疚憂（11）

10. 月合（13支）

［絳都春］撒結設迭月接（22）［出隊子］雪射轍挾鋏（22）［鬧樊樓］咽脫滅歇鵲月也（22）［滴滴金］徹舌怯闋啜折雪（22）［畫眉序］怯熱渴窟月惄（22）［啄木兒］怯咽夜穴撒合（22）［三段子］子別徹切熱竊泄貼（22）［鬥雙雞］射別揭楫月（22）［下小樓］滅劣揭怯（22）［耍鮑老］轍月矢涅迭沒也傑屑楫白折設纈（22）［桂香羅袍］歇熱闋設嶽結折節［前腔］迭攝月徹別訣節（22）［尾聲］別頰撒（22）

（四）《靈犀佩》的用韻

《靈犀佩》共32出106支曲子，用到十一個韻部。

1. 東鍾（8支）

［西河柳］擁聳重（24）［刷子序］中風冬匆重朧東（24）［雁過聲］窮踵篷鳳空蹤共用夢（24）［尾聲］桐鳳通（24）［風馬兒］公櫳重宮（29）［顆顆珠］公龍（29）［金絡索］鴻鳳種弘哄傭鍾詠（29）［前腔］生夢空恐容景叢痛紅（7）

2. 江陽（5支）

［窣地錦襠］長杭光鄉（21）［玉女步瑞雲］良放想（28）［啄木兒］量賞藏漾榜翔［前腔］江上光誆謊缸（28）［四邊靜］量謊愴唱暢上妨浪（28）

3. 庚真侵（16支）

（缺字）心論貧（1）［步步嬌］鬢恨身心影瓶暈（22）［沉醉東風］林嶺

青問影零零濱（22）［月上海棠］閨命神釁定憤濱（22）［尾聲］忍隕聲（22）
［女臨江］恨春嚬尋（32）［六犯清音］［梁州序］溟冷恨斟夢魂［甘州歌］城
星［傍妝臺］鶯運禁冷韻駿塵（32）［引］幸生親損塵（32）［玩仙燈］恩潤（34）
［解三酲］晉陳徑盟衾幸春（34）［搗練子］婷裙嫩塵（4）［惜奴嬌］靈君鶯
矜運恨人成（4）［鬥寶蟾］人旌徑傾笙春心寸分（4）［不是路］濱林境停生飲
明韻映境（4）［賽紅娘］韻品生潤遜噴吞（4）［尾聲］寸燈（4）

4. 寒桓先監廉（16 支）

［朱奴兒］先妍年選彥前盼（1）［朱奴兒］年攀翰暖顏歡（1）［瑤臺引］
賢懸（23）［引］纏前（23）［引］前賢（23）［大環著］衍傳鶯冕薦山船苑煥爛
鞭搏燕（23）［越恁好］爛爛南彥仙檀淺轉（23）［尾聲］感偏鮮（23）［遶池遊］
淡慘山雁念（25）［四時花］妍畔田簾簹天亂顛寒連返眼（25）［集賢賓］難前
腆娟畔燕蹇斷（25）［簇御林］鵑鴛占乾憐萱（25）［貓兒墜］鶯先看懸安（25）
［一江風］雁濺顏斷天天煙轉（30）［點降神］天鑒然掩（31）［引］懸善（33）

5. 支微魚（18 支）

［啄木兒］餘諸苴遇顧儒（1）［夜行船］矣楣倚主（2）［孝南歌］闈姜齊
起炷體庇慈宇（2）［雁兒舞］肥子取衣舞（3）［風入松］時池喜處微枝［前腔］
池知袂底襦癡［前腔］湄輝氣璽岐提（3）［霜天曉月］事鳥子思（8）［引］眉
雨理虞（8）［祝英臺］詞墀諑子雨［前腔］抑軀濡欺器女（8）［桃李爭春］地
碎遲私罪期思飛依（9）［蠻牌欺寶蟾］（9）［哭相思］悲遲時（9）［三臺令］闈
稽（20）［引］裁（20）［玉交枝］棄歸季蠡藁逝姬姝［前腔］譜迷異縷姿旎居
襦（20）

6. 模歌（6 支）

［懶畫眉］敷鴣胡鵝河［前腔］羅蘿波路婆［前腔］蕪波和朵姑［前腔］
珂多羅暮盧（17）［梧桐樹犯］歌破路壚附墮（17）［五更轉］過訛我鷺步兔故
（18）

7. 家車（5 支）

［引］嗟馬（26）［憶鶯兒］車遮他華嘉加涯（26）［憶虎序］卦娃鶴花華
耶奢奢霞（26）［上林春］衙下（26）［山虎嵌蠻牌］亞華牒家嫁鴨雀蛇架涯下
協花（26）

8. 皆來灰（6 支）

［山坡羊］戒賴外胎苔黛尬哀開捱灰（15）［水紅花］臺街隘腮猜蓋回催
［前腔］摧再來徊賴催㟃臺（15）［天下樂］才杯（27）［皂羅袍］材臺怪開埋
敗（27）［紅衫兒］貸改愛猜災釵慨慨（33）

9. 蕭豪（12 支）

［太師引］嘯嘲嫋撓倒條擣寥消（5）［三段子］憔號鳥寥搖笑草杳（5）
［劉潑帽］棹綃巧消調（5）［撲燈蛾］嬌調鳥惱騷笑好曹（5）［尾聲］薄諾皎
（5）［小桃紅］皋漂曹潮荷鷺老標嬌（19）［山桃紅］貌苗抱悄驕梢（19）［
引］悄渺（34）［粉蝶兒］搖璈（35）［引］流宵巧（35）［永團圓］宵耀袍小
嬌巧調鳥交灼笑少貌好（35）［尾聲］調巧宵（35）（19）

10. 尤侯（11 支）

［宴蟠桃］婆越頭（10）［東甌令］幽浮舊構浮頭（10）［秋夜月］幽晝岫
繡袖蔻（10）［節節高］幽洲鷺溜浮縐候瘦愁舊（12）［燕歸梁］愁悠謀流（13）
［上林春］樓慊（13）［普天樂］舊久秋儔口負流守颼頭（13）［古輪臺］愁裘
受剖口湊舟偶眸州慊悠（13）［尾聲］荳袖鷗（13）［甘州歌］鬥首柳洲愁流流
愁（21）［尾聲］眸憂愁（21）

11. 月合（3 支）

［金蕉葉］別血堞（14）［傍妝臺］闊合絕裂血穴滅結（14）［尾聲］月節
說（14）

三、討論

以上四部戲曲，有三部用了 11 個韻部，一部用了 10 個韻部，根據以上
四部戲曲的韻譜可以總結出許氏戲曲用韻十二部：東鍾、江陽、庚真侵、寒
桓先監廉、家車、模歌、支微魚、皆來灰、蕭豪、尤侯、月合、日得。其中陰
聲韻 4 部，陽聲韻 6 部，入聲韻 2 部。東鍾部包括中古通攝合口字及庚攝部
分字；江陽部包括《廣韻》江陽唐（舉平以賅上去入，下同）韻字；庚真侵部
包括中古梗攝庚耕清青四韻字、曾攝的登韻字、臻攝真諄文欣魂痕各韻字、
深開三侵韻字；寒桓先監廉部主要包括中古山攝寒桓山刪先仙韻字、咸攝覃
談鹽添咸銜嚴凡韻字；家車部包括中古假攝麻、蟹攝佳韻字，還涉及果開一

的「他」「大」、蟹合二的「話」;模歌部包括《廣韻》歌戈模各韻字,少數魚虞韻字以及個別尤韻、侯韻;支微魚部主要包括《廣韻》支之脂微、齊灰祭以及魚虞各韻字;皆來灰部包括《廣韻》佳皆灰咍泰夬等韻字和部分止攝合口字;蕭豪部主要包括中古效攝豪肴宵蕭各韻字;尤侯部包括中古流攝的侯尤幽各韻字;月合部是入聲韻部,包括《廣韻》屑薛月葉帖合洽轄曷合未沒德職質緝諸韻字;日得部也是入聲韻部,包括中古通攝屋、梗攝麥陌昔錫、曾攝德薛職、深攝緝和臻攝質沒物術質櫛等韻字。

彭靜(2007、2011)以詳實的資料為基礎討論了蘇州曲家明代張鳳翼四部戲曲的用韻及其所反映的蘇州方言的特點,文章結合明清戲曲理論家的論述、現代蘇州方言及其文白異讀現象以及當代學者的研究探討了張氏戲曲用韻的很多現象(如家麻車遮相押,魚模歌戈相押、支微魚相押、皆來與齊微合口字相押、庚真侵相押等)反映的是 16 世紀蘇州話的語音特點;彭靜(2012)考察了明代蘇州曲家顧大典的戲曲用韻並討論其所反映的蘇州方言特點,發現顧氏的用韻與張氏相當一致。

張鳳翼戲曲用韻十二部:東中部、江陽部、庚侵部、寒兼部、家車部、模歌部、支微部、來回部、蕭豪部、尤侯部、節葉部、力壁部

顧大典戲曲用韻十二部:東鍾、江陽、庚青、真文侵尋、寒廉、支思齊微、魚模(《青山記》)、家麻車遮、來回、蕭豪、尤侯、列發、急力

張鳳翼、顧大典和許自昌用韻都不同程度地受到當時官話的影響,如張鳳翼戲曲中有庚青、真侵分離的傾向;顧大典則完全是庚青、真侵分開,且作於後期的《葛衣記》中支微與魚模分開,且顧氏的用韻中沒有歌戈和魚模互押的現象;許自昌《水滸記》中家麻和車遮分離,第四齣用家麻韻,且有入聲韻字押入,第 19 齣用車遮韻,《中原音韻》車遮部陰聲韻字和入聲韻字在這一齣中完全可以相互押韻。這些現象應該都是受官話的影響所致。但撇開這些個別的現象,可以發現,許自昌的戲曲用韻與張鳳翼、顧大典的用韻有很強的一致性。許氏用韻的 12 個韻部與張氏用韻的 12 個韻部幾乎是一致的,每個韻部的韻腳字也大體相同;許氏與顧氏的用韻的不同點在於顧氏把庚青和真侵分開使用,許氏則合在一起使用,顧氏用韻中沒有模歌部,許氏有模歌部,其餘韻部及用字則相當一致。胡明揚先生在《三百五十年前蘇州一帶吳語一斑——《山歌》和《掛枝兒》所見的吳語》(1981)一文中用系聯的方法歸納《山歌》和《掛枝

兒》的韻腳字得出了十個舒聲韻部韻部，〔註6〕許氏的十個舒聲韻部與其也基本一致。

　　因此，許自昌戲曲用韻中的很多押韻現象（如庚清、真文、侵尋互押，家麻、車遮互押，魚模、歌戈互押，支思、齊微、魚模互押，齊微合口字與皆來互押等）反映的應該也是四百年前的蘇州話的語音特點。

　　這種用韻特點曾遭到明代曲論家王驥德的批評。王氏在《曲律·論閉口字》中指出：「吳人無閉口字，每以『侵』為『親』，以『監』為『奸』，以『廉』為『連』，至十九韻中，遂缺其三。此弊相沿，牢不可破，為害非淺。」〔註7〕

　　沈寵綏在《度曲須知》「鼻音抉隱（續編）」節談到自己對曲譜的看法：

　　　　有客謂：「曲譜流行甚廣，若云三等鈐記，特為姑蘇而設，將無坐井觀天歟？」予曰：「從來『磨調』曲，惟姑蘇絕盛，而曲譜亦姑蘇編較者多。以蘇人之譜，砭蘇音之病，故閉口始記詞腋，鼻音則廣於吳歈萃雅，撮口則添自詞林逸響，繇來漸矣。子疑鼻音之說，請以撮口證之。夫裙、許、淵、娟等字，理應撮口呼唱，乃歷稽譜傍，何以書、住、朱、除，則記撮口，而夫裙、許、淵、娟四等字，絕少鈐認呼？蓋有記有不記，因蘇城人之有撮有不撮耳。試視松陵、玉峰等處，於書、住、朱、除四字，天然撮口，譜傍似可無記，而必記無疑者，豈非以蘇城之呼書為詩，呼住為治，呼朱為支，呼除為池之故呼？吳興土俗以勤讀裙，以喜讀許，以煙讀淵，以堅讀娟，似乎譜傍不應無記，乃竟無一記者，又豈非於蘇城於以此四字天然撮口，無須更添蛇足也乎？然則庚青之記收鼻，即如書、住、朱、除之不可不記撮口也。東、江兩韻之本鼻音而不記鼻音者，即如裙、許、淵、娟之本撮口而不記撮口也。若謂東、江兩韻譜無一記不應

〔註6〕　胡明揚先生1981年在《三百五十年前蘇州一帶吳語一斑─《山歌》和《掛枝兒》所見的吳語》一文中用系聯的方法歸納了《山歌》和《掛枝兒》的韻腳字，得出十個韻部，並與現代蘇州方言對比：1. 東鍾　即現代的 oŋ 韻。2. 江陽　包括現代的 aŋ 韻和 ɒŋ 韻。3. 支思齊微魚　包括現代的 ɿ 韻，ʮ 韻，i 韻，y 韻，一部分E韻字。4. 皆來　包括現代一部分E韻字和一部分 ɒ 韻字。5.真文庚青侵尋　即現代的 ən 韻。6. 寒山桓歡先天鹽咸廉纖　包括現代的E韻和 ø 韻。7. 蕭豪　即現代的 æ 韻。8. 歌戈模　即現代的 (ə)u 韻。9. 家麻車遮　即現代的 ɒ 韻和 o 韻。10. 尤侯　即現代的 øy 韻。

〔註7〕　王驥德，《曲律》，《中國古典戲曲論著集成（4）》，113頁。

收鼻，將淵、娟等字之不記撮口者，必撮口呼唱，一如吳興之煙、堅土語，乃為帖切耶？惟閉口韻姑蘇全犯開口，故譜中無字不記。撮口則僅乖其半，故亦什記其伍。至所記鼻音為第三之一者，則以庚青獨犯抵齶，而東鍾、江陽乃仍字字收鼻故耳曲譜今證，不為姑蘇，而為誰哉……〔註8〕

從這段話的敘述中，也可以看到許自昌戲曲用韻中的很多地方是用蘇州話押韻的。這些用韻現象和張鳳翼、顧大典的用韻現象有很強的一致性，在現代蘇州方言中很多也可以找到證據，具體討論見彭靜（2011，2012）。

《水滸記》「車遮」部中包含大量的入聲字，幾乎是以入聲字為主體，押入個別陰聲韻字。一方面，可能是受官話的影響所致，另一方面，和作者的方言有入聲可能也有關係。王驥德《曲律》「論平仄第五」談到南曲入聲問題，他說：

北則入無正音，故派入平、上、去之三聲，且各有所屬，不得假借；南則入聲自有正音，又施於平、上、去之三聲，無所不可。大抵詞曲之有入聲，正如藥中甘草，一遇缺乏，或平、上、去三聲字面不妥，無可奈何之際，得一入聲，便可通融打諢過去。是故可作平，可作上，可作去；而其作平也，可作陰，又可作陽，不得以北音為拘。〔註9〕

沈寵綏在《度曲須知》一書「入聲收訣」節中提出：「北叶《中原》，南遵《洪武》，音韻分清，乃稱合譜」，〔註10〕在「字釐南北」節中也提到：「歷稽叶切，音響逸庭，確當北準《中原》，南遵《洪武》」。在另一部著作《絃索辨訛》中，他在「凡例」裏開宗明義就說：「顧北曲字音，必從周德清《中原音韻》為準，非如南字之別遵《洪武韻》也。」另外，在《度曲須知》中，類似的論述還有多處。

《洪武正韻》共二十二個韻部：一東董送屋、二支紙寘、三齊薺霽、四魚語御、五模姥暮、六皆解泰、七灰賄隊、八真軫震質、九寒旱翰曷、十刪產諫轄、十一先銑霰屑、十二蕭筱嘯、十三爻巧效、十四歌哿個、十五麻馬禡、十

〔註8〕 沈寵綏，《度曲須知》，《中國古典戲曲論著集成（5）》，232～233 頁。
〔註9〕 王驥德，《曲律》，《中國古典戲曲論著集成》（四），中國戲劇出版社，1959 年，106 頁。
〔註10〕沈寵綏，《度曲須知》，《中國古典戲曲論著集成（5）》，208 頁。

六遮者蔗、十七陽養漾藥、十八庚梗敬陌、十九尤有宥、二十侵寢沁緝、二十一覃感勘合、二十二鹽琰豔葉。

可以看出，許氏的戲曲用韻完全沒有遵循《洪武正韻》，實際上，遵循《洪武正韻》用韻的南曲几乎是找不到的。南戲的很多作者作曲時是依據自己的方言用韻的。

四、結　語

本文用韻腳字系聯法對明代蘇州曲家許自昌四部傳奇作品的用韻情況進行了考察，總結出每部戲曲用韻的韻部，並得出許氏戲曲用韻的十二個韻部：東中部、江陽部、庚侵部、寒兼部、家車部、模歌部、支微部、來回部、蕭豪部、尤侯部、節葉部、力壁部，發現許氏的用韻和明代蘇州曲家張鳳翼戲曲的用韻相當一致，與明代蘇州曲家顧大典的用韻情況也非常相似，其中的很多押韻現象（如家麻車遮相押，魚模歌戈相押，支微魚相押，皆來與齊微合口字相押、庚真侵相押等）反映的是 16 世紀蘇州話的語音特點。戲曲學界有「北遵中原，南遵洪武」的說法，但從幾位蘇州曲家的用韻情況來看，南曲並不是遵循《洪武正韻》用韻的。

五、參考文獻

1. 北京大學中國語言文學系語言學教研室編，《漢語方音字彙》，語文出版社，2003年。

2. 丁邦新，《一百年前的蘇州話》，上海教育出版社，2003年。

3. 耿振生，《20世紀漢語音韻學方法論》，北京大學出版社，2004年。

4. 胡明揚，〈三百五十年前蘇州一帶吳語一斑——《山歌》和《掛枝兒》所見的吳語〉，《語文研究》，1981（2），93～110頁。

5. 劉召明，〈晚明蘇州劇壇傳奇創作重心的下移及原因〉，《南京師大學報（社會科學版）》，2007（3），129～134頁。

6. 彭靜，〈梁辰魚《浣紗記》用韻考〉，《北京師範大學學報（社會科學版）》，2007（5），44～49頁。

7. 彭靜，〈張鳳翼戲曲用韻考〉，《社會科學論壇》，2007（10下），139～142頁。

8. 彭靜，〈張鳳翼戲曲用韻反映出的四百年前的蘇州話語音特點〉，《語言科學》，2011（3），131～141頁。

9. 彭靜，〈明代蘇州曲家顧大典戲曲用韻考〉，《중국어문학연구》，47輯，2012年，97～120頁。

10. 沈寵綏，《度曲須知》《中國古典戲曲論著集成（五）》，中國戲劇出版社，1959年，

183～319 頁。

11. 王驥德，《曲律》，《中國古典戲曲論著集成（四）》，中國戲劇出版社，1959 年，43～191 頁。

12. 吳梅，《南北詞簡譜》，《吳梅全集》，河北教育出版社，2002 年。

13. 徐朔方，《晚明曲家年譜》，浙江古籍出版社，1993 年。

14. 許自昌，《水滸記》，《古本戲曲叢刊（初集）》，北京大學圖書館館藏。

15. 許自昌，《節俠記》，《古本戲曲叢刊（初集）》，北京大學圖書館館藏。

16. 許自昌，《桔浦記》，《古本戲曲叢刊（初集）》，北京大學圖書館館藏。

17. 許自昌，《靈犀佩》，《古本戲曲叢刊（三集）》，北京大學圖書館館藏。

18. 鄭雷，《崑曲》，浙江人民出版社，2005。

阮大鋮戲曲用韻考

一、引　言

　　阮大鋮（1587～1646），字集之，號圓海、石巢、百子山樵，明萬曆十五年丁亥（1587）八月生於安徽桐城，自幼出繼為長房伯父阮以鼎嗣子，約在萬曆二十六年（1598）十二歲時隨嗣父遷入懷寧，成為一「懷寧籍桐城人」[註1]，萬曆四十四年（1616）中進士，萬曆末，累官至戶科給事中，天啟四年，因投閹宦魏忠賢，升吏科都給事中，太常少卿，光祿寺卿等職，崇禎二年（1629），以「閹黨」罪削籍為民，從此匿居姑蘇、南京、牛首山等地16年之久。最後又投誠清廷。其人品實不足論，但他是一位極具才情的詩人和戲曲家。他一生共寫了十一種傳奇，僅存《春燈謎》、《燕子箋》、《雙金榜》、《牟尼合》四種，合稱《石巢傳奇四種》，詩文有《詠懷堂全集》。[註2]

　　阮大鋮是歷史上有名的「姦臣」、「貳臣」，因為其人品的影響，對阮大鋮的研究，從明末到民國初年長期處於空白狀態。民國初年，雖然阮大鋮的研究開始受到重視，但也只關注其文學成就，對其他方面的研究幾乎無人問津。

〔註 1〕鄭雷，〈阮大鋮叢考（上）〉，《華僑大學學報（哲學社會科學版）》，2004 年第 1 期，
　　　93～101 頁。
〔註 2〕李修生主編，《古本戲曲劇目提要》，北京：文化藝術出版社，1997 年，356 頁。

從上世紀八十年代開始，學界對阮大鋮研究日漸多起來，研究內容包括：著作整理與阮大鋮研究、家世與生平研究、人品與交遊研究、詩歌與戲曲研究，等等。對阮氏詩歌與戲曲的研究有：黃鈞（1986）《阮大鋮〈石巢四種〉平議》、鍾明奇（1993）《阮大鋮〈詠懷堂詩〉簡論》、李金松（1999）《阮大鋮〈雙金榜〉中的政治影射發微》、孫書磊（2004）《阮大鋮南京戲劇活動考》、尹玲玲（2006）《阮大鋮〈詠懷堂詩〉研究》、王珏（2007）《復社文人與阮大鋮的〈燕子箋〉》、李玉栓（2008）《阮大鋮〈石巢傳奇四種〉藝術論》、季翠霞（2010）《阮大鋮傳奇研究》、周忠誠（2010）《阮大鋮戲曲中「集唐詩」研究》、高栩平（2012）《論〈石巢四種〉的語言特色》等。以上學者大都從文學角度研究阮大鋮的詩歌與戲曲，從語言角度研究阮大鋮作品的只有高栩平（2012）的研究，但該文只是探討《石巢四種》的語言特色，從用韻角度對阮大鋮戲曲作品的研究目前還沒有見到。

本文擬從語言角度研究阮大鋮四部傳世傳奇戲曲作品的用韻情況，以期發現阮氏戲曲的用韻特點，並從中窺視明末的語音現象。

本文研究的這四種傳奇均據《古本戲曲叢刊》本，其中《牟尼合》共 36 齣 242 支曲子，《春燈迷》共 39 齣 327 支曲子，《燕子箋》共 42 齣 261 支曲子，《雙金榜》共 46 齣 292 支曲子。四部戲共 163 齣 1122 支曲子。

本文使用的最主要的研究方法是韻腳字歸納法。「本方法的操作程序可分為四個步驟：選定研究對象，分析韻例，歸納韻部，分析『異部互押』的性質、原因。」〔註3〕本文研究時，依據的就是這四個步驟，其中最複雜的步驟是分析韻例。韻例，「即押韻字出現位置的規律，或者叫作押韻的格式」〔註4〕。相同曲牌的曲子，韻例一般相同。我們把相同曲牌的曲子放在一起進行排列對比，就比較容易看出該曲牌的韻例，從而確定韻腳字。

運用韻腳字歸納法，本文歸納出《牟尼合》的韻部共 11 部，《春燈謎》的韻部共 12 部，《燕子箋》的韻部共 11 部，《雙金榜》的韻部共 11 部。以下先列出考察出的四部戲曲的韻部及各韻部使用的韻腳字，而後討論阮氏戲曲用韻的特點。

〔註 3〕耿振生，《20 世紀漢語音韻學方法論》，北京：北京大學出版社，2004 年，13 頁。
〔註 4〕耿振生，《20 世紀漢語音韻學方法論》，北京：北京大學出版社，2004 年，13 頁。

二、阮大鋮四部戲曲的用韻

（一）《牟尼合》的用韻

《牟尼合》共 34 齣 242 支曲子，共用到 11 個韻部。下面列出每個韻部及該韻部的韻腳字。韻腳字前面的「〔 〕」中是曲牌名，同一曲牌的曲子的韻腳字用逗號隔開，韻腳字後面括弧中的數字是該曲牌的曲子所在的出數，如「〔懶畫眉〕紅宮中總傭，蓉風中動凶，紅通同空風（18）」中，「〔懶畫眉〕」是曲牌名，這個曲牌下有三支曲子，韻腳字分別為「紅宮中總傭，蓉風中動凶，紅通同空風」，「（18）」是指前面這三支曲子在《牟尼合》的第十八齣。以下是《牟尼合》的 11 個韻部及各韻部的韻腳字。

1. 東鍾（4 支）

〔懶畫眉〕紅宮中總傭，蓉風中動凶，紅通同空風（18）〔撲燈蛾〕中擁動鳳奉孟（18）

2. 江陽（78 支）

〔掛真兒〕江梁藏榜（4）〔縷縷金〕香邦象當掌，當堂瓤光像，坊方搶忙降降，香揚響王量量（4）〔梁州序〕網漾場響揚光藏恙皇（4）〔水底魚〕堂王邦，將王翔（4）〔梁州序〕橦涼場相霜香藏恙皇（4）〔水底魚〕場娘疆，妝傍強，霜漾雙賞堂場莽襆放，雙往防場上羊邦莽黨放（4）〔節節高〕量行狀將張掌帳杖，光良喪長牆養相上（4）〔尾聲〕嚷藏講（4）〔遶地梁〕放網響上（11）〔二郎神〕樣廂網湯響上郎（11）〔六么令〕長廂常狼丈，快腸帳郎抗，魍當樣張脹，喪狼誑量放（11）〔山坡羊〕降望養香償相響狼猖羊壯，上向養蜋當恙撞郎殃裳揚（11）〔尾聲〕往喪光（11）〔浪淘沙〕商江場香（16）〔亭前柳〕陽商涼壯光，場香長相湯（16）〔香柳娘〕望狀幢幢窗像香香往，上樣幢幢場往陽陽傍（16）〔孝順歌〕香堂降藏忘相禳養，揚香王降忘長相妝榜（16）〔金錢花〕荒荒常常揚郎香，煌煌郎郎防廂量（23）〔長相思〕長涼堂香霜腸鄉忘（23）〔二郎神〕悵涼響蟹想腸荒（23）〔集賢賓〕響傷仗梁曠向亮琅（23）〔囀林鶯〕傷羊巷塘釀上行霜（23）〔簇御林犯〕翔莽航炕棒皇芒（23）〔黃鶯兒〕桑光狀腸荒恙鄉梁（23）〔貓兒墜〕廊翔快長（23）〔尾聲〕帳養長（23）〔生查子〕窗放光長（29）〔啄木兒〕囊忘璋放向光，狂牆梁往漾妨（29）〔解三酲〕嘵腸仗央瓤霜祊章，瓤娘黨腸霜往堂，憨狂掌方掌行諒章，攘行長藏

讓光放娘（29）〔尾聲〕上養忘（29）〔錦纏道〕場當娘光腔韁張驤長娘倆鄉
（31）〔鵲橋仙〕樣傍妝快（35）〔玩仙燈〕梁向（35）〔傾杯玉芙蓉〕〔傾杯
序〕香向瑠鴦〔玉芙蓉〕裳樣光章〔芙蓉紅〕〔玉芙蓉〕妝樣黃裝（35）〔朱奴
兒〕敞香漾，郎養場房（35）〔朱奴兒〕敞香漾（35）〔普天樂〕漾亮郎黃攘忙
唱長長（35）〔生查子〕驤榜房暢（36）〔玩仙燈〕皇講（36）〔生查子〕米女
帳香上（36）〔畫眉序〕堂響航帳上，驤掌霜祊上（36）〔玩仙燈〕堂向（36）
〔賺〕惶堂謗方行訪楊快揚養，蹌廂賞狼香帳堂恍謗往往，傷當喪航韁葬猖
養傍帳，詳藏向郎傍放皇莽樣上，娘傷訪訪汪望長郎養恙恙（36）〔皂羅袍〕
愴商牆向窻房像，丈郎湯網堂張丈，養郎揚攘搶惶樣（36）〔六么令〕攘良郎
梁訪，望鞸亡茫訪（36）〔皂羅袍〕長堂鴛象皇場讓（36）〔清江引〕創像相
帳，樣掌相謊（36）

3. 庚青（10 支）

〔番卜算〕城領迎柄〔金瓏璁〕阱聲因（8）〔鎖南枝〕嬰丁京影營領，盟
成形審城硬（8）〔水底魚〕名靈，成平，生程（27）〔玉交枝〕俊生明生屏，頓
經成冥寧（27）〔尾聲〕允訓經（27）

4. 寒纖（19 支）

〔沁園春〕山桓寒建刪間奸遠難蠻鸞環（1）〔喜遷鶯〕線電遣淺圓（2）〔梁
州令〕煙年田甗（2）〔玉芙蓉〕偏遠田錢燕憐編，妍淺煙錢燕憐編（2）〔生查
子〕冠點玄畔（2）〔刷子序〕遣院錢緣眷牽，感暖年憐辨牽（2）〔尾聲〕饌飯
遠（2）〔出隊子〕坎山翻管晚，限寬鞍延晚（5）〔一封書〕官壇奸反翰安患，
看班閒三寒安患（5）〔中呂粉蝶兒〕天點然飜薦煙殿（26）〔醉春風〕尖圓現蓮
冉奩宴（26）〔亂柳葉〕般天線然躚顫戰（26）〔上小樓〕蓮娟鬟點燕（26）〔么〕
散煙天船片岸（26）〔尾聲〕煙天岸轉（26）

5. 蕭豪（18 支）

〔夜遊湖〕草巢寶報（12）〔駐馬聽〕毫消樵遙導袍早，臚橋綃掏寶刎裸
（12）〔憶秦娥〕掃掃暴（19）〔小桃紅〕號巢靠梟草操敲凋招（19）〔下山虎〕
燎報遭朝耗了稍抱遙招（19）〔泣顏回〕嬌條標交效喬，梟嘲胞操笑澆（19）
〔蠻牌令〕遙稍咩哱邀條袍，交茅稍巢飄髦鑣（19）〔尾聲〕早抱飄（19）〔一
江風〕嘈報早誥遙遙橋笑，驕道曉罩標標囂抱（34）〔海棠花〕鑣耀（34）〔降

黃龍〕飄早笑叨道表，高照少孝耀寶（34）〔黃龍袞〕巧巧耀兆早造繞，高高道小好兆了（34）

6. 尤侯（9 支）

〔香柳娘〕州州溜手頭頭咎樓樓韭，舟舟透柳投投右頭頭吼，口口漏狗流流詬友友走，收收救久酬酬咎州州口，口口厚晝樓樓鬥囚囚究，憂憂酒否抽抽宥偷偷驟（7）〔尾聲〕後走遛（7）〔風入松〕謀流右手頭休，州牛酒有樓侯（17）

7. 家麻（20 支）

〔新水令〕鴉雯瑕馬（15）〔步步嬌〕發者偹下家詐（15）〔折桂令〕牙牙差痂蟆薩法拿聶（15）〔江兒水〕遮汊暇斈架大磨話（15）〔雁兒落帶得勝令〕伽蠟瓜剌喳抹洽嗏（15）〔僥僥令〕閘艖捨打（15）〔收江南〕嘩擦些斜家家差（15）〔園林好〕撒下發發（15）〔沽美酒帶太平令〕滑下瓜馬下撒刹薩斜發馬（15）〔尾聲〕掛剌捨（15）〔生查子〕霞馬家掛，花大紗罷（25）〔玩仙燈〕娃話（25）〔園林好〕紗涯化麻花，家瓜法紗達（25）〔江兒水〕紗馬閥謝瓦話，涯打話假罰灑（25）〔川撥棹〕鴉者芽芽紗加，葭達咱花（25）〔尾聲〕雜下佳（25）

8. 魚模（23 支）

〔遶地遊〕絮去雨犢戶（6）〔集詞〕〔菩薩蠻〕路去〔黃鶯兒〕蕪無數夫雛福烏呼，盧珠露狐膚怒途孥（6）〔簇御林〕儒徒樹取之無，扶愚繫筋之池（6）〔鬥黑麻〕骨肉足卜屋續哭，獄足目肉辱屋宿佛（6）〔餘文〕喔路我（6）〔桂枝香〕哭宿綠鴣鴣去曲蕪烏，服谷土湖湖取處躕孤（9）〔貓兒墜〕戶吾污趨取儒，鋪夫奴取孥（9）〔尾聲〕慮理取（9）〔集詞〕〔惜分飛〕露聚淚處絮暮語去（11）〔菊花新〕盧書車繫，諸渠舒旨（32）〔園林沉醉〕〔園林好〕儒裾暮〔沉醉東風〕車樹哺綠娛閭（32）〔江兒撥棹〕〔江兒水〕舒舉勵取雨〔川撥棹〕繻居（32）〔五供養〕舉途儒顧路徒土（32）〔玉交枝〕顧珠取戶魚圉吾母（32）〔川撥棹〕怖蹲取珠珠狐沽無（32）〔尾聲〕暮步呼（32）

9. 歌戈（13 支）

〔字字雙〕河大他那訛我磨個，薄貨歌麼多座河託（10）〔一江風〕河破我過渦渦歌坐，珂過褐磕羅羅坡臥（10）〔皂羅袍〕顆河科遏學作錯，泊多鵝

火窩雀果 30（10）〔搗練子〕蛾窩可，多何妥（10）〔五更轉〕我磨個可合所鎖，抹過餓足坐藥臥挫（10）〔三學士〕何窩和麼，過他多訛（10）〔尾聲〕個大和（10）

10. 支微魚（41 支）

〔似娘兒〕魁雷飛圍（3）〔八聲甘州歌〕回迤紫期趨旗批知，眉馳戲妃絲垂騎飛，齊吹裏機飛堤低輝，嬉期雨碑湄菲錘其（3）〔尾聲〕起尾旗（3）〔賺〕泥居閉差知字思語計，離時慮司砌為恃絮死（6）〔憶多嬌〕之籬絲離珠珠隅，峋車遲噫珠珠隅（6）〔剔銀燈〕寂麗罪繫伊比，避億世取伊喜（14）〔點絳唇〕時地黎起（20）〔混江龍〕是是地兒的枝泥飛低每絲回尼屎犁提（20）〔油葫蘆〕兒雞昧魚密稀西地居（20）〔天下樂〕翠枝溪壁箕漆皮（20）〔金盞花〕獅地漓石絲歸（20）〔後庭花〕珠吹車兒（20）〔醉中天〕雷奎飛歸持吓奇（20）〔金盞花〕屍繫誰輩彌衣（20）〔後庭花〕犧蛆利池枝起（20）〔醉中天〕利毗知臂息尼（20）〔金盞花〕淚衣跡飛婿歸媒（20）〔賺煞〕飛起沸微禮裔危死易池（20）〔意難忘〕其微歸私為歸（21）〔勝如花〕衣紙梓智飛啼知你自碑碑，啼起贅狽飛絲棲水計離離（21）〔催拍〕淒諮施施籬驪棲飛，危知取取師驪施珠（21）〔尾聲〕已義歸（21）〔番卜算〕蟲離賜須喜，皮睡巾皮繫（28）〔畫眉序〕輝至灰會地裏，徽瑞微尾地裏（28）〔六么令〕旨提衣眉臂，蒂期攜枝跪，噬梨規饑世，子啼兒垂濟（28）〔滴溜子〕尬噬沸痔比，理恕取市裔（28）〔尾聲〕矢取為（28）

11. 皆來灰（7 支）

〔二犯江兒水〕蓋蓋採擺開來苔槐歹怪怪骸骸海，快快宰揣回胎排該海開開在在擺（13）〔金錢花〕淮淮來來哀猜釵（24）〔金梧係山羊〕〔金絡索〕捱蓋在外蟹〔山坡羊〕埋埋該開開來，災帶在再海乖篩淮挨（24）〔大迓鼓〕來哀賴開齋，臺釵會開腮（24）〔尾聲〕蔡戒猜（24）

（二）《春燈謎》的用韻

《春燈謎》共 12 韻部，以下是這 12 個韻部及各韻部的韻腳字。

1. 東鍾（27 支）

〔集唐〕紅風（7）〔尾聲〕空風龍（7）〔趙皮鞋〕總勇迸痛〔西江月〕張

堂謊央狂帳，動拱竦貢〔西江月〕當降帳張搶棒（13）〔柳絮飛〕動動粽粽眾眾用，貢貢動動痛痛箭（13）〔集唐〕風中中（14）〔生查子〕風種空頌，中動戎縱（28）〔園林好〕蓬風橫空籠，衷蓬動蜂龍（28）〔六么令〕擁風雄中貢貢，縱宗農聽頌頌（28）〔駐雲飛〕空同雄用宗鳳奉紅中，中從風鞏容從用烽功（28）〔四邊靜〕動訌罋眾空種，重勇貢眾空種（28）〔集唐〕功中封（28）〔搗練子〕淞籠公重（31）〔步步嬌〕凍送蓬用紅共（31）〔江兒水〕紅重縱擁慟縫（31）〔僥僥令〕中供風風（31）〔川撥棹〕弄恐靈靈用紅（31）〔尾聲〕誦迸東（31）〔集唐〕通東鍾（34）〔集唐〕宮楓風（21）

2. 江陽（32支）

〔西江月〕香堂像方觴樣（1）〔漢宮春〕陽鄉娘江涼湘煌郎（1）〔甘州歌〕恙塘往光囊裝堂陽，香榔想長荒唐張陽，舫煌上襄翔棠霜忙，行當樣楊香凰長皇（5）〔梁州序〕霜煌江香（8）〔普天樂〕狀相箱郎張攘廊（8）〔北朝天子〕坊堂晃亮張央狀賞賞浪浪（8）〔普天樂〕黨帳香娘狂掌廂（8）〔北朝天子〕場腸當樣行藏想賞賞唱唱唱唱（8）〔陽關三迭〕浪訪〔錦纏道〕觴鶬當傍傍〔玉芙蓉〕嘗恙黃香〔陽關三迭〕養賞〔錦纏道〕廂梁蕩航妝（8）〔尾聲〕行況亮傍（8）〔集唐〕章長凰（23）〔似娘兒〕昌香凰床，翔網響驤（36）〔駐馬鶯兒〕〔駐馬聽〕陽江郎鄉樣〔黃鶯兒〕鏜張，涼亡妝香訪快章（36）〔貓兒節節高〕〔貓兒墜〕詳謊張丈樣孫向，航凰漿兩黨當樣（36）〔尾聲〕帳況傷（36）〔風入松〕香堂漾丈唴漿，香光蕩象章皇，常芳上葬養娘，當長放樣章行，航香放藏剛床，雙航帳傍堂嘗，妝將浪方箱郎（39）〔清江引〕樣往像帳，放漾丈想（39）〔集唐〕行湘裳（16）

3. 寒桓先監廉（77支）

〔夜遊朝〕天川遠（3）〔集唐〕闌盤山（3）〔梁州序〕轉展駢燕弦筵宴串灘，軟閃閒山蓮懸宴串灘（3）〔東風第一枝〕倩線腆綿年（3）〔梁州序〕憐點千演篇箋善盞倦，邊勸然展田川善盞倦（3）〔節節高〕延川點絹錢案典便伴，傳然願錢鞭換宣面建（3）〔尾聲〕轉遠邊（3）〔集唐〕船邊還（5）〔遶地遊〕眼綻遣（7）〔桂枝香〕練盼遠前前燕剪妍蓮，鈿茜楦然然面建氈肩（7）〔貓兒墜〕旋仙憐欠箋，傳前便間前（7）〔六么令〕衍間喧然鳶賤，剪張先邊憐辨，遣方偏天船燕，腆防旋喧娟線（10）〔春絮一江飛〕〔春從天上來〕練煙遠〔綿

搭絮〕妍鮮懸然〔一江風〕便便編〔駐雲飛〕邊前（12）〔賺〕然連船鑽院言轉善騙騙，娟贍邊賤眷緣現亂建建，顛傳面燕遠然盼怨獻獻，年仙願晚前言罕眷伴伴（12）〔一封書〕然懸天穿傳纏前圓，然虔言錢錢纏前言（12）〔黃鶯啄山桃〕〔黃鶯兒〕護年喚〔啄木兒〕線案〔山桃紅〕見煎鵑（12）〔尾聲〕戀遣牽（12）〔字字雙〕暖選籤縣權憲見見片片盼盼限限汗，燦先然田羨（15）〔啄木兒〕賢編然畔踐冤，煩然卷辯善傳（15）〔懶畫眉〕天然邊綻傳，氈錢年健扳，邊煙川見懸，賢盤天轉喧（19）〔不是路〕傳邊選元眷戰飯飯（19）〔一江風〕川選健獻前前懸憲，反遠怨探鵑鵑天鴈（19）〔貓兒墜玉枝〕〔貓兒墜〕前旋遠〔玉交枝〕然圓怨，〔貓兒墜〕氈年妍〔玉交枝〕冠年忭（19）〔尾聲〕鞭晚傳（19）〔瑞雲濃〕年換喧縮眷（23）〔西地錦〕翰鞭憐淺（23）〔降黃龍〕畚串然倩建，緣儉田獻膔（23）〔黃龍袞〕筵筵選阮顫濺，天天戀漢綣展（23）〔尾聲〕願半天（23）〔菊花新〕山編喧綻（25）〔黃鶯玉羅袍〔黃鶯兒〕氈錢囀〔玉胞肚〕鞭〔皂羅袍〕然偏冠，〔黃鶯兒〕邊川蔓〔玉胞肚〕〔皂羅袍〕年憐染（25）〔南枝金桂〕〔鎖南枝〕懸傳煙園〔江頭金桂〕天前（25）〔卜運算元〕傳見歡面（25）〔南枝金桂〕〔鎖南枝〕三傳賢僉〔江頭金桂〕選緣（25）〔卜運算元〕旋犬天轉（25）〔香柳娘〕眷眷憲宴然然前鴈圓圓燕，天天燦建邊邊天眼圓圓燕（25）〔尾聲〕遠便傳（25）〔金蕉葉〕連年冤番（26）〔小桃紅〕山縣前玩篇船言辯天全（26）〔下山虎〕圓願前眠現面憐束年懸（26）〔蠻牌令〕欠冤年店鳶前天，遭旋憐顛元辯煎（26）〔縷縷金〕天寒願願喧飯，然安願天欠（32）〔鎖南枝〕簽然痊險旛換，先千遭顯言驗，仙眠天勸旋彥，員間船纖邊顯（32）〔撲燈蛾〕暄旋錢彥現纏，然然扇彥濫願飯片（32）〔孝順南枝〕前鞭喧彥涎飯欠還換，年鞭權攛安占喘邊獻（32）〔集唐〕乾難乾（21）〔集唐〕官潘杆（36）

4. 庚真侵（32 支）

〔憶秦娥〕春心惺惺聲人情（3）〔集唐〕門君（3）〔集唐〕紛雲軍（3）〔集唐〕雲文君（8）〔集唐〕人春真（8）〔鎖南枝〕渾門昏問尊應，溫昆論寸勻慎（9）〔集唐〕行聲橫（9）〔集唐〕春人（11）〔集唐〕昏村魂（14）〔集唐〕旌清程（14）〔集唐〕聲屏琴（17）〔集唐〕旌盹平（20）〔集唐〕門聞恩（20）〔集唐〕魂門恩（26）〔集唐〕經塵神（29）〔菊花新〕行京星近（30）〔剔銀

燈〕明兄情命行零稱，清錦行禁程京蹬（30）〔集唐〕巾秦人（30）〔集唐〕生程城（32）〔水底魚兒〕鳴營定城定城，群腥日城日城（33）〔紅繡鞋〕林林星星經雲筋桯，銀銀群群兵浸筋桯（33）〔尾聲〕定甚勳（33）〔集唐〕曛源渾（33）〔霜天曉月〕整信人成（37）〔玩仙燈〕停應（37）〔啄木賓〕〔啄木兒〕萍勝菱〔集賢賓〕壵生，〔啄木兒〕屏程形〔集賢賓〕名晉（37）〔尾聲〕定淨聲（37）〔集唐〕塵唇人（39）

5. 支微魚（47支）

〔滿庭芳〕幾此洗美（2）〔菊花新〕池歸飛際，枝時涯日（2）〔榴花泣〕絲棲眉飛頹地趨，眉雌飛持時翅卮（2）〔漁家傲〕詩斯序啼水私題已，帷枝被飛李期時矣（2）〔尾聲〕繫美思（2）〔集唐〕衣歸飛（2）〔集唐〕歸飛衣（12）〔桂坡羊〕〔桂枝香〕尺地李紙矣〔山坡羊〕悲期思岐，〔桂枝香〕體髻地碧裏〔山坡羊〕啼時躇持（14）〔尾聲〕裏字紙（14）〔集唐〕地才起飛（23）〔點絳唇〕榆地瑜乳，施事詞禮（24）〔意難忘〕遲非啼矣歸依裏其（27）〔集唐〕淒雞啼（27）〔玩仙燈〕祠車（27）〔勝如花〕絲死蒞席妃閭淒淚雨旗旗，私理狙鬼妃閭淒淚雨旗旗（27）〔催拍〕淒詩攜攜蹄籬碑飛，其悲取取為軀啼磯（27）〔尾聲〕豎此欺（27）〔生查子〕枝美蹄第，衣避絲履（34）〔玉胞肚〕裏泥蕐枝眉，第宜女儀湄（34）〔香柳娘〕蹄蹄贅詩詩車處沸沸絲已沸沸絲已，絲絲至女女贅配已已殊婿沸沸絲已（38）〔賺〕疑珠豎的戲魁死易李李，期沸至悲喜非敘贅事事（38）〔刮鼓令〕歸威司危理魁楣，巍李裏湄裏支兒，詩的兒姿覷支西，辭你謎取會魁的（38）〔玩仙燈〕兒事（38）〔賺〕兒跡的裏是易詩庇女女，涯會絲二疑裏詞罪裏罪恕恕，疑死時屍瘞禮祠婢內此此，依未期異喜枝罪女戲戲（38）〔玩仙燈〕回內（38）〔刮鼓令〕移為禮時食杯遲，詞題取媒會之眉（38）〔尾聲〕理矣字（38）〔集唐〕隈杯回（22）〔集唐〕輝歸飛（25）

6. 魚模（8支）

〔集唐〕餘如書（4）〔遠地遊〕暮苦取杼主（18）〔金甌線解醒〕〔金絡索〕符路府籤〔東甌令〕浮虎字〔針線箱〕腹〔解三醒〕楚尺塗，〔金絡索〕圖土如無〔東甌令〕福粟屋〔針線箱〕簇〔解三醒〕取語誣（18）〔憶多嬌〕骨肉錄覆福福木，玉腹梏獄哭哭屈（18）〔中呂粉蝶兒〕都都部毒姑數書府（24）〔泣顏回〕蘇佛字元雨奴塗（24）

7. 歌戈（蕭豪入）（31支）

〔香柳娘〕可哥合閣落落多所踱踱舵，弱弱挫過墢墢城顆落落覺，朵朵破坐多多娑惡覺覺卻，蘿蘿過火那那酡臥多多和多多和（11）〔二郎神〕可覺歆妥摩臥那渴（11）〔貓兒墜〕螺窩艖可那，訛褪多躲河（11）〔北新水令〕柯喝多羅羅摸（11）〔步步嬌〕坐躲訶臥掠何剁（11）〔北折桂令〕多科作軻何何窩落（11）〔江兒水〕多過薄學大雀（11）〔北雁兒落德勝令〕科嗑惡破多羅落那苛作作（11）〔僥僥令〕夜歌脫羅羅（11）〔北收江南〕過和蛾鑼波波娥（11）〔園林好〕軻割著渦訛（11）〔北沽美酒帶太平令〕搓過括摩合墮活葛合豁果（11）〔尾聲〕所播錯（11）〔長相思〕和過多波窩和河梭（21）〔二郎神〕潑多閣何磕過我藥，可合昨窩覺火惡撥（21）〔囀林鶯〕索涴作麼渴那過，著科瞌羅作摩他（21）〔啄木公子〕蛾作落和挫波莎，度作裏角合蘿梭（21）〔哭相思〕著卻（21）〔上小樓〕磕魔浦幕和撥河（24）〔泣顏回〕歌和臞駝無坐河（24）〔黃滾龍犯〕幕火波閣夥（24）〔清江引〕喝火朵嗑，大過渴朵（24）〔集唐〕多蘿過（27）

8. 家麻（30支）

〔集唐〕花沙（9）〔集唐〕霞涯花（6）〔集唐〕花騧家（10）〔金瓏璁〕暇花涯加家（16）〔集唐〕沙紗花（16）〔黃鶯兒〕花嘩瓦嘉華捨沙家，鴉賒下紗滑煞沙家（16）〔簇御林〕華斜畫雅涯花，佳瓜煞話鴉衙（16）〔山坡羊〕下乏假罰夏搭花芽花插，法煞鮓辣罷掛花沙花搭（16）〔尾聲〕話他咱（16）〔水底魚〕笟沙家（20）〔皂羅袍〕獺花牙化家達者（20）〔水底魚〕家馬話（20），下差家架華花馬〔尾聲〕大法沙（20）〔北點絳唇〕花炸怕華咱（35）〔醉花陰〕馬跨乍紮話獺罷納（35）〔喜遷鶯〕瓜滑嘩架撾（35）〔出隊子〕紗大衙擦撒打（35）〔刮地風〕大花發楊抹家撻花發掛差畫（35）〔四門子〕塔家砑打加雅嫁價花撒（35）〔水仙子〕他又下家大化滑花搽（35）〔尾聲〕花下殺（35）〔玉芙蓉〕花馬麻華乍罸加，華下涯紗跨沙加（35）〔集唐〕花家霞（37）〔集唐〕霞花涯（25）

9. 來回（14支）

〔集唐〕開萊來（2）〔北點絳唇〕該派寨薶拜（4）〔二犯江兒水〕耐耐歹債才瀨唉尬擺柴柴海海買，派派白大開採揩排帶賽賽色色踹（4）〔北尾〕害客

海（4）〔集唐〕哀災（15）〔集唐〕回苔來（17）〔集唐〕開哀來（24）〔浪淘沙〕隈回來配胎（29）〔亭前柳〕災臺挨哉，孩駭咳哉，萊猜災災（29）〔集唐〕徊哀臺（31）〔集唐〕開輝來（35）

10. 蕭豪（20 支）

〔集唐〕毛遙消（2）〔一江風〕小廟攪笑聊聊招料（6）〔六么令〕兆調朝徭笑笑，遶跳猱焦俏俏（6）〔一江風〕璈鬧繞跳簫簫拋告（6）〔集唐〕壕刀毫（13）〔集唐〕飄遙（19）〔北點絳唇〕高照稍報，調票杓繞（22）〔滴溜子〕曉藻繞笑搖（22）〔畫眉序〕鼇表堯釣朝（22）〔滴溜子〕造誥島笑高（22）〔畫眉序〕遭表標耀宵（22）〔滴溜子〕報擾討草勦（22）〔畫眉序〕苗兆消保報（22）〔滴溜子〕詔道教貌調（22）〔畫眉序〕曹表搖躍朝（22）〔雙聲子〕好老道兆朝（22）〔尾聲〕繳兆少（22）〔集唐〕橋高袍（35）

11. 尤侯（8 支）

〔集唐〕秋遊球（4）〔集唐〕舟遊浮（11）〔番卜算〕候鈎久（17）〔二犯傍妝臺〕秋樓流鈎投牛，鈎頭鏤羞秋球（17）〔集唐〕囚休秋（18）〔集唐〕裘洲秋（24）〔集唐〕浮遊樓（38）

12. 車遮（1 支）

〔梨花兒〕撇掣決列（5）

（三）《燕子箋》的用韻

《燕子箋》共 11 韻部，以下是這 11 個韻部及各韻部的韻腳字。

1. 東鍾（17 支）

〔集唐〕同中龍（3）〔懶畫眉〕風功忪種攻（13）〔縷縷金〕弓蓉重功恐（13）〔懶畫眉〕攏攻中送東（13）〔縷縷金〕風忡弄鍾用，風同種中痛，慵籠重風縱（13）〔皂羅袍〕重蒙東種從容送，踴風烘空東重縫（13）〔四邊靜〕擁闐鞚聳縱用，東猛夢甕弄奉（23）〔金錢花〕轟轟紅紅弓容從，洶洶蹤蹤峯鍾逢，風風東東蜂公空，虹虹鋒鋒中空功（23）〔尾聲〕茸重中（39）〔菩薩蠻〕風紅（12）

2. 江陽（35 支）

〔西江月〕章香上簧腔況（1）〔漢宮春〕梁康娘樣當將王郎（1）〔菊花新〕良香行賞，香章光樣（3）〔榴花泣〕霜行鄉航忘壯觴，光當涼郎忘恙床（3）〔漁

家燈〕香漿漾光賞閬梆忙攘，方將睨量像掌香揚響（3）〔尾聲〕放養光（3）〔菩薩蠻〕忙香（12）〔鳳凰閣〕響上王霜掌浪（19）〔菩薩蠻〕網上幢香（19）〔黃鶯兒〕郎香羔香光上詳王，廊詳忘將忘帳航霜（19）〔賺〕彰郎樣撞康響搶梁香狀狀，廂長堂羊撞仗當堂講帳帳，賬雙仗想房黨亮強防放往往，場鄉往傍廂講像藏囊樣娘放謊當當（19）〔掉角兒〕強降狀腸杖亡鴦，香旁棒郎樣張腸（19）〔尾聲〕往蕩鵉（19）〔菊花新〕霜陽暢，楊璋將帳（27）〔駐馬聽〕傷忘光狼將良網，唐長攘昌相章爽（27）〔錦堂月〕上牆張向（38）〔懶畫眉〕妝章房上香，王香鶯像龐，郎香當上場，當王香謊搶（42）〔玩仙燈〕堂嘵（42）〔解三酲〕掌光樣藏張讓讓香，像光傍忘房讓讓凰，向行樣章當嚷堂（42）〔清江引〕帳攘量想，況往帳養（42）

3. 真文庚青侵尋（47支）

〔滿庭芳〕英錦心青雲文（2）〔集唐〕陵貧春（2）〔黃鶯兒〕林聲影零盟命程人，雲辛近京城等迎情（2）〔琥珀貓兒墜〕人情惺省程，憎辛行門明（2）〔琥珀貓兒墜〕亭卿鶯聲盈（2）〔生查子〕輕信琴任（2）〔尾聲〕整凳程（2）〔北二犯江兒水〕鐙鐙影穩鈴薰滾聲聲裙裙醒，星星冷準停迎領鳴鳴擎擎等（5）〔點絳唇〕群陣整清醒（5〔阮郎歸〕青陵星鈴〔梨花兒〕名問臨正，興零門應（7）〔剔銀燈〕籤頂襯錦贈，精緊行進更神允（7）〔一翦梅〕情鈴針屏心林零嗔疼星情情（9）〔不是路〕青林審幀裙甚韻人俊並徑徑，神人身映星甚稱成穩暈姓贈（9）〔紅納襖〕勻領生穩星憎鳴，雲情魂逞琴忖春（9）〔尾聲〕信忍鏨（9）〔點絳唇〕行闌耿行頂（10）〔錦纏道〕京平橫兵靈生盈臣襟鬢恩（10）〔朱奴兒犯〕稱滾領鎮營明逞（10）〔撲燈蛾〕陵錦問審行蹭恩，群引信證行迸橫（17）〔一江風〕惺病定紅整薰薰塵等，鈴緊映星整燈燈瓶淨（18）〔菩薩蠻〕醒卿（19）〔玉交枝〕領城沈情琴，本門襟庭門（26）〔尾聲〕振穩情（26）〔紫藥丸〕雲靜聲信（30）〔江頭金貴〕鏡身陵隕聲冷砧明盾成音（30）〔江頭金貴〕整魂心刃腥枕兵明慶音屏屏〔紫蘇丸〕成並人倩（30）〔攤破金子令〕〔淘金令頭〕緊訂情領生分明屏遜幸（30）〔錦法經〕成聽成領行陣頸青情（30）〔番馬舞秋風〕親名情成領論隱，真心明群潤明問（36）〔宜春令〕分鏨分等錦損，心鄰損歪趁另（22）〔解三酲〕穩萍冷裙人請春，吻晴稱擎門怎瓶（22）〔臨江梅〕〔臨江仙頭〕醒槃〔一翦梅尾〕鏨勻零（22）〔長相思〕清明星情聲聲生屏（35）

4. 先天寒山桓歡監咸廉纖（73支）

〔集唐〕壇看山（10）〔步步嬌〕亂見鬟戀還線（11）〔風馬兒〕拈纖轉珊（11）〔黃鶯兒〕端尖贋然般綻憐肩（11）〔鶯啼序〕邊軟面腆鴛（11）〔集賢賓〕衫前忝慣現占轉鬟（11）〔鶯鶯兒〕箋煎怨憨（11）〔琥珀貓兒墜〕鈿箋邊天緣（11）〔尾聲〕掩畔箋（11）〔四時花〕〔惜黃花〕仙〔間花袍〕畔翩〔錦添花〕然單邊千〔一盆花〕煙〔錦添花〕鈿前現遠遠（11）〔浣溪沙〕展箋鑽天天便邊煙牽（11）〔奈子花〕天煎挽見見般（11）〔減字木蘭花〕前簾（11）〔番卜算〕灣變泉遣（12）〔步步嬌〕怨眼簾換煙餞（12）〔醉扶歸〕豔傳然畔顏現（12）〔皂羅袍〕面牽煙面還旋瓣（12）〔好姐姐〕箋填管先遣閃添（12）〔馬蹄花〕間轉（12）〔江水兒〕邊燕盼片玩面（12）〔川撥棹〕善展前前傳然閒（12）〔尾聲〕選練園（12）〔菊花新〕寒冠監選（14）〔窣地錦襠〕錢鞭眠番，賢煙然元（14）〔六么令〕范艱嚴宣玩，點喧完關亂，欠番瀾酣點，欠幹餐換換（15）〔水底魚〕關寒丸，天間關（20）〔燕歸梁〕閒間天圓（21）〔玉芙蓉〕傳轉宴懸賤年前，銜綰萱簾賤年前（21）〔滴溜子〕院畔喘苑戰，犯散畔宴輦（21）〔尾聲〕換綰管（21）〔風入松〕關寒健犯干蘭，膻安竄頒患前（24）〔玩仙燈〕間面（24）〔啄木兒〕言尖關輦散泉酸，彈淺艱連按斷看（24）〔簇御林〕間年面綣連顏，環然燕展天年（24）〔一翦梅〕天前間娟邊邊，闌山山萱錢蓮（32）〔梁州序〕瀍獻天戰仙筵串綰緣，暖片連選懸艱串綰緣，憐腆彈展川煙串綰緣，妍軟傳忝田千串綰緣（32）〔節節高〕變姍辨畔邊看倩亂，緣看面喚連卞辨燕（32）〔尾聲〕現扇番（32）〔六么令〕辦年憐宣賺，健先喧看畔（33）〔神杖兒〕殿殿遣現燦遠傳傳，選選宴覽忺見顏顏（33）〔菊花新〕懸鮮妍冠，錢元仙扁（36）〔菊花新〕仙閒緣選（36）〔駐馬聽〕賢班懸磚焰藍選，酸天聯傳賺旋坦（36）〔似娘兒〕蘭顏選，山慚面（39）〔瑣窗郎〕年還山犬亂散，娟懸闌管辨感（39）〔賺〕顏圓遠健邊攢選權忝譜簪建，慚山翩瞻年展檢元忺贋現面（39）〔馬蹄花〕緣腆，潛伴（39）〔催拍〕山牽憨憨歡流緣般偏，言年連連酸前單牽看（39）〔北清江引〕竄險燕演（20）

5. 支思齊微魚模（32支）

〔小蓬萊〕起如圍緒衣（16）〔桂枝香〕翠地隊衣衣意體醫圍，勢馭廢抒抒棄置離衣（16）〔泣顏回〕依兒窺題兒翠癡，蹊事女眉題去媒（16）〔尾聲〕女注題（16）〔明妃怨〕闌吹氣醉（21）〔十二時〕歸的語具對（28）〔山坡羊〕悴

碎至衣裏起其泥悲絲，沸蒂倚淒啼倚淒啼睡翠圍枝依時（28）〔五團花〕淒垂處
的時疾辭碎（28）〔生查子〕珠試衣齒，回睡催喜（38）〔一盆花〕事署劬期啟
的體美字喜（38）〔桂坡羊〕〔桂枝香〕世濟底思思避翅〔山坡羊〕之欺師兒的，
〔桂枝香〕至字計施施事覷〔山坡羊〕之兒西的（38）〔黃鶯帶一封〕闖魁避儒
取易欺私裏（38）〔生查子〕馳啟池理（40）〔大迓鼓〕泥治齊兒雞，規會奇兒
龜（40）〔點絳唇〕池掖喜齊紫，移氣會歸日（41）〔北新水令〕池處移巍子（41）
〔步步嬌〕示翅垂子暉戲（41）〔北折桂令〕題魁私私似噓珠珠池犀暉（41）〔園
林好〕窺吹輩的機（41）〔北雁兒落〕主席槌吹兒兒（41）〔江兒水〕夷崇氣李
會沸（41）〔北得勝令〕師意書噬提姿侍子（41）〔園林好〕持枝翠騎騎（41）
〔北沽美酒〕低誓移葵日會姬億喜已至（41）〔尾聲〕翅雨裏（41）

6. 魚模（10支）

〔字字雙〕蕪故糊賭無雇都苦苦（4）〔水底魚兒〕途孤烏（4）〔駐雲飛〕
蕪鋪酥鶩都沽櫝虛，疏股呼度蘆乎妒沽（4）〔一封書〕都綠沽住初奴都鹿，無
壺渝侶梟蕪瑚壚（4）〔鎖南枝〕糊鋪圖佛魚污，糊蚨壺肉鋪宿（8）〔減字木蘭
花〕蹙玉（11）〔菩薩蠻〕去處數譜（12）〔菩薩蠻〕曲綠（19）

7. 歌戈（3支）

〔金蕉葉〕蛾落螺雀（31）〔五更轉〕火磨活可錯託個妁（31）〔梧桐樹犯〕
訛錯果麼卻科閣可（31）

8. 家麻（9支）

〔七娘子〕花家馬罅，斜鴉聒下（6）〔刷子帶芙蓉〕〔刷子序〕瑕華花紗答
些〔玉芙蓉〕畫花（6）〔山漁燈犯〕罷馬牙甲寡茶謝花法差煞馬花（6）〔普天
樂犯〕〔普天樂〕畫殺花峽洽麻〔玉芙蓉〕亞花（6）〔朱奴插芙蓉〕〔朱奴兒〕
雅差畫假打〔玉芙蓉〕花（6）〔尾聲〕罦畫撾（6）〔減字木蘭花〕紗花（11）
〔浣溪沙〕花家紗涯茶（30）

9. 車遮（18支）

〔香柳娘〕怯怯賒捨歇歇節劣劣挈，血血拆絕捨捨別者者折，白白者挈姐
姐也別別撚，絕絕者色得得熱歇歇折（25）〔憶多嬌〕黑涉闋咽遮遮血，別說月
撇遮遮別（25）〔鬥黑麻〕咽謁說轍設烈撇孽，妾別節訣貼烈撇孽（25）〔真珠

馬〕月切說節血（35）〔二郎神〕瞥些怯覷別借節說（35）〔集賢賓〕熱接舌惹別月測色（35）〔簇御林〕車葉者折閱貼，賒撇捨別閱貼（35）〔皂羅袍〕寫捨遮葉得閱月，捨節車說泄轍客，絕寫些悅也得熱，泄些車紲月蝶業（35）〔尾聲〕也歇惹（第三十五）

10. 蕭豪（14支）

〔減字木蘭花〕老惱（11）〔風蟬兒〕條好高耗了（34）〔泣顏回〕嘈宵袍焦寶桃，橋毫勞條報腰（34）〔撲燈蛾〕標標報套繳道報交，高高到曜惱標弔饒（34）〔天下樂〕高朝姚飄（37）〔玩仙燈〕宵到，描報（37）〔甘州歌〕表桃繞濤拋橋搖高，僚銷寶高敲袍飄蕭，飄堯鳥橋交巢簫描，囂鐃照袍標姚驕高（37）〔尾聲〕到照鑣（37）

11. 尤侯（3支）

〔孝順歌〕收樓籌吼祐垢後投頭手，頭休投就剖後厚頭右（29）〔如夢令〕鬥咒透受受瘦

（四）《雙金榜》的用韻

《雙金榜》共11韻部，以下是這11個韻部及各韻部的韻腳字。

1. 東鍾（36支）

〔西江月〕終風弄紅甕弄（1）〔香柳娘〕風風重共紅紅送鍾鍾夢，空空迸貢容容孟濃濃洞（10）〔不是路〕蹤風縫攏供紅懵夢甕甕，空風種動宮奉凶夢弄鳳鳳，容通誦空鍾送雄控縱縱，風紅縱同動中沖眾控控（10）〔卜運算元〕蹤夢窮重（19）〔玉芙蓉〕紅鳳蜂重闢湧風，風供紅空動工龍（19）〔傾杯玉芙蓉〕東送風紅筒瓏（19）〔芙蓉紅〕工種叢工送琮動，宮夢叢紅夢蓬湧（19）〔小桃紅〕動送夢種共同，聳供重夢共容（19）〔尾聲〕送夢紅（19）〔蠻歌〕紅儂儂送鬆蔥空儂儂弄（22）〔燕歸巢〕中匆峰風（24）〔四邊靜〕控寵送擁動夢，闢湧動訟控用（24）〔尾聲〕送統濃（24）〔臨江仙〕紅空風熊中宗（25）〔西地錦〕工寵宗動，紅弄封控（38）〔八聲甘州〕封終宗重容，榮空凶瞳朧（38）〔掛真兒〕夢動封重控（41）〔一江風〕封慟湧闢中中空供，舟宗鳳夢送中中隆寵，蓬夢重縱濃濃從寵（41）〔清江引〕擁總縱統，縫懵種忪（45）〔好事近〕濃貢風踴捧，功拱風控弄（45）〔尾聲〕貢寵功（45）〔浪淘沙〕翁同逢（46）

2. 江陽（28支）

〔玩仙燈〕香嚷（16）〔駐雲飛〕裝楊上像航恙響雙，搶梁傍蕩香養向凰（16）〔大迓鼓〕棠香漾陽凰，梁漿障床長（20）〔宜春令〕香傷恙長瘴上，牆香巷掌傍相（21）〔瑣窗郎〕香房往當帳悵，荒凰快相亮擋（21）〔尾聲〕榔響陽（21）〔浪淘沙〕羊航場，鴦當忙，娘光腔（22）〔六么令〕蕩鴦堂張往，上長張詳黨，降烊霜郎傍，浪艎霜亡向（28）〔風入松〕章王唱仗香漿，光鏘放唱凰篁，楊章曠仗陽疆，光梁傍樣堂裳（32）〔滴溜子〕唱漾掌釀嚷，嶂浪蕩恙房（32）〔尾聲〕榜暢襄（32）〔風馬兒〕樣霜塘忘（42）〔啄木鸝〕〔啄木兒〕章謊桑狀傍陽〔黃鶯兒〕量藏〔啄木兒〕洋枉光放帳航〔黃鶯兒〕蒼章（42）〔浪淘沙〕琅雙牀鎗（46）〔菩薩蠻〕堂傷（41）

3. 庚真侵（38支）

〔漢宮春〕敦飲巾城鄰馨經庭（1）〔懶畫眉〕城聲林整明，青生雲敬卿（6）〔卜運算元〕城靜英興迎徑文整（8）〔畫眉序〕晴盛清影景，聲郡撐杏尹（8）〔滴溜子〕競稱景飲文（8）〔雙聲子〕飲飲近近影冷錦錦門（8）〔尾聲〕甚徑城（8）〔攤破浣溪沙〕深聲針裙青心（12）〔憶多嬌〕生鳴輕聲津津雲，盆星軍程零零行（13）〔小桃紅〕錦冰生神人分魂（13）〔下山虎〕軍真存尹生萍青靈（13）〔蠻牌令〕傾聞湛昏雲程亭春，暝橫緊巡星停承情（13）〔尾聲〕分緊生（13）〔皂羅袍〕幸城鄰姓恩盟盡（13）〔一江風〕雲正準井停停盆汛，腥景近梗門門燈境（15）〔山坡羊〕分證嶺庭頓定人聞神靈，鏡暈枕鳴聲定人貧因金（15）〔簇御林〕程平飲緊聲城，形卿贈井林行（15）〔尾聲〕境淨經（15）〔點絳唇〕行性星竟，燈運焚夯（18）〔二犯江兒水〕證證嶺影餅鈴林經穩云云本本領，印印井頃晶文莖靈引撐撐脛脛滾（18）〔風入松〕痕影聽緊城笙，靈經並命行庭（18）〔尾聲〕印應影（18）〔蠻歌〕青人人問巾裙親親搵（22）〔四園春〕晴清城生慶縈（34）〔駐馬聽〕金林婷庭景星贈，清屏輕迎近程奉（34）〔浪淘沙〕人分裙們（46）〔浪淘沙〕卿林撐（46）

4. 寒桓先監廉（33支）

〔點絳唇〕官串環扮（4）〔新水令〕寬飯藍衫趲（4）〔醉扶歸〕滿肩壇纏飯（4）〔北折桂令〕南轅單三酣探蘭（4）〔皂羅袍〕勸山慳前然願（4）〔雁兒落帶得勝令〕蔓漢板椽團天伴單寒鑽饞轉（4）〔僥僥令〕轉飡蒜暖暖（4）〔收

江南〕涎便乾然然般（4）〔園林好〕嚴漢遣管站單（4）〔沽美酒帶太平令〕攔
慢顛飯薦劍燃面拈言岸便（4）〔尾聲〕犯欖展（4）〔六么令〕擔旋鞍蹣漢，燦
圓彈鬖殿（7）〔六么令〕電竿穿鞭戰，板冠彈環顫（7）〔縷縷金〕天田院拈顯，
鈿芊碾闤案（14）〔鎖南枝〕鐵娟鬖綰連坦，緣鮮田販般驗（14）〔降黃龍〕煙
誕軟揀懶，暄山衍淺訕阮（14）〔黃龍袞〕攀攀站劍汗簾遠（14），還還看面畔
現眷〔尾聲〕晚戀旛（14）〔夜行船〕濺囀展鑒，遣旋轉忭（39）〔鎖南枝〕言
般宣變傳轉，天偏旋陷泉便，鵑官關賺言換，蘭般翻鑒乾見（39）〔風馬兒〕年
煙煥騫（30）〔鷓鴣天〕寒端殘冠難看（2）〔菩薩蠻〕見燕閒彈（41）〔浪淘沙〕
官南參看（46）

5. 支微魚（37 支）

〔尾聲〕微機扉（2）〔字字雙〕兒勢皮地回例衣賊賊，楣吏池翅釐兌宜直
直（9）〔桂枝香〕戲易士圍圍戟至知，繫閉弟兒兒地住衣（9）〔大迓鼓〕旗廬
入窺詞，絲黎齜兒知（9）〔尾聲〕輩取遲（9）〔菊花新〕歸飛肥地（23）〔剔銀
燈〕裏寓矣樹池抵，比去裏息的哩（23）〔鳳凰閣〕織息色及敕，驛奕宅立只（36）
〔高陽臺〕匹肋戚直翼，立翼德泣陟職（36）〔黃鶯啄皂羅〕〔黃鶯兒〕遲思裏
〔啄木兒〕嘶喜扊〔皂羅袍〕辭繫細（37）〔十二時〕喜是至事與（37）〔一封
羅〕〔一封書〕幾事閉舒〔皂羅袍〕日書與意，書筆籲軀與事，醫謎誰離遺細，
餘里知如如死（37）〔玩仙燈〕至喜（37），垂跪詞題移婿〔尾聲〕毀取紙（37）
〔點絳唇〕遲罹儀麗，迤地司曙，齊麗土犀跪，朱赤其事（44）〔北新水令〕池
指題書勢（44）〔步步嬌〕地裏知戲夷裏（44）〔北折桂令〕齎庇祈辭疑皆楣兒
（44）〔醉扶歸〕契際如李旨（44）〔雁兒落得勝令〕離書紙記居移欺垂緒書題
（44）〔園林好〕細悲逼對書取（44）〔長相思〕離脂枝闈時絲（30）〔清江引〕
哩彌底擠（31）〔收江南〕鷗噬池事知持（44）〔皂羅袍〕次儒歸擊的癡罪（44）
〔沽美酒帶太平令〕歸織知疑擬愧去奇句悲翅是（44）〔尾聲〕取罪禮（44）

6. 魚模（16 支）

〔菊花新〕壺初躕府，呼壺圖路（5）〔駐馬聽〕都舒呼虛路娛負，疎車烏
洙蜀娛扈（5）〔西地錦〕戶梧蘇故（26）〔啄木兒〕獄符湖趺熟護徒，肋符夫
無步路浦（26）〔點絳唇〕圖度徒塑，屠普烏誤（31）〔混江龍〕符符沒出數佛
朱傅都簿虎烏粗祖（31）〔天下樂〕詁初迕母數育（31）〔金盆花〕賦無母步府

（31）〔後庭花〕都咈父觸髏補（31）〔醉中天〕數無母婦覆土（31）〔後庭花〕簿數舉府暮徒（31）〔賺煞〕書數屈脯故鵲鶄呼舞（31）

7. 歌戈（12 支）

〔臨江梅〕和朵羅羅（11）〔梁州序〕葛託磨和鑼邏坷坐禍何（11），錯可科度訛羅何鎖禍何，柯朵過酌坐羅磨大禍濁，羅梭何箧錯訛科和略何（11）〔節節高〕歌蘿挫羅窩坐閣遏，科陀脫酌和夥臥脫（11）〔尾聲〕大駁多（11）〔一封羅〕羅朵河歌蘿那，磨柯梭河多臥（22）〔尾聲〕賀葛坷（22）〔浪淘沙〕陀波娑陀（46）

8. 家車（20 支）

〔齊破陣〕霞化罷紗花（2）〔步步嬌〕瓦嘩亞差夜（2）〔江兒水〕斜滑跨社夜話（2）〔玉胞肚〕駕花夜差麻（2）〔五供養〕臘鴉牙雅大花接（2）〔川撥棹〕耳舌鴉花他（2）〔生查子〕花夜斜馬（7）〔泣顏回〕華馬蠟沙遮罅花（7）〔尾聲〕價罅斜（7）〔似娘兒〕耶花車鴉，華家花馬（17）〔一封書〕槎涯家紗裟叉華，華家掛霞枷發花（17）〔尾聲〕楊話花（17）〔泣顏回〕花衙嘩撾炸家家（7）〔三迭引〕架馬花話，霞霎槎化（27）〔九迴腸〕〔解三酲〕價家馬花槎罜〔三學士〕畫嘩笳〔急三鎗〕車（27），〔解三酲〕馬花夏斜瓜咱〔三學士〕大琶槎〔急三鎗〕車〔尾聲〕也下華（27）〔菩薩蠻〕色得（41）

9. 來回（18 支）

〔十二時〕改大代開愛，邁待跪輩懈（29）〔勝如花〕開採載愛乖腮帶懷懷泰來來，才改債快來街戒開開在徊徊（29）〔榴花泣〕來孩載材篩在灰，哀堆杯來拜臺（29）〔尾聲〕改待該（29）〔西地錦〕背街回彩，外限來上（43）〔畫眉姐姐〕開會來拜海栽，猜在臺愛海開（43）〔出隊滴溜子〕悋胎諧解礙採，載才乖採賴帶（43）〔尾聲〕拜帶採（43）〔六么令〕採排開臺戒，拜災來開會，海胎來臺泰，邁鞻來胎解（46）

10. 蕭豪（45 支）

〔一翦梅〕樵高凋招巢橋，嬌描搖凋潮蕉（3）〔傍妝臺〕燒寶高飄膏翹橋，飄搔條調挑高（3）〔解三酲〕俏描好拋嬌到嘮（3），到瑤草梢醪鬧橋（3）〔尾聲〕早笑草（3）〔西地錦〕鳥桃了蕉（12）〔絳都春序〕早了兒較少鳥草，道

掃苗皎巧笑小（12）〔下小樓〕到挑了嘲（12）〔侍香金童〕島飄遙搖姚了窕調綃（12）〔傳言玉女〕到罩鳥嫋嬌笑潮巧敲道燒小（12）〔尾聲〕到寶瞧（12）〔女臨紅〕蕉巢毛桃（25）〔繡帶宜春〕〔繡帶兒〕巧潮嘈〔宜春令〕悼鳥弔，〔繡帶兒〕嫋條凋〔宜春令〕悼寶笑（25）〔黃鶯兒〕標翹抱礁遙嘯滔橈，鼇橋好潮邀鳥鷊濤（25）〔簇御林〕橋飄號豪跳交，腰敲哨炮吆曹（25）〔尾聲〕到少秒（25）〔菊花新〕饒寥桃報，袍高僚繚，巢桃燒調（33）〔山花子〕少璈搖簫霄翹毛兆邀，遙報燒搖條霄翹毛兆邀（33）〔尾聲〕少報早（33）〔風馬兒〕到蒿叫料，好凋耗到（35）〔朝元令〕毛稿搖鬧寥耀道毛高囂調孝考到，逃料高好勞飽要高標袍橋孝考到（35）〔多字雙〕包好銷弔跑笑蹺到腰巧蹻了邀要條，曉燒跳搖高高落拋道療好鬧兆報（35）〔不是路〕朝橋道草敲報早勞嬈孝道照，孝標郊笑交曹瑤雕趙勞巢掃（35）〔尾聲〕耗犒銷（35）〔生查子〕潮口粵軆號，搖小聊表（40）〔玉胞肚〕寶交朝膠毛，紗潮鼇嬌橋，告招誥高標，倒搖苗毫逃（40）〔清江引〕陶造草老，笑惱鬧好（46）

11. 車遮（6支）

〔二郎神〕咽些別遮雪冽怯刻（30）〔集賢賓〕迭貼子撇絕褶（30）〔囀林鶯〕傑策涉折帖結者泊（30）〔黃鶯兒〕別攝裸歇箔竭切折（30）〔貓兒墜〕白越涉切月（30）〔尾聲〕咽蝶惹（30）

三、阮大鋮戲曲用韻的特點

（一）沒有遵守《中原音韻》

曲學界研究者歷來認為傳奇用韻當遵守《中原音韻》。如曲學大師吳梅先生在其《顧曲塵談》（1914年）第一章第二節專門討論曲的音韻問題，他說：

顧古今曲家，往往用韻有不協者。如高深甫濂所作之《玉簪記》，舉世所稱道者也。其中《琴挑》一折，尤為膾炙人口，而〔朝元歌〕四支，所用諸韻，竟是荒謬絕倫。其詞云：「長清短清。那管離人恨。雲心水心，有甚閒愁悶。一度春來，一番花褪，怎生上我眉痕？雲掩柴門，鍾兒磬兒枕上聽。柏子座中焚，梅花帳絕塵，你是個慈悲方寸，長長短短，有誰評論？」詞中「清」字韻是庚亭，「恨」字韻是真文，「心」字韻是侵尋，「悶」字、「褪」字、「痕」字、「門」字

純是真文，「聽」字韻又是庚亭，「焚」字、「塵」字、「寸」字、「論」字又是真文，一首詞中，犯韻若此，令人究不知所押何韻。忽而閉口，忽而抵齶，忽而鼻音，歌者轍宛轉叶之，而此曲遂無一人能唱到家矣（此曲唱者雖多，顧無一人佳者）。又如高則誠之《琵琶記》，亦有錯誤，支時與魚模不分，歌羅與家麻並用，自謂不屑尋宮數調，其實貽誤後學者至巨。〔註5〕

車文明（2001）評注沈璟《義俠記》時說：

押韻在戲曲創作中非常重要。前面已經提到，南戲及後來的傳奇，在用韻上存在著換韻、雜韻、犯韻等現象，《琵琶記》就是代表。沈璟第一次在理論上提出傳奇韻押《中原音韻》的主張，……萬曆以後，傳奇用韻基本上以《中原音韻》為準，一齣（或一套）一韻到底，不混韻、犯韻、借押。到了吳炳《粲花五種》，已完全做到合律依腔、知音守韻，以《中原音韻》檢之，無一處出韻、犯韻及換韻現象。以後的阮大鋮、蘇州派作家及「南洪北孔」等共同遵守這一新規則，將傳奇創作推向合律守韻的高峰。〔註6〕

但是，從四部戲曲的用韻情況可以看到，阮氏作曲並非遵循《中原》，而是有自己的特點，具體表現在以下幾個方面。

1. 《中原》庚青、真文、侵尋部字互押

在阮氏的四部戲曲中，《中原音韻》（以下簡稱《中原》）庚青、真文、侵尋三部字完全在一起押韻，沒有分押的趨勢。如《牟尼合》第8齣〔金瓏璁〕叶「陰聲因」，〔鎖南枝〕叶「盟成形審城硬」；《春燈謎》第3齣〔憶秦娥〕叶「春心惺惺聲人情」，第33齣〔紅繡鞋〕叶「林林星星經雲筋桯，銀銀群群兵浸筋桯」；《燕子箋》第2齣〔滿庭芳〕叶「英錦心青雲文」，第9齣〔不是路〕叶「青林審幀裙甚韻人俊並徑徑，神人身映星甚稱成稔暈姓贈」；《雙金榜》第1齣〔漢宮春〕叶「敦飲巾城鄰馨經庭」，第8齣〔雙聲子〕叶「飲飲近近影冷錦錦門」。

《中原》庚青、真文、侵尋三部字相押反映的是明末南方方言的特點。

<hr>

〔註5〕王衛民，《吳梅戲曲論文集》，北京：中國戲劇出版社，1983年，20頁。
〔註6〕車文明，《六十種曲評注（第21冊）》，吉林：吉林人民出版社，2001年，257頁。

明末蘇州曲家張鳳翼、顧大典、許自昌戲曲用韻中這三部字也完全在一起相押，反映的是明末蘇州話的特點〔註7〕。清末南京人馬鳴鶴的《正音新纂》描寫的南京話中，「因」韻來源於中古真、欣、庚、耕、清、青、蒸、侵諸韻字，〔註8〕在明末的南京話中它們應該也是同韻的字，可以在一起相押。今安徽桐城方言中，中古-m、-n、-ŋ 三個韻尾合併為一個韻尾-n，〔註9〕在明末的桐城方言中應該也是如此，阮大鋮 12 歲才從桐城遷居懷寧，且創作這幾部戲曲時主要在南京活動〔註10〕，因此阮氏的庚青、真文、侵尋部字互押反映的很可能是當時的桐城話或南京話的特點。

2.《中原》寒山、桓歡、先天、兼咸、廉纖五部字互押

在阮氏的四部戲曲中，《中原音韻》（以下簡稱《中原》）寒山、桓歡、先天、兼咸、廉纖五部字完全在一起押韻，沒有分押的趨勢。例見以上四部戲曲的「寒廉」部。

這是南戲和傳奇用韻的一個特點，在絕大多數南戲和傳奇作品中，這五部字都合為一部。阮氏這裡是承襲了南戲傳統的用韻特點。

3. 部分《中原》魚模部字押入支思、齊微部

阮氏戲曲中《中原》支思、齊微部字在一起押韻，同時有部分魚模部字押入。如《牟尼合》第 6 齣〔賺〕叶「泥居閉差知字思語計，離時慮司砌為恃絮死」；《春燈謎》第 2 齣〔漁家傲〕叶「詩斯序啼水私題已，帷枝被飛李期時矣」；《燕子箋》第 16 齣〔泣顏回〕叶「依兒窺題兒翠癡，蹊事女眉題去媒」；《雙金榜》第 9 齣〔大迓鼓〕叶「旗廬入窺詞，絲黎覷兒知」。

押入支微部《中原》齊微部合口字有：悲碑杯狽媒眉湄美妃飛頹內歸窺魁輝回會隈威危為帷巍贅罪翠

押入支微部的《中原》魚模字有：居車具句趨蛆軀取去覷噓絮婿緒序隅嶇榆余魚與毹雨語宇馭寓籲窬女閭履慮珠朱主注住躇處殊抒舒書如曙署恕豎樹儒乳入廬

〔註 7〕具體參見彭靜（2011，2012，2014）的研究。

〔註 8〕彭靜，〈《正音新纂》韻母系統考〉，中國語文學誌，2015 年，3 頁。

〔註 9〕孫宜志，〈方以智《切韻聲原》與桐城方音〉，《中國語文》，2005 年第 1 期，65～74 頁。

〔註 10〕孫書磊，〈阮大鋮南京戲劇活動考〉，《南京社會科學》，2004 年第 12 期，84～88 頁。

現代桐城方言中，「堆對隊兌、推腿退、內累雷、罪醉、崔催、雖綏歲遂隨髓隧」等字都有 i 音和 ei 音兩讀，「居車具句趨蛆驅取去」等字也讀 i 音，[註11] 阮氏的用韻在一定程度上反映了其方音特點。

4. 部分《中原》車遮部字押入家麻部

部分《中原》車遮部字在阮氏戲曲中押入家麻部，如《牟尼合》第 15 齣〔堯堯令〕叶「間艖捨打」，〔收江南〕叶「嘩擦些斜家家差」；《燕子箋》第 6 齣〔七娘子〕叶「花家馬罅，斜鴉聒下」；《雙金榜》第 2 齣〔步步嬌〕叶「瓦嘩亞差夜」。

今桐城方言中，中古麻韻二等字韻母主元音為 a，中古麻韻三等字韻母主元音為 e，[註12] 不能在一起押韻。但在明末的蘇州方言中它們的主元音曾經是相同的，可以在一起押韻。[註13] 阮氏創作這四部戲曲時主要在南京、蘇州等地活動，與蘇州著名戲曲家馮夢龍等有交往，[註14] 且晚明時期，「全國戲劇繁榮的中心在江南，而江南戲劇繁榮的中心在蘇州。蘇州借助崑山腔的興起等多種有利條件，一躍成為當時的劇壇翹楚、曲學重鎮和演出中心。」[註15] 阮氏的戲曲用韻應該在較大程度上受到蘇州方言的影響。

5. 部分《中原》齊微部合口字押入皆來部

部分《中原》齊微部合口字在阮氏戲曲中押入皆來部，如《牟尼合》第 13 齣〔二犯江兒水〕叶「快快宰揣回胎排該海開開在在擺」；《春燈謎》〔浪淘沙〕叶「限回來配胎」；〔浪淘沙〕限回來配胎〔堯堯令〕叶「間艖捨打」，〔收江南〕叶「嘩擦些斜家家差」；《燕子箋》第 6 齣〔七娘子〕叶「花家馬罅，斜鴉聒下」；《雙金榜》第 2 齣〔步步嬌〕叶「瓦嘩亞差夜」。

今桐城方言中，「來」類字的主元音為 ɛ，「回」類字的主元音為 e（另有「i」音一讀），[註16] 不能在一起押韻。但在明末的蘇州方言中它們曾經是以

〔註11〕 參考桐城縣地方志編纂委員會編，《桐城縣志》，黃山：黃山書社，1995 年 22 章 2 節。
〔註12〕 參考桐城縣地方志編纂委員會編，《桐城縣志》，黃山：黃山書社，1995 年 22 章 2 節。
〔註13〕 彭靜，〈張鳳翼戲曲用韻反映出得四百年前的蘇州話語言特點〉，《語言科學》，2011 年第 2 期，131～141 頁。
〔註14〕 馮保善，〈馮夢龍阮大鋮交遊小考〉，《蘇州大學學報》，1990 年第 2 期，1～2 頁。
〔註15〕 劉召明，〈晚明蘇州劇壇傳奇創作重心的下移及原因〉，《南京師大學報》（社會科學版），2007 年第 3 期，129～134 頁。
〔註16〕 參考桐城地方志編纂委員會編，《桐城縣志》，黃山：黃山書社，1995 年 22 章 2 節。

在一起押韻的。〔註17〕這裡的用韻或許也是受到蘇州方言的影響。

（二）入聲韻部反映了明末北京話讀書音的特點

阮氏四部戲曲中沒有入聲韻部，中古入聲韻字幾乎全部押入陰聲韻部中。

阮大鋮作品中有一些比較特殊的用韻現象，主要集中在押入車遮和歌戈韻的入聲字中。

押入車遮部的曲子如《燕子箋》第25齣〔香柳娘〕叶「白白者挈姐姐也別別撚，絕絕者色得得熱歇歇折」，〔憶多嬌〕叶「黑涉闕咽遮遮血」；第35齣〔集賢賓〕叶「熱接舌惹別月測色」，〔皂羅袍〕叶「寫捨遮葉得閱月」；《雙金榜》第30齣〔二郎神〕叶「咽些別遮雪冽怯刻」，〔囀林鶯〕叶「傑策涉折帖結者泊」，〔黃鶯兒〕叶「別攝褋歇箔竭切拆」。

押入歌戈部的曲子如《牟尼合》第10齣〔皂羅袍〕叶「顆河科遏學作錯，泊多鵝火窩雀果」。《春燈迷》第11齣〔香柳娘〕叶「可哥合閣落落所踱踱舵，弱弱挫過墢墢顆落落覺，朵朵破坐多多惡覺覺卻」；〔二郎神〕叶「可覺妥摩臥那渴」；〔步步嬌〕叶「坐躲訶臥掠何剁」；〔江兒水〕叶「多過薄學大雀」，〔北雁兒落德勝令〕叶「科嗑惡破多羅落那苛作作」；第21齣〔二郎神〕叶「可合昨窩覺火惡撥」；〔囀林鶯〕叶「索涴作麼渴那過，著科瞌羅作摩他」，〔啄木公子〕叶「蛾作落和挫波莎，度作裏角合蘿梭」。《燕子箋》第31齣〔金蕉葉〕叶「蛾落螺雀」，〔五更轉〕叶「火磨活可錯託個妁」，〔梧桐樹犯〕叶「訛錯果麼卻科閣可」。《雙金榜》：第11齣〔梁州序〕叶「柯朵過酌坐羅磨大禍濁，羅梭何篋錯訛科和略何」，〔節節高〕叶「科陀脫酌和夥臥脫」，〔尾聲〕叶「大駁多」

下面是入韻字

表1 阮大鋮作品中押入車遮和歌戈部的特殊入韻字表

入韻字	中古音韻地位	《中原》所屬韻部	傳奇押入韻部
白	梗開二陌	皆來	
色測	曾開三職	皆來	
得黑刻	曾開一德	齊微	
策	梗開二麥	皆來	車遮
泊箔	宕開一鐸	歌戈	
拆	未收	未收	

〔註17〕彭靜，〈張鳳翼戲曲用韻反映出得四百年前的蘇州話語言特點〉，《語言科學》，2011年第2期，131～141頁。

作索踱	宕開一鐸		
覺角剟駁	江開二覺	蕭豪入	歌戈
雀酌	宕開三藥		

反映明末北京話的《合併字學集韻》中，「色、冊、德、黑、刻」等字與「別、帖、遮、哲、者、惹、熱、舌、結、姐、怯、歇、也」等字同歸入拙攝第十六開口篇，「白」字與「絕、血、雪、月」等字同歸在拙攝第十七合口篇；江開二覺韻的「角」字和宕開三藥韻的「雀、酌」二字與『「可、渴、卻、學、惡、咢」等字同列在果攝第十二開口篇；與宕開一鐸韻「索」字在《廣韻》中同小韻的「挱」字和「過、科、多、朵、脫、那、破、坐、錯、朔、臥、羅」等字同列在果攝第十三合口篇。

阮大鋮曾長期在北京做官，他用韻中的這些現象反映的很可能是明末清初北京話讀書音的特點。

四、結　語

本文用韻腳字系聯法，從語言角度研究了因其人品的影響而曾長期被學界忽略的明末著名戲曲家阮大鋮四部傳世傳奇戲曲作品的用韻情況，發現阮氏用韻並非像車文明（2001）所說的「已完全做到合律依腔、知音守韻，以《中原音韻》檢之，無一處出韻、犯韻及換韻現象」，而是有自己的用韻特點。阮氏的戲曲用韻較多遵循了南戲傳統的用韻特點，如《中原》庚青、真文、侵尋部字互押，《中原》寒山、桓歡、先天、兼咸、廉纖五部字互押，部分《中原》魚模部字押入支思、齊微部，部分《中原》車遮部字押入家麻部，部分《中原》齊微部合口字押入皆來部等，這一方面與南戲的傳承有關，另一方面與作者的方音及當時作為全國戲劇中心的蘇州的方音也有一定的關係。但是，與許多傳統南戲用韻不同的是，阮氏的戲曲中沒有獨立的入聲韻部，入聲韻字絕大多數押入陰聲韻中，它們反映的很可能是當時北京話讀書音的特點。

五、參考文獻

1. 蔡躍蘭，〈安徽懷寧方言語音研究〉，安徽大學碩士論文，2011 年。

2. 車文明，《六十種曲評注（第 21 冊）》吉林：吉林人民出版社，2001 年。

3. 高栩平，〈論《石巢四種》的語言特色〉；《呂梁學院學報》，2012 年 3 期。

4. 耿振生，《20 世紀漢語音韻學方法論》，北京：北京大學出版社，2004 年。

5. 黃鈞，〈阮大鋮《石巢四種》平議〉，《文學遺產》，1986 年 5 期。

6. 季翠霞，〈阮大鋮傳奇研究〉，華東師範大學博士論文，2010 年。

7. 李金松，〈阮大鋮《雙金榜》中的政治影射發微〉，《福建師範大學學報（哲學社會科學版）》，1999 年 3 期。

8. 李修生主編，《古本戲曲劇目提要》，北京：文化藝術出版社，1997 年。

9. 李玉栓，〈阮大鋮《石巢傳奇四種》藝術論〉，《上饒師範學院學報》，2008 年 1 期。

10. 彭靜，〈張鳳翼戲曲用韻反映出的四百年前的蘇州話語音特點〉，《語言科學》，2011 年 2 期。

11. 彭靜，〈明代蘇州曲家顧大典戲曲用韻考〉，《中國文學研究》，47 輯，2012 年 5 月。

12. 彭靜，〈明代蘇州曲家許自昌戲曲用韻考〉，《中國語文學誌》，48 輯，2014 年 9 月。

13. 彭靜，〈《正音新纂》韻母系統考〉，《中國語文學誌》，50 輯，2015 年 3 月。

14. 阮大鋮，《牟尼合》，《古本戲曲叢刊（二集）》，北京大學圖書館館藏。

15. 阮大鋮，《春燈謎》，《古本戲曲叢刊（二集）》，北京大學圖書館館藏。

16. 阮大鋮，《燕子箋》，《古本戲曲叢刊（二集）》，北京大學圖書館館藏。

17. 阮大鋮，《雙金榜》，《古本戲曲叢刊（二集）》，北京大學圖書館館藏。

18. 孫書磊，〈阮大鋮南京戲劇活動考〉，《南京社會科學》，2004 年 12 期。

19. 孫宜志，〈方以智《切韻聲原》與桐城方音〉，《中國語文》，2005 年 1 期。

20. 桐城縣地方志編纂委員會編，《桐城縣志》，黃山：黃山書社，1995 年。

21. 王珏，〈復社文人與阮大鋮的《燕子箋》〉，《文教資料》，2007 年 34 期。

22. 王衛民，《吳梅戲曲論文集》，北京：中國戲劇出版社，1983 年。

23. 吳梅，〈南北詞簡譜〉，《吳梅全集》，石家莊：河北教育出版社，2002 年。

24. 尹玲玲，〈阮大鋮〈詠懷堂詩〉研究〉，暨南大學碩士論文，2006 年。

25. 鄭雷，〈阮大鋮叢考（上）〉，《華僑大學學報（哲學社會科學版）》，2004 年 1 期。

26. 鍾明奇，〈阮大鋮《詠懷堂詩》簡論〉，《中國文學研究》，1993 年 2 期。

27. 周忠誠，〈阮大鋮戲曲中「集唐詩」研究〉，《淮北職業技術學院學報》，2010 年 2 期。

蘭茂《性天風月通玄記》用韻考
——五百年前雲南方言一斑

一、引　言

　　蘭茂（1397～？），字廷秀，號止菴，別號和道人、玄壺子、洞天風月子，雲南嵩明縣楊林鎮人，祖籍河南洛陽。據考，蘭茂父輩約在明代洪武二十一年（1388 年）被徵入滇，後編籍屯戍於楊林千戶所，遂落籍於該地。他終生隱居不仕，著書甚豐，據說有 19 或 17 種，但流傳下來的只有《玄壺集》、《韻略易通》、《聲律發蒙》、《性天風月通玄記》、《滇南本草》、《醫門攬要》以及收缺拾遺散見蘭茂詩作而成的《楊林兩隱君集・蘭隱君集》。現存諸書中，最為有名的是《韻略易通》、《滇南本草》、《性天風月通玄記》，被人稱之為「蘭氏三書」。〔註1〕前兩種都被人細緻地研究過，在音韻學界，《韻略易通》被視為具有里程碑意義的著作，錢玄同、陸志韋、王力、張世祿等著名語言學家都給予其很高的評價，而對《性天風月通玄記》卻很少有人論及，或雖有論及，只是從文學角度作簡單的介紹，從語言學角度對於其用韻進行的研究還從來沒有人做過。

〔註 1〕徐春燕，王巍，〈博學多才的一代宗師——蘭茂〉，《中國中醫藥現代遠端教育》，2006年 5 期，24～26 頁。

　　《性天風月通玄記》作於 1454 年（景泰五年甲戌）蘭茂 57 歲時，〔註2〕
是「元、明以來雲南劇壇上第一個問世的劇作」，收於《古本戲曲叢刊》五集，
該集收錄的「主要是清代順治、康熙、雍正三朝的作品」，「由於新資料的發
現，補收了明代傳奇八種，明清之際『蘇州派』作家的作品八種。所補明代傳
奇如《性天風月通玄記》、《斷髮記》、《凌雲記》、《葛衣記》等，都是珍貴的傳
本。」，「……五集的內容很精彩，有成都李氏珍藏的清乾隆間鈔本、明初雲
南楊林隱君蘭茂的《性天風月通玄記》傳奇，楊慎的《晏清都洞天玄記》雜劇
便是據此改編的。」〔註3〕

　　關於本文所使用的《性天風月通玄記》的版本問題，五集《序》中也有介
紹：「我們在編輯工作中，選擇版本的一個原則是，儘量採用時代早而又比較
完備的本子，以使《古本戲曲叢刊》不但具有研究價值，並且具有一定的文
獻價值。如……蘭茂《性天風月通玄記》採用乾隆鈔本，……都經過了慎重
的選擇。」此本「據成都李氏藏清乾隆鈔本景印，原書頁心高二一五毫米寬
一四一毫米」。〔註4〕開始時便有一段韻文「論出家到也深，學得些（按：缺
一字）假修真，迴光返照常清靜，識破了身外生身，那管他塵世山林，行持常
把黃庭運，愛的是養氣凝神，喜的是陰降陽升，靈光現出圓如鏡，頃刻間竅
竅光明，黃河水升，轉崑崙，如今認得真玄牝。」，接著是署名「大明隱士闌
先生諱茂著」。此劇共 20 齣，每齣最短的只有一支有曲牌的曲子，如第一、
四、九、十四、十六、十八和二十齣，最長的有 17 支曲子，只有第十九齣，
有兩支曲子以上的齣裏，只有第三、五、八齣押一個韻，其他少則押兩個韻，
多則押六個韻，也就是說，一韻到底的齣數很少。各齣中沒有曲牌，隨口而
歌的曲子很多，如「童唱」「勸忠歌」「勸孝歌」等，算上這些隨口而歌的曲
子，有的齣最多押的就不止六個韻。整體上看，它很接近南戲「本無宮調，亦
罕節奏，徒取其畸農、士女順口可歌而已」〔註5〕的原貌。因此，雖然它是清
鈔本，卻很好地保留了原貌，對研究明初語音史或方音史具有極高的價值。

〔註2〕黃絲才，紀典，〈蘭茂年譜〉，《雲南中醫學院學報》，2001 年 1 期。該文講到：「1454
　　　年（景泰五年甲戌），57 歲。首撰雲南劇壇上第一個雜劇《性天風月通玄記》。
〔註3〕見《古本戲曲叢刊》五集序。
〔註4〕見《古本戲曲叢刊》五集序。
〔註5〕徐渭，《南詞敘錄》，《中國古典戲曲論著集成（三）》北京，中國戲劇出版社，1959
　　　年。

《性天風月通玄記》（以下簡稱《通玄記》）有曲牌的曲子共 94 支，押一個韻的一支曲子算作一個韻段，其中有兩支有換韻現象，第二齣的〔通玄歌〕和第十一齣的〔玉美人〕分別用 7 個和 4 個韻，分別算作 7 個和 4 個韻段，這樣得到 103 個韻段；對於沒有曲牌的隨口而歌的曲子，我們把押一韻的兩句或幾句話算作一個韻段，共得到 81 個韻段；對於上下場詩，我們不計入研究範圍，因為詩韻和曲韻是有區別的。這樣，我們從《通玄記》中共得到 184 個韻段。利用韻腳字系聯法可以把這 184 個韻段歸為 12 個韻部。本文主要使用的研究方法是韻腳字歸納法。[註6]

二、《性天風月通玄記》韻部

1. 東鍾部

此部涉及有曲牌的曲子 13 支，沒有曲牌、隨口而歌的曲子 3 支：

通中同中中種（師徒傳道）〔鶯兒調〕穹東送空蹤夢風瞳（6）〔出隊子〕蟲鋒公動（13）〔六么序〕勇雄嶸龍動動（15）〔風入松〕鋒關重縫弓鋒勇勇雄勇縱（15）〔六么序〕勇風容龍縱縱（15）〔風入松〕虹空弄空攻攻（15）〔六么令〕擁峒中鋒眾（15）〔風入松〕逢哄動重重（15）〔六么令〕蟲宗湧風通容凍凍（15）〔風入松〕風公冗用籠功功（15）〔駐雲飛〕空中洞夢宮供峰（19）〔駐雲飛〕蒙紅用重公汞功（7）〔通玄歌〕用夢（2）紅蜂空（9）翁翁中通（20）[註7]

2. 江寒監部

此部共涉及有曲牌的曲子 14 支，沒有曲牌、隨口而歌的曲子 5 支：

〔山坡羊〕放上防羊當防量量傷防防羊（13）〔風入松〕房忙方朗丹（8）〔前腔〕堂凰帳廂倆娘量當魎防光杆腸浪郎想雙快（缺字）放房單傍當當降光嚷（8）〔點絳唇〕帆響茫樣（19）〔油葫蘆〕忙嚷鄉〔前腔〕航岸楊（19）〔天下樂〕光歡蒼岸（19）〔村莊漁鼓〕上陽浪杭（19）〔元和令〕凰常往還上雙上兩悵涼（19）〔上馬嬌〕鄉方蕩茫（19）〔勝葫蘆〕放霜上恙嚷看淡慘（19）〔後庭花〕涼漫潭（19）〔尾聲〕晚長竿（19）〔駐雲飛〕觸香巷缶襄常放場

（17）堂鄉場（6）黃長光江香昌蒼（6）降當場當（13）狂狂難羊傷（12）常牆香（9）

3. 先桓廉部

此部共涉及有曲牌的曲子 11 支，沒有曲牌、隨口而歌的曲子 3 支：

傳天然還焉焉綿煎傳（師徒傳道）仙顛邊判傳變芟安（師徒傳道）［點將唇］玄煉險天轉（2）［混江龍］判鉛天暖煙穿年馬念豔仙（2）［油葫蘆］撚電伴園喧囀羨遍館錢（2）［天下樂］天弦顛天鉛玄邊（2）［駐雲飛］言憐陷前現煙（7）［折桂令］鉛傳咽前泉馬念天言（7）［駐雲飛］猿言亂變前伴堅（10）［混江龍］欄船面攢現然殿安畔（19）［上馬嬌］邊川田轉元泉泛前泉見船（19）［通玄歌］仙天（2）［通玄歌］鉛玄見判（2）蓮言玄燃娟添全川現邊田煙仙間天（4）

4. 庚真侵

此部共涉及有曲牌的曲子 9 支，沒有曲牌、隨口而歌的曲子 3 支：

塵真命人君行人（師徒傳道）［洞庭歌］晴清庭瀛（9）［駐雲飛］聞鳴韻性聲聖音（10）［玉美人］心人（11）［玉美人］音沉（11）［水仙子］人真庭吟靜門近［前腔］近親證允姻信因（11）［駐雲飛］因真性正心成信誠誠晉（11）［鶯兒落］成性兵陣婚兵（11）［清江引］爭分名勝餅（11）明神生凝（12）濱濱精瀛（20）

5. 支微魚部

此部共涉及有曲牌的曲子 23 支，沒有曲牌、隨口而歌的曲子 15 支：

［西江月］虛西液處池機世配意記潔泄陌（1）［生查子］遲細啼睡［前腔］遲細啼戲（3）［黃鶯兒］知辭器思馳計持藝時（3）［勝都春］幃至氣疑奇力知紀機惜宜意去兒期處陪意息餘你之（5）［三學士］意息理基侶你［前腔］禮語依理取取（5）［清江引］居地地此［前腔］居濟驛此（6）［駐雲飛］師知去會私計施［前腔］師馳慮豫思力之［前腔］知思繫氣違棄持［前腔］師饑趣味蹄胃之［前腔］師稀妓致期事之［前腔］知迷蒂易機趣題［前腔］師時至噫息意之［前腔］師思地息肌氣之［前腔］知你穢氣時吸為（10）［下山虎］棲慮軀去只西勢戲欺起意狸理氣你跡吃食你肆威溪尾你虧（14）［山查子］去士（18）［駐雲飛］知伊事義虧字你你［前腔］師師世地夷意師遲（19）［駐雲飛］師

裏易遇微示知（20）詞師地誓迷機計催，基己期池，物氣位時起離已閉處，師枝思裏時離累日地時，曲曲膝汁覓（3）比己配你（4）氏戶膾二細己衣子知欺理意語（5）妓體取離枝斧你去的事理遲（5）勸忠歌曰：許鄙已鬼幾禮紫子比禹呂紀水取喜己矣耳徙裏（9）勸孝歌曰：體矣子旨幾妣語舐起禮紙水毀理使喜恥綺鄙羝比子擬始紀你洗此（9）期時池枝（15）離離齊衣（20）李李子裏（20）子子子裏（20）煤煤為幃煤（4）

6. 書模部

此部共涉及有曲牌的曲子 6 支，沒有曲牌、隨口而歌的曲子 2 支：［折桂令］書如物途釜珠夫無模［前腔］爐符固珠鋪處模夫（7）［雁兒高］圖伏六符固除枯處爐（12）［不是路］醙鋪熟爐足沽乳熟露苦母處扶祿途路戶蘆壺（16）［步步嬌］土堵舒碌輸固（17）［駐雲飛］沽無做露姑處汝（17）姑姑無夫（20）壺壺爐銖扶（3）

7. 歌戈部

此部共涉及有曲牌的曲子 8 支，沒有曲牌、隨口而歌的曲子 6 支：

［折桂令］波柯梭過磨何何魔（4）［鶯兒調］窩著脫娥歌說婆河［前腔］呵我破他我過羅河［前腔］多娥錯窩窩爍波河［前腔］娥多火著著過呵河［前腔］羅波舵顆著破初河［前腔］梭婆和著著樂波河（6）火我（4）火我火（4）火朵菓我（4）婆婆我和夥（8）［玉美人］鎖可（11）和和戈波（20）學破賀（20）

8. 家麻部

此部共涉及有曲牌的曲子 6 支，沒有曲牌、隨口而歌的曲子 1 支：

砂家他法假撒嗟家他（師徒傳道）［點絳唇］華雅花灑（6）［清江引］家插化馬（6）［遶池遊］畫大馬話華（7）［梨花兒］雅家話假灑芽下耍砂怕馬（12）［駐雲飛］霞華價大華呀他［前腔］佳誇下架茶啞家（17）

9. 皆來部

此部共涉及有曲牌的曲子 5 支，沒有曲牌、隨口而歌的曲子 5 支：

白改來懷拜家（師徒傳道）［駐雲飛］呆懷愛敗街賣胎［前腔］街懷賣賴來大臺（7）［駐雲飛］開胎愛太來解臺（10）［卜操作數］海來彩（15）［通玄歌］塊海解採騣乃買（2）栽開腮（9）來萊（20）柴柴岩豺材柴（4）哉開排來回（13）

10. 蕭豪部

此部字共涉及有曲牌的曲子 3 支，沒有曲牌、隨口而歌的曲子 4 支：

［山坡羊］燥倒炒了了（10）［月兒高］道笑竅到照高道藥道（12）［一枝花］燒掃逃保（19）豪遙挑（7）道道竅妙竅鈔笑告（12）道笑竅（12）老老倒早（20）

11. 尤侯部

此部共涉及有曲牌的曲子 3 支，沒有曲牌、隨口而歌的曲子 6 支：

修授透（師徒傳道）［山歌］舟遊流頭流秋（19）［通玄歌］朽叟（2）酒酒鬥朽（3）酒手（3）油遊樓秋（10）［玉美人］久首（11）久醜酒韭口走（12 齣）秋流愁（19）

12. 車遮部

此部只涉及 1 支隨口而歌的曲子，因無法系聯，只能單立一部。賊得客（6）

三、《性天風月通玄記》韻部字情況考察

這裡把《通玄記》每一韻部中的韻腳字都列出來，然後列出其中古音韻地位（舉平以賅上去）、《中原音韻》所在韻部以及在現代昆明方言中韻母的讀音。〔註8〕韻腳字右邊數字為該字入韻次數，每字中古音韻地位參考郭錫良先生《漢字古音手冊》，現代昆明方言的讀音來自盧開磏《昆明方言志》（玉溪師專學報（語言研究專號）1990 年第 2、3 期：74～226 頁）。

1. 東鍾部

例　　字	中古音韻地位	昆明方言韻母〔註9〕	《中原音韻》韻部
東送空 5 瞳公 3 氶動 4 鬨虹弄攻 2 功 3 同峒哄通 3 凍 2 籠洞蒙紅 2 蜂 2 翁 3	通合一東韻	oŋ	東鍾

〔註8〕本文選擇昆明方言的原因除昆明方言資料容易找到，而嵩明方言著作還沒有發現之外，還有以下兩點：一、蘭茂是雲南嵩明人，嵩明位於昆明市東北部，現為昆明市轄近郊縣，縣城距昆明 43 公里，語音基本是一致的，羅長培先生在《雲南之語言》中省會區方言也是以昆明話為代表的；二、1276 年（元世祖至元十三年），賽典赤主滇後，置昆明縣，並把行政中心由大理遷到昆明。自此，昆明正式作為全省政治、經濟、文化的中心，嵩明離昆明如此之近，昆明話對嵩明話的影響是不言而喻的，以今昆明方言為代表來考察蘭茂用韻反映的方言特點應該是可行的。

〔註9〕昆明方言發音依據盧開石廉《昆明方言志》，玉溪師專學報（語言研究專號），1990 年第 2、3 期。

宗	通合一冬韻	oŋ
夢3風4蟲2弓宮中6種 穹雄2	通合三東韻	oŋ ioŋ
蹤重4峰鋒4逢縫容2縱3眾龍2供冗 勇5湧擁用2	通合三鍾韻	oŋ ioŋ
嶸	梗合二耕韻 梗合三庚韻	ioŋ

2. 江寒監部

例　字	中古音韻地位	昆明方言韻母	《中原》韻部
方2防5房2霜往放4狂2	宕合三陽	uÃ	
腸常3長2觴昌傷2場3響嚷3帳悵上5	宕開三陽	Ã	江陽
香3鄉3廂楊陽涼2量3羊3娘孃倆兩魎想恙快樣牆	宕開三陽	iÃ	
航杭當6堂2忙2茫2郎蒼2朗浪2傍蕩剛3 光4凰2黃	宕開一唐 宕合一唐	Ã uÃ	
江降2巷 雙2	江開二江 江開二江	iÃ uÃ	
丹竿杆單難岸2歡看安	山開一寒	Ã	寒山
還2	山合二刪	uÃ	
晚	山合三阮	uÃ	
帆	咸合三凡	Ã	
漫	山合一桓	Ã	桓歡
慘潭	咸開一覃	Ã	監咸
談淡	咸開衣談	Ã	

3. 先天桓歡廉纖部

例　字	中古音韻地位	昆明方言韻母	《中原》韻部
玄4	山合四先韻	iɛ̃	先天
天8田2顛2邊4年憐堅前4煙3弦撚遍面電殿現3咽見2煉蓮	山開四先韻	iɛ̃	
轉2囀穿傳4船2川2	山合三仙韻	uÃ	
娟全泉3鉛4	山合三仙韻	iɛ̃	
仙3羨錢變2然2燃綿煎	山開三仙韻	iɛ̃	

例　字	中古音韻地位	昆明方言韻母	《中原》韻部
園喧元猿	山合三元韻	iã	
言4焉2	山開三元韻	iã	
攢	山開一寒韻	uÃ	桓歡
判3伴2盤判畔	山合一桓韻	Ã	桓歡
暖館爨亂	山合一桓韻	uÃ	桓歡
間	山開二襉韻	iã	寒山
欄安2	山開一寒韻	Ã	寒山
還	山合二刪韻	uÃ	寒山
陷	咸開二咸韻	iã	監咸
芟	咸開二銜韻	Ã	未收
險豔	咸開三鹽韻	iã	廉纖
泛	咸合三凡韻	Ã	寒山
驗添	咸開四添韻	iæ	廉纖

4. 庚真侵部

例　字	中古音韻地位	昆明方言韻母	《中原》韻部
精輕清晴名瀛2餅性3靜瀛2	梗開三清	ĩ	庚青
成2誠2聲正聖	梗開三清	ɔ̃i	
庭2	梗開四青	ĩ	
兵2鳴明行生命	梗開三庚	ĩ	
爭	梗開二耕	ɔ̃i	
證勝凝	曾開三蒸	ɔ̃i	
親因2姻濱2信2晉	臻開三真	ĩ	真文
真3塵人4神陣	臻開三真	ɔ̃i	
允	臻合三諄	uɔ̃i	
分	臻合三文	ɔ̃i	
聞君	臻合三文	uɔ̃i	
韻	臻合三文	ĩ	
門	臻合一魂	ɔ̃i	
婚	臻合一魂	uɔ̃i	
近2	臻開三欣	ĩ	
金心2音2吟	深開三侵	ĩ	侵尋
沉	深開三侵	ɔ̃i	

5. 支微魚部（23支）

韻　腳　字	中古音韻地位	昆明方言韻母	《中原》韻部
師 12 私肆	止開三脂	ʅ	支思
旨至 2 示遲 4 致	止開三脂	ʅ	支思
二	止開三脂	ə	齊微
器地 6 棄伊夷比 3 鄙 2 妣	止開三脂	i	齊微
位累水 2	止合三脂	uei	齊微
睡為 2 虧 2 膸毀	止合三支	uei	齊微
此 3 紫	止開三支	ʅ	支思
枝 2 知 9 馳 2 施池 3 氏舐紙	止開三支	ʅ	支思
戲 2 奇宜妓 2 易 2 義離 5 妓徙綺	止開三支	i	齊微
兒	止開三支	ə	
辭詞思 5 字子 8	止開三之	ʅ	支思
之 6 時 7 恥使始事 3 士持 2	止開三之	ʅ	支思
耳	止開三之	ə	齊微
基 2 欺 2 期 4 起 3 疑紀 3 意 8 你 11 里 5 理 6 狸己 5 紀喜 2 矣 2 擬李 2 記已 2	止開三之	i	齊微
幃 2 違味胃微鬼威尾	止合三微	uei	齊微
氣 6 饑肌機 4 依稀衣 2 幾 2 餥	止開三微	i	
陪催配 2 煤 3	蟹合一灰	ei	
會	蟹合一泰	uei	
穢	蟹合三廢	uei	
齊細 3 啼 2 羝蹄蒂計 3 禮 3 濟係迷 2 題西 2 閉體 2 洗棲溪	蟹開四齊	i	
世 2 誓勢	蟹開三祭	ʅ	
泄藝	蟹開三祭	i	
力 2 壢息 4 食熄	曾開三職	i	
惜驛只跡液	梗開三昔	i	
虛去 5 侶語 3 居 2 慮 2 豫許呂	遇合三魚	i	魚模
處 3	遇合三魚	u	
取 4 趣 2 軀遇禹	遇合三虞	i	
吃	臻開三迄	ʅ	
日	臻開三質	ʅ	
膝		i	

韻腳字	中古音韻地位	昆明方言韻母	《中原》韻部
汁 吸急	深開三緝	ʅ i	
覓的	梗開四錫	i	
曲2	通合三燭	i	魚模
潔	臻開三質 山開四屑	iæ	車遮
陌	梗開二陌	ə	

6. 書模部（6支）

韻腳字	中古音韻地位	昆明方言韻母	《中原》韻部
書如處4除舒汝	遇合三魚	u	魚模
釜銖珠2夫3扶2無3符2乳輪	遇合三虞	u	
途2模2爐4蘆固3鋪2圖姑3沽2枯苦露2路壺3戶土堵都做	遇合一模	u	
母	流開一侯	u	
酵	流開三尤	u	
伏六熟2祿碌	通合三屋	u	
足	通合三燭	u	
物	臻合三物	u	

7. 歌戈部（7支）

韻腳字	中古音韻地位	昆明方言韻母	《中原》韻部
波5婆4破3梭2戈過3磨魔窩3火5羅2多2朵舵顆和4菓賀夥鎖	果合一戈	o	歌戈
柯何2娥3歌河6呵2我6他	果開一歌	o	
脫	山合一末	o	
說	山合三薛	o	
著6爍	宕開三藥	o	
錯樂	宕開一鐸	o	
學	江開二覺	io	蕭豪
初	遇合三魚	o（白讀）	魚模

8. 家麻部

韻腳字	《廣韻》韻部	昆明方言韻母	《中原》韻部
華4花化耍誇	假合二麻	uA	家麻
家5假2價架霞下2芽雅2呀	假開二麻	iA	
灑2馬3砂2怕茶		A	

嗟	假開三麻	iæ
畫	蟹合二佳	uA
佳	蟹開二佳	iA
話 2	蟹合二夬	uA
大 2	蟹開一泰	A
他 3	果開一歌	A
咂	咸開一合	A
插	咸開二洽	A
法	咸合三乏	A
撒	三開衣曷	A

9. 皆來部（5支）

韻　腳　字	《廣韻》韻部	昆明方言韻母	《中原》韻部
呆胎 2 臺 2 來 6 萊開 3 海 2 彩採靆乃愛 2 栽腮改哉材	蟹開一咍	æ	皆來
塊	蟹合一灰	uæ	
賴夳太	蟹開一泰	æ	
外	蟹合一泰	uæ	
敗	蟹開二夬	æ	
街 2 買賣 2 解 2 柴 3	蟹開二佳	æ	
排界拜豺	蟹開二皆		
懷 3	蟹合二皆	uæ	
白	梗開二陌	ə	
回	蟹合一灰	uei	齊微
家	假開二麻	iæ（白讀音）	家麻
岩（疑為「崖」字之誤）	咸開二銜	iæ̃	監咸

10. 蕭豪部（3支）

韻　腳　字	《廣韻》韻部	昆明方言韻母	《中原》韻部
早燥到倒 2 道 6 高掃逃保豪告老 2	效開一豪韻	ɔ	蕭豪
鈔炒	效開二肴韻	ɔ	
照燒	效開三宵韻	ɔ	
笑 3 遙妙	效開三宵韻	iɔ	
挑了 2 竅 4	效開四蕭韻	iɔ	
藥	宕開三藥韻	iɔ	

11. 尤侯部（2 支）

韻　腳　字	《廣韻》韻部	昆明方言韻母	《中原》韻部
頭叟透鬥樓口走	流開一侯韻	əu	
舟授醜愁手首	流開三尤韻	əu	尤侯
遊2流3修秋3久2朽2酒4油韭	流開三尤韻	iəu	

12. 車遮部

韻　腳　字	《廣韻》韻部	昆明方言韻母	《中原》韻部
賊得	曾開一德韻	ə	齊微
客	梗開二陌韻	ə	皆來、車遮

四、《性天風月通玄記》韻部與《中原音韻》、《韻略易通》韻部對比

《通玄記》和《韻略易通》都是蘭茂的著作，但是二者的韻部相差很大。下面是《中原音韻》韻部、《韻略易通》韻部和《通玄記》韻部比較表：

《中原音韻》韻部	《韻略易通》韻部	《通玄記》韻部
東鍾	東洪	東鍾
江陽	江陽	江寒監（注：以江陽部字為主，有寒山監咸部字入韻）
庚青	庚晴	庚真侵
真文	真文	
侵尋	侵尋	
寒山	山寒	先桓廉（以先天部字為主，有桓歡、廉纖部字押入，另有個別寒山部字入韻）
桓歡	端桓	
先天	先全	
監咸	緘咸	
廉纖	廉纖	
支思	支辭	支微魚
齊微	西微	
魚模	居魚	
	呼模	書模
歌戈	戈何	歌戈
家麻	家麻	家麻
皆來	皆來	皆來
蕭豪	蕭豪	蕭豪
尤侯	幽樓	尤侯

五、討　論

（一）陽聲韻部

《通玄記》中蘭氏使用的陽聲韻共有四部：「東鍾」部、「江寒監」、「先桓廉」部和「庚真侵」部。這四部很有特色，與蘭氏所寫的韻書《韻略易通》的韻部相差很大。《韻略易通》共 20 韻部，除把《中原音韻》的魚模部分為「居魚」和「呼模」兩部外，其餘韻部與《中原音韻》完全一致。但蘭氏的這本戲曲的這四個陽聲韻部中，除「東鍾」部與《中原音韻》相同外，其餘三部完全不同。

1.「東鍾」部

此部字來源於《廣韻》東冬鍾（舉平以賅上去，下同）韻，屬《中原音韻》「東鍾」部。

這些字在現代昆明方言中韻母主元音和韻尾都讀［oŋ］。

2.「江寒監」部

此部字來源於《廣韻》陽唐江寒桓刪山覃談韻，在《中原音韻》中分屬的江陽、寒山、監咸三部，既然這三部的字可以在一起相押，就表明在蘭氏作曲依據的語音系統中，不僅-m 尾併入-n 尾，而且-ŋ 尾與-n 尾也合併了。這種語音現象與現在的昆明方言相當一致。〔註10〕蘭氏是雲南嵩明人，嵩明是昆明市所轄的一個縣，語音可以以昆明話為代表。在現代昆明方言中，此部韻腳字的韻母主元音和韻尾都讀成「ɑ̃」，或許在明初它們還有-n 尾。

羅常培先生在抗戰時期曾經對雲南方言做過調查研究，並寫成《雲南之語言》一文，在該文中羅先生曾對昆明話韻母系統的特點做過論述，在談到當時國語的「［an］、［ɑŋ］」兩韻時，羅先生說：

> ［an］［ɑŋ］兩韻同變為［ɑ］之鼻化韻，故「貪」之與「湯」，「淡」之與「糖」，「三」之與「桑」，「般」之與「邦」，「蘭」之與「郎」，「幹」之與「剛」，讀音皆各相等，不能分別。（國語中每二字之前一字為［an］韻，後一字為［ɑŋ］韻。）［an］［ɑŋ］兩韻之合口呼亦變為同韻，故如「短、亂、算、官、換、碗、完」諸字（國

〔註10〕參考盧開石廉，〈昆明方言志〉，《玉溪師專學報（語言研究專號）》，1990 年 2、3 期，74～226 頁。

語韻母為〔uan〕）與「窗、雙、撞」等字（國語韻母為〔uaŋ〕）同韻。〔aŋ〕、〔an〕兩韻之齊齒呼則不同韻，齊齒〔aŋ〕變為鼻化〔iɑ̃〕，如：「良、仰、香、詳」等字是也。齊齒〔an〕則變為鼻化韻〔iɑ̃〕」「嚴、嫌、漸、驗、辨、連、剪、件、千、先」等字是也。〔註11〕

　　由《性天風月通玄記》的用韻可以看出，昆明方言的這種語音特點在明代初年就已經基本定型，只不過當時可能還不是鼻化韻。

3. 「先桓廉」部

　　此部字來源於《廣韻》先仙元銜咸鹽添韻，在《中原音韻》中分屬先天、桓歡、廉纖三部。此部以「先天」部字為主，另有部分「桓歡」和「廉纖」部字入韻，還有個別「寒山」部字入韻。在現代昆明方言中，此部大多數字（《中原音韻》「先天」和「廉纖」部字）韻母都讀成〔iæ̃〕，但有少部分字（「桓歡」部字和三個「寒山」部字）的韻母讀成〔ʌ̃〕或〔uʌ̃〕，或許「桓歡」部字韻母主元音在明初的昆明方言中還沒有和「江寒監」部字合流，這種押韻現象或許是當時語音的反映，但也有可能是合韻的結果。

4. 「庚真侵」部

　　此部字來源於《廣韻》庚耕清青真臻登真諄臻文欣魂痕各韻，在《中原音韻》中分屬庚青、真文、侵尋三部。在現代昆明方言中，此部字韻母主元音：〔ə〕和〔i〕，都是鼻化韻。主元音不同是不能在一起押韻的，但是，在明初的昆明方言中，這些字主元音應該是相同的，都是〔ə〕，而且韻尾還很可能都是〔n〕，還沒有變成鼻化韻，現代的鼻化韻是幾百年來語音演變的結果。《通玄記》中的這種語音現象說明明初雲南的一些地方庚（-ŋ）、真（-n）、侵（-m）三韻的韻尾已經合流了，可能都讀成-n尾。羅常培先生對當時國語的〔ən〕、〔əŋ〕、〔in〕、〔iŋ〕等韻也有過論述：：

　　　　〔ən〕、〔əŋ〕兩韻亦消失韻尾鼻聲變為〔ə̃〕韻，惟〔ə〕的發音部位比〔ei〕較開，故與國語〔ei〕並不同韻。如「門、陳、身、忍、晨」，「沈、森、審、任」，「鄭、政、成、徵、冷、生」等字，昆明話皆讀〔ə̃〕韻，與「飛、梅、貝、肺、費、肥、味」之韻不同。

〔註11〕羅常培，群一，〈雲南之語言〉，《玉溪師專學報》，1986 年 4 期，38～57 頁。

〔uən〕之變作昆明話〔uə̃〕者，如「昆、頓、論、存、坤、昏、溫、春、唇『閏』等，與「灰、罪、最、兌、會、脆、歲、桂」並不同韻。」惟〔uəŋ〕昆明話仍舊不變。〔註12〕國語〔in〕及〔iŋ〕兩韻在昆明話中因均將韻尾鼻聲消失，使主要元音受鼻化作用，故變為同韻。例如國語〔in〕韻「林、心、今、音、凜」「貧、鄰、新、巾、銀、因」等字及〔iŋ〕韻「名、性、清、輕、陵、英、盈、應、瓶、丁、靈、星、經、形」等字在昆明話中同變為鼻化〔ĩ〕韻。（即帶半鼻聲之〔i〕）〔註13〕

明初的昆明方言中，「林、心、今、音、凜」，「貧、鄰、新、巾、銀、因」以及「名、性、清、輕、陵、英、盈、應、瓶、丁、靈、星、經、形」等字很可能都讀成〔iən〕，從明代至今，它們經歷了從〔iən〕到〔in〕再到〔ĩ〕的變化。

（二）陰聲韻部

陰聲韻部共八部，其中歌戈、家麻、皆來、蕭豪、尤侯、車遮與《中原音韻》一致，「支微魚」部包括《中原音韻》支思、齊微兩部字及魚模部魚虞韻牙喉音字和來母字，「書模」部包括《中原》魚模部除魚虞韻牙喉音及來母以外的字，這些用韻現象與現代昆明方言也有很強的一致性。

1.「支微魚」部

此部字來源於《廣韻》支之脂微齊灰祭泰廢魚虞迄質緝職昔錫燭屑陌諸韻，包括《中原》的支思、齊微與魚模部的中古魚虞韻牙喉音和來母字，在現代昆明方言中，魚虞韻牙喉音和來母字與齊微部開口字韻母的讀音都是「i」，它們入韻應該也是當時方音的反映。

羅常培先生說：

> 昆明話無撮口呼（以〔y〕作介音者），凡國語讀為撮口呼者，昆明皆變為齊齒呼（以〔i〕作介音者）。例如：「女、呂、虛、聚、去、雨、徐、序、巨、許、余、句、羽、桔、鬱、菊。」與「比、地、器、夷、李、疑、奇、義、衣、逆、極、憶、激」等字同韻矣。〔註14〕

〔註12〕羅常培，群一，〈雲南之語言〉，《玉溪師專學報》，1986 年 4 期，38～57 頁。
〔註13〕羅常培，群一，〈雲南之語言〉，《玉溪師專學報》，1986 年 4 期，38～57 頁。
〔註14〕羅常培，群一，〈雲南之語言〉，《玉溪師專學報》，1986 年 4 期，38～57 頁。

但是，支思部字的讀音是「ㄗ」和「ㄔ」，齊微部合口字的讀音是「uei」，可能在明初它們的讀音並非如此，蘭氏這樣用韻很可能是有實際語音根據的，也可能是蘭氏此部用韻較寬。「兒」字和「耳」字在現代昆明方言中韻母讀「ə」音，相信在明初它們還讀成「i」音。此部有入聲「潔」字和「陌」字入韻，不知為何。

2.「書模」部

此部字來源於《廣韻》魚虞（非牙喉音字）模侯屋燭物諸韻，包括《中原》魚模部除魚虞韻牙喉音及來母以外的字，在現代昆明方言中，這些字韻母的讀音都是〔u〕。

3.「歌戈」部

此部字來源於《廣韻》歌、戈韻及末薛藥鐸覺韻部分字，相當於《中原》的歌戈部。

此部字在現代昆明方言中的韻母主元音的讀音都是〔o〕。

羅常培先生也探討過這類字的發音：

> 國語〔ɤ〕韻之字如：「歌、何、蛇、惹、設、熱、徹、麥、各、惡、白、澤、革、責、厄」等及〔uo〕韻之字如「郭、霍、桌、多」等昆明皆變作〔o〕韻，惟部位稍低，唇圓程度略減耳。〔註15〕

此部有幾個入聲字入韻：脫、說、著、爍、錯、樂、學，這些字在昆明方言中和歌戈韻字讀音合流了，韻母主元音都讀成〔o〕。比較特殊的有一個來自中古魚韻的「初」字，在昆明方言中，這個字有文白異讀，文讀音為〔u〕，白讀音為〔o〕。五百年前的昆明話中「初」字一定有〔o〕的讀音。昆明方言有文白異讀的字不多，在《昆明方言志》中有過介紹，〔註16〕最後，作者總結說：

> 「不過，總的來說，不論使用讀書音還是使用說話音，都不會引起詞彙的變異。也就是說，昆明方言中存在的這一些少量的文白異讀，並沒有區別意義的作用，其價值在於提供了某些語音演變的

〔註15〕羅常培，群一，〈雲南之語言〉，《玉溪師專學報》，1986 年 4 期，38～57 頁。

〔註16〕見盧開石廉，〈昆明方言志〉，《玉溪師專學報（語言研究專號）》，1990 年 2、3 期，120～121 頁。

線索或軌跡」〔註17〕

4.「家麻」部

此部字主要來源於《廣韻》麻韻，還涉及歌佳夬泰曷合洽乏韻部分字，相當於《中原》的家麻部。此部字在現代昆明方言中韻母主元音的讀音除「嗟」字外都是 [æ]。「嗟」字入韻或許因為當時二者主元音相近。

5.「皆來」部

此部字主要來源於《廣韻》咍佳皆韻，還涉及泰夬灰陌麥韻部分字，相當於《中原》皆來部。此部字在現代昆明方言中韻母主元音的讀音幾乎都是 [æ]，只有兩個例外，一個是「回」字，入韻一次，一個是「岩」字，入韻一次。

「回」字在昆明方言中現在的讀音是 [uei]，不知明初的讀音是什麼，或許這裡可以解釋為合韻或者主元音相近。

「岩」字應該是一個訛字。曲子的原文在《通玄記》第四齣，是一支隨口而歌的曲子：「我賣柴，我賣柴，登山涉水步懸岩。走了些窮鄉深箐，見了些虎豹狼豺。砍的是灣枝紐樹，養的是棟樑之材。賣柴。」從句意上看，應該是「登山涉水步懸崖」，很可能是「崖」在傳抄過程中發生了訛變，被寫成了「岩」字。「崖」字《廣韻》有「五佳」切一音，《中原音韻》屬「皆來」部，老昆明話「崖」和「挨」字的讀音是相同的，「崖」字入韻應該也是當時方音的反映。

值得注意的還有「家」字的入韻。「家」字在昆明方言中有文白異讀，文讀為 [iA]，白讀為 [iæ]，《通玄記》中「家」字押入皆來部一次，押入「家麻」部 5 次，說明這種文白異讀現象在五百年前的昆明方言中就已存在。

6.「蕭豪」部

此部字來源於《廣韻》宵蕭肴豪韻字及藥鐸韻部分字，相當於《中原》的蕭豪部。此部字在現代昆明方言中韻母主元音的讀音除「藥」字外都是 [ɔ]，「藥」字入韻或許是受當時官話的影響。

7.「尤侯」部

此部字來源於《廣韻》侯尤兩韻字，相當於《中原》的尤侯部。在現代昆明方言中此部字韻母主元音和韻尾的讀音都是 [əu]。

〔註17〕見盧開石廉，〈昆明方言志〉，《玉溪師專學報（語言研究專號）》，1990 年 2、3 期，122 頁。

8. 「車遮」部

此部只涉及 1 支隨口而歌的曲子，無法系聯到其他韻部，只能單立一部。原文在《通玄記》第六齣：「賊賊賊，畫影圖形捉不得，將來偷了老君丹，要做青霄雲外客。」這支曲子中「賊、得、客」三字是韻腳字，這三個字在現代昆明方言中韻母的讀音都是［ə］。在明初的昆明方言中，這三個字韻母的讀音應該就是相同的。而且，這三字在當時的昆明方言中應該不是入聲字，因此這裡單立「車遮」部。

（三）無入聲韻部

《通玄記》沒有入聲韻部，中古入聲字全部押入陰聲韻部中（雖然「賊得客」三字無法系聯，它們肯定已經不讀入聲了），其歸併的情況與現代雲南方言相當一致，如第三齣順口溜「曲曲膝汁覓」押韻，「曲」是通合三燭韻字，但在昆明方言中它的韻母讀成「i」音，和「膝汁覓」韻母的讀音是相同的，當然可以在一起押韻；又如第十四齣「［下山虎］」曲「棲慮軀去只西戲欺起意狸理氣你跡吃食你肆虧」在一起相押，在昆明方言中「虧」的韻母是「uei」，「吃」的韻母是「ʅ」其餘全是「i」，「虧」字當時可能有其他讀音，「吃」的韻母或許還是是「i」。大量的入聲字與陰聲韻字押韻說明明初雲南的一些地方（至少在蘭茂所在的嵩明方言中）入聲早已消失了。

（四）《性天風月通玄記》韻部與《韻略易通》韻部不同之原因

從《性天風月通玄記》的用韻可以看出，蘭氏作曲依據語音系統與其韻書《韻略易通》描寫的語音系統有很大的差異，前者主要是依據當時的雲南方言用韻的，而後者描寫的則是當時的通語。這與作者的寫作目的有很大的關係。《性天風月通玄記》是「元、明以來雲南劇壇上第一個問世的劇作」，作者的寫作目的是勸世人向善的（如其中有「勸忠歌」，「勸孝歌」等），它要面對的是雲南的老百姓，以方音入韻會使自己的劇本被當地群眾很好地接受；《韻略易通》是寫給讀書人看的，是為了讓他們學習當時的權威方言（或標準語）。由此可以想到，不同的寫作目的會使同一個作者採用兩個（甚至多個）不同的語音系統，研究時要根據材料本身反映的語音現象來得出結論。

六、結　語

通過對《通玄記》韻腳字的歸納整理，我們認為蘭氏作曲時主要是根據自己的方音用韻的。明初雲南的某些方言（如嵩明方言）中，江陽、寒山、監咸（桓歡部個別字）等韻部合流，庚青、真文、侵尋三部合流、先天、廉纖、桓歡合流，因此陽聲韻只有四部，支思、齊微魚虞韻牙喉音及來母字押韻，可能它們當時韻母主元音的讀音都還是「i」，也可能是作者用韻較寬，另外還有書模、歌戈、家麻、皆來、蕭豪、尤侯等韻部，把三個無法系聯的入聲字算作車遮部，陰聲韻就有八部。沒有入聲韻部。一般認為，雲南漢語方言的形成大體可以分為三個時期：兩漢時期以滇東北和滇池地區為中心，形成了早期的漢語方言，唐末以洱海地區為中心，形成了中期的漢語方言，元明清三代大量漢人移入雲南，形成了雲南近期漢語方言。從《性天風月通玄記》的用韻情況來看，雲南近期漢語方言在 15 世紀初（或更早時期）就已基本定型了。

七、參考文獻

1. 郭錫良，《漢字古音手冊》，北京：北京大學出版社，1986 年。
2. 黃絲才，紀興，〈蘭茂年譜〉，《雲南中醫學院學報》，2001 年 1 期。
3. 蘭茂，《性天風月通玄記》，《古本戲曲叢刊（五集）》，北京大學圖書館館藏。
4. 蘭茂，《韻略易通》，中國國家圖書館館藏明萬曆本。
5. 羅常培，群一，〈雲南之語言〉，《玉溪師專學報》，1986 年 4 期。
6. 盧開礦，〈昆明方言志〉，《玉溪師專學報（語言研究專號）》，1990 年 2、3 期。
7. 徐春燕，王巍，〈博學多才的一代宗師——蘭茂〉，《中國中醫藥現代遠程教育》，2006 年 5 期。
8. 雲南省方言志編寫組，〈雲南方言與普通話部分字音對照表〉，《玉溪師專學報（社會科學版）》1987 年 5 期。
9. 雲南省語言學會編撰，《雲南省志（卷五十八）漢語方言志》，昆明：雲南人民出版社，1989 年。
10. 張甫，〈雲南漢語方言形成的三個時期〉，《玉溪師專學報（社會科學版）》，1996 年 1 期。
11. 周德清，《中原音韻》，《古典戲曲論著集成（一）》，北京：中國戲劇出版社，1959 年。

淺議《正音咀華》的聲母系統

一、前　言

　　《正音咀華》（以下簡稱《咀華》），清莎彝尊撰，成書於咸豐三年（1853），是目前所能見到的清代幾本重要的「正音課本」之一，對研究清代的「正音觀念」以及清代官話語音基礎問題有著相當重要的價值，該書是教當時廣東人學習官話的正音課本。《咀華》卷首梁作楫序曰：「……邇來省會，蒸蒸日上，世人講求官話，預為將來出仕用，所在皆有。雖南北分腔，而語言則一。但教者苦無善法，故學者每至三五月仍未成熟，非其心不專，實其法不捷也。余丙申自京回，得見彝尊莎先生……，其出所為正音書共成五本，業經付梓行世，今閱十載，又欲由博反約，撮為三本，首切音千字文，次話頭，次別俗，學者誠手是書，考求數月，音韻既通，律呂幾徹……」全書共分四卷，正文三卷和續編一卷。卷一是語音部分，主體是千字文同音匯注，作者在千字文每一個字上標明反切和發音方法，字下注上同音字。卷二是會話部分，卷三是詞彙部分，詞條中的關鍵字都列在最上頭，並注明正音反切，這些注音可以作為千字文同音匯注的旁證和補充，續編是用官話解讀的《論語》、《孟子》中的部分章節以及用官話寫成的審案記錄。在卷一「土同正異」部分、卷二、卷三及續篇的絕大多數字旁邊都有用紅筆標注的粵語或官話讀音，這就是「朱注」。

研究過《咀華》的學者對該書的聲母系統、韻母系統及聲調系統都各執己見，莫衷一是。本文討論《咀華》的聲母系統。

二、前人對《咀華》聲母系統的研究

研究過《咀華》音系的前輩學者有侯精一、李新魁、耿振生、馮燕、葉寶奎及日本學者岩田憲幸等。以下是這些學者對《咀華》聲母系統的看法。

1. 侯精一（1980）將其聲母歸納為二十六個：兵 p 傌 pʻ 明 m 風 f 亡 v 丁 t 廳 tʻ 寧 n 龍 l 宗 ts 聰 tsʻ 松 s 徵 tʂ 稱 tʂʻ 升 ʂ 戎 ʐ 精 tɕ 清 tɕʻ 星 ɕ 經 tɕ 輕 tɕʻ 興 ɕ 公 k 空 kʻ 薧 x 翁 ø。

2、李新魁（1983：297）認為：「莎氏所定的二十聲母，按呼的不同分別用六十字母表示，這六十個字母即用為各韻圖中所注反切的上字，『岡』字用戞，『羌』字用基，『光』字用姑。他的二十個聲母，除一般的十九母之外，還有一個『襪』母，讀的是〔v〕的音，這表明微母尚存在。」

3、耿振生（1998：201）認為：「聲母二十個，與『早梅詩』相等。」

4、馮燕（1997：316）將其頂齶音與齒縫音分別擬為兩套，其擬音如下：牙音：k kʻ 喉音：x ø 舌尖音：t tʻ n 重唇音：p pʻ m 捲舌：l ʐ 頂齶音：tʃ tʃʻ ʃ；tʂ tʂʻ（ʂ） 齒縫音：ts tsʻ s；tʃ tʃʻ 輕唇：f v。

5、葉寶奎（2001：234）將其聲母系統描述如下：「邦 p 滂 pʻ 茫 m 方 f 亡 v 當 t 湯 tʻ 囊 n 郎 l 藏 ts 倉 tsʻ 桑 s 章 tʂ 昌 tʂʻ 商 ʂ 穰 ʐ 岡 k 康 kʻ 炕 x 佚 ø，並且說：「這個聲母系統與清代《李氏音鑑》（1810）之北京音相比，差別在於：（1）保留微母，（2）精組尚未齶化，（3）見組洪細已有區別但尚未分家，且見組細音與精組細音保持區別。」

6、岩田憲幸（1994）認為，《正音咀華》中見組細音字已經齶化，但仍保持著尖團音的區別。他把《咀華》中有尖團音的區別及保留入聲兩大特點解釋為當時北京話讀書音的特點。

以上學者對莎氏聲母系統的看法大致可分為三類，其主要區別在於尖團音的區分和微母的保留與否上。

第一類認為《咀華》聲母系統中尖團音合流，如侯精一（1980）。但是，侯精一先生並沒有給出尖團音合流的證據，而且，他認為《咀華》音系保留微母。（實際上，在《咀華》的正音系統中，微母只是一個虛設的聲母，它已經變讀為零聲母了）

第二類認為《咀華》的聲母有二十個，其中區分尖團音，保留微母，李新魁（1983）、耿振生（1998）和葉寶奎（2001）都持有這種看法。

第三類認為《咀華》聲母系統中見組細音字聲母或精組細音字聲母已齶化，但仍存在尖團音的區別，如馮蒸（1997）將其頂齶音與齒縫音分別擬為兩套，岩田憲幸（1994）認為《咀華》中見組細音字聲母已經齶化，而精組細音字聲母仍保持不變。岩田憲幸雖然已經發現《咀華》時代實際讀音中微母已消失，但最後還是把尖團音的區分和微母的保留歸結為讀書音的特點。

筆者通過對作者「音注」部分對「字音」八十字及「字韻」中部分字的粵語注音的仔細觀察，對莎氏「土音同正音異」部分字組的粵語或官話注音和卷二、卷三及續編中許多字的粵語或官話注音的仔細研讀，發現《正音咀華》實際上含有兩套聲母系統：一套是列於表面的聲母系統，一套是通過朱注反映出的聲母系統。

三、《正音咀華》表面的聲母系統

莎彝尊在《正音咀華·凡例》第一欄列有「字音」八十字，茲抄錄如下：

牙音	喉音	舌尖音	重唇音	捲舌	頂齶音	齒縫音	輕唇
戛喀	哈阿	搭他納	巴葩麻	拉埞	渣叉沙	帀擦薩	發襪
歌珂	訶婀	德忒諾	波頗麼	勒熱	側測色	則城塞	科窩
基欺	希衣	低梯呢	蓖披彌	離兒	知癡詩	齎妻西	非微
姑枯	呼烏	都璊奴	逋鋪模	盧儒	朱初書	租粗蘇	夫無

對此，莎氏解釋說：「字音八十字，橫列為四行，分有句讀，第一行係大開口音，二行半開口音，三行合齒音，四行合唇音，首行如戛喀至發襪是也，餘仿此。」

為了更清楚地表明聲母的類聚關係，以便初學者更好地掌握聲母的類別，《咀華》的《凡例·音韻》第三欄列有「字母」六十字以為「助紐字」，第四欄再列二十個相應的助紐例字，抄錄如下：

公空	烘翁	東通農	崩彭瞢	龍戎	中充春	宗聰松	風嗡
京傾	興英	丁廳寧	兵偋明	零仍	徵稱升	精清興	○○
堅牽	掀煙	顚天年	邊偏眠	連然	氈廛挺	箋千仙	○○
岡康	炕佚	當湯囊	邦滂茫	郎穰	章昌商	臧倉桑	方亡

由從莎氏所列的八音二十聲母和二十個助紐字以及他對卷一千字文同音字組和卷三部分例字的注音中我們可以看到由中古到《咀華》時代聲母系統的演變情況：

1. 平分陰陽、全濁聲母清化、全濁上聲字改讀為去聲。

中古平聲字在《咀華》中以「清陰濁陽」的規律分讀為陰平和陽平字；中古全濁音聲母並、奉、定、澄、從、邪、床、禪、群、匣依「平聲送氣、仄聲不送氣」的規律在《咀華》全部讀為清音聲母；中古全濁上聲字在《咀華》中都改讀為清音去聲。

2. 知莊章三組聲母在《咀華》中合流為「渣叉沙」，且其後齶化介音完全消失。如知組「貞楨禎徵症」、章組「正徵怔鉦鯖烝蒸」和莊組「箏睜」讀音相同，都是「渣鞥切」。

3. 疑影喻日等合流為零聲母，被稱為「喉音」。（但其中雜有個別微母字，這是實際語音的流露。）

4. 二等韻牙喉音聲母字齶化。

二等韻牙喉音聲母字「家」（基呀切）、「江」（基央切）、「交」（基夭切）等和見組細音字「金」（基因切）、「堅」（基煙切）、「京」（基英切）等聲母和介音的讀音是相同的。

以上變化很符合北方官話的聲母演變特點，但有兩點例外：

1. 《咀華》中精組細音字和見組細音字保持著嚴格的區分，前者被稱為「齒縫音」，後者被稱為「牙音」或「喉音」。見組細音字和精組細音字各有自己的一套反切上字「基欺希」和「齎妻西」，雖然在見組細音字中混雜有少數精組細音字（這不是作者的疏忽，而是實際語音的流露），但作者這樣嚴格區分尖團音的精神一直沒變。

2. 《咀華》中保留微母。微母字都被稱為「輕唇音」（只有極少數例外），疑、喻、影、日等母字合流的零聲母字被稱為「喉音」，雖然微母字中雜有個別疑母字，但作者還是很小心地保留下了微母。這樣的一個聲母系統和明蘭茂《韻

略易通》的二十聲母相當地一致。

十九世紀的官話的聲母系統真是這樣的嗎？

四、《正音咀華》音注和「朱注」反映出的聲母系統

為了方便廣東人學習官話，莎氏在很多字旁邊都用紅筆注明該字的粵語或官話注音，這些注音反映出的是另外一套聲母系統，是當時官話的實際讀法。在這套聲母系統中，沒有微母，尖團音合流，和表面的聲母系統完全不同。

（一）微母問題

在近代語音史研究中，微母的保留與否是一個非常重要的問題，許多研究者都把微母的保留問題作為判斷韻書音系性質的一個重要依據。這個問題越是重要，就越有必要搞清楚在韻書中微母是真正存在的，還是只是在表面上存在，而實際上已經消失了。

下面是《咀華》中所有的微母字、它們的反切和它們的中古音來源（除注明「喉音」的之外其餘的在書中全被注為「輕唇音」）：

微母：文芠雯蚊紋聞閿（襪痕切）問汶紊（哇恨切）晚挽挽娩（烏管切）萬曼蔓（哇岸切）亡忘（哇昂切）罔惘誷網軹魍（襪仿切）忘亡（襪王切）無毋毋巫誣蕪廡膴（阿乎切）武侮珷碔鵡憮嫵膴廡甒舞儛潕（襪古切）務悮悟晤寤嫠瞀鶩騖霧（額故切）（喉音）物勿沕（襪忽切）勿物沕吻（窩谷切）微溦薇（襪衣切）

匣母：浣（哇岸切）

疑母：玩翫（哇岸切）翫（烏慣切入萬字）（喉音）

要詳細說明，乃可以從幾個角度來看問題：

（1）《咀華》中的襪母字雜有疑母字和匣母字。這說明疑母字已和微母字合流。而且，它們的反切上字是「哇」，「萬曼蔓玩翫浣：哇岸切（輕唇）」，「哇」為中古影母字，這又說明《咀華》音系中疑母字、微母字已經變讀為影母字。

（2）《咀華》裏「無」組字是「阿乎切」，「勿」組字是「窩谷切」，切上字均為影母字；「武」組字是「襪古切」，切上字是微母字；「務」組字是「額故切」，切上字是疑母字。尤其值得注意的是，「務」組字在《咀華》中被列為「喉音」而非「輕唇音」。另外，「萬曼蔓浣玩翫」這一組字是「哇岸切，輕

唇」，而在其後又出現的「瓡」字是「入萬字，烏慣切，喉音」。同一個字，既是「哇岸切，輕唇」又是「烏慣切，喉音」這些現象說明《咀華》音系中微母字已和影、疑、喻等母字完全合流。

（3）《咀華》中，「晚挽挽娩」：烏管切（輕唇），「萬曼蔓玩瓡浣」：哇岸切（輕唇），切上字「烏」「哇」均為影母字，卻注明「輕唇」，我們認為這只能說明這裡的輕唇音微母已讀為影母字了。

（4）《咀華》中「文」是「襪痕切」，而和「文」同聲同韻不同調的「問」是「哇恨切」，這說明微母字已歸入影母字了。

（5）《正音切韻指掌》中「新定切字捷法」表「字音」八十字的輕唇音聲母「襪」下列有「薙」「微」「烏」等三字，馮蒸認為，「『烏』字應是『無』字之誤」。（馮蒸 1997：326）通過以上對《咀華》反切材料的對比分析，我們認為，這裡的「烏」字並非「無」字之誤，而是當時實際語音的流露。另外，還有一個很重要的證據，即「音注」中對「烏」和「無」的粵語注音。「烏土音同」「無讀作烏」，這表明在正音中，「烏」和「無」的讀音是相同的，都讀如粵語的「烏」，即微母和影母已經合流。

因此我們認為《咀華》音系中微母只是一個虛設的聲母，實際上微母已經和影母合流了。

（二）尖團音問題

（1）《咀華》千字文同音匯注中，見組細音反切上字全用基、欺、希、居、驅，粗音字全用戛、喀、歌、珂、姑、軲，精組細音字全用齋、妻、西、即、須，粗音字全用帀、擦、薩、則、城、塞、租、粗、蘇。葉寶奎（2001：236）指出：「至於反切上字與被切字大多洪細一致以及反切下字多用零聲母字，則『連讀反切之二字宛效讀本音之一字矣』（凡例），如：結傑，基掖切；金斤巾，基因切；國括，姑活切。這是自《音韻闡微》以來對反切的一種改良，使拼讀快捷，並不能說明見組、精組已經分化。」但是，如果葉先生仔細看過《咀華》「音注」部分對這些反切上字的注音，也許會有不同的認識。《咀華》「音注」部分對「字音」八十字及「字韻」部分字全部用粵語注了音，下面是「音注」部分的全部內容：

從「音注」內容（見圖）我們可以看出，牙音和「戛歌姑」和「基」、「喀珂軲」和「欺」，喉音「哈訶呼」和「希」的發音是不一樣的。「戛讀作家」「歌家婀切」，那麼，「戛」、「歌」的聲母讀音是相同的。「姑土音同」，粵語中「姑」的聲母的發音和「家」的聲母的發音是相同的，所以，「戛歌姑」這三個字聲母發音相同，但是，「基讀作知」，粵語「知」的聲母讀作 [tʃ]，發音近似於普通話的 [tɕ]。所以，見組細音聲母應該已經齶化。那麼，見組細音「基欺希」和精組細音「齎妻西」的發音是否相同？如果不同，就無法證明尖團音已經合流，如果相同，為什麼它們的注音是不同的呢？「基：讀作知」，「齎：即衣切」；「欺：讀作癡」，「妻：戚衣切」；「希：讀作詩」，「西：息衣切」。在十九世紀中期的粵音系統中，「知」和「即衣切」、「癡」和「戚衣切」、「詩」和「息衣切」的讀音是否相同呢？在《朱注正音咀華》卷二及續編部分的「朱注」中，

我們可以找到證據：

及：之	即：之	機：之	饑：之	集：之	稽：之	籍：之
激：之	戚：癡	七：癡	齊：癡	妻：癡	其：癡	乞：癡
欺：癡	奇：癡	騎：癡	習：尸	嬉：尸	惜：尸	昔：尸
息：尸	稀：尸	餚：尸	席：尸	媳：尸		

這些字中冒號前面是正音字，冒號後面是粵語注音。這些材料說明，精組細音字「即集籍」和見組細音字「及機饑稽激」的讀音是相同的，都讀如當時粵音的「之」音；精組細音字「戚七妻齊」和見組細音字「其欺奇騎乞」的讀音是相同的，都讀如當時粵語的「癡」音，精組細音字「習昔惜西息席媳」和見組細音字「嬉稀餚」的讀音是相同的，都讀如當時粵語的「尸」音，這些現象說明，在《咀華》音系中，尖團音已經合流，見組細音字「基欺希」和精組細音字「齎妻西」的發音是相同的。作者給它們以不同的注音只是想在表面上把尖團音區分開來，以使自己的韻書更接近傳統韻書和官方韻書的特點。

（2）《朱注正音咀華》裏卷二、卷三和續編的官話注音也可以為我們提供尖團音合流的證據。「朱注」指的是《咀華》「土音同正音異」部分、卷二、卷三和續編中絕大多數字旁邊用朱筆標注的粵語或官話注音。對此，莎氏解釋說：「以上四聲字傍注有官字者是用官話讀，傍注有土字者是用土話讀，傍注有兩個字者是用合切讀，傍注有開字者是用開口讀，傍注有合字者是用合唇讀，傍注有一個字者是與土音同讀。」以下是「朱注」的尖團音合流的字：

謙：官千	將：官江	見：官賤	間：官先	牽：官千
弦：官先	鉗：官錢	嚼：官交	掀：官先	向：官西樣合
向：官相	欠：官錢去			

以上字例說明，在《咀華》的正音（即官話音）系統中，見組細音字「謙」、「江」、「見」、「間」、「牽」「弦」、「鉗」、「交」、「掀」、「向」、「欠」分別和精組細音字「千」、「將」、「賤」、「先」、「千」、「先」、「錢」、「嚼」、「先」、「相」、「錢去聲」讀音相同，因此，見組細音字和精組細音字已經合流。

（3）《朱注正音咀華》「土音同正音異」部分對每一組字都給出了粵語或官話注音，從中我們也可以找到尖團音合流的證據。

下面是「土音同正音異」部分所有見曉組細音字及其注音：

牽：官千	軒：官先	賢：官咸	咸：官先	卿：土稱	馨：土升
巾：甂	稽：土之	溪：土癡	欣：土先	欽：土千	駒：土朱
驅：處	休：土燒	凶：書雍	腔：俗青	江：之央	興：土升
兄：書雍	鳩：土招	行：土升	起：土矢	喜：土屎	遣：踐開
顯：鮮開	巧：悄	九：土沼	季：治	縣：善開	氣：翅
戲：試	訓：篆	究：土召	轄：賒丫	菊：朱	曲：處

下面是「土音同正音異」部分所有精組細音字及其注音：

津：土煎	祥：先生	牆：俗青	臍：土癡	巡：土孫	秦：土千
酒：土剿	信：土善	遜：土	就：召	袖：兆	集：之

從上面材料中我們可以發現：見組細音字「牽」、「軒」、「賢」、「咸」分別和精組細音字「千」、「先」、「先」的讀音是相同的；見組細音字「溪」（土癡）、「欽」（土千）、「究」（土召）、「稽」（土之）分別和精組細音字「臍」（土癡）、「秦」（土千）「就」（召）、「集」（之）讀音相同；中古二等牙音字「江」（之央）和精組細音字「集」（之）聲母讀音相同；見組細音字「欣」（土先）和精組細音字「祥」（先生）聲母的讀音也是相同的。因此，我們可以得出結論：在莎氏所描寫的正音系統中，尖團音已經合流了。

綜上所述，我們認為，《咀華》音系中表面上雖然有尖團音的對立，但實際上在《咀華》時代的官話音系中，尖團音早已經合流了。

五、對《正音咀華》聲母系統的討論

葉寶奎（2001：240）認為在《咀華》聲母系統中「（1）北京音最遲在 16 世紀末 17 世紀初，微母已消亡，《咀華》音系保留微母；（2）北京音見精兩組均已分化且兩組齶化音業已合流（尖團不分），《咀華》音系見精兩組尚未齶化。」並以此作為很重要的證據之一得出結論說：「保持尖團的區別以及微母疑母的保留，是清代中後期官話聲母系統與北京音的主要區別。」（葉寶奎 2001：236）08 年又撰文重申自己的觀點（葉寶奎 2008：54～60）。我們認為，葉先生看到的只是《咀華》列於表面的一套聲母系統，那並不是當時官話的實際發音，而是莎氏觀念上的聲母系統。在當時官話的實際發音中，尖團音合流，微母也已經消失了，這種官話音應該是當時的北京音。

　　《正音咀華》「十問」中莎氏自問自答地為「正音」和「北音」下了定義，他說：「何為正音？答曰：遵依欽定《字典》《音韻闡微》之字音即正音也。」「何為北音？答曰：今在北燕建都，即以北京城話為北音。」

　　如果莎氏所教的正音是當時的北京音，那麼為什麼會有這種「正音」和「北音」定義上的區別呢？另外，「正音」和「官話」又有什麼關係呢？

　　首先看「正音」和「官話」。莎氏在《咀華》中並沒有對「正音」和「官話」的異同之處作出任何解釋，但我們可以從其他地方找到答案。莎氏之前還有一位名為高靜亭的先生在廣州教習官話，高氏作過《正音撮要》一書，《咀華》在很大程度上承襲了該書的體例。《正音撮要》卷首「正音集句序」中有這樣一段話：「正音者，俗所謂官話也。……語音不但南北相殊，即同郡亦各有別。故驅逐語音者一縣之中以縣城為則，一府之中以府城為則，一省之中以省城為則，而天下之內又以皇都為則。故凡縉紳之家及官常出色者，無不趨仰京話，則京話為官話之道岸。」這不僅說明他們當時教的「正音」就是「官話」，而且可以說明當時的官話是北京話。

　　再看「正音」和「北音」。中國社會科學院著名語言學家侯精一先生曾經介紹過《正音咀華》一書，對於莎氏對「正音」和「北音」的定義，他認為：「《康熙字典》和王蘭生的《音韻闡微》的標音，都未擺脫傳統的保守作風，兩者所訂的語音系統都不能代表當時的實際語音。所以，如果遵依這個正音系統，那就無法學習『官括』了。但從莎氏所記錄的語音系統來看，實際上「正音」的標準是他所說的「今在北燕建都，即以北京城話為北音」的北音。在這裡由於受到時代的限制，莎氏的『言』和『行』背道而施，一方面不得不遵依傳統的正音標準，另一方面又要承認當時的實際情況。這是很重要的一點，它告訴我們，在一百多年以前，北京語音已經上升為當時『官話』的標準音，儘管這個事實有時還不能公然提出，但是情況已很明朗化了。」（侯精一：1962）

六、結　語

　　綜上所述，清代後期官話課本《正音咀華》中的尖團音分立、保留微母等只是列於表面的現象，從音注和「朱注」反映的實際讀音來看，《正音咀華》時代的官話音中尖團音業已合流，微母也已經消失了，莎氏說「遵依欽定《字典》《音韻闡微》之字音即正音也」，是因為他在現實生活中找不到他觀念上

的正音的發音，只能在韻書、字書中找到，他在很多韻書字書中選擇這兩部欽定的字典是因為它們在當時具有極高的權威性，就像耿振生先生所說，莎氏這樣做「不過是為了提高『欽定』的兩部書以表示對皇權的尊崇。從語言學的角度看，莎氏所說的『正音』是一個及其空洞的口號，沒有任何現實意義。」（耿振生 1998：126）莎氏觀念上的正音確實如此。但觀念上的正音改變不了官話的實際發音，因為他要教學生官話的實際讀法，所以在很多字旁作了「朱注」，從朱注部分反映的實際讀音來看，《咀華》中記錄的官話音應該是當時的北京音。

七、參考文獻

1. 馮蒸，《漢語音韻學論文集》，北京：首都師範大學出版社，1997 年。
2. 耿振生，《明清等韻學通論》，北京：語文出版社，1998 年。
3. 侯精一，〈百年前廣東人學「官話」手冊《正音咀華》〉，《語文建設》第 12 期，1962 年。
4. 侯精一，〈清人正音書三種〉，《中國語文》第 2 期，1980 年。
5. 黃錫凌，《粵音韻匯》，重印版·香港：中華書局香港分局，1984 年。
6. 李新魁，李新魁語言學論集〔M〕，北京：中華書局，1994 年。
7. 莎彝尊，《朱注正音咀華》，塵談軒校訂，原板在天平街維經堂發兌，1853 年。
8. 莎彝尊，《朱注正音咀華》，雙門底聚文堂藏板，1853 年。
9. 莎彝尊，《正音咀華》，原版在省城歸德門內西派園塵談軒發兌，1853 年。
10. 莎彝尊，《朱注正音咀華》，麟書閣藏版，宣統庚午二年重刊，1910 年。
11. 莎彝尊，《正音切韻指掌》，（《續修四庫全書》258），上海古籍出版社，1995 年。
12. 史存直，〈試論北京音系的歷史繼承性和代表性〉，《漢語音韻學論文集》，華東師範大學出版社，1997 年。
13. 威妥瑪，《語言自邇集——19 世紀中期的北京話》（張衛東譯），北京：北京大學出版社，2002 年。
14. 無名氏，《朱批正音撮要》，粵東卒英齋刊，光緒丁未年重校，1907 年。
15. 岩田憲幸，〈清代後期的官話音〉，日本京都大學人文科學研究所研究報告《中國語史的資料和方法》，1994 年。
16. 楊文信，〈試論雍正、乾隆年間廣東的「正音運動」及其影響〉，第七屆國際粵方言研討會論文集，2000 年。
17. 楊亦鳴，《李氏音鑒》音系研究〔M〕，西安：陝西人民教育出版社，1992 年。
18. 楊亦鳴、王為民，〈《圓音正考》與《音韻逢源》所記尖團音分合之比較研究〉，《中國語文》第 2 期，2003 年。
19. 葉寶奎，〈談清代漢語標準音〉，《廈門大學學報》（哲學社會科學版）第 3 期，1998 年。

20. 葉寶奎，〈關於漢語近代音的幾個問題〉，《古漢語研究》第 3 期，2000 年。

21. 葉寶奎，明清官話音系〔M〕·廈門：廈門大學出版社，2001 年。

22. 葉寶奎，也談近代官話的標準音〔J〕·《古漢語研究》，2008（4）：54～60。

淺議《正音咀華》中的入聲問題

一、前 言

　　《朱注正音咀華》（以下簡稱《咀華》），清莎彝尊撰，成書於咸豐三年（1853），是目前所能見到的清代幾本重要的「正音課本」之一，對研究清代的「正音觀念」以及清代官話語音基礎問題有著相當重要的價值，該書是教當時廣東人學習官話的正音課本。《咀華》卷首梁作楫序曰：「……邇來省會，蒸蒸日上，世人講求官話，預為將來出仕用，所在皆有。雖南北分腔，而語言則一。但教者苦無善法，故學者每至三五月仍未成熟，非其心不專，實其法不捷也。余丙申自京回，得見彝尊莎先生……，其出所為正音書共成五本，業經付梓行世，今閱十載，又欲由博反約，撮為三本，首切音千字文，次話頭，次別俗，學者誠手是書，考求數月，音韻既通，律呂幾徹……」

　　該書共分四卷，正文三卷和續編一卷。卷一是語音部分，主體是千字文同音匯注，作者在千字文每一個字上標明反切和發音方法，字下注上同音字。卷二是會話部分，卷三是詞彙部分，詞條中的關鍵字都列在最上頭，並注明正音反切，這些注音可以作為千字文同音匯注的旁證和補充，續編是用官話解讀的《論語》、《孟子》中的部分章節以及用官話寫成的審案記錄。在卷一「土同正異」部分、卷二、卷三及續篇的絕大多數字旁邊都有用紅筆標注的粵語或官話讀音，這就是「朱注」。根據卷一語音部分、卷三的反切注音及「朱注」，可以

整理出《咀華》時代的官話的實際讀音。本文探討《咀華》中的入聲問題。

二、《咀華》表面上的入聲

表面上開來,《咀華》是有入聲的。

在第一卷「土音同正音異」部分,莎氏列舉了許多「廣城土音」同音而官話異音的字,其中包括「上平」、「下平」、「上聲」、「去聲」、「入聲」和「開合」六個部分,在「入聲」部分亦列出「族俗、筆不、各角、核轄、撤設、骨橘、臘立、谷菊、瑟失、克黑、宅擲、哭曲、密物、雜集、佛乏」共十五組入聲字。從卷一「千字文同音匯注」部分的反切注音來看,《咀華》中也是有入聲的。如「衣」組字是「呀基切」,「一」組字是「阿吉切」;「巴」組字是「波阿切」,「八」組字是「波哈切」;「加」組字是「基呀切」,「甲」組字是「基鴨切」;「西」組字是「薩衣切」「夕」組字是「西益切」;「居」組字是「基於切」,「局」組字是「基玉切」。總之,作者給入聲字注音時一律用入聲字作反切下字。《正音切韻指掌》〔註1〕(以下簡稱《指掌》)也明確地把聲調分為「上平」「下平」「上聲」「去聲」「入聲」五類。

因此,研究過《咀華》或《指掌》的學者如李新魁(1994)、岩田憲幸(1994)、馮蒸(1997)、耿振生(1998)、葉寶奎(2001)都認為莎氏的正音系統中含有入聲。

三、《正音咀華》的入聲字的實際讀音

但是,莎氏所列的入聲只是表面上的入聲,不是《咀華》時代的官話的入聲的實際讀音,從莎氏「字音」八十字的注音以及「朱注」來看,《咀華》時代的官話中入聲已經消失了,既沒有入聲韻,也沒有入聲調了。

(一)「音注」部分的入聲字

莎彝尊給出的字音八十字是《咀華》正音系統的基礎,作者為這八十字全部注了音,我們看一下他對其中入聲字的注音(參看「音注」插圖):戛讀作家,喀磕丫切,哈讀作蝦,搭打平聲,納拿上平,拉罉平聲,髶而鴉切,帀茲鴉切,擦雌鴉切,薩思鴉切,發讀作花,襪讀作嘩,德搭婀切,忒他婀切,諾納婀切,

---

勒礷婀切，熱而婀切，側渣婀切，測叉婀切，色沙婀切，則帀婀切，埱擦婀切，塞薩婀切，佛讀作科，夒讀作窩……由以上這些注音可以看出，《咀華》中的這些入聲字都不再讀成入聲韻或入聲調，而是讀成陰聲韻或平上去聲調。

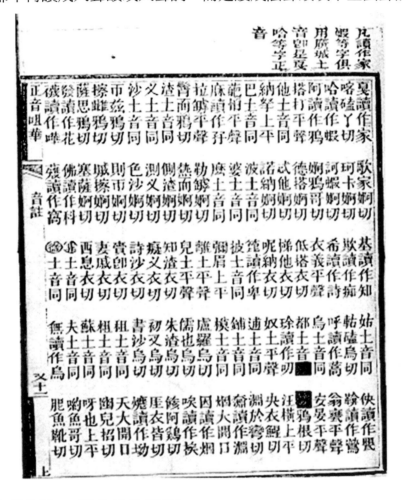

（二）「朱注」部分的入聲字

對於「朱注」，莎氏解釋說：「以上四聲字，傍注有『官』字者是用官話讀，傍注有『土』字者是用土話讀，傍注有兩個字者是用合切讀，傍注有『開』字者是用開口讀。傍注有『合』字者是用合唇讀，傍注有一個字者是與土音同讀。」

莎氏在「土音同正音異」部分給出的粵語或官話注音說明《咀華》中已沒有入聲了。下面是這些入聲字及其注音：

族（糟）	俗（蘇）	筆（卑）	不（逋）	各（哥）	核（訶）
轄（賒丫）	撒（車）	設（射）	骨（姑）	橘（朱）	臘（礷）
立（利）	谷（姑）	菊（朱）	瑟（射）	失（尸）	克（磕）

黑（訶）　宅（遮）　擲（之）　哭（籤）　曲（處）　密（味）

物（芋）　雜（官咱）　集（之）　佛（科）　乏（花）

下面是其他地方的例字：

合（苛）　割（官哥）　竹（官朱）　玉（遇）　石（尸）　及（之）

益（衣）　日（二）

從括號中的「朱注」可以看出，這些字都不再讀入聲了，特別值得注意的是傍有「官」字的三個字「雜官咱」「割官哥」「竹官朱」，意思是「雜」字官話讀「咱」，「割」字官話讀「哥」，「竹」字官話讀「朱」，這些讀音說明莎氏教廣東人學習的官話中是沒有入聲的。

（三）卷一「千字文同音匯注」和卷三部分入聲字的反切注音

《咀華》卷一「千字文同音匯注」或卷三中一些入聲字的注音也可以說明該書中已沒有入聲了。如「叔率孰術……」組字，卷一注「色屋切」、「賒屋切」，卷三注「賒吾切」；「木目牧……」組字，卷一注「麻屋切」，卷三注「麻悟切」；「密覓宓蜜謐幂」組字注音是「麻異切」；卷三里「黑：哈餒切」，「媳：西宜切」，「削：讀作修」，「腳：基咬切」，「雀：妻咬切／妻約切」「疙」：「戛額切」或「戛婀切」（和「哥：戛婀切」讀音相同）「唎：波阿切」，「磕：喀婀切，」「掐：欺牙切」，從注音可以看出這些字入聲字已歸入相應的陰聲韻中。

（四）入聲調現象

莎氏在卷一把入聲字都派入到平上去三聲。茲抄錄如下：

入聲作平聲

戛喀哈搭拉鬙市擦薩發襪德諾勒側測則塞佛給刷豁卓確學約畧若酌芍鵲削結歇迭帖捏別擘滅折徹舌接切屑角卻割剎樸莫雀訣缺血曰劣拙雪鴿黑餑禿凸出粥押鴨壓嗌掖納錫

入聲作上聲

塔法發戟筆劈尺北鴰谷薛鐵

入聲作去聲

末臘辣掣特惡赫澀嬙屜亦易役域鬱玉逆壁蜜日斥赤客葡脈麥墨默冊悅粵力栗立設色穡陸祿辱勿物唬蔑妾藥躍月獄育沃肉瀣葉怯

莎氏所選的所有的作為入聲字的切語下字的字都在其中，那麼，被這些字

切出來的所有字都已不再讀入聲，這說明在莎氏的正音系統中已沒有入聲調了。

四、對《咀華》入聲的討論

以上材料很明顯的反映出，入聲只是莎氏列於表面的東西，並非他要教廣東人說的官話聲調的實際發音。那麼，作者為什麼要在《咀華》和《指掌》中都明白地列上「陰平」「陽平」「上聲」「去聲」和「入聲」五個聲調呢？我們認為這是由於文人傳統的正音觀念所致，在莎氏的心目中一定要有入聲的存在。蔣紹愚（2005：109）曾對西方傳教士五聲調的材料提出自己的看法，對此也有很強的解釋力，他說：「利馬竇說漢語有五個聲調，第一是因為這些西方傳教士多數在南方活動，他們接觸的是官話的南支——以南京話為基礎的官話。第二，更重要的是，『五個聲調』在當時是一種根深蒂固的傳統觀念。不但在南方活動的外國傳教士認為有五個聲調，就是生活在北京的中國人也只有少數人認識到入聲已不復存在，多數人儘管自己嘴裏已經沒有入聲了，但觀念上卻未必意識到這一點，或者在觀念上還堅持入聲的存在。」因此，雖然莎氏嘴裏已經沒有入聲了，但觀念上對入聲的堅持使得他在課本的一開始就標明正音的入聲。這種做法非常具有迷惑性，以上提到的研究過《咀華》或《指掌》的學者認為莎氏時代的正音中還有入聲的存在都是由此而引起的，葉寶奎（2001：239）更進一步認為：「《正音咀華》音系不但存在入聲，而且存在一套入聲韻，這正是官話音與北京音的重要區別所在。」我們認為，這種說法是值得商榷的，觀念上的入聲不是當時官話的實際發音，不能作為區別官話音與北京音的證據。

從莎氏的很多注音可以看出，他嘴裏所說的官話是沒有入聲的。在解釋「朱注」時他說「旁注『官』字者是用官話讀」，「雜官咱」「割官哥」「竹官朱」的現象說明他嘴裏的官話應該是沒有入聲的，這一點在音注中充分體現了出來。觀念上的入聲並不能改變官話的實際發音，因此，《咀華》時代的官話音是沒有入聲的。

五、從「正北音異」看莎氏觀念上的入聲

《正音咀華·十問》中莎氏自問自答地為「正音」和「北音」下了定義，他說：「何為正音？答曰：遵依欽定《字典》《音韻闡微》之字音即正音也。」

「何為北音？答曰：今在北燕建都，即以北京城話為北音。」《咀華》是一部正音課本，是教當時廣東人學習正音的，它反映出來的是一套具體的音韻系統，莎氏說《康熙字典》、《音韻闡微》的音就是「正音」，這明顯是拿欽定書來標榜自己的課本，而莎氏心目中「正音」與「北音」的唯一區別是在北京話中有文白異讀的一批字的讀音的區別。

莎氏的「正北音異」部分一共列出 45 字，茲抄錄如下：

北	正音巴額切	北音巴每切	百	正音巴額切	北音巴矮切
白	正音巴額切	北音巴孩切	薄	正音巴額切	北音巴敖切
肋	正音拉額切	北音拉賀切	勒	正音拉額切	北音拉非切
塞	正音薩額切	北音薩孩切	賊	正音帀額切	北音帀微切
黑	正音薩額切	北音薩孩切	擇	正音渣額切	北音渣孩切
摘	正音渣額切	北音渣孩切	宅	正音渣額切	北音渣孩切
翟	正音渣額切	北音渣孩切	窄	正音渣額切	北音渣矮切
拆	正音叉額切	北音叉矮切	角	正音居喲切	北音基咬切
覺	正音居喲切	北音基咬切	腳	正音基喲切	北音基咬切
學	正音虛喲切	北音希堯切	鶴	正音希喲切	北音哈敖切
藥	正音於覺切	北音衣教切	鑰	正音於角切	北音衣教切
雀	正音齎喲切	北音妻咬切	嚼	正音齎喲切	北音齎堯切
略	正音驢喲切	北音離要切	削	正音須喲切	北音西幽切
粥	正音渣屋切	北音渣歐切	綠	正音羅屋切	北音離遇切
續	正音薩屋切	北音西遇切	熟	正音賒屋切	北音沙侯切
著	正音朱活切	北音渣敖切	鑿	正音租活切	北音租敖切
落	正音盧或切	北音拉傲切	累	正音盧會切	北音拉位切
淚	正音盧會切	北音拉位切	類	正音盧會切	北音拉位切
瑞	正音書會切	北音如會切	雷	正音盧回切	北音拉微切
誰	正音書回切	北音沙微切	薛	正音西掖切	北音西也切
色	正音沙額切	北音沙矮切	血	正音虛曰切	北音希也切
更	正音戛鞥切	北音基英切	硬	正音阿正切	北音衣徑切
給	正音戛益切	北音戛尾切			

可以看出，這 45 字全是北京話中有文白異讀的字，其中有 38 個是梗、曾攝和通、江、宕攝入聲字。

耿振生先生在「北京話文白異讀的形成」中介紹的北京話文白異讀的字主要有：「宕江攝入聲藥鐸覺韻字：讀書音為 ɤ.o.uo、ye，白話音為 au、iau；通攝入聲屋韻字：讀書音韻母為 u、y，白話音韻母為 ou、iou；梗攝入聲陌麥韻二等字和曾攝職韻莊組字，讀書音為 ɤ.白話音為 ai；曾攝入聲德韻字，讀書音為 ɤ.，白話音為 ei。」

從「音注」部分莎氏對入聲字的注音來看，上面所有的切下字「額」都可以換成「婀」，即這些入聲字都已讀成平聲字，韻母為 [ɤ.]。同理，其他入聲字也都已讀為平聲字。對比耿先生的列字，我們發現，莎氏列舉的這些入聲字所謂的「正音」都是文讀音，而「北音」都是白讀音。另外 7 個非入聲字「淚」「誰」「雷」「累」「類」「更」「硬」也都是北京話中文白異讀的字，這些字可以證實我們的想法：莎氏「正音」與「北音」的區別乃是北京話中文白異讀的區別。

如果莎氏的正音系統真的像《正音咀華》表面上所顯示的那樣，那麼，正音和北音的差別還是不小的，「正北音異」的字就不會只限於這些文白異讀的字上。因此，我們認為，莎氏「正音」和「北音」的差別是自己觀念上的差別，因為文讀音一般用於官場上或讀書人交際的場合，是文人心目中共同認定的正音，如果讀書人在交際中使用白讀音，那一定會被認為是不雅的語言。莎氏心目中的官話音就是文人交際時使用的這種「正音」，他所說的「北音」應該是當時北京老百姓使用的一種語言。因為文讀音字多數讀得還象有入聲的樣子，這一點可以支持他觀念上入聲的存在，於是他就把這些字作為「正音」和「北音」有區別的有力證據。因此，我們認為，莎氏所認定的「正音」和「北音」的區別實際上是他觀念上的正音與北京音的區別，並非實際的官話音與北京音的區別。

六、結　語

綜上所述，清代後期官話課本《正音咀華》中的入聲只是列於表面的一個現象，從「朱注」反映的實際讀音來看，《正音咀華》中的入聲字已經不再讀成入聲，而是讀成相應的陰平、陽平、上聲、去聲。莎氏認為正音應該有入聲，

因此也就出現了課本中表面上的入聲；而他要教人學習官話的發音，所以就對自己嘴裏的官話音作了忠實的記錄。莎氏是因為在實際發音中找不到他觀念上的正音才會說「遵依欽定《字典》《音韻闡微》之字音即正音也」。實際上，《正音咀華》時代的官話中已經沒有入聲了。

七、參考文獻

1. 馮蒸，《漢語音韻學論文集》，北京：首都師範大學出版社，1997 年。
2. 耿振生，《明清等韻學通論》，北京：語文出版社，1998 年。
3. 蔣紹愚，《近代漢語研究概要》，北京：北京大學出版社，2005 年。
4. 李新魁，《李新魁語言學論集》，北京：中華書局，1994 年。
5. 莎彝尊，塵談軒校訂，《朱注正音咀華》，原板在天平街維經堂發兌，1853 年。
6. 莎彝尊，正音切韻指掌（《續修四庫全書》258），上海古籍出版社，1995。
7. 楊亦鳴，《李氏音鑒音系研究》，西安：陝西人民教育出版社，1992 年。
8. 葉寶奎，《明清官話音系》，廈門：廈門大學出版社，2001 年。
9. 耿振生，「北京話文白異讀的形成」，《語言學論叢（第二十七輯）》，北京：商務印書館，2004 年。
10. 岩田憲幸，「清代後期的官話音」，《中國語史的資料和方法》，日本京都大學人文科學研究所，1994 年。

也談《正音咀華》的音系基礎

一、前　言

　　《正音咀華》，清莎彝尊撰，刊於清咸豐癸丑（1853 年），是目前所能見到的清代幾本重要的「正音課本」之一，對研究清代的「正音觀念」以及清代官話語音基礎問題有著相當重要的價值。該書是一本供當時廣東人學官話的手冊，原名《正音辯微》，共分五本，於 1837 年至 1843 年間刊行過，1853 年再版時作了修訂，分為三卷，又續篇一卷，改名為《正音咀華》。該書卷首梁作楫序曰：「……邇來省會，蒸蒸日上，世人講求官話，預為將來出仕用，所在皆有。雖南北分腔，而語言則一。但教者苦無善法，故學者每至三五月仍未成熟，非其心不專，實其法不捷也。余丙申自京回，得見彝尊莎先生……，其出所為正音書共成五本，業經付梓行世，今閱十載，又欲由博反約，撮為三本，首切音千字文，次話頭，次別俗，學者誠手是書，考求數月，音韻既通，律呂幾徹……」莎氏自己也說：「是書為習正音者設也。」《咀華》出版後作者又寫了《正音切韻指掌》，刊於咸豐庚申（1860），實為《正音咀華》的姐妹篇。《指掌》梁次楠序曰：「……先撰正音咀華一書，首標切字準繩，次將千字文細分唇齒舌噍等音，復採異意同音者旁注於下，已足為極學。正音指南恐有未備，再集各正音韻，別為正音指掌，簡明諦當，一目了然，實與咀華一書相為表裏，出以相示……。」由此可知，《咀華》與《指掌》二書一個是教科書，一個是

工具書，二者所反映的音系完全相同。

關於《正音咀華》的音系基礎問題，侯精一、馮蒸、李新魁、岩田憲幸、耿振生、葉寶奎等學者均有論及。以下是諸位學者的觀點〔註1〕

1. 侯精一先生認為：「大致能反映北京話的音系。」〔註2〕

2. 李新魁先生認為：「他書中所描述的『正音』，並不是當時的北京音而仍是中州音，他表白他的書『以中州韻為底本』，事實上就是以中原的語音作為傳授的內容……而他所教習的，就是中原地區的官話、官音，具體的依據就是李光地《音韻闡微》所代表的語音。」〔註3〕

3. 岩田憲幸先生認為，《正音咀華》中見組細音字已經齶化，但仍保持著尖團音的區別。他把《咀華》中有尖團音的區別及保留入聲兩大特點解釋為當時北京話讀書音的特點。〔註4〕

4. 馮蒸先生認為：「顯然，作者所分析和描寫的，並不是當時北京話的實際語音，而只能認為是在《中州韻》的基礎上參照各種類似的傳統韻書而得出的一個音系。這個音系雖然與當時的北方話甚至是北京音系有許多近似之處，但畢竟不是一回事……侯文所謂莎書基本上是代表當時北京話音系的看法顯然是出於誤解。」「而這種有陰平、陽平上聲、去聲和一個入聲的方言究竟是一種什麼方言，筆者認為很可能是下江官話。」〔註5〕

5. 耿振生先生認為：「莎彝尊的話根本不是從語言或學術的立場上出發的，不過是為了提高『欽定』的兩部書以表示對皇權的尊崇。從語言學的角度去看，莎氏所說的正音是一個及其空洞的口號，沒有任何現實意義。莎氏編撰的《正音切韻指掌》一書，既沒有遵守《康熙字典》，也沒有遵守《音韻闡微》，這就表明他自己也不相信自己說的詭話。」〔註6〕

6. 葉寶奎先生認為：「《正音咀華》音系跟北京音相比，聲韻調諸方面均有

〔註1〕有的學者研究的是《正音切韻指掌》的音系，但他們也以《正音咀華》中的材料作為證據，說明他們認為二者的音系是一致的。

〔註2〕侯精一，百年前廣東人學「官話」手冊《正音咀華》〔J〕，《文字改革》，1962年第12期，22～23頁。

〔註3〕李新魁，《李新魁語言學論集》〔M〕，北京：中華書局，1994年，159～160頁。

〔註4〕岩田憲幸，〈清代後期的官話音〉，日本京都大學人文科學研究所研究報告《中國語史的資料和方法》，1994年。

〔註5〕馮蒸，《漢語音韻學論文集》〔M〕，北京：首都師範大學出版社，1997年，353頁。

〔註6〕耿振生，《明清等韻學通論》，北京：語文出版社，1998年，126頁。

明顯的差異。聲母系統：（1）北京音最遲在 16 世紀末 17 世紀初，微母已消亡，《咀華》音系保留微母。（2）北京音見精兩組均已分化且兩組齶化音業已合流（尖團不分），《咀華》音系見精兩組尚未齶化。韻母系統：（1）北京音的入聲韻早已跟相應的陰聲韻混同，《咀華》音系仍保持入配陰的格局，保留一套入聲韻。（2）中古止攝開口三等韻（日母）北京音已是 [ɚ] 韻，《咀華》讀作 [z̩]。聲調系統：北京音只含陰平、陽平、上聲、去聲四個調位；《咀華》含陰平、陽平、上、去、入五個調位，保留入聲。」「以上情況表明，《咀華》記錄的不是北京音。」「《咀華》音系的語音基礎是什麼呢？莎氏的回答是十分明確的。『何為正音？答曰：遵依欽定《字典》、《音韻闡微》之字音即正音也』。」「所謂『正音』指的是漢民族共同語的標準音，明清時期『正音』實為官話的標準音，是近代變化了的北方話的傳統讀書音。」「從語音發展的實際情況來看，明清時期的官話音幾乎是跟著北京音走的，但是各個方面的變化均慢於北京音，直至清末民初，官話音與北京音相比仍有差別，北京音仍未取得漢語標準音的地位。」〔註 7〕

以上學者的觀點可分為兩類，一類認為《咀華》反映的是北京音，如侯精一、岩田憲幸二位先生，一類認為反映的不是北京音，如耿、李、馮、葉四位先生。侯精一先生雖然認為是北京音，但他以為《咀華》中還含有 [v] 聲母，所以用了「大致」二字；岩田憲幸先生認為《咀華》反映的應該是北京音，但他又無法解釋其區分尖團和保留入聲的兩大特點，所以不得不作出一種妥協的解釋，把它們歸結為北京話讀書音的特點。耿、李、馮、葉四位先生認為《咀華》反映的不是北京音，他們對該書音系的性質各有各的認識，但他們的結論都是基於其對《咀華》音系得出的以下結論上：一、保留微母；二、尖團音保持區別；三、「兒耳二」等字仍讀日母；四、保留入聲。

二、《正音咀華》的表面音系

《正音咀華》的音系結構是什麼樣子的？研究過《咀華》的各位前輩學者為什麼會得出以上的結論呢？我們下面就來看《咀華》的音系結構。

音韻（範圍）分字音、字韻、字母三部分，分別列出了莎氏所選的切上字、切下字及切字捷法用字，這是莎氏正音系統的基礎，茲抄錄如下：

〔註 7〕葉寶奎，《明清官話音系》〔M〕，廈門：廈門大學出版社，2001 年，240～242 頁。

字音：

牙音	喉音	舌尖音	重唇音	捲舌	頂齶音	齒縫音	輕唇
戛喀	哈阿	搭他納	巴葩麻	拉齂	渣叉沙	匝擦薩	發襪
歌珂	訶婀	德忒諾	波頗麼	勒熱	側測色	則城塞	科窩
基欺	希衣	低梯呢	蓖披彌	離兒	知癡詩	齎妻西	非微
姑枯	呼烏	都璘奴	逋鋪模	盧儒	朱初書	租粗蘇	夫無

字韻：

佽	安	灣	汪	央	淵	煙	阿	唉	歪	厓	哇	爇	夭	呀	喇
韓				英		婀					窩			爺	
翁	恩	溫	⊕宏	雍	雝	因	衣	餒	煨	⊕曳	烏	歐	幽	於	胒

字母：胒

公空	烘翁	東通農	崩彭瞢	龍戎	中充春	宗聰松	風⊕嗡
京傾	興英	丁廳寧	兵俜明	零仍	徵稱升	精清興	○○
堅牽	掀煙	顛天年	邊偏眠	連然	氈羶挻	箋千仙	○○
岡康	炕佉	當湯囊	邦滂茫	郎穰	章昌商	臧倉桑	方亡

　　對於「字音」部分，莎氏解釋說：「字音八十字，橫列為四行，分有句讀，第一行係大開口音，二行半開口音，三行合齒音，四行合唇音，首行如戛喀至發襪是也，餘仿此。」

　　對於「字韻」部分，莎氏解釋說：「字韻三十五字，直列為十六句。有三字一句者，首字是大開口音，次字半開口音，三字合口音；二字一句者，首字開口音，次字合口音。如有一圈者，有音無字也。」

　　我們可以看到，在「字音」部分，莎氏選了八十個反切上字，代表二十個聲母，其中尖團音分立（見組細音字用「基欺希」代表，精組細音字用「齎妻西」代表），保留微母（用「襪」、「無」代表）；在「字韻」部分，只有「衣」韻而沒有獨立的兒韻，有兩個獨立的入聲韻「約」韻和「曰」韻。在千字文「同音匯注」中，作者也是以這樣的標準來注音的，且有一套入聲韻。

　　研究過《咀華》（或《指掌》）的學者大都是根據莎氏的這套表面音系而得出各自的結論的，如耿振生先生、李新魁先生都認為《咀華》音系中有聲母二十個，韻母三十五個，有入聲；馮蒸先生認為莎氏的音韻系統中區分尖團音，有微母，無［ɚ］韻、有入聲；岩田憲幸先生和葉寶奎先生都為《咀華》音系擬

了一套入聲韻，二人也都認為其中尖團音分立，有微母，無〔ɚ〕韻。

《正音咀華》成書於十九世紀中期，目的是教廣東人學說當時的官話，它反映的應當是十九世紀中前期的官話音。那麼，當時的官話音的聲韻調系統會是這樣一種面貌嗎？通過研究，我們發現《咀華》還含有另外一套音系，那是莎氏通過注音的方式而反映出來的一套音系。

三、《正音咀華》的實際音系

通過仔細觀察作者「音注」部分對「字音」八十字及「字韻」中部分字的粵語注音，仔細研讀莎氏對「土音同正音異」部分字組的粵語或官話注音和卷二、卷三及續編中許多字的粵語或官話注音，我們發現十九世紀中期的正音系統並不像馮、李、葉等先生所說的那樣，而是侯先生所說的北京音系。以下從聲母、韻母和聲調三個部分來討論。

（一）聲母部分

1. 微母的問題

據王力先生《漢語史稿》，微母在十七世紀已消失了〔註8〕，那麼在反映 19 世紀中前期的正音系統的《咀華》中，微母為什麼還是存在的呢？我們認為《咀華》音系中微母只是一個虛設的聲母，實際上微母已經和影母合流了。

下面是《咀華》中所有的微母字、它們的反切和它們的中古音來源：

明母（微母）：文芠雯蚊紋聞閿：襪痕切　問汶紊：哇恨切　萬曼蔓：哇岸切　亡忘：襪王切　罔惘誷網輞魍：襪仿切　無无毋巫誣憮廡膴：阿乎切　物勿沕：襪忽切　微溦薇：襪衣切　武侮珷碔鵡憮嫵膴廡甒舞儛潕：襪古切　勿物沕吻：窩谷切　務悞悟晤寤嫠瞀騖鶩霧：額故切（喉音）　晚挽輓娩：烏管切　亡忘：哇昂切

匣母：浣：哇岸切

疑母：玩翫：哇岸切　翫：烏慣切入萬字（喉音）

我們可以看出，《咀華》中的微母字雜有匣母字和疑母字；它們的反切上字除「襪」字外，「哇」「阿」「窩」「烏」等均為影母字；「務悞悟晤寤嫠瞀騖鶩霧」組字為「額（疑母字）故切」「喉音」；「翫」字在一處是「哇岸切」「輕

〔註8〕參見王力，《漢語史稿》，北京：中華書局，2004 年，154 頁。

唇音」，在另一處則是「烏慣切」「喉音」。這些事實都說明《咀華》音系中微母字已和影疑等母字合流為影母。因此，我們可以得出結論：《咀華》音系中已沒有微母，不應該為其聲母系統擬出一個〔v〕音來。

2. 尖團音問題

（1）從「音注」內容我們可以看出，牙音「戛歌姑」和「基」、「喀珂軲」和「欺」，喉音「哈訶呼」和「希」的發音是不一樣的。「戛讀作家」「歌家姻切」，那麼，「戛」、「歌」的聲母讀音是相同的。「姑土音同」，粵語中「姑」的聲母的發音和「家」的聲母的發音是相同的，所以，「戛歌姑」這三個字聲母發音相同，但是，「基讀作知」，粵語「知」讀作〔tʃ〕，發音近似於普通話的〔tɕ〕。所以，見組聲母已經分化。同理可證，「齒縫音」「匝擦薩」和「齎妻西」聲母的發音也是不同的，因此精組聲母也已經分化。那麼，見組細音「基欺希」和精組細音「齎妻西」的發音是否相同？如果不同，就無法證明尖團音已經合流，如果相同，為什麼它們的注音是不同的呢？「基讀作知」，「齎即衣切」，在十九世紀中期的粵音系統中，「知」和「即衣切」讀音是否相同呢？在《朱注正音咀華》卷二及續編部分的紅筆標注中，我們可以找到證據：及：之；即：之；機：之；饑：之；集：之；稽：之；籍：之；激：之；支：之；只：之；戚：癡；七：癡；齊：癡；妻：癡；其：癡；乞：癡；欺：癡；奇：癡；騎：癡；弛，癡；習：尸；嬉：尸；惜：尸；昔：尸；息：尸；稀：尸；餂：尸；席：尸；媳：尸；石：尸。這些材料說明，精組細音字「即集籍」和見組細音字「及機饑稽激」在粵音中和「只支」等字的發音是相同的，都讀如「之」；精組細音字「戚七妻齊」和見組細音字「其欺奇騎乞」和「弛」的發音是相同的，都讀如「癡」，精組細音字「習昔惜西息席媳」和見組細音字「嬉稀餂」的讀音在粵語中和「石」的發音是相同的，都讀如「尸」，這些現象說明，在《咀華》音系中，尖團音已經合流。

（2）《朱注正音咀華》裏卷二、卷三的紅筆標注也可以為我們提供尖團音合流的證據。以下是「朱注「的尖團音合流的字：

謙：官千　將：官江　見：官賤　間：官先　牽：官千　弦：官先　鉗：官錢　嚼：官交　掀：官先　向：官西樣合　續編：向：官相　欠：官錢去

以上字例均可說明《咀華》的正音（即官話音）系統中，見組細音和精組

細音已完全合流。

（3）《朱注正音咀華》「土音同正音異」部分對每一組字都給出了粵語或官話注音，從中我們也可以找到尖團音合流的證據。

下面是「土音同正音異」部分所有含有見曉組細音字的對比字組及其注音：

牽（官千）軒（官先）　卿（土稱）馨（土升）　根（土）巾（氈）

稽（土之）溪（土癡）　甄（土珍）欣（土先）　欽（土千）音（土煙）

駒（土朱）驅（處）　　憂（土夭）休（土燒）　空（箍翁）凶（書雍）

康（卡罌）腔（俗青）　岡（土耕）江（之央）　興（土升）兄（書雍）

鉤（土溝）鳩（土招）　賢（官咸）延（官言）　衡（土亨）行（土升）

咸（官先）涵（土［慳]）起（土矢）喜（土屎）　遣（踐開）顯（鮮開）

考（靠上）巧（悄）　　狗（土九）九（土沼）　貴（始會）季（治）

縣（善開）院（願開）　氣（翅）戲（試）　　訓（篆）糞（份）究（土召）

各（哥）角（將入）　　核（訶）轄（賒丫）　骨（姑）菊（朱）

谷（姑）菊（朱）　　哭（箍）曲（處）

下面是「土音同正音異」部分所有含有精組細音字的對比字組及其注音：

遵（土）津（土煎）　　祥（先生）牆（俗青）　詞（土疵）臍（土癡）

巡（土孫）秦（土千）　走（土酒）酒（土剿）　信（土善）遜（土）

就（召）袖（兆）　　雜（官咱）集（之）

莎氏曰：「以上四聲字傍注有官字者是用官話讀，傍注有土字者是用土話讀，傍注有兩個字者是用合切讀，傍注有開字者是用開口讀，傍注有合字者是用合唇讀，傍注有一個字者是與土音同讀。」（見《正音咀華》卷一）

從上面材料中我們可以發現，「溪」（土癡）「臍」（土癡）讀音相同，「欽」（土千）「秦」（土千）讀音相同，「究」（土召）「就」（召）讀音相同，「稽」（土之）「江」（之央）「集」（之）聲母讀音相同。作者所注出的這些粵語字只是與官話讀音大致相似的字，作為發音提示，他們的讀音不可能完全一樣，因為粵音與官話音本來就是兩個不同的語音系統。

因此我們可以得出結論，見曉組細音字和精組細音字聲母的讀音是相同的，也就是說，在莎氏所描寫的正音系統中，尖團音已經合流了。

（二）韻母部分

1.「兒耳二」等字的讀音問題

《咀華》「音注」部分對「幽」字的注音是「兒招切」，作為影母字「幽」的切上字「兒」在這裡只能是一個零聲母字；「土同正異」部分有下列幾組字（括號中為莎氏的朱筆注音）：「宜（土衣）兒（捲舌）」、「以（土）耳（官二）」、「義（土）二（捲舌）」，「宜以義」和「兒耳二」相對，「兒耳二」都標明「捲舌」，能說明兩個問題：一、「兒耳二」讀為零聲母；二、「兒耳二」讀為捲舌音。在《朱注正音咀華》卷二及續編部分的紅筆注音中，「耳：官二」、「洱：官二」「曰：二」，即「耳洱」官話音讀「二」，而「日」讀如粵語的「二」，二者的讀音是不同的。因此我們認為，在《咀華》音系中，「兒耳二」等字的發音應為捲舌音「er」。

2. 入聲韻問題

莎彝尊給出的字音八十字中有四分之一以上都是入聲字，在「音注」中莎氏給這八十個字分別注了音，我們看一下他對入聲字的注音（參看「音注」插圖）：戛讀作家，喀磕丫切，哈讀作蝦，搭打平聲，納拿上平，拉罅平聲，髶而鴨切，市茲鴨切，擦雌鴨切，薩思鴨切，發讀作花，襪讀作嘩，德搭婀切，忒他婀切，諾納婀切，勒婀切，熱而婀切，側渣婀切，測叉婀切，色沙婀切，則市婀切，城擦婀切，塞薩婀切，佛讀作科，璦讀作窩……由以上這些注音可以看出，《咀華》中的這些入聲字都不再讀成入聲韻或入聲調，而是讀成陰聲韻或平上去聲調。

《咀華》千字文同音匯注或卷三中一些入聲字的注音也可以說明《咀華》已沒有入聲韻。如「叔率埶術……」組字，既是色屋切，又是睰屋切，又是睰吾切，說明這一組入聲字已歸入烏韻陽平；又如「木目牧……」組字，既是麻屋切，又是麻悟切，說明這一組字已歸入烏韻去聲；又如「密覓宓蜜謐冪」組字，注音是麻異切，說明這一組字已歸入衣韻去聲。再如卷三里「黑」：哈餃切，說明黑字已歸入餃韻陰平；「媳」：西宜切，說明媳字已歸入衣韻陽平；「削」：讀作修，說明削字已歸入幽韻陰平；「腳」：基咬切，說明正音中腳有兩種讀法，這是當時北京話中的文白異讀現象；「雀」：既是妻咬切又是妻約切，情況與腳字相同；「疙」既是戛額切又是戛婀切（和「哥：戛婀切」讀音

相同），說明「疙」、「額」都已歸入婀韻平聲；另外還有「咧」：波阿切，「磕」：咯婀切，「掐」：欺牙切，說明這些字已歸入相應的陰聲韻中。

另外，莎氏在「土音同正音異」部分給出的粵語或官話注音說明《咀華》中已沒有入聲韻。下面是這些入聲字及其注音：

族（糟） 俗（蘇） 筆（卑） 不（逋） 各（哥） 核（訶）
轄（賒丫） 撤（車） 設（射） 骨（姑） 橘（朱） 臘（罅）
立（利） 谷（姑） 菊（朱） 瑟（射） 失（尸） 克（磕）
黑（訶） 宅（遮） 擲（之） 哭（籚） 曲（處） 密（味）
物（芋） 雜（官咱） 集（之） 佛（科） 乏（花）

下面是其他地方的例字

合（苛）時（詩）雜（官咱）割（官哥）竹（官朱）玉（遇）石（尸）及（之）益（衣）日（二）

從括號中的粵語或官話注音可以看出，這些字都不再讀成入聲韻了。因此，《咀華》「朱注」反映出的當時官話的實際讀音中已沒有入聲韻了。

（三）聲調問題

《咀華》中不但沒有入聲韻了，而且也沒有入聲調了。

莎氏在《咀華》卷一中列出了「入聲作平聲」、「入聲做上聲」、「入聲作去聲」的字，把入聲分派到平上去三聲，茲抄錄如下：

入聲作平聲

戛喀哈搭拉髻帀擦薩發襪德諾勒側測則塞佛給刷豁卓確學約畧若酌芍鵲削結歇迭帖捏別擎滅折徹舌接切屑角卻割剝撲莫雀訣缺血曰劣拙雪鴿黑餑禿凸出粥押鴨壓噎掖納錫

入聲作上聲

塔法發戟筆劈尺北鵠谷薛鐵

入聲作去聲

末臘辣掣特惡赫澀嬌展亦易役〔份〕域郁玉逆壁蜜日斥赤客葡歿脈麥墨默冊悅粵力栗立設色稿陸祿辱勿物唬蔑妾藥躍月獄育沃肉灟葉怯

莎氏所選的切上字中所有的「入聲字借作上平聲」的字都在其中，那麼，被這些字切出來的所有字都已不再讀入聲，這說明在莎氏的正音系統中已沒有入聲。

四、《正音咀華》的音系基礎

研究過《正音咀華》的學者對其音系基礎所得出的結論，是和莎彝尊對《咀華》音韻系統的安排分不開的。表面上，莎氏把《咀華》的聲母定為二十個，保留微母，尖團音保持嚴格的區分，在韻母系統中把「兒耳二」等字列為日母字，聲調系統分為五個，保留入聲。但是，通過上面對《咀華》中材料的分析，我們發現事實並不是這樣的，也就是說，莎氏心目中的正音系統不是這個樣子的。那麼，莎氏為何作出這樣的安排呢？

我們先來看一下莎彝尊在「十問」中對「正音」、「北音」、「南音」的解釋：「何為正音？答曰：遵依欽定《字典》《音韻闡微》之字音即正音也。何為南音？答曰：古在江南建都，即以江南省話為南音。何為北音？答曰：「今在北燕建都，即以北京城話為北音。」

莎氏的這些解釋成為一些學者證明自己觀點的有力證據，如葉寶奎先生在《關於漢語近代音的幾個問題》一文中在舉出莎氏對「正音」、「北音」、「南音」的這些解釋後，說：「《正音咀華》（1853）是作者專為廣東人學習正音而編撰的，書後還列舉正北音異的材料，莎氏的意見十分明確。就具體音系而言，《正音咀華》音系與李汝真《李氏音鑑》（1810）之北京音、胡垣《古今中外音韻通例》（1866）之南京音相比均有明顯差異，可見莎氏關於《字典》《音韻闡微》之字音即正音、正音既不同於北音也不同於南音的意見是正確的。」〔註9〕他認為，「明清時期記錄官話音的韻書《洪武正韻》、《韻略易通》、《韻略匯通》、《五方元音》、《音韻闡微》、《正音咀華》等的音系不僅與《切韻》音系一脈相承，而且與記錄北音的《中原音韻》音系、《等韻圖經》音系、《李氏音鑑》之北京音存在顯著區別……二者最大的差異在於官話音直至清末民初仍然保存入聲和入聲韻（入聲韻配陰聲韻），而北京音的入聲韻至遲在明代中期已經消失（入聲韻併入陰聲韻）。」〔註10〕

韻書中入聲的存在是韻書音系複雜的最主要原因之一，也曾使得明清來華學習漢語的西方人感到無所適從。他們在一些材料中也說漢語有五個聲調，蔣紹愚（2005）對西方傳教士五個聲調的材料提出自己的看法。他說：「利馬竇說漢語有五個聲調，第一是因為這些西方傳教士多數在南方活動，他們接觸

〔註9〕葉寶奎，〈關於漢語近代音的幾個問題〉·《古漢語研究》，2000，48（3）：14～18頁。
〔註10〕葉寶奎，〈也談近代官話的標準音〉·《古漢語研究》，2008（4）：54～60頁。

的是官話的南支——以南京話為基礎的官話。第二，更重要的是，『五個聲調』在當時是一種根深蒂固的傳統觀念。不但在南方活動的外國傳教士認為有五個聲調，就是生活在北京的中國人也只有少數人認識到入聲已不復存在，多數人儘管自己嘴裏已經沒有入聲了，但觀念上卻未必意識到這一點，或者在觀念上還堅持入聲的存在。」我們認為，蔣先生的觀點是十分正確的。《正音咀華》之所以在表面上列有入聲，是因為莎氏在觀念上堅持入聲的存在，不僅如此，莎氏觀念上還堅持著尖團音的區分及微母的存在等。還有一個可能的原因是，莎氏的《正音咀華》是參考高敬亭 1810 年編的《正音撮要》編寫的，《正音撮要》中表面上也是尖團音分立且保留入聲的。

從莎氏在《咀華》中標注的官話的實際發音來看，《正音咀華》的音系基礎應該是當時的北京音。

那麼莎氏為什麼還要這樣解釋正音與北音，而且還在書中列舉出正北音異的材料呢？我們就看一下這些材料。

莎氏的「正北音異」部分一共列出 45 字，茲抄錄如下：

北	正音巴額切	北音巴每切	百	正音巴額切	北音巴矮切
白	正音巴額切	北音巴孩切	薄	正音巴額切	北音巴敖切
肋	正音拉額切	北音拉賀切	勒	正音拉額切	北音拉非切
塞	正音薩額切	北音薩孩切	賊	正音币額切	北音币微切
黑	正音薩額切	北音薩孩切	擇	正音渣額切	北音渣孩切
摘	正音渣額切	北音渣孩切	宅	正音渣額切	北音渣孩切
翟	正音渣額切	北音渣孩切	窄	正音渣額切	北音渣矮切
拆	正音叉額切	北音叉矮切	角	正音居喇切	北音基咬切
覺	正音居喇切	北音基咬切	腳	正音基喇切	北音基咬切
學	正音虛喇切	北音希堯切	鶴	正音希喇切	北音哈敖切
藥	正音於覺切	北音衣教切	鑰	正音於角切	北音衣教切
雀	正音齎喇切	北音妻咬切	嚼	正音齎喇切	北音齎堯切
略	正音驢喇切	北音離要切	削	正音須喇切	北音西幽切
粥	正音渣屋切	北音渣歐切	綠	正音羅屋切	北音離遇切
續	正音薩屋切	北音西遇切	熟	正音賒屋切	北音沙侯切
著	正音朱活切	北音渣敖切	鑿	正音租活切	北音租敖切

落	正音盧或切	北音拉傲切	累	正音盧會切	北音拉位切
淚	正音盧會切	北音拉位切	類	正音盧會切	北音拉位切
瑞	正音書會切	北音如會切	雷	正音盧回切	北音拉微切
誰	正音書回切	北音沙微切	薛	正音西掫切	北音西也切
色	正音沙額切	北音沙矮切	血	正音虛曰切	北音希也切
更	正音戛鞿切	北音基英切	硬	正音阿正切	北音衣徑切
給	正音戛益切	北音戛尾切			

可以看出，這 45 字全是北京話中有文白異讀的字，其中有 36 個是梗、曾攝和通、江、宕攝入聲字。

耿振生（2004）在「北京話文白異讀的形成」中介紹的北京話文白異讀的字主要有：「宕江攝入聲藥鐸覺韻字：讀書音為 ɤ、o、uo、ye，白話音為 au、iau；通攝入聲屋韻字：讀書音韻母為 u、y，白話音韻母為 ou、iou；梗攝入聲陌麥韻二等字和曾攝職韻莊組字，讀書音為 ɤ，白話音為 ai；曾攝入聲德韻字，讀書音為 ɤ，白話音為 ei。」

從「音注」部分莎氏對入聲字的注音來看，上面所有的切下字「額」都可以換成「婀」，即這些入聲字都已讀成平聲字，韻母為 [ɤ]。同理，其他入聲字也都已讀為平聲字。對比耿先生的列字，我們發現，莎氏列舉的這些入聲字所謂的「正音」都是文讀音，而「北音」都是白讀音。另外 9 個非入聲字「淚」「誰」「雷」「累」「類」「瑞」「更」「硬」「給」也都是北京話中文白異讀的字，這些字可以證實我們的想法：莎氏「正音」與「北音」的區別乃是北京話中文白異讀的區別。

如果莎氏的正音系統真的像《正音咀華》表面上所顯示的那樣，那麼，正音和北音的差別還是不小的，「正北音異」的字就不會只限於這些文白異讀的字上。因此，我們認為，莎氏「正音」和「北音」的差別是自己觀念上的差別，因為文讀音一般用於官場上或讀書人交際的場合，是文人心目中共同認定的正音，如果讀書人在交際中使用白讀音，那一定會被認為是不雅的語言。莎氏心目中的官話音就是文人交際時使用的這種「正音」，他所說的「北音」應該是當時北京老百姓使用的一種語言，而「正音」與「北音」的音韻系統是相同的，唯一的區別就在於文白讀音使用的場合不同而已。因為文讀音字多數讀得還像有入聲的樣子，這一點可以支持他觀念上入聲的存在，於是他就把

這些字作為「正音」和「北音」有區別的有力證據。

　　既然如此，莎氏為什麼說「遵依欽定《字典》《音韻闡微》之字音即正音也」？我們認為，莎氏在現實生活中找不到他觀念上的正音的發音，只能在韻書、字書中找到，他在很多韻書字書中選擇這兩部欽定的字典是因為它們在當時具有極高的權威性，就像耿振生先生所說，莎氏這樣做「不過是為了提高『欽定』的兩部書以表示對皇權的尊崇。」但《咀華》的音系並非和《康熙字典》、《音韻闡微》的音系一致，從朱注部分反映的實際音系來看，《咀華》的音系基礎應該是當時的北京音。

　　中國社會科學院著名語言學家侯精一先生曾經介紹過《正音咀華》一書，對於莎氏對「正音」和「北音」的定義，他認為：「《康熙字典》和王蘭生的《音韻闡微》的標音，都未擺脫傳統的保守作風，兩者所訂的語音系統都不能代表當時的實際語音。所以，如果遵依這個正音系統，那就無法學習『官括』了。但從莎氏所記錄的語音系統來看，實際上「正音」的標準是他所說的「今在北燕建都，即以北京城話為北音」的北音。在這裡由於受到時代的限制，莎氏的『言』和『行』背道而弛，一方面不得不遵依傳統的正音標準，另一方面又要承認當時的實際情況。這是很重要的一點，它告訴我們，在一百多年以前，北京語音已經上升為當時『官話』的標準音，儘管這個事實有時還不能公然提出，但是情況已很明朗化了。」（侯精一：1962）

五、結　語

　　《咀華》是清代後期一本重要的官話書，因作者觀念上的正音與實際正音的出入使得《咀華》一書存在著兩套音系：一套是列於表面的作者觀念上的正音音系，一套是作者根據官話的實際發音標注出來的一套音系，以前研究過《咀華》的學者看到的都是作者列於表面的一套音系，他們以之為基礎得出各自的關於清代官話語音基礎的結論，其中很多結論都是值得商榷的。我們認為，《咀華》通過朱注反映出來的語音與北京音是一致的，其音系基礎是當時的北京音。

六、參考文獻

1. 馮蒸，《漢語音韻學論文集》，北京：首都師範大學出版社，1997 年。

2. 耿振生,《明清等韻學通論》,北京:語文出版社,1998 年。

3. 侯精一,〈百年前廣東人學「官話」手冊『正音咀華』〉,《語文建設》第 12 期,1962 年。

4. 侯精一,〈清人正音書三種〉,《中國語文》第 2 期,1980 年。

5. 黃錫凌,《粵音韻匯》,重印版,香港:中華書局香港分局,1984 年。

6. 李新魁,李新魁語言學論集〔M〕,北京:中華書局,1994 年。

7. 莎彝尊.《朱注正音咀華》,塵談軒校訂,原板在天平街維經堂發兌,1853 年。

8. 莎彝尊,《朱注正音咀華》,雙門底聚文堂藏板,1853 年。

9. 莎彝尊,《正音咀華》,原版在省城歸德門內西派園塵談軒發兌,1853 年。

10. 莎彝尊,《朱注正音咀華》,麟書閣藏版,宣統庚午二年重刊,1910 年。

11. 莎彝尊,《正音切韻指掌》,(《續修四庫全書》258),上海古籍出版社,1995 年。

12. 史存直,〈試論北京音系的歷史繼承性和代表性〉,《漢語音韻學論文集》,華東師範大學出版社,1997 年。

13. 王力,《漢語史稿》,北京:中華書局,2004 年。

14. 威妥瑪,《語言自邇集——19 世紀中期的北京話》(張衛東譯),北京:北京大學出版社,2002 年。

15. 無名氏,《朱批正音撮要》,粵東卒英齋刊,光緒丁未年重校,1907 年。

16. 岩田憲幸,〈清代後期的官話音〉,日本京都大學人文科學研究所研究報告《中國語史的資料和方法》,1994 年。

17. 楊文信,〈試論雍正、乾隆年間廣東的「正音運動」及其影響〉,第七屆國際粵方言研討會論文集,2000 年。

18. 楊亦鳴,《李氏音鑒》,音系研究〔M〕,西安:陝西人民教育出版社,1992 年。

19. 楊亦鳴、王為民,〈《圓音正考》與《音韻逢源》所記尖團音分合之比較研究〉,《中國語文》第 2 期,2003 年。

20. 葉寶奎,〈談清代漢語標準音〉,《廈門大學學報》(哲學社會科學版)第 3 期,1998 年。

21. 葉寶奎,〈關於漢語近代音的幾個問題〉,《古漢語研究》,2000(3):14～18 頁。

22. 葉寶奎,明清官話音系〔M〕,廈門:廈門大學出版社,2001 年。

23. 葉寶奎,也談近代官話的標準音〔J〕.《古漢語研究》,2008(4):54～60 頁。

淺議清代中後期官話課本中的微母

一、引　言

在近代官話音研究中，微母的保留與否是一個非常重要的問題，有的研究者把微母的保留與否作為判斷韻書音系性質的一個重要依據。如葉寶奎先生在《明清官話音系》一書中指出「保持尖團的區別以及微母疑母的保留，是清代中後期官話聲母系統與北京音的主要區別。」[註1]

在該書「清代後期官話音」一章中，葉先生以《正音咀華》、《正音通俗表》和《羅馬字官話新約全書》作為考察描寫清代後期官話音的材料。

對《正音咀華》的聲母系統，葉先生描述如下：

邦 p	滂 p'	茫 m	方 f	亡 v/w	當 t	湯 t'
囊 n	郎 l	藏 ts	倉 ts'	桑 s	章 tʂ	昌 tʂ'
商 ʂ	穰 ẓ	岡 k	康 k'	航 x	佚 ø	

葉先生認為，《正音咀華》的聲母系統與清代《李氏音鑒》（1810）之北京音相比，差別在於：「（1）保留微母，（2）精組尚未顎化，（3）見組洪細已有區別但尚未分家，且見組細音與精組細音保持區別。」[註2]

葉先生認為：「不只《正音咀華》保留憤母，《正音通俗表》也保留微母（同

〔註 1〕葉寶奎，《明清官話音系》，廈門大學出版社，2001 年，236 頁。
〔註 2〕葉寶奎，《明清官話音系》，廈門大學出版社，2001 年，234 頁。

時還保留疑母），」〔註3〕

　　《正音通俗表》中有「二十一字母」：翁、酤、耦、貴、姱、駕、獼、驂、鈔、轔、醲、坫、斑、蠻、縱、璨、婆、酆、岷、閔、拋。葉先生認為，這二十一字代表二十五個聲母，對於其中的微母，葉先生認為：「古微母字《通俗表》均讀 v。如『無武務物 vu，微尾未 vui，亡罔忘晚蔓 vuan，文吻問 vuən』等，有些字不是古微母，《通俗表》也讀 v：「威偎為危委位偽銳 vui，汪王 vuaŋ，灣完頑腕玩 vuan，溫穩 vuən 等。」〔註4〕

　　通過對一系列清代中後期官話課本的研究，我們發現葉先生的「保持尖團的區別以及微母疑母的保留，是清代中後期官話聲母系統與北京音的主要區別」這一論點大有可商榷之處。本文探討清代中後期官話課本中的微母問題。

二、清代中後期清人官話課本中的微母

　　這裡的清代後期官話教科書指的是清人學習官話的教科書。這些書盛行於嘉慶——同治年間，流傳下來的比較重要的有三位作者的官話教科書：南海高靜亭的《正音撮要》（1810）；長白莎彝尊的《正音咀華》（1853）、《正音切韻指掌》（1860）、《正音再華傍注》（1867）；閩縣潘逢禧的《正音通俗表》（1870）。葉寶奎先生認為，以上這些書，「雖然最早的比最晚的早六十年，但反映的語音卻是共通的」。〔註5〕本節主要討論這些教科書中的微母問題。

（一）《正音撮要》中的微母

　　《正音撮要》是目前能夠見到的最早教廣東人學習官話的課本，成書於1810年，作者是廣東人高靜亭。該書共分四卷，第一卷有論官話氣概、論官話先要正口音、上諭一道論閩廣正鄉音、論官話能通行、初學調口音、分四聲法、五音根本、分九音法、搜齊字典切字平仄俱全法、讀法、切字捷法、手談之法、土語同音官話異音、土話異音官話同音、習話定式、二十段等部分，第四卷是千字文同音匯注。從第一卷和第四卷的列字及注音中我們可以看到：《正音撮要》中沒有微母，微母字已經和喻母、疑母字一樣和影母字合流了。證據如下：

〔註3〕葉寶奎，《明清官話音系》，廈門大學出版社，2001 年，235 頁。
〔註4〕葉寶奎，《明清官話音系》，廈門大學出版社，2001 年，251 頁。
〔註5〕葉寶奎，《明清官話音系》，廈門大學出版社，2001 年，231 頁。

一、在第一卷「土話異音官音同音」部分有下列字組：

1 晚碗挽　　2 萬玩腕　　3 往罔枉　　4 無梧　　5 武五　　6 物兀　　7 王忘

　　第 1 組，「晚挽」，中古微母字，「碗」中古影母字，說明影微合流；第 2 組，「萬」，中古微母字，「玩」，中古疑母字，「腕」，中古影母字，說明微疑影合流；第 3 組，「往」，中古喻母字，「罔」，中古微母字，「枉」，中古影母字，說明喻微影合流；第 4 組、第 5 組和第 6 組是微疑合流，第 7 組是微喻合流。因此，我們可以得出結論：在《正音撮要》的官音系統中，微母已經和疑喻影等母字合流，根據語音演變的一般規律，它們在當時應讀為影母字。

　　二、在第四卷「正音千字文集類」中，來自中古微母的字和來自影喻疑母的字讀音相混，如（每字或字組後括號中的字為其中古聲母代表字）：

　　文紋蚊芠雯聞（微）：為（喻）門切；

　　問（微）汶（微）：為（喻）混切；

　　王（喻）忘亡（微）：為（喻）房切；

　　萬（微）玩（疑）腕（影）：為（喻）辦切；

　　五（疑）儛舞伍武鵡侮膴憮（微）午仵（疑）扜鄔（影）斌碔（微）：文（微）府切；

　　惟（喻）：入（喻）為字，文（微）眉切；

　　忘（微）：入王（喻）字，為（喻）房切；

　　罔（微）：入往（喻）字，為（喻）廣切；

　　無（微）吾（疑）吳（疑）梧蕪（微）：文（微）乎切；

　　外（疑）：吾（疑）賣切；

　　物勿（微）杌（疑）：文（微）讀切；

　　微：入為（喻）字，萬（微）培切；

　　勿：入物字，文（微）讀切，讀若務；

　　務（微）悟（疑）晤（疑）悞（疑）戊（明）寤鶩（微）霧（微）：文（微）故切；

　　晚（微）宛（影）琬畹碗挽（微）挽（微）盌（影）：文（微）管切；

　　紈芄汍（匣）翫（疑）完（匣）頑（疑）丸（匣）：文（微）凡切；

　　丸（匣）：入紈字，無（微）煩切。

從以上字組及其讀音可以看出，在《正音撮要》中，中古疑、微、影、喻母字已經完全合流了，因此，《正音撮要》所教的官話音中是沒有微母的。

（二）《正音咀華》中的微母

《正音咀華》（以下簡稱《咀華》），清莎彝尊撰，成書於咸豐三年（1853），是目前所能見到的清代幾本重要的「正音課本」之一，對研究清代學者的「正音觀念」以及清代官話語音基礎問題有著相當重要的價值，該書是教當時廣東人學習官話的正音課本，其體例在很大程度上承襲了《正音撮要》的體例。《咀華》卷首梁作楫序曰：「……邇來省會，蒸蒸日上，世人講求官話，預為將來出仕用，所在皆有。雖南北分腔，而語言則一。但教者苦無善法，故學者每至三五月仍未成熟，非其心不專，實其法不捷也。余丙申自京回，得見彝尊莎先生……，其出所為正音書共成五本，業經付梓行世，今閱十載，又欲由博反約，撮為三本，首切音千字文，次話頭，次別俗，學者誠手是書，考求數月，音韻既通，律呂幾徹……」。

我們現在看一下《正音咀華》中微母的問題。

莎彝尊在《正音咀華·凡例》第一欄列有「字音」八十字，茲抄錄如下：

牙音	喉音	舌尖音	重唇音	捲舌	頂齶音	齒縫音	輕唇
戞喀	哈阿	搭他納	巴葩麻	拉髯	渣叉沙	帀擦薩	發襪
歌坷	訶婀	德忒諾	波頗麼	勒熱	側測色	則城塞	科窩
基欺	希衣	低梯呢	蓖披彌	離兒	知癡詩	齎妻西	非微
姑枯	呼烏	都璪奴	逋鋪模	廬儒	朱初書	租粗蘇	夫無

對此，莎氏解釋說：「字音八十字，橫列為四行，分有句讀，第一行係大開口音，二行半開口音，三行合齒音，四行合唇音，首行如戞喀至發襪是也，余仿此。」

表面上看，輕唇音列有「發襪」兩組，「發」來自於中古的「非敷奉」三母，「襪」主要來自於中古的「微」母。研究過《正音咀華》或《正音切韻指掌》的前輩學者李新魁（1994）、岩田憲幸（1994）、馮蒸（1997）、耿振生（1998）、葉寶奎（2001）等都認為莎氏描寫的官話系統中還存在微母。

但是，《咀華》音系中微母只是一個虛設的聲母，在作者所教的官話的實際

上發音中，微母已經和影母合流了。〔註6〕

（三）《正音通俗表》中的微母

　　《正音通俗表》，閩縣潘逢禧著，是一部教福建人學習官話的正音書，「是書論正音，非論音韻也。」（見凡例）「吾閩方言雖與正音迥別，然細心研究，不過三數月間，無不逼肖者，……學之既熟，不獨讀書不致貽誤，而且宦遊服賈，不致語言不習，致受欺蒙。」潘氏為《正音通俗表》列了「正音七音凡二十一母」，這二十一母是「閟抛岷酆婆坫斑醹轔猻璨驕鈔㺉駕貴姱耦酣翁」，其中「婆」是微母。研究過《正音通俗表》的學者侯精一、葉寶奎先生也都為《通俗表》擬出了〔v〕母。

　　潘氏所列的二十一母從字面上看不僅有微母，還有疑母，既然《通俗表》是和《正音咀華》同時期的教人學習官話的課本，那麼他們所教的官話的音系應該是一致的。《正音撮要》中沒有微母，《正音咀華》中作者雖然列出「襪」母，但事實上在當時的語音系統中已沒有微母。在《正音通俗表》描述的官話的實際發音中應該也沒有微母，但是，作者不僅設立一個微母，還比《咀華》多設立了一個疑母，下面我們來看一下《正音通俗表》中的材料。

　　作者在「論二十一母」下面的「考正」中講到：「是書既為通俗，則不能概述從元音，如翁耦二母久已相併，耦母所剩不過數字，以有此一音，不得不立一母耳，且多混於駕婆，……茲表中皆為移並而加圈附於本音之後……」。

　　從潘氏「翁耦二母久已相併，且多混於駕婆」的論述中我們得知，在他所描述的語音系統中，疑母早已併入影母，微母、日母的部分字也讀如影母，潘氏已經闡明設立「耦」母的原因：「耦母所剩不過數字，以有此一音，不得不立一母耳。」至於他為何立「婆」母，他並沒有解釋，但是我們可以從其對耦母的解釋中得到啟發。另外，從《通俗表》正文的列字中，我們也可以發現影微疑合流的證據。

　　對於在現實語音中已經合併的音，潘氏的處理方式是：「茲表中皆為移並而加圈附於本音之後。」這樣，在一個框架之中可以安排下作者為了存古，為了使他的正音書能夠「宜古宜今」而定的語音系統。

　　《正音通俗表》中婆母下有字的有：

〔註6〕詳見彭靜，《論〈正音咀華〉的聲母系統》，《中國學論叢》第33輯，27～39頁。

①川部：娎：○（陽）汪尪（陽）亡鋩莣望忘本　○（陽）王（養）網罔魍輞惘　○（養）枉往（漾）妄望忘　○（漾）旺迋王　○（寒）剜智（刪）灣彎○（寒）完丸紈汍芄雈洹　○（寒）刓岏豲（刪）頑蹣鋄

②花部：娎：（月）襪

③鋪部：娎：（虞）無毋巫蕪誣憮（麌）武舞侮嫵鵡甒膴廡（遇）務婺騖霧鶩（物）物芴沕岉勿

④煙部：娎：（豔）葼

⑤昏部：娎：○（元）溫轀縕薀瑥（元）文紋雯蟁閺鳼聞（吻）吻刎抆　○（阮）隱（問）問璺汶絻紊抆聞　○（問）慍

從以上所列字我們可以看出，娎母字除了花部的「（月）襪」、鋪部的「（虞）無毋巫蕪誣憮（麌）武舞侮嫵鵡甒膴廡（遇）務婺騖霧鶩（物）物芴沕岉勿」、煙部的「葼」之外全部加了圈。對於前面加圈的這些字，作者已經作了解釋，即因這些字「久已相併」，或「多混」，所以「茲表中皆為移並而加圈附於本音之後，這樣學習者在讀書的時候，就可以明白這些字與其「本音」的讀法已不再相同。根據「翁耦二母久已相併，且多混於駕娎」我們可以得出結論：在《正音通俗表》所教的官話中，娎母后這些加圈的字和翁耦二母聲母的讀音是相同的，它們也讀為影母字了。至於那些沒有加圈的少數字，我們也並不能說它們就一定讀成微母，因為這和作者對語音的感覺有很大關係，或許在作者所接觸的人群中，有些還保存著微母的讀法。因為有這種發音，所以作者不得不立了微母。

葉寶奎先生認為，古微母字《通俗表》均讀 v。（如「無武務物 vu，微尾未 vui，亡罔忘晚蔓 vuan，文吻問 vuən」等）有些字不是古微母，《通俗表》也讀 v（如「威偎為危委位偽銳 vui，汪王 vuaŋ，灣完頑腕玩 vuan，溫穩 vuən」等）但是，從《通俗表》的安排看，這些字都已讀零聲母了。

三、清代中後期西方傳教士官話課本中的微母

清代中後期傳教士編撰的漢語官話課本是我們研究清代官話的非常重要的文獻。這些課本由傳教士、外交官和海關人員以漢英雙語撰寫，以供當時在華的外國人學習漢語官話之用。比較著名的有馬禮遜（Robert Morrison）的《通用漢言之法》（A Grammar of the Chinese Language）（1815）、艾約瑟（Joseph

Edkins）的《官話口語語法》（A Grammar of the Chinese Colloquial Language, Commonly Called the Mandarin Dialect）、威妥瑪（Thomas Francis Wade）的《尋津錄》（1859）、《語言自邇集》（1867）以及鍾秀芝（Adam Grainger）的《西部官話》和何美齡（K.Hemeling）的《南京官話》等。這些教材編寫於 19 世紀初至 19 世紀末，反映了清代中後期官話音的面貌。

（一）Robert Morrison 的官話課本中的微母

馬禮遜（Robert Morrison）是英國派赴中國的第一個傳教士，1807 年到中國，在華 25 年，著有《通用漢言之法》（A Grammar of the Chinese Language, 1815 年）、《漢語對話摘錄（帶英譯）》（Dialogues and detached sentences in the Chinese Language with a free translation in English（1816）、《五車韻府》（Dictionary in the Chinese Language，1820 年）等。

在 1815 年編著的《通用漢言之法》（A Grammar of the Chinese Language,）中，漢語官話中好像還有微母。在向西方人介紹漢語的聲母時，Morrison 以聲母為序，把同聲母的字排在一起，在「17wa」下面有下列字：

對這些標音，作者解釋說：「The pronunciation is thrice given；first the English, and second the Portuguese of the Mandarin Tongue, and third the Canton dialect.」（每字給出三個標音：第一個是英語發音，第二個是官話發音，第三個是廣東方言發音。）

可以看到，在馬禮遜的感覺中，這些字聲母是相同的（否則他不可能把它們排列在同一聲母之下），但是他把微母字的官話音聲母注為「v」，把疑母字的官話音聲母注為「Ng」，說明其對官話的注音完全是受韻書的影響所致，這一點在他教學生練習漢語聲調時表現得最為明顯。在努力解釋了漢語的「平上去入」四聲後，Morriosn 列出了一些字組來幫助學生練習漢語聲調，其中中古入聲字是和陽聲韻字排列在一起的，如：

Yīng 英	Yìng 影	Yíng 應	Yě 益
Siēn 先	Sièn 蘚	Sién 線	Sié 屑
Tūng 東	Tùng 董	Túng 凍	Tǒ 篤
Yuēn 鴛	Yuèn 婉	Yuén 怨	Yě 乙

Morrison 解釋說:「In looking over this Table, the Remark made above will be apparent, viz. that those syllables only which terminate in n, or ng have the short tone.」(仔細查看這張表,以上所說的話就很清楚了,即只有以 n 或 ng 結尾的音節才有入聲)

這句話說明他對當時的漢語發音只知其然,而不知其所以然,入配陽的格局說明入聲字的-p、-t、-k 尾還沒有消失,而 Morrison 對入聲字的注音說明這些字根本沒有-p、-t、-k 尾了,在 19 世紀初的漢語官話裏,不會出現入配陽的格局,這也說明他給漢字注音時根據的是傳統韻書裏的音,而非現實生活中的官話音。微母的情況與此相似,現實的官話發音中應該沒有微母了,在此書正文中出現的中古微母字聲母的標音和疑、影、喻母字聲母的標音如下:

未 wé	勿物 voě	務 woó,vú	違 weî
尾 we	為 weî	玩 von	晚 wàn
問 wán	完 wón,wôn	文 wân	無 Voǒ Voó Voô
往 wàng	萬萬 wán	物毋 voǒ,voó	圍 weî
外 wué			

標音的混亂說明 Morrison 耳中聽到的微母字的發音和書中學到的微母字的發音是不同的,耳中聽到的音已變成的零聲母,但書中學到的音使他為微母字注出了已經消失的發音。

在 1816 年 Morrison 編寫的「Dialogues and detached sentences in the Chinese Language with a free translation in English」中,來源於中古微疑影喻的字聲母都讀成 w,如:

違 wei	問 wǎn	為 wei	往 wang
未 we	惟 wei	未 we	悞 woo
我 wo	忘 wang	唔 woo	文 wǎn
吾 woo	聞 wǎn	無 woo	違 wei
灣 wan	圍 wei	務 woo	完 wan

五 woo	亡 wang	王 wang	午 woo
物 wǔh	往 wang	慰 wei	萬 wǎn，wan
物 wǔh，wùh	微 wei，we	問 wǎn，wan	晚 wan，wǎn
望 wang，wǎng			

Morrison 在書中曾經說過自己描寫的是當時南京官話的發音（實際上是南京官話音與韻書中的音的結合），但不管在是當時的南京官話中還是當時的北京官話中，微母應該都已經消失了。

（二）Joseph Edkins 的官話課本中的微母

Joseph Edkins（艾約瑟）是倫敦會（London Missionary Society）的傳教士，1848 年被該會派往中國傳教，是 19 世紀著名的漢學家，他一生積極研究中國的官話和方言 。艾約瑟有兩部非常重要的著作：《官話口語語法》（A Grammar of the Chinese Colloquial Language, Commonly Called the Mandarin Dialect，1864 年）和《官話課本》（Progressive Lessons in the Chinese Spoken Language，1864 年），這兩本著作對研究近代官話音系有重要的參考價值。

在 1864 年編著的《官話口語語法》（A Grammar of the Chinese Colloquial Language Commonly called the MANDARIN Dialect）第四章「聲母」（Chapter iv On Initials）中，Edkins 談到微母字的發音問題：

But on the other hand while 王 wang and 亡 vang，吳 wu and 無 vu. etc differ in orthography according to the spelling of the monuments, they would in the work in question be all spelt with 'w', which is the more recent pronunciation. [註7]

（但是另一方面，雖然王 wang 和亡 vang，吳 wu 和無 vu 等字根據漢語經典著作中的發音的拼字法都不相同，但是在這本有爭議的書中都被拼作「w」，這是較近時間的發音。）

這句話說明當時的漢語經典著作中對微母字的注音和現實生活中微母字的發音是不同的，在經典著作中微母字（亡、無）和喻母字（王）、疑母字（吳）的注音是不同的，但在現實生活中它們都發成零聲母，作者這本書中是根據現實生活中的發音來為微母字注音的。

在另一本官話書《官話課本》（Progressive Lessons in the Chinese Spoken

〔註 7〕Joseph Edkins, "A Grammar of the Chinese Colloquial Language Commonly Called the Mandarin Dialcet", Shanghai: Presbyterian Mission Press, 1864, 2 nd Edition, 41 頁。

Language）中，Edkins 把漢語的五聲調系統描述如下〔註8〕：

Tone class.	Chinese name.	Examples.
First tone.	上平 shang p'ing	烏 ,wu
Second tone.	上聲 shang sheng	五 'wu
Third tone.	去聲 c'hù sheng	務 wu'
Fourth tone.	入聲 juh sheng	屋 wuh
Fifth tone.	下平 hia p'ing	無 .wu

上表中的五個例字是同聲同韻但不同調的，其中，「烏」「屋」是影母字，「五」是疑母字，「務」「無」是微母字，說明微母字已和影、疑等母字一樣，發成零聲母了。

（三）衛三畏（Samuel Wells Williams）的官話課本中的微母

衛三畏是美國長老會（American Presbyterian Mission Press, North）的傳教士，1832 年抵達廣州，協助裨治文編輯《中國叢報》（Chinese Repository）。衛三畏所著的《漢英韻府》（A Syllable Dictionary of the Chinese Language，1889年）成為當時來華的傳教士和商人必讀之書。此書的字音是參照《五方元音》音系和通行於揚子江北部各省的北方方言拼寫而成，有助於我們瞭解當時的北方官話。該書有 20 個聲母，無微母，其中對微母字和對影、疑、喻等母字聲母的注音是一樣的：

蛙 wa	襪 wah	歪 wai	灣 wan
文 wen	王 wang	翁 weng	威 wei
未 wi	窩 wo	蠖 who	烏 wu

（四）威妥瑪（Thomas Francis Wade）的官話課本中的微母

威妥瑪（Thomas Francis Wade）（1818～1895），英國外交官、著名漢學家，從 1841 年起在英國駐華使館任職，1871 年升為英國駐華公使，1883 年回國，曾在中國生活四十餘年，在華期間先後編寫了漢語課本《尋津錄》（Hsin Ching Lu, Book of Experiments, Being the First of A Series of Contributions to the Study of Chinese）（1859）和《語言自邇集》（Yü-yen Tzŭ-erh Chi A Progressive Course

---

〔註8〕Joseph Edkins, "Progressive Lessons in the Chinese Spoken Language", Shanghai: Presbyterian Mission Press, 1864, v 頁。

Designed to Assist the Student of Colloquial Chinese, As Spoken in the Capital and the Metropolitan Department）（1867），這兩本課本描寫的都是當時的北京官話，其中沒有 V 聲母，在《語言自邇集》音節表「（「Sound Table，or List of Syllables）中，聲母 W 下的字有」wa 瓦「」「wai 外」「wan 完」「wang 往」「wei 為」「wen 文」「weng 翁」「wo 我」「wu 武」等九個字，其中「瓦、翁」是影母字，「外、我」是疑母字，「完、往、為」是喻母字，「文、武」是微母字，對於聲母「W」的發音，作者解釋說：「w，as in English；but very faint before u，if indeed it exist at all.」（w，像英語中的發音，但在 u 前很微弱，實際上根本不存在。）這說明在當時的北京官話中，疑微影喻等聲母已經合流為零聲母了。

（五）《西蜀方言》和《南京官話》中的微母

鍾秀芝（Adam Grainger）1900 年編著的《西蜀方言》（Western Mandarin，or Spoken Language of Western China）是一本描寫以成都為中心的西部官話的字典，其中中古微母字「務」u、疑母字「午」u「危」ue 等均讀零聲母。

何美齡（K. Hemeling）1902 年編著的《南京官話》（The Nanking Kuan Hua，）是一部拼寫南京官話的字典，供海關工作人員學習南京官話，此書對我們瞭解南京官話的音系有重要的參考價值，其中有聲母 21 個，「挖歪王文」都是零聲母。

四、討　論

王力先生在《漢語史稿》（1980）中談到過微母的演變過程：「微母本來是唇音之列的。在《切韻》時代，它是明母的一部分，讀 m；到了唐末宋初，明母分化了，除了東韻三等字之外，它的合口三等字變為唇齒音 ɱ（mv）。ɱ 的發音方法與 m 相同，但是發音部位和 v 相同，於是在北方話裏逐漸變為一個 v。這個 v 從十四世紀《中音原韻》時代起，一直保持到十七世紀，然後再變為半元音 w，最後變為元音 u（韻頭或全韻）。它是到了這個階段，才和喻疑合流了的。」〔註9〕孫建元（1990）綜合考察了《四聲通解》、《翻譯老乞大·朴通事》、《四聲通考》中譯寫漢語字音的諺文材料，論證中古影、喻、疑、微諸紐在北京音系裏全面合流的年代至遲不晚於明代中葉。金基石（2000）以朝

〔註 9〕王力，《漢語史稿》，中華書局，1980 年，131 頁。

鮮文獻中的諺文對音為根據，探討中古微母字在近代的演變過程，指出《洪武正韻譯訓》（1455）到《四聲通解》（1517）時期是微母從半元音向零聲母演變的過渡期。在明代晚期徐孝的《重訂司馬溫公等韻圖經》（1602）中，微母的「問」、「文」和影母的「溫」、「穩」列為同韻同聲母；徐孝又說：「吳、無、晚、玩、悟、勿之類，母雖二三，音實為一味，不當分別而分別也，……今並於影母領率。」〔註10〕此時微母已經完全併入了影母。

既然微母至遲在十七世紀初就已經消失了，在十九世紀的清代官話中，是不可能有微母的存在的。〔註11〕從以上材料中我們可以看到，清代中後期漢語官話學習材料中，不僅反映北京官話的課本中沒有微母，在反映南京官話和成都官話的課本中微母也是不存在的，因此葉寶奎先生的結論「保持尖團的區別以及微母疑母的保留，是清代中後期官話聲母系統與北京音的主要區別」也就失去了一個重要的立論基礎。（尖團音和疑母的問題我們將會另文討論）。其實，葉寶奎先生用以討論清代後期官話語音的西方傳教士資料羅馬字《官話新約全書》中也是沒有微母的。

葉先生總結說：「在清代記錄官話音（正音）的語音材料中，就聲母系統而言，內部的差異主要在於微、疑兩母的保存與否。取消微疑者側重時音，較多地考慮北音的影響。保留微疑者側重傳統讀音，不遽變古的觀念較為明顯。……而微母、疑母的保留也說明了官話音的語音基礎是傳統的讀書音而不是北京音。」〔註12〕

仔細品味葉先生的這段話，可以發現幾個問題：一、記錄清代官話音的語音材料所反映的聲母系統為什麼有這樣的內部差異？既然有差異，就應該詳細地分析材料，找出差異的真正原因，而不能用簡單的「側重時音」或「側重傳統讀音」來解釋。二、「取消微疑者」反映的是當時真正的官話音，葉先生

〔註10〕向熹，《簡明漢語史》（修訂版），商務印書館，2010 年，335 頁。

〔註11〕這樣論證需要有一個前提：「清代漢語官話標準音就是北京音」。在上世紀八十年代之前，明清漢語官話標準音是北京音的觀點一直是學術界的主流觀點，但 1985 年魯國堯先生提出明代官話標準音是南京音的觀點，後來又繼而提出清代官話標準音也是南京音的觀點之後，這一主流觀點受到了衝擊。近幾年極少有學者明確說明清代官話標準語就是北京音。從清代中後期清人學習官話的課本及西方傳教士學習官話的課本反映的情況來看，雍正、乾隆時期清政府在全國推廣的官話標準語就是北京官話音，雖然當時有南京官話、成都官話等的存在，但它們都不是清政府在全國推廣的官話音。由於篇幅所限，本文不再展開討論。

〔註12〕葉寶奎，《明清官話音系》，廈門大學出版社，2001 年，235 頁。

卻把它解釋成「較多地考慮北音的影響」。三、「保留微疑者」是一種守舊的做法，但葉先生卻他它當做當時現實的官話音。現實的官話音中微母根本是不存在的。四、葉先生的這種說法是自相矛盾的：從表述上看，「時音」指的是當時的北音，「傳統讀書音」不是「時音」。但是，如果傳統讀書音不是時音，而只是一種念上的東西，它又如何能在當時通行於全國，成為當時大家口中的官話標準音呢？因此葉先生的清代官話音「既不是北音，也不是南音，而是近代變化了的傳統讀書音」的觀點是值得商榷的。

　　既然微母已經消失了，為什麼在清代中後期的官話課本中表面上還要保留微母呢？我們認為，這和清人的語音觀念有很大的關係，就像在清代的北京官話中，入聲早已消失了，但很多人觀念上仍然堅持入聲的存在，在讀書時應要把入聲讀出來一樣，一些學者在觀念上還堅持微母的存在，讀書時硬是要讀出一個微母，但是，當他說話的時候，口中發出的應該不是微母，而是零聲母。這也引起了一些西方傳教士編寫的官話課本中對微母字標音上的混亂，因為他們的中國老師告訴他們那是微母，他們在詞典中看到的也是微母，但是他們耳中聽到的卻是零聲母。我們討論的官話音是用來交流的口語音而不是讀書音，在清代的官話口語音中，微母是不存在的。

五、結　語

　　微母問題是研究近代漢語官話音時必須要研究的一個問題，對研究材料中微母性質的甄別、判定直接影響著官話音系性質結論的得出。對清人學習官話的教科書要進行全面深入的剖析，因為其中陳列於表面的語音現象是帶有欺騙性的，直接拿來作為證據常常是比較危險的。清代官話音還存在微母的認識是葉寶奎先生清代官話「變化了的傳統讀書音說」的一個立論基礎，但仔細分析葉先生所使用的研究材料中的微母問題，參照西方傳教士編寫的漢語官話課本中反映的微母字的情況，可以發現一些官話課本中的微母反映的並不一定是當時官話的實際讀音，如果僅憑書中所記錄的微母字的讀音去判斷清代官話標準音中仍有微母的存在，那麼以之為基礎得出的結論則很可能是片面的。

六、參考文獻

1. 馮蒸，《漢語音韻學論文集》，北京：首都師範大學出版社，1997 年。

2. 耿振生，《明清等韻學通論》，北京：語文出版社，1998 年。

3. 侯精一，〈百年前廣東人學「官話」手冊《正音咀華》〉，《語文建設》第 12 期，1962 年。

4. 侯精一，〈清人正音書三種〉，《中國語文》第 2 期，1980 年。

5. 金基石，〈朝鮮對音文獻中的微母字〉，《語言研究》第 2 期，2000 年。

6. 李新魁，《李新魁語言學論集》，北京：中華書局，1994 年。

7. 莎彝尊，《朱注正音咀華》，塵談軒校訂，原板在天平街維經堂發兌，1853 年。

8. 孫建元，〈中古影、喻、疑、微諸紐在北京音系裏全面合流的年代〉，《廣西師範大學學報（哲學社會科學版)》第 3 期，1990 年。

9. 岩田憲幸，〈清代後期的官話音〉，日本京都大學人文科學研究所研究報告《中國語史的資料和方法》，1994 年。

10. 楊文信，〈試論雍正、乾隆年間廣東的「正音運動」及其影響〉，第七屆國際粵方言研討會論文集，2000 年。

11. 葉寶奎，明清官話音系〔M〕·廈門：廈門大學出版社，2001 年。

12. 王力，《漢語史稿》，北京：中華書局，1980 年。

13. 向熹，《簡明漢語史》（修訂版），北京：商務印書館，2010 年，335 頁。

14. Grainger, Adam. Western Mandarin or the Spoken Language of West China. Shanghai: American Presbyterian Mission Press.1900.

15. Hemeling, K. Karl. The Nanking Kuan Hua. Shanghai:the German Printing and Publishing House. 1902.

16. Joseph, Edkins, A Grammar of the Chinese Colloquial Language Commonly Called the Mandarin Dialect., 2nd Edition. Shanghai: Presbyterian Mission Press. 1864.

17. Joseph,Edkins, Progressive Lessons In the Chinese Spoken Language. 2nd Edition. Shanghai: Presbyterian Mission Press.1864.

18. K.Hemeling, The Nanking Kuan Hua ,Published by Order of the Inspector Genera lo f Custom,Shanghai: Printed at the German Printing and Publishing House,1902.

19. Robert, Morrison, A Grammar of the Chinese Language,Serampore:Printed at the Mission-Press. 1815.

20. Robert, Morrison,Dialogues and detached sentences in the Chinese Language with a free translation in English. Macao:Printed at the Honorable East India Company's Press,by P.P. Thoms, 1816.

21. Thomas Francis Wade,Hsin Ching Lu,Book of Experiments,Being the First of A Series of Contributions to the Study of Chinese. Hongkong: Printed at the Office of the "China Hail",1859.

22. Thomas Francis Wade,Yü-yen Tzŭ-erh Chi A Progressive Course Designed to Assist the Student of Colloquial Chinese, As Spoken in the Capital and the Metropolitan Department; with Key, Syllabary, and Writing Exercises. London:Trübner & Co, 60,

Paternoster Row, 1867.

23. Williams, Samuel Wells. A Syllabic Dictionary of the Chinese Language. By a Committee ofthe North China Mission of the American Board. Tung Chou: The North China Union College. 1909.

淺議清代後期漢語官話課本中「兒系列字」的讀音問題

一、緒　論

　　清代漢語官話課本盛行於清嘉慶——同治年間，流傳下來的比較重要的有三位作者的官話教科書：南海高靜亭的《正音撮要》（1810）；長白莎彝尊的《正音咀華》（1853）、《正音切韻指掌》（1860）、《正音再華傍注》（1867）；閩縣潘逢禧的《正音通俗表》（1870）。葉寶奎先生認為，以上這些書，「雖然最早的比最晚的早六十年，但反映的語音卻是共通的。」[註1]

　　「兒系列字」指的是中古日母止攝開口三等字，包括《中原音韻》支思部所收的平聲陽——兒、而、洏；上聲——爾、邇、耳、餌、珥、駬；去聲——二、貳、餌。李思敬先生把這些字總稱為「兒系列字」[註2]。

　　葉寶奎先生在《明清官話音系》（2001）一書中曾以《正音咀華》和《正音通俗表》為例來討論清代後期官話音，在介紹了《正音咀華》的音系後，他把《正音咀華》音系跟北京音做了對比，認為：「《正音咀華》音系與北京音相比，聲韻調諸方面均有較為明顯的差異。」[註3]其中，韻母系統方面有兩點

〔註1〕葉寶奎，《明清官話音系》，廈門：廈門大學出版社，2001年，230頁。
〔註2〕李思敬，《漢語兒〔ɚ〕音史研究》，北京：商務印書館，1986年，1頁。
〔註3〕葉寶奎，《明清官話音系》，廈門：廈門大學出版社，2001年，240頁。

差異：「（1）北京音的入聲韻早已跟相應的陰聲韻混同，《咀華》音系仍保持入配陰的格局，保留一套入聲韻。（2）中古止攝開口三等韻（日母）北京音已是〔ɚ〕韻，《咀華》讀作〔zʅ〕。」〔註4〕在比較了《正音咀華》音系與北京音的區別後，葉先生總結說，清代漢語官話標準音既不是北音，也不是南音，而是「近代變化了的北方話的傳統讀書音」〔註5〕，2008年葉先生又在《古漢語研究》上發文重申這一觀點。〔註6〕本文根據《正音咀華》本身的語音和詞彙現象，同時參考時代相近的《正音撮要》、《正音通俗表》以及西方傳教士所編的官話課中的記錄，來探討清代中後期官話課本中「兒系列字」（即日母止攝開口三等字）的讀音問題。

二、清人官話課本中的「兒系列字」的讀音問題

（一）《正音咀華》中的「兒系列字」

《正音咀華》（以下簡稱《咀華》），清莎彝尊撰，成書於咸豐三年（1853），是目前所能見到的清代幾本重要的「正音課本」之一，對研究清代學者的「正音觀念」以及清代官話語音基礎問題有著相當重要的價值，該書是教當時廣東人學習官話的正音課本，其體例在很大程度上承襲了廣東人高靜亭編的《正音撮要》的體例。葉寶奎先生詳細討論過《咀華》的語音系統，討論過《咀華》中的中古日母止攝三等字的讀音問題，為了和業先生的結論作比較，這裡先討論《咀華》中的日母止攝開口三等字（即「兒系列字」）。

在《咀華》中，莎彝尊把官話的韻母定為三十五韻，《咀華·音韻》第二欄」列的「字韻」三十五字即莎氏整理出來的韻母代表字，他們都是零聲母平聲字，現抄錄如下：

字韻：

俠　安　灣　汪　央　淵　煙　阿　唉　歪　厓　哇　爊　夭　呀　喇

輷　　　英　　　妸　　　　窩　　　爺

翁　恩　溫　宏　雍　齋　因　衣　餒　煨　曳　烏　歐　幽　於　胒

這三十五字是《咀華》韻母系統的基礎，在這三十五韻中沒有一個獨立的

〔註4〕葉寶奎，《明清官話音系》，廈門：廈門大學出版社，2001年，240頁。

〔註5〕葉寶奎，《明清官話音系》，廈門：廈門大學出版社，2001年，241頁。

〔註6〕詳見葉寶奎「也談近代官話的標準音」，《古漢語研究》(4)，2008年，54頁～60頁。

「兒」韻，《咀華》中的古日母止攝開口三等字，即「兒耳二」等字全部歸在「衣」韻中，用「衣」韻字作反切下字。

如《咀華》卷一「千字文同音匯注」中，「邇」字下有「耳聑洱呬珥䤥餌爾」等字，注音為「兒紀切，捲舌」；「而」字下有「兒渧柄輀」四字，注音為「髵衣切，捲舌」；「兒」字下注「入而字」，注音為「髵衣切，捲舌」；「耳」下注「入邇字」，注音為「髵紀切，捲舌」，「二」字下有「貳樲」二字，注音為「髵異切，捲舌」。

以上注音中「捲舌」是對聲母來講的，「兒」類字的聲母是日母，在《咀華》中，日母和來母都是「捲舌」，莎氏注曰「用舌頭微微卷上讀」，在字音八十字中，「兒」字被排在日母「捲舌」音下，與「髵、惹、儒」三字排在一起。「拉勒離盧」和「髵熱兒儒」都是「捲舌」音，所以「兒系列字」在《咀華》中表面上看起來是葉寶奎先生所擬的 [ʐ̩] 音。

但是，這個發音並非當時「兒」類字在官話中的實際發音，從《咀華》的朱注〔註7〕中筆者發現了這一點。

《咀華》「音注」部分對「幽」字的注音是「兒招切」，作為影母字「幽」的切上字，「兒」在這裡只能是一個零聲母字；「土同正異」部分有下列幾組字（括號中為莎氏的朱筆注音）：「宜（土衣）兒（捲舌）」、「以（土）耳（官二）」、「義（土）二（捲舌）」，「宜以義」和「兒耳二」相對，「兒耳二」都標明「捲舌」，能說明兩個問題：一、「兒耳二」讀為零聲母；二、「兒耳二」讀為捲舌音。在《朱注正音咀華》卷二及續編部分的紅筆注音中，「耳：官二」、「洱：官二」「曰：二」，即「耳洱」官話音讀「二」，而「日」讀如粵語的「二」，二者的讀音是不同的。因此我們認為，在《咀華》音系中，「兒耳二」等字的發音應為捲舌音「[ɚ]」。

另外，談到「兒系列字」，就自然讓人聯想到兒化韻的問題。現代漢語官話方言中有大量的兒化韻，作為教清人學習漢語官話的課本，《咀華》中有沒有兒化韻呢？帶著這個問題，筆者仔細閱讀了《咀華》的詞彙及話章部分，發現《咀華》中有大量的兒化韻。

〔註7〕朱注是莎氏在一些字旁邊用朱筆所作的注音，對於這些朱注，莎氏在卷一中解釋說：「以上四聲字傍注有『官』字者是用官話讀，傍注有『土』字者是用土話讀，傍注有兩個字者是用合切讀，傍注有『開』字者是用開口讀，傍注有『合』字者是用合唇讀，傍注有一個字者是與土音同讀。」

從詞類角度看,《咀華》中的兒化韻有名詞被兒化的,有動詞被兒化的,有形容詞被兒化的,有數詞、量詞或數量短語被兒化的,也有副詞被兒化的,具體例證如下:

名詞被兒化:小麼兒(未成丁年輕人)[註8]、人兒(公仔)、是他總麻侄兒、大夥兒迁(大眾去遊)、要大夥兒同樂、一個雞兒、送只鵝兒來、臉對著臉兒、炕頭兒、在道兒上、這幾句話兒、聽見有賦琴的聲兒、忍著性兒、片兒湯(麥片湯)、角罅兒、敞胡衕兒裏頭、同在一條胡衕兒住、沒什麼法兒、一點法兒都沒有、鬧雁兒孤(脾氣如孤雁無人賠)、爺兒幾個(幾父子)、爺兒兩個(兩父子)、娘兒幾個(母女幾個)、娘兒三個(母女三人)、哥兒幾個(幾弟兄)、姐兒幾個(姊妹幾個)、姐兒五個(五姊妹)、爺兒們(眾父子)、哥兒們(眾兄弟)、姐兒們(眾姐妹)、都要照樣兒做、這樣兒、像蟲蟮的樣兒、那個討人嫌的樣兒、這會兒(如今)、停一會兒(等一陣)、躺一會兒、耽擱到這會兒、有一天兒、這幾天兒、今兒、昨兒

代詞被兒化:到他那兒道謝、站在那兒、這是那兒的話呢

動詞或動詞短語被兒化:玩兒、打個盹兒(略困一陣)、打膈兒(打思噎)、獻勤兒(獻媚)、見面兒、拐彎兒(轉彎行)走、傳傳話兒、出門去遊玩兒、解解悶兒

形容詞被兒化:要從小兒教導、燉得爛爛兒的

數詞、量詞或數量短語被兒化:切開四瓣兒(鈒開四索)、荒唐些兒、拿出些兒來巴結房差、你若怠慢些兒、一瓢兒這麼點的水、當時眾百姓們還嫌它小得一點兒呢、一點兒都沒有求人的去處了、一步兒就跳下車來

副詞被兒化:一塊兒去做官、譜譜兒記得井邊上那株李子樹

王力(1980)、潘允中(1982)都曾描述過「兒尾」的發展變化情況。王力先生認為,「兒」的本義是指小兒。(《說文》:「兒,孺子也」)。凡未脫離小兒的實際意義的都不能認為是詞尾,有些「兒」字雖不用本意,但是表示舊社會所謂下等人(如「侍兒」)或不道德的人(如「偷兒」),也不算詞尾。「兒」字的用為詞尾,是從「小兒」的意義發展來的,可能開始時用為小字(小名)的詞尾。鳥獸蟲類也用「兒」字,指初生者的不是詞尾,不指初生者的才是詞

尾。無生命的東西,無所謂初生者,「兒」字的詞尾性就非常明顯了。如「小車兒」(邵雍詩)、「船兒」(梅堯臣詩)、「唇兒」(蘇軾詩)、「葫蘆兒」(東京夢華錄)等。如果做一個比較謹慎的說法,應該說詞尾「兒」字是從唐代才開始產生的。名詞「兒化」的情形也比較後起,名詞「兒化」以後,韻母在一定條件下受兒化的影響,例如「盤兒」變為 [pʻar],「小孩兒」變為 [xiau xar]。〔註9〕潘允中先生認為,在漢魏六朝的時候,「兒」經常接在名詞(或名化詞)後面,已經不光是表示小稱,而是有詞尾性質了。到了唐代以後,『兒「做詞尾的逐漸普遍起來,在宋元明平話小說裏,名詞詞尾」兒「用得很普遍。《水滸全傳》裏,還出現了數量值的」些兒「」一塊兒「。〔註10〕「李立成先生指出,金元以後,「兒」還可以用在量詞後,這是名詞詞尾的引申用法。例如「一壺兒酒」、「一枝兒花」、「幾扇兒紙屏風」、「幾軸兒水墨畫」(《董西廂》)、「側一會兒身」、「吃一口兒食」(關漢卿《西蜀夢》)、「一班兒閒漢」、「不曾有半些兒差池」(《水滸傳》)等。元雜劇中有些兒尾詞用作狀語,開始脫離名詞的範疇。例如:開懷的飲數杯,盡心兒笑一夜。(《單刀會》四),到了《金瓶梅》中,「兒」可以直接用在迭音動詞或形容詞後面作狀語或謂語,這種用法完全改變了它的名詞詞尾的性質。〔註11〕

從《咀華》中對兒化詞的記錄可以看出,當時官話中的兒化韻大量存在,《咀華》中不僅有名詞被兒化的,也有動詞、形容詞被兒化的,更有副詞、數詞、量詞或數量短語被兒化。既然「兒」化韻在明代以前就大量存在,成書於清代後期的官話書《咀華》的兒化韻中的「兒」肯定不是一個獨立的音節,而只是一個捲舌動作而已。因此《咀華》中的「兒系列字」(即中古日母止攝開口三等字)的音值不可能還是 [ʐ]。

我們再來看一下其他官話課本中的「兒」類字的讀音問題。

(二)《正音撮要》中的「兒系列字」

《正音撮要》(以下簡稱《撮要》)是目前能夠見到的最早的官話課本,成書於1810年,作者是廣東人高靜亭。《撮要》卷首「正音集句序」中有這樣一段話:「正音者,俗所謂官話也。……語音不但南北相殊,即同郡亦各有別。故

〔註9〕詳見王力,《漢語史稿》,北京:中華書局,1980年,227~229頁。
〔註10〕詳見潘允中,《漢語語法史概要》,鄭州:中州書畫社,1982年,36~37頁。
〔註11〕詳見李立成,《兒化性質新探》,《杭州大學學報》,(3),1994年,108~115頁。

驅逐語音者一縣之中以縣城為則，一府之中以府城為則，一省之中以省城為則，而天下之內又以皇都為則。故凡縉紳之家及官常出色者，無不趨仰京話，則京話為官話之道岸。」這裡的「京話」明顯是指北京話。

在《撮要》中「二、而」被歸到「喉舌並用音」之下。除這兩個字之外，喉舌並用音還有「安、愛、傲、惹、熱、車、而、二、捱、厄、舍、舌、這、折」等字，這些字或是零聲母字，或是日母字，或是捲舌的正齒音字。

在「土話同音官話異音」中有「義二」、「議耳」、「宜兒」等組字，說明在當時的官話中。「義」與「二」，「議」與「耳」，「宜」與「兒」的發音是不同的。這裡區別是聲母還是韻母？我們認為，這裡區別的是韻母而不是聲母。在「千字文同音匯注」中，「邇」字下有「爾耳珥駬」，注音為「忍止切」，又注明「祥注下爾字」；對「兒」字的注音是「如之切」，「入而字」，又似「兀靴切」；對「二、貳」的注音是「而至切」，但同時又注明「又以厄月切之，則近北韻」，對「耳」的注音是「忍止切」「入邇字」，「又似厄雪切」，說明當時的官話中，「兒」類字有「近北韻」的零聲母的發音，切下字用北韻「車遮」韻的「月」、「雪」，那麼當時「兒」類字音值應該是 [ɚ]。

以上注音說明在當時的以北京話為道岸的官話中，中古日母止攝三等字已讀成零聲母捲舌音。

另外，《正音撮要》中也有很多兒化韻。

《撮要》詞彙部分：解解悶兒、一點兒錯的都沒有、一點兒本事都沒有、隨口說句把尋常的話兒、鬧雁兒孤好戴炭簍子、他不住口兒罵人家、大門口兒外頭、又要時尚的字兒、畫兒、把事兒說個底細情節、話兒、胳膊兒、指甲蓋兒、唱古兒詞的

《撮要》語篇部分：挓著老子兒子叔叔侄兒坐攏一塊，就稱爺兒們、若是哥哥兄弟是平等的呢，坐攏一塊，就稱哥兒們、若是母親伯母侄女坐攏，就稱孃兒們、若是姐姐妹妹姑嫂是平等的呢，就稱姐兒們；拿架子大排排兒、好帶個表兒、做成那種輕薄相、輕骨頭兒的樣兒、你好好兒替我去吧、仰靠在椅圈兒上、拿兩個腿搭在椅手兒上、盤腿兒坐著，仰著臉兒睡著、孩兒、把書背得熟熟兒的、不要走樣兒才好啊、一會兒、不要在道兒上、你天天都有照樣兒做、耗子尾巴尖兒長瘡，有多大的膿血呢、你幹的事兒、老西兒拜把子、腰裏頭又有幾個錢兒、總要好好兒的、不過是個虛名兒吧哩、在那裡討幾個喜錢兒吧哩、

我們在河沿兒上、甚麼玩意兒都有、老幹兒、你要甚麼，他就辦個甚麼兒過你吃、請個客兒、待個東兒、你天天兒吃慣喝慣、從小兒學慣、這個言談舉動，是手把眼兒的事、何用著急、見了人只是臉兒紅紅兒的，嘴裏說不出話來、大夥兒相好，該當效勞吧哩、我這程子有點兒事兒總不得空、為什麼總不賞臉兒呢、你今兒大老遠的來了、就在我這裡敘談敘談，多住幾天兒才回去了、你到我那裡，我就隨便兒、沒有一遭兒不是這麼著的。

以上這些兒化韻明顯是北京話的特點，因此，《撮要》中所教的官話應該是北京官話，當時北京官話中的「兒系列字」的音值應該是［ɚ］。

（三）《正音通俗表》中的「兒系列字」

《正音通俗表》，閩縣潘逢禧著，成書於同治庚午（1870）年，是一部教福建人學官話的正音書。該書凡例云：

《正音通俗表》，是書論正音非論音韻也。然不知音韻反切，則正音不得而明，故集中先列音韻各表，為學正音者導厥源流，亦且為論音學者探其門徑。

《正音通俗表》，欽定音韻闡微實為音學淵海，今以開齊合撮之例考之，則南北方音均有未合，但沿訛已久，驟改之反礙通行，故通俗表中概從俗讀，於北音取其七，南音取其三，而原音則均收之音韻表全書容俟續刊問世。（凡例一）

在「遮」部「翁」母下平上去聲字有：○呢兒而陑洏栭鮞鬠腪鴯胹 ○爾邇耳洱緷、䮼、珥 ○二貳樲餌咡佴毦衈珥

作者在凡例中寫道：「通俗表中有移易音紐者，如四支韻兒爾各字，本屬伊部駕母，今以通俗之故，蓋移遮部翁母，音紐全非，閱者諒之。」

「伊部駕母」是指韻母為「伊」聲母為「駕」，即日母衣韻；「遮部翁母」是指韻母為「遮」聲母為「翁」，即零聲母捲舌音。「四支韻兒爾各字」，本來是日母衣韻字，但當時的官話中都已經讀成零聲母捲舌音了。

三、清代後期傳教士漢語官話課本對兒化音音值的記錄

清代中後期西方傳教士、外交官和海關人員曾撰寫過很多漢語官話課本，以供當時在華的外國人學習漢語官話之用，這些課本是我們研究清代官話的非常重要的文獻，其中比較著名的有馬禮遜（Robert Morrison）、艾約瑟（Joseph Edkins）、威妥瑪（Thomas Francis Wade）、鍾秀芝（Adam Grainger）和何美齡

（K.Hemeling）等人編的官話課本。這些課本編寫於 19 世紀初至 19 世紀末，與《正音咀華》、《正音撮要》和《正音通俗表》等是同一時期的教材，這些教材中都有對兒化音音值的記錄。

如 1816 年馬禮遜（Robert Morrison）在《漢語對話摘錄（帶英譯）》（「Dialogues and detached sentences in the Chinese Language with a free translation in English」）中對「兒類字」的注音全是」urh」，這個音對應的應該是捲舌的〔ɚ〕音，日母字的聲母在這本書中都標記為〔j〕。

Joseph Edkins 在《官話口語語法》（A Grammar of the Chinese Colloquial Language, Commonly Called the Mandarin Dialect）19 頁寫道：

> When「兒」rï follows a word as a suffix，it is often heard as a final r，forming a part of the preceding word. Its tone is then lost in that of the word to which it is joined. Examples，寸 ts'un rï or ts'unr'，an inch，地方 ti'fang. rï or far'，門 men .rï or mer，a door. 馬'mar，a horse. 一點兒 yi dien rï，or i' 'tier，a little，a little more.

上面這段話的意思是：「當「兒」rï 跟在一個詞後面作詞綴時，人們常常聽到的是一個尾音 r，這個音構成前面的詞的發音的一部分，那麼它的聲調就在它所跟隨的詞的後面消失了。例如，「寸」字發成「ts'un rï」或者「ts'unr'」，「地方」發成「ti' fang. rï」，或者「ti' far」，「門」發成「men .rï」或者「mer」，「馬」發成 mar，「一點兒」發成「yi dien rï」或者「i' 'tier」。這是對當時兒化音音值的忠實記錄。

四、討　論

關於〔ɚ〕音值的產生學界主要有幾種觀點：遼金說、元代說、南宋說、明代說和清初說。唐虞（1932）認為遼金時代〔ɚ〕音已經存在了，趙蔭棠（1932）認為《中原音韻》中存在〔ɚ〕音值；李格非（1956）認為兒系列字在南宋時代變為〔ɚ〕音的可能性很大；李思敬（1986）認為〔ɚ〕音值的產生是明代早期的事，明代以前是沒有的，「兒」化音是明代中期產生，明代後期形成的；俞敏（1987）指出官話方言的兒化韻是清初駐防旗人帶過去的。以上觀點中李思敬先生觀點的影響最大。明萬曆年間徐孝的《重訂司馬溫公等韻圖經》正式

將「兒」、「而」、「二」等字歸入影母，同一時期法國耶穌會傳教士金尼閣所著的《西儒耳目資》也將「兒」歸入零聲母，說明當時的「兒」已脫落聲母，成為一個舌尖後元音自成音節的音。王力先生也說：「兒而耳栮爾二貳」等字原屬日母，在元代讀 [ʐ]，到明清時代轉入影母（零聲母），讀 [ɚ]，同時，其他日母字則由齊微韻轉入支思韻，填補『兒而耳栮爾二貳』等字的遺缺，讀為 [ʐ]」。〔註12〕著名美籍華裔語言學家薛鳳生先生認為：「徐孝所謂的『影』母，實際上代表當時的零聲母，原屬『日』母的『兒耳二』等字既然出現在『影』母之下，顯然表示它們的聲母早在明代就已經消失了。對於這種現象，我的解釋是在《中原音韻》以後不久，代表這些字的那個音節 ri 發生了變化，由於音位互換的結果，變成了 ir。」〔註13〕

以上不論哪一種觀點，都可以說明清代後期官話的實際語音中，[ɚ] 音值早就存在了。從《通俗表》把「兒耳二」等字移入「遮部翁母」也可以看出清代官話中「兒」類字的音值為 [ɚ]，既然這些官話課本反映的音系是一致的，那麼《撮要》和《咀華》中「兒」類字的音值應該也是 [ɚ]，《撮要》和《咀華》中的兒化現象完全可以證明這一點。

另外，現代方言「兒」類字的讀音也可以給我們提供有力地證據。高曉虹（2013）根據《漢語方言地圖集》中官話方言356點的材料對官話方言止開三日母字的讀音進行過考察，其中單字音中有「兒二」兩個字，詞彙部分有「耳朵」一詞，共有三個止開三日母字。這三字在《切韻》裏分別屬於支脂之三個韻，韻母本來是有區別的。不過，在今官話方言中，這三字的韻母大都是相同的，讀零聲母 ər 韻，多達包括北京、天津、新疆、黑龍江、江蘇、雲南等省市在內的 23 省（包括直轄市），其他方言點有的讀其他捲舌音韻母，有的讀邊音尾韻母，有的讀舌面元音韻母，讀聲母的相對來說點很少，讀舌尖擦音聲母的只有河北的磁縣、廣平，安徽的灘溪，江蘇的豐縣，湖北的大冶、定西、甘肅的秦安，山西的臨猗、萬榮、霍州等。〔註14〕

現代官話方言的 ər 音值來自明清官話的 [ɚ] 音值，既然「兒」類字在明

〔註12〕王力《漢語語音史》，北京：中國社會科學出版社，1985 年，394～395 頁。
〔註13〕薛鳳生，《北京音系解析》，北京，北京語言學院出版社，1986 年，75 頁。
〔註14〕高曉虹，「古止攝開口三等日母字在官話方言中的演變」，《語文研究》(2)，2013 年，54～59 頁。

代初年就已經讀成零聲母捲舌的〔ɚ〕音，到清代中後期的官話中怎麼會突然又冒出一個捲舌的日母呢？因此葉寶奎先生把《咀華》中的中古日母止攝開口三等字擬成〔ʐʅ〕音是不妥的。

那麼，為什麼高氏和莎氏把「兒」類字歸到「衣」韻下呢？我們認為，這和作者的正音觀念有很大的關係。作者不能完全擺脫傳統音類的影響，才會出現這樣的安排。《通俗表》作者潘逢禧對自己音類安排的解釋可以幫助我們解釋這一現象。潘氏在凡例中寫道：「通俗表中有移易音紐者，如四支韻兒爾各字，本屬伊部駕母，今以通俗之故，蓋移遮部翁母，音紐全非，閱者諒之。」這句話一方面說明「兒」類字在當時官話音中的發音是零聲母捲舌音，一方面又幫助我們解釋了《咀華》和《撮要》中「兒」類字的歸併問題。作者拘泥於傳統音類的影響，不敢對當時實際的官話發音作如實的描寫。潘氏把「兒爾」各字歸到遮部翁母本來是按照這類字在官話中的實際發音進行的歸類，但作者卻說這樣做讓他的官話書「音紐全非」，他覺得這樣安排對不起讀者，所以說「閱者諒之」，讓讀書的人原諒他這樣安排。

因此，葉寶奎先生所列舉的《正音咀華》音系與北京音的韻母系統的兩點差別的第二點「中古止攝開口三等韻（日母）北京音已是〔ɚ〕韻，《咀華》讀作〔ʐʅ〕」的結論是站不住腳的。彭靜（2011）的研究證明，葉先生所說的第一點差別也是站不住腳的。也就是說，在實際發音中，官話音與北京音的這種區別是不存在的，葉寶奎先生根據清代官話課本表面的語言現象得出的「清代漢語官話標準音既不是北音，也不是南音，而是明清至近代變化了的傳統讀書音」的結論是有問題的，這種傳統讀書音只是韻書中或文人正音觀念中的東西，並非當時官話的實際發音。侯精一先生曾經介紹過《正音咀華》一書，對於莎氏對「正音」和「北音」的定義，他認為：「《康熙字典》和王蘭生的《音韻闡微》的標音，都未擺脫傳統的保守作風，兩者所訂的語音系統都不能代表當時的實際語音。所以，如果遵依這個正音系統，那就無法學習『官括』了。但從莎氏所記錄的語音系統來看，實際上「正音」的標準是他所說的「今在北燕建都，即以北京城話為北音」的北音。在這裡由於受到時代的限制，莎氏的『言』和『行』背道而施，一方面不得不遵依傳統的正音標準，另一方面又要承認當時的實際情況。這是很重要的一點，它告訴我們，在一百多年以前，北京語音已經上升為當時『官話』的標準音，儘管這個事

實有時還不能公然提出，但是情況已很明朗化了。」〔註15〕

五、結　語

　　中古日母止攝開口三等字的音值問題是研究近代漢語官話音時必須要考慮的一個問題，對研究材料中這類字性質的甄別、判定直接影響著官話音系性質結論的得出。對清人學習官話的教科書要進行全面深入的剖析，因為其中陳列於表面的語音現象是帶有欺騙性的，直接拿來作為證據常常是比較危險的。清代官話音中古日母止攝開口三等字的音值是〔ʐʅ〕是葉寶奎先生清代官話「變化了的傳統讀書音說」的一個立論基礎，但仔細分析葉先生所使用的研究材料中的「兒」類字問題，可以發現這些材料中對「兒」類字的記音反映的並不是當時官話的實際讀音，如果僅憑書中所記錄的「兒」類字的讀音去判斷清代官話標準音中這類字仍讀日母，那麼以之為基礎得出的結論則很可能是片面的。

六、參考文獻

1. 高靜亭，《正音撮要》，清光緒三十三年〔1907〕粵東卒英齋，北京大學圖書館館藏，1907 年。
2. 高曉虹，〈古止攝開口三等日母字在官話方言中的演變〉，《語文研究》，第 2 期，2013 年。
3. 侯精一，〈百年前廣東人學「官話」手冊《正音咀華》〉，《語文建設》，第 12 期，1962 年。
4. 侯精一，《清人正音書三種》，《中國語文》，第 2 期，1980 年。
5. 李格非，《漢語「兒尾詞」音值演變問題的商榷》，《武漢大學學報》，第 1 期，1956 年。
6. 李立成，《兒化性質新探》，《杭州大學學報》，第 3 期，1994 年。
7. 李思敬，《漢語兒〔ɚ〕音史研究》，北京：商務印書館，1986 年。
8. 呂朋林，《清代官話讀本研究》，《古籍整理研究學刊》，第 3 期，1986 年。
9. 潘逢禧，《正音通俗表》，同治庚午秋七月逸相齋開雕，復旦大學圖書館館藏，1870 年。
10. 潘允中，《漢語語法史概要》，鄭州：中州書畫社，1982。
11. 彭靜，〈淺議《正音咀華》中的入聲問題〉，《中國語教育和研究》，第 13 輯，2011 年。

〔註15〕侯精一，百年前廣東人學「官話」手冊《正音咀華》，《語文建設》，1962 年第 12 期，22～23。

12. 莎彝尊，《朱注正音咀華》，雙門底聚文堂藏板，北京大學圖書館館藏，1853 年。

13. 唐虞，〈兒（ɚ）音的演變〉，《史語所集刊》2（4），1932 年。

14. 王力，《漢語史稿》，北京：中華書局，1980 年。

15. 王力，《漢語語音史》，北京：中國社會科學出版社，1985 年。

16. 薛鳳生，《北京音系解析》，北京：北京語言學院出版社，1986 年。

17. 葉寶奎，《明清官話音系》·廈門：廈門大學出版社，2001 年。

18. 葉寶奎，《也談近代官話的標準音》，《古漢語研究》第 4 期，2008 年。

19. 俞敏，《駐防旗人和方言的兒化韻》，《中國語文》，第 5 期，1987 年。

20. 趙蔭棠，《中原音韻研究》，商務印書館，1932 年。

21. Robert, Morrison（1816）Dialogues and detached sentences in the Chinese Language with a free translation in English. Macao: Printed at the Honorable East India Company's Press.

22. Joseph, Edkins（1864）A Grammar of the Chinese Colloquial Language Commonly Called the Mandarin Dialect., 2nd Edition. Shanghai: Presbyterian Mission Press.

對清代官話音材料中入聲問題的探討

一、引 言

近代漢語官話音系研究是二十年來音韻學研究中的一個熱門課題。學者們依據各種材料，採用不同的方法，對近代官話語音提出了各種各樣的看法，不論學者們持哪一種觀點，都會涉及到入聲問題。本文討論清代官話音研究材料中的入聲問題。

目前學界對清代官話音的認識各不相同，歸納起來主要有清代官話北京音說、清代官話南京音說、清代官話中州音說、變化了傳統讀書音說以及沒有一個統一的標準等五種觀點，以上觀點中清代官話南京音說、中州音說及變化了的傳統讀書音說都把入聲的存在作為證明自己觀點的有力證據。如魯國堯（1985、2008）、李葆嘉（1995）、張衛東（1998）等認為清代官話標準音是南京音，他們的證據主要是西方傳教士記錄的或日本官話書記載的含有入聲的官話材料；李新魁（1994）認為清代官話標準音是中州音，只是到了清代中葉以後，北京語音才提升到漢語共同語標準音的地位，其證據是清代的韻書及官話課本（如《正音咀華》）中的記錄；葉寶奎（2001）認為：「清代官話音所依據的標準既不是北京音也不是南京音，而是自唐宋以來至清代已經變化了的傳統讀書音。」他在專著《明清官話音系》中系統地表述這一觀點，以下是該書中對清代官話聲調的看法：「清代官話音的韻母系統與北京音的最大差別，

在於官話音保留一套入聲韻，而北京音的入聲韻早已跟陰聲韻混同了。」（288 頁）「保留入聲是明清官話音最重要的特徵之一，而清代北京音中入聲已經消失。」（288～289 頁）「清代官話音的韻母系統與北京音的最大差別，在於官話音保留一套入聲韻，而北京音的入聲韻早已跟陰聲韻合流了。」（304 頁）；「清代官話音聲調系統一直保持『陰平、陽平、上聲、去聲、入聲』五個調位。」（305 頁）。

我們研究了清代的一些官話課本，也查閱了清代西方傳教士學習漢語的一些數據，發現以上三種觀點對清代官話音材料中入聲的看法大有可商榷之處。學者們用到的材料主要有清代的漢語教科書及西方傳教士學習漢語的材料，本文主要從這兩個方面來探討清代官話音材料中的入聲問題。

二、清代官話教科書中的入聲問題

這裡的清代官話教科書指的是清人學習官話的教科書。這些書盛行於嘉慶——同治年間，流傳下來的比較重要的有三位作者的官話教科書：南海高靜亭的《正音撮要》（1810）；長白莎彝尊的《正音咀華》（1853）、《正音切韻指掌》（1860）、《正音再華傍注》（1867）；閩縣潘逢禧的《正音通俗表》（1870）。葉寶奎（2001，231）認為，以上這些書，「雖然最早的比最晚的早六十年，但反映的語音卻是共通的」。

葉先生認真研究過《正音咀華》音系，他認為，《正音咀華》保留一套入聲韻，且保留入聲調。在其專著《明清官話音系》中葉先生寫到：「《正音咀華》音系不但存在入聲，而且存在一套入聲韻，這正是官話音與北京音的重要區別所在。」[註1] 但是，彭靜（2011）的研究以充足的證據表明，《正音咀華》中的入聲只是莎氏觀念上的入聲，在其所教的官話的實際發音中，入聲已經消失了。那麼，葉先生的觀點就失去了一條重要的立論基礎。

《正音撮要》是目前能夠見到的最早的官話課本，成書於 1810 年，作者是廣東人高靜亭。《正音撮要》卷首「正音集句序」中有這樣一段話：「正音者，俗所謂官話也。……語音不但南北相殊，即同郡亦各有別。故驅逐語音者一縣之中以縣城為則，一府之中以府城為則，一省之中以省城為則，而天下之內又

〔註 1〕葉寶奎，《明清官話音系》，廈門：廈門大學出版社，2001 年，240 頁。

以皇都為則。故凡縉紳之家及官常出色者，無不趨仰京話，則京話為官話之道岸。」這裡的「京話」明顯是指北京話。高氏介紹自己「生於南邑西樵隅僻之地，少不習正音，年十三隨家君赴任北直，因都中授業於大興石雲朱夫子數年，講解經書，指示音韻，故得略通北語，及壯返里，入撫轅充當弁職，不時奉公入都，車馬風塵廿年奔走，南北方言，歷歷窮究……」，高氏「少不習正音」，十三歲時隨父親去北京，在北京生活了很多年，跟隨北京的老師學習，最後才「略通北語」，「略通」當然是高氏的謙辭，「北語」應該就是作者所說的「正音」，高氏是因為在北京生活了很多年才學會了正音，高氏的「正音」就是「官話」，也是他所說的「北語」。壯年返回故鄉後，又因公事經常去北京，來回奔走二十多年，因此又深入瞭解了南北方言。高氏告老退休回到家鄉後，鄉族後輩及附近親戚朋友接連不斷地來向他詢問正音，他不厭其煩地給予指點引導，後來高氏搜集字音聲韻和尋常應酬成語於 1810 年撰成《正音撮要》一書。表面上看來，《正音撮要》中是有入聲的，因為該書「正音千字文集類」部分所有的入聲字都是用入聲字作為切下字的，而且，高氏在解釋「千字文切字」時也說「『昃』字係入聲，則『得』字亦入聲也」。既然高氏所教的官話是他在北京學到的「北語」，那麼為什麼當時的官話中還會有入聲呢？我們認為，《正音撮要》中的入聲只是作者觀念上的入聲，而非現實生活中官話的實際發音，下文會通過同時期的官話材料中的入聲現象詳細地論證這一點。雖然高氏觀念上堅持入聲的存在，但是在《正音撮要》的一些地方仍自然地流露出作者口中的官話的入聲的實際發音，如《正音撮要》「土話異音官話同音」部分舉出的一些官話同音字「教覺叫」、「玉鬱預」、「舍設射」、「木墓幕」、「婿敘續絮」、「惡悟務」、「撩料」、「露鹿」，作者所列的每組字都有入聲韻字和陰聲韻字，它們在粵語中讀音都不相同，但在當時的官話中都是同音字，這說明作者口中的官話裏的入聲已經消失了。1846 年，英國學者 ROBERT THOM，ESQ 把《正音撮要》中的日常會話部分摘錄並翻譯過來，編成一本讓西方人學習官話的教材，命名為「*The Chinese Speaker or Extracts from Works Written in The Mandarin Language, as Spoken at Peking Compiled for the Use of Students.*」（《北京官話著作摘錄》）ROBERT THOM 一定認為《正音撮要》中的材料是學習北京話最好的材料才會摘錄下來並編成北京官話教材，這也可以從一個側面證明：《正音

撮要》所教的官話是北京官話，《正音撮要》中的入聲是作者觀念上的入聲而非當時官話的實際發音。

《正音通俗表》，閩縣潘逢禧著，成書於同治庚午（1870）年，是一部教福建人學官話的正音書。該書凡例云：「——是書論正音非論音韻也。」，這句話說明：作者編寫這本書的目的是教人學習正音，這本書不是一本韻書，而是一本學說官話的正音書。《正音通俗表》中的正音有二十一個聲母，三十二個韻母，陰陽上去入五個聲調，這是當時官話的實際發音嗎？應該不是，因為作者說：「欽定音韻闡微實為音學淵海，今以開齊合撮之例考之，則南北方音均有未合，但沿訛已久，驟改之反礙通行，故通俗表中概從俗讀，於北音取其七，南音取其三，而原音則均收之音韻表，全書容俟續刊問世。（凡例一）」潘氏所說的「俗讀」應該是他所聽到的官話的實際發音。《正音通俗表》「凡例二」中有對中古止攝三等日母字讀音安排的解釋：「《通俗表》中有移易音紐者，如『四支』韻『兒、爾』各字，本屬伊部駕母，今以通俗之故，蓋移遮部翁母，音紐全非，閱者諒之。」從這段話中，我們一方面可以瞭解到「兒、爾」等字在當時的官話中讀成零聲母捲舌音，另一方面，也可以體會到作者的傳統的正音觀念，按照當時實際的發音安排字的位置，他竟然說「音紐全非」。但即使作者比較守舊，也不得不按照當時的官話的實際發音來安排很多音韻地位已經發生變化的字的讀音，因為他要教福建人學習官話。同時，也正是因為作者的這種守舊觀念，他最後對官話的處理是「於北音取其七，南音取其三」，使他的書「宜古宜今，而又簡明淺易」（潘逢禧自序）。一般認為，「北音」是指北京音，「南音」是指南京音，在這裡，潘氏實際上在努力接近官話語音的同時人為地為官話創製了一個語音系統。潘氏對入聲字的安排和莎彝尊在《正音切韻指掌》中對入聲字的安排非常相似（只是編排方式不同）。因此我們認為，《正音通俗表》中的入聲很可能只是作者觀念上的入聲，而非當時官話的實際發音。

我們認為，很多清代官話教科書中的入聲一調很可能只是文人學者觀念上的東西，在當時他們要教的官話的實際的發音中，入聲調早已經不存在了，正如北京大學教授蔣紹愚先生所講：「『五個聲調』在當時是一種根深蒂固的傳統觀念。不但在南方活動的外國傳教士認為有五個聲調，就是生活在北京的中國人也只有少數人認識到入聲已不復存在，多數人儘管自己嘴裏已經沒

有入聲了，但觀念上卻未必意識到這一點，或者在觀念上還堅持入聲的存在。」〔註2〕因此，我們看到的清代官話教科書中的入聲不一定是當時官話的實際發音，不能僅根據教科書中的入聲來證明清代官話是有入聲存在的，對清代官話教科書要做更深入的研究，僅根據材料的表面現象就得出的結論是缺少說服力的。

三、清代傳教士學漢語材料中的入聲問題

清代官話南京音說的學者們利用的主要是明清時代西方傳教士記錄的當時學習漢語的資料，如張衛東提出「『南方官話』肇始於東晉至南北朝時期，它以江淮官話為基礎方言，以南京官話為代表，直到晚清都穩居漢語正音主導地位。」〔註3〕其「直到晚清都穩居漢語正音主導地位」的證據有《利馬竇全集》中記錄的耶穌會士對漢語的論述、《西儒耳目資》中記錄的五聲調系統、馬禮遜字典中記錄的有入聲的官話材料和日本學者六角恒廣的《日本中國語教育史研究》中的資料。魯國堯先生 1985 年只認為明代官話是南京音，2007 年他也根據六角恒廣 1992 的研究進一步認為，清代官話至 1876 年仍是以南京音為基礎。

但是，傳教士記錄的五聲調系統也是有問題的，因為教材中記錄的入聲不一定是現實官話語音的發音。

英國學者 ROBERT THOM，ESQ 把《正音撮要》中的日常會話部分摘錄並翻譯過來在 1846 年編成的一本讓西方人學習漢語官話的教材，命名為「*The Chinese Speaker or Extracts from works written in The Mandarin Language, as spoken at Peking compiled for the use of students*」。(《北京官話著作摘錄》) 這則材料我們在上文中提到過，從課本的標題看，這本書是教西方人學習北京官話的，但是這本書的標音卻是有入聲的。難道當時的北京官話中入聲仍是存在的嗎？答案是否定的，我們從下面的作者的說明可以找到入聲標音的原因。

下面是課本的開頭「告讀者」中作者對課本標音的說明：

......

〔註2〕蔣紹愚，《近代漢語研究概要》，北京：北京大學出版社，2005 年，109 頁。

〔註3〕張衛東，〈北京音何時成為現代漢語官話標準音〉，《深圳大學學報》(人文社會科學版)，1999 年 4 月，93 頁。

由於沒有完整的說明，下面幾點匆匆的提示可能會對學生有用：

1. 努力找到一個聰明的北京當地人來讀漢語，一定要隨著當頁的英語部分跟上他，就像在教堂裏神父一定要跟上教區長一樣。一位北京老師來教北京話總是最好的，其他任何人讀漢語時的發音都不會像一個地道的北京人。

2. 一定不要讓自己被四聲（平，上，去，入）的神秘所困惑，而要努力模仿你的老師的發音；如果你能夠設法跟上他的口音，像他那樣去讀，即使你一生中都不會區分（從科學上說）這四聲，也不要害怕你不會講這種語言。

……

3. 我們堅持用 Morrison 博士的拼字法系統（有幾處很小的例外），因為我們認為它更適合英國讀者。

ROBERT THOM，ESQ 認為外國人要學中國話就要學北京話，只有跟著北京人才能學到北京話，其他地方的人不會教好北京話的。另外，雖然書裏面標有平上去人四聲，但不要被這四聲所困惑，只要跟北京人學習，就可以不顧這四聲的區別。要相信自己的耳朵。但是拼字法他還是採用 Morrison 的，這也顯示出了外國人編寫中國官話課本時的困惑。

一方面，他認為學官話要學北京官話，他編這本書的目的就是要讓外國學生學習中國官話的，他本想編一本更大規模的書，但由於健康原因，他不得不回英國去休養，所以匆匆寫了這本書。他從中國官話教材中挑出二十篇對話編成二十章讓學生來學習。在學習北京官話的發音時他建議學生找一位北京本地人發音，他認為只有跟著北京人才能學到北京話。實際上，這二十篇對話是從《正音撮要》中摘錄的，這本書前邊有一頁中間刻著「正音撮要」四個大字，旁有滿文注音，右下角寫有「歷盡水陸艱辛路，那卜安危自在機」，左下角寫著「大清靜亭高氏纂輯，大英羅伯聃譯述」，由此可以看出高靜亭的《正音撮要》裏的入聲一定是作者有意保留的，高靜亭在北京生活二十多年，他一定也知道北京話裏是沒有入聲的。

另一方面，在注音時他採用的是 Morrison 的標音法，但 Morrison 明確說明自己的標音法描寫的不是北京官話，而是南京官話。作者採用 Morrison 博士的拼音法的理由是「我們認為它更適合英國讀者」。這說明外國人在編中國官話書時，注音的方法是有個人因素摻雜於其中的。作者由於急於回國，沒有時間去給自己書中的字注出北京音，而 Morrison 的注音是現成的，在西方傳教士當中

影響又非常大,所以他採用了,但當時的北京官話音不是那個樣子的,如果根據作者書中的標音去研究十九世紀四十年代以前的北京話,肯定是不行的。威妥瑪在編《語言自邇集》時就說:「我最初試圖編製一個音節表(Syllables),困難在於,本地書籍中根本沒有一個音節系統可以參照借鑒。……直到1855年,那時我反覆研究標音法大約已有八年,一位中國學者才出版了一個比較接近實際的北京音節表(a Peking sound table)。」可見,外國人在為中國話注音時,都是想找一個參照物的。如果威妥瑪當時由於某種特殊原因也來不及自己編北京話音節表然後找很多人修改,而是也匆匆採用 Morrison 的標音法,那麼今天很可能就會有學者以之為證據證明 19 世紀中期的北京人也說南京話了。

威妥瑪在他的《語言自邇集》第一版的序言中提到了這位作者,他說:「唯一一位講北京官話的有名望的漢學家是羅伯特・托姆先生(Mr. Robert Thom),依照他的建議,妥瑪斯・米道斯先生(Mr. Thomas Meadows)對北京話作了研究,並取得偉大成功。」看來 Robert Thom 對 Morrison 的標音法還是持懷疑態度的,不然他就不會建議 Thomas Meadows 先生對北京話做研究了。

1847 年,時任大英帝國駐廣東領事館翻譯的 Thomas Taylor Meadows 先生出版過《關於中國政府、中國人民和中國語言的隨筆》(*Desultory Notes on the Government and People of China and on the Chinese Language Illustrated with a Sketch of the Province of Kwang-Tung, Shewing its Division into Departments and Districts*)(以下簡稱《隨筆》)一書,書中有對 Morrison 標音法的評論:「*……, nevertheless, he has, in all his works, given what is called the Nankin pronunciation, probably following therein the Jesuit missionaries who lived at court during the reign of Kang hsi, about 150 years ago. Later writers have closely adhered to this pronunciation, however much they may have varied the orthography used to express it; and hence it follows, that in no work yet published do we find the true court pronunciation of the colloquial Chinese.*」〔註4〕(然而,Morrison 在他所有的著作中,給出的都是被稱作南京音的音,大概是因襲 150 年生活在康熙統治時期的朝廷中的耶穌傳教士們的做法,後來的作者們牢牢地遵循著他的標音,而不管

〔註4〕Thomas Taylor Meadows(1847),Desultory Notes on the Government and People of China and on the Chinese Language Illustrated with a Sketch of the Province of Kwang-Tung, Shewing its Division into Departments and Districts, London: W. H. Allen and Co. 42~43 頁。

他們對用以表達發音的拼字法做出了多大的改變。由此帶來的結果是，我們還沒有發現一部真正的漢語口語官話音的著作。）

由此我們想到清代一系列的外國傳教士的官話書或有關官話的論述，很多人都說中國話有五個聲調，這一方面可能與作者身處的中國的語言環境有關，另一方面與傳教士之間的傳承與互相模仿也有很大的關係。

威妥瑪在《語言自邇集》第二版序言中說：「第五聲在書面語中被學究式地承認，而威廉姆斯特編輯字典的時候什麼也沒做，只是原封不動地保留了它。但他從未能弄明白，一個人朗讀書面語時念一個字用不同的聲調，跟他說話時用的調是有區別的。五個聲調的法則更是約束著中國人，不論他講什麼方言——廣州話裏有八個調，在廈門話裏我相信有十五個調——我認為，這個法則尤其束縛著他的詩歌或詩歌創作，而詩歌創作是中國人最值得驕傲的造詣。其實，在英國詩歌裏，我們也有些體驗，我們也會求助於韻律或別的格律條件。兩個系統之間達到協調的一個較好的例子，是近代希臘語習慣法提供的，它的一種語言的發音，比脫胎於拉丁語的意大利語更接近於它的古代形式——這是指他們說話的時候——完全受重音支配，但是，用古代希臘語模仿荷馬詩行的時候，誰也不會隨便忽視韻律學長格或抑揚格的要求。」〔註5〕

外國傳教士在中國接觸的人以及他們賴以學習的語言環境對他們記錄當時的語言有起著決定性的作用，生活在南方的傳教士記錄的漢語當然是有入聲的，生活的北方的傳教士記錄的漢語有時也會有入聲，因為當時即使生活在北京的一些讀書人也未必能認識到自己口中說的話中已沒有入聲了，而且就算部分讀書人意識到他們口中入聲已不復存在了，他們在讀書時仍有意把入聲讀出來，這是受千百年來傳統詩韻的影響及文人的正音觀念所致，外國傳教士剛到中國時並不懂這一點，他們只能跟隨一些讀書人學習漢語，入聲的觀念一開始就會被注入他們對漢語的認知中，只有在中國生活很長時間的外國學者才會意識到中國的北京官話中入聲早已消失了。

Thomas Taylor Meadows 在《隨筆》中對當時漢語官話聲調做過詳細的描述和評論。

〔註5〕〔英〕威妥瑪著、張衛東譯，《語言自邇集》，北京大學出版社，2002 年，10 頁。

Note VI（隨筆六）

關於被中國人叫做「聲」的語調或聲調

這是一個不僅歐洲的初學者，甚至中國的初學者都感到困惑的問題。

如果我現在講的有關聲調的問題能夠使一個人在學習漢語聲調時少費些勁，我會非常高興的。我非常希望讀者能明白，每天我一有空，就不得不把這些想法付諸實踐。

困難在於三個方面：首先，要弄清楚大家寫了這麼多的矛盾的「聲」可能上個什麼樣的東西。

我只是針對北京或者叫做宮廷的發音來講的，這種發音的「聲」和廣東及福建方言的「聲」有著本質的區別。在宮廷發音中，只能聽到四個「聲」，在南京，五個，在廣東和福建，七個或八個。

Thomas Taylor Meadows 還為當時的官話聲調做了一個表：

「sheng」（或中國宮廷發音使用的漢語聲調）表

聲 shěng，or Introductions	Description	examples	marked in this book	Marks used by Morrison
上平 shang ping, first even	Commences at a high note, and keeps high and even	章青非灰鄉姑	1	—
下平 hsia ping, second even	Commences at a high note, andrises still higher	常情肥回祥骨	2	⌒
上 shang, rising	Commences at a low note, and rises to a higher one	掌請匪毀享鼓	3	ˋ
去 chǔ, departing	Commences at a low note, and sinks stills lower	帳慶費會向顧	4	ˊ

四、由入聲問題引發的思考

（一）清代官話標準音和北京音

提到清代官話音，很多學者立刻會聯想到「正音」、「官話」、「北音」、「南音」等術語。清代學者們對「正音」「北音」「南音」等的論述影響到現代學者對清代官話標準音的判斷，有學者提出「正音」既不是「北音」，也不是「南音」，其實，從官話材料反映出的實際情況看，清代學者們的正音觀念是受時代侷限所致，研究過《正音咀華》的著名語言學家侯精一先生認為：「從莎氏所記錄的語音系統來看，實際上『正音』的標準是他所說的『今在北燕建都，

即以北京城話為北音」的北音。在這裡由於受到時代的限制，莎氏的『言』和『行』背道而施，一方面不得不遵依傳統的正音標準，另一方面又要承認當時的實際情況。」〔註6〕不僅是莎氏，高氏、潘氏也有這樣的情況，由於時代的侷限，清代學者們心目中的正音一定要有入聲的存在，因此才會有莎氏對「正音」和「北音」的解釋，才會有高氏的「北話」、「南話」和「官話」，也才會有潘氏的「北音取其七，南音取其三」，實際上，從他們所記錄的官話音來看，他們的「正音」應該就是當時的「北音」。

清雍正、乾隆年間曾在全國推廣過官話正音。雍正六年（1728年），清世宗胤禛發布上諭，開始在全國推廣「官話」。諭稱：「官員有蒞民之責，其語言必使人人共曉，然後可以通達民情、熟悉地方事宜而辦理無誤。……朕每引見大小臣工，凡陳奏履歷之時，唯有閩、廣兩省人仍係鄉音，不可通曉。……且此兩省之人，其言語既皆不可通曉，不但伊等歷任他省不能深悉下民之情，即伊等身為編氓，亦必不能明白官府之意也。是上下之情捍格不通，其為不便實甚。但語音自幼習慣，驟難改易，其必徐加訓導，庶幾歷久可通。應令廣東、福建兩省督撫轉飭所屬各府州縣有司及教官，遍為傳示，多方教導，務祈言語明白，使人通曉，不得仍前習為鄉談，則伊等將來引見殿陛奏對可以鮮明，而出仕他方，民情亦易於通達矣。特諭。」因此，朝廷要在全國範圍內，特別是閩廣兩地推廣官話，「特令福建、廣東兩省督撫，轉飭所屬府州、縣有司，遍為傳示，設立正音書院。」這則上諭在《廣東通志》第一部第六十六篇，被高靜亭抄錄在《正音撮要》的序言中。高氏在序言中也講了當時官話通行的情況：「余嘗經過江南、浙江、河南、兩湖地方，一處處方言土語不同，就是他們鄰府鄰縣的人也不通曉。惟有經過水陸大碼頭，那些行戶買賣人都會說官話，但他望他的街坊的人說土話，我們又一句都懂不得了。後來進京住著，更奇怪了，街上逛的人多著呢，三五成群，嘰嘰呱呱打鄉談，不知他說什麼，及至看他到底裏買東西，他又滿嘴官話，北話也有，南話也有，都說的清清楚楚的。問起他們來，據說各省鄉村的人要想出門求名利，沒有一個不學官話的，不學就不能通行了。」由這段話可以看出清政府在全國推行官話還是取得了一定成績的。這段話中的「北話」、「南話」應該是指帶有地方口音的官話，就像現在的

〔註6〕侯精一，〈百年前廣東人學「官話」手冊《正音咀華》〉，《語文建設》，1962年12月，
　　　23頁。

「徐普（徐州普通話）」「揚普（揚州普通話）」。高氏同時指出閩廣兩省人學習官話的必要性：「但是各省人口音多是端正，他說官話不覺為難，人都易懂，獨閩廣兩省人口音多不正當，對象稱呼又差得遠，少年又不肯學，臨到長大就說不出來，多等做了官，還為這官話躊躇的呢，所以上諭單為這兩省起見啊。又聽見說從前本處並沒人教官話這一門的事，自從有了上諭，各人才忙有要學，街上童蒙館的標紅才有兼受正音的字樣，可見，正音這一道是有作為的人斷然少不得的了。」可見，高氏的《正音撮要》是在清政府在全國推廣官話的背景下產生的，實際上，其他兩位作者的官話書也是在這種背景下產生的。

那麼，雍正、乾隆年間清政府在全國推廣的官話到底是什麼官話呢？我們認為，這種官話應該是清代北京朝廷官員所講的官話。根據很多傳教士的記述，清代北京朝廷官員所說的是北京官話，而不是南京官話（很多西方傳教士確實說過自己書中的發音是南京官話的發音，但是沒有一個傳教士說清代北京朝廷官員說的是南京官話，他們提到的是北京朝廷上說的是北京官話，和他們書中描寫的南京官話不一樣。）清代有其他官話如南京官話、成都官話等的存在，但它們應該不是朝廷所推廣的官話標準音。從清人編的這些官話課本也可以看出來，清代朝廷在全國推廣的官話是北京官話而不是南京官話。雖然作者由於時代侷限及傳統正音觀念的影響而使官話課本的音系變得有些複雜，但是他們沒有一個人說自己教的官話是南京官話，而且仔細分析課本中的材料，都可以看到其中反映出來的北京官話的發音。

（二）西方人學習漢語聲調的困難

西方人學習漢語時漢語聲調是學習的一大難點，Thomas Taylor Meadows 在《隨筆》中專門敘述了學習漢語聲調時的困惑。在「關於掌握「聲」的知識的用處、重要性和完全的必要性」一節中他說：「有關這個問題有許多相互衝突的見解。我很清楚地記得在開始學習時由此帶給我的困惑，我不知道是否應該把所有的時間都用上——對學習漢語的學生來說這是很重要的一件事——來使自己掌握住聲調。我查閱了字典，也請教了在歐洲或在中國的在世的學者，一些人好像說『聲』一點用處都沒有，另外一些人說這些『聲』只對想寫中國詩的人有用，還有人說這些『聲』一般是有用的，但是外國人不可能學會，還有人甚至說除非一個人看到每一個漢字都能知道它發什麼聲調，否則他就沒法學會

說漢語。」〔註7〕從妥瑪斯·米道斯先生對官話音的聲調的描述中，我們可以看出西方人學習漢語聲調時所遇到的困難，很多傳教士對中國話聲調的認識並不清楚，西方人學習漢語一般要跟隨中國人學習，對當時的中國人來說，五個聲調是一種根深蒂固的傳統觀念。雖然他們口中說的話已沒有入聲了，他們在讀書時仍要把入聲讀出來，跟隨他們學習漢語的西方人必定會受到相應的影響，而西方人被灌輸的五個聲調的思想會在其編寫的漢語教材中或在他們對漢語官話的敘述中體現出來。

（三）清代官話材料中的入聲問題再探討——兼論清代官話標準音

不論中國還是外國的漢語學習者剛開始入門時要學習漢語的平上去入四聲，外國學者在編輯字典或其他漢語學習材料時一般要參考中國當時較通行的韻書（如《五方元音》），而由於韻書的保守性和傳承性，其中一般都會有入聲的存在（雖然實際語音中並不存在入聲了），另外，南京官話入聲的存在使之成為一些傳教士著作為漢字注音的基礎，為了讓讀者瞭解自己著作中的拼音，這些傳教士在自己的著作中一般聲明自己所用的是南京官話的發音，但他們也同時指出北京官話與其不同。若僅根據他們著作的標音來證明直到清末通行全國的官話標準音都是南京音則是靠不住的。

因此，一些西方傳教士編的漢語學習材料中，漢字注音的準確性是值得懷疑的，中國當時通行的韻書或字書音系的保守性、複雜性他們並不一定非常清楚。即使他們在實際的發音中聽到的不是那樣，他們也要綜合韻書或字書以及聽到的聲音去給漢字注音，這樣就會使他們注音的準確性大打折扣，很多傳教士編寫的漢語教材的注音中有入聲，但他們聽到的官話音中並不一定都有入聲或根本沒有入聲（如果他們一直住在北京）。就像那些追隨 Morrison 拼音法的人，他們有的並不認為那種拼音法符合實際的發音，但由於沒有更好的拼音法可以參考，而且 Morrison 在傳教士中的影響很大，所以他們採用了他的方法給漢字注音。下面是威妥瑪《語言自邇集》第一版序言中的一段話，可以說明一些西方人用 Morrison 拼音法的原因：

〔註 7〕Thomas Taylor Meadows（1847），Desultory Notes on the Government and People of China and on the Chinese Language Illustrated with a Sketch of the Province of Kwang-Tung, Shewing its Division into Departments and Districts, London: W. H. Allen and Co. 64 頁。

那時沒有人把北京話作為寫作對象，而各種表音法都聲稱描寫的是南方官話（the southern mandarin）——諸如莫里遜博士（Dr. Morrison）即第一部漢英詞典的編撰者麥赫斯特博士（Dr. Medhurst）和威廉姆斯博士（Dr. Wells Williams），對於莫里遜表音法，有人主張把它看作官話表音法，埃德金斯先生根本否定任何這類主張。他說：「莫里遜正在編撰他的很有價值的音節辭典（syllabic dictionary），卻沒有意識到他所列的音根本不是官話音，而是已經廢棄不用的發音。」麥赫斯特博士做了一些修訂以求完善的表音法，幾乎是莫里遜博士表音法的翻版；他辯解說，我沒把它當作最好的，卻因為它是最知名的。」

可以看到，傳教士們學習漢語時的傳承性極大地影響到他們對漢語的標音，即使認為 Morrison 的標音法有問題的人，由於沒有其他的材料作為參考，也採用他的標音法，因此我們現在所看到的清代傳教士學習官話的材料中對漢字的注音很多都是有入聲的，有些或許是對自己學習到的南方官話的記錄，有些只是抄錄前人的標音法而已，雖然作者自己也知道自己口中的官話的發音不是那個樣子。

六角恒廣教授的《日本中國語教育史研究》中涉及的日本人學習中國官話的材料總是被引用來作為清代官話南京音說的有力證據，例如李葆嘉（1995：65）認為：「十九世紀下半葉，清代官話仍然以南京話為基礎方言的明確左證也已找到。」他的證據是：日本明智九年（1876）才確定，「把以往學習對象『南京語』改為『北京語』，以後，又以『北京官話』作代表性的稱呼，有時也叫『清國官話』、『支那官話』等，單純用『官話』指『北京官話』是日俄戰爭以後（1904〔明治三十七年〕）的事。（牛島德次 1993，六角恒廣 1992）」魯國堯、張衛東等先生也都以六角恒廣的材料為證據證明 1876 年之前的官話基礎方言是南京話。但是，從賴戶口律子（1994）的研究可以看出，直到 1875 年日本人仍然主要通過與長崎港的商人交流來學習漢語，而當時進出長崎港的船隻主要是南京船，因而，日本人學到的主要是南京話。日本 1871 年才在北京設立大使館，當時就發現「中國朝廷和官場講的已不是南京話而是北京話了」，這說明日本人在學習南京話（他們自己一直認為是中國官話）時中國

朝廷和官場講的並不是南京話，日本改學北京話的時間和中國的朝廷和官場講北京話的時間沒有必然聯繫，不能混為一談。

五、結　語

　　入聲問題是研究近代漢語官話音時必須要研究的一個至關重要的問題，對研究材料中入聲性質的甄別、判定直接影響著官話音系性質結論的得出。研究時發現一條或幾條可以證明自己觀點的材料是非常令人振奮的，但是，不論對清人學習官話的教科書還是對西方人學習官話音的材料都要進行全面深入的剖析，因為其中陳列於表面的語音現象常常是帶有欺騙性的，直接拿來作為證據是比較危險的。清代官話音還存在入聲的認識是清代官話南京音說、中州音說及變化了的傳統讀書音說的立論基礎，但仔細分析他們所使用的研究材料中的入聲問題，可以發現這些材料中的入聲反映的並一定是當時官話的實際讀音，有的甚至不是作者想要描寫的語音，不過是沒有更好的教科書可以參照，才選擇了一個與自己想教的官話的讀音並不一致的記音系統，如果僅憑書中所記錄的入聲字的讀音去判斷清代官話標準音中仍有入聲的存在，那麼以之為基礎得出的結論則很可能是片面的。

六、參考文獻

1. 高靜亭，《正音撮要》，咸豐壬子仲秋鐫。
2. 蔣紹愚，《近代漢語研究概要》，北京：北京大學出版社，2005 年。
3. 耿振生，《明清等韻學通論》，北京：語文出版社，1998 年。
4. 侯精一，〈百年前廣東人學「官話」手冊《正音咀華》〉，《語文建設》，1962 年 12 月。
5. 賴戶口律子，《琉球官話課本研究》，香港：香港中文大學中國語言文化研究所，1994 年。
6. 李葆嘉，〈論明清官話的市民社會內涵〉，《南京社會科學》，1995 年 4 月。
7. 李新魁，《李新魁語言學論集》，北京：中華書局，1994 年。
8. 六角恒廣著，王順洪譯，《日本中國語教育史研究》，北京：北京語言學院出版社，1992 年。
9. 魯國堯，〈明代官話及其基礎方言問題──讀《利瑪竇中國箚記》〉，《南京大學學報》，1985 年 4 月。
10. 魯國堯，〈研究明末清初官話基礎方言的廿三年歷程：「從字縫裏看」到「從字面上看」〉，《語言科學》，2007 年 3 月。
11. 潘逢禧，《正音通俗表》，清同治九年逸香齋刻本。

12. 彭靜,〈淺議《正音咀華》的入聲問題〉,《中國語教育곽研究》,第 13 號,2011 年 6 月。

13. 莎彝尊,《朱注正音咀華》,塵談軒校訂,原板在天平街維經堂發兌,1853 年。

14. 〔英〕威妥瑪著、張衛東譯,《語言自邇集——19 世紀中期的北京話》,北京:北京大學出版社,2002 年。

15. 葉寶奎,《明清官話音系》,廈門:廈門大學出版社,2001 年。

16. 張衛東,〈試論近代南方官話的形成及其地位〉,《深圳大學學報》(人文社會科學版),1998 年 3 月。

17. 張衛東,〈北京音何時成為現代漢語官話標準音〉,《深圳大學學報》(人文社會科學版),1998 年 4 月。

18. 張衛東,〈論近代漢語官話史下限〉,耿振生主編《近代官話語音研究》,北京:語文出版社,2007 年。

19. Morrison, Robert(1815), A dictionary of the Chinese language in three parts, Macao, Printed at the Honorable East Indian Company's Press.

20. Robert Thom, Esq(1846), The Chinese Speaker or Extracts from works written in The Mandarin Language, as spoken at Peking: compiled for the use of students. Part 1, Presbyterian Mission Press.

21. Thomas Taylor, Meadows(1847), Desultory notes on the government and people of China, and on the Chinese language: illustrated with a sketch of the province of Kwang-Tûng, shewing its division into departments and districts, London: W. H. Allen and Co.

《正音新纂》聲母系統考
——一百多年前南京官話的聲母系統

一、緒　論

　　《正音新纂》，清末江寧（即南京）人馬鳴鶴（生卒年不詳）撰，成書於光緒乙亥二十五（1899）年，是一本教兒童學習南京官話的課本。在凡例中作者指出自己編寫此書的目的：「是書原為童蒙正音而設，初不敢作為儒林諸大雅考音之券。」作者也指出：「余為南京人，故正音必先自南京始，示不忘本也。」此書開篇有一篇「自序」，作者講到：「正音者，為正語言文字之聲音也。顧聲音之別有二：一官音、一土音。官音如南北二京音者是，土音如土俗及纖巧油滑之音者是。但無論官音、土音，究不外乎先當查考音之所以然，而後官音土音總能得其正軌，且亦能得其地之音多少之數，使不難稽核。……輒謹於讀書談話之際，細審某字某言，其音之出納何在？遂先審得尾音三十四音，名為子音；起音二十音，名為元音。即以每一起音（又名開口音）通切尾音（又名收尾音）。諸音一遍，名為以母生子，遂得南京音若干音。彼凡非南京官音，別為土音，逐一如是。合生南京官音三百有七音，加之子母五十四音，通得南京官音三百六十一音。緣各所為字，成三百六十一字，設施之平仄，可普通之話語千萬，文字千萬，無有越乎此三百六十一音者，法具備後，惟閱者識之。第正

音之作，初非敢求邁古人，用資問世，直欲付童蒙習之，俾語音有準，字音有歸，得為古人反切之後助云爾。歲次光緒乙亥二十五年小陽月書於鈍齋前窗之左。江寧馬鳴鶴九皋甫謹識。」

　　從自序中我們可以瞭解到，作者馬鳴鶴不贊同以前的反切法，把南京官話音的聲母、韻母重新整理，得出聲母二十個，韻母三十四個，共得出南京官話音三百六十一音，並說：「普通之話語千萬，文字千萬，無有越乎此三百六十一音者。」

　　考察此書中聲母、韻母及這三百六十一音，可以得出清末南京官話的真實面貌。因篇幅所限，本文考察《正音新纂》的二十個聲母，由此可以得出清末南京官話的聲母系統。

　　目前還沒有見到過研究《正音新纂》的相關資料。

　　對於清代南京官話音系的系統的研究，目前也還很少。近二、三十年來音韻學界有關明清官話標準音的探討一般都會涉及到南京官話，因為以魯國堯先生為代表的學者認為明清官話標準音是南京音，學者們發表了一系列涉及到明清南京官話的文章，但一般都是從文史數據方面給出證據，如魯國堯（1985，2007）、曾曉渝（1991）、鄧興鋒（1992）、張衛東（1998）等，系統地從南京官話音系的角度探討問題的研究成果很少，這和記錄南京官話音系的數據不多有很大的關係。劉存雨在其博士論文中探討過南京話的研究史：「有些學者認為《西儒耳目資》記錄的是當時的南京話，也有些學者認為《書文音義便考私編》、《韻法橫圖》等韻書能夠反映當時的南京方音，更有人認為《洪武正韻》以當時的南京話為語言基礎。但目前學術界對此仍有不同意見，還沒有最後的定論。」〔註1〕歷史上對南京官話的研究最早只能追溯到清代。「魯國堯（2001）和陸勤（2002）提到一些清代編寫的地方志以及屬於民間文學的竹枝詞中有江蘇江淮官話一鱗半爪的記錄。明清筆記如《客座贅語》等中也有一些當時各地方音的記載。這些記錄雖然可稱得上是吉光片羽，彌足珍貴，但這些零星材料缺乏系統性，今天看來也只具有資料方面的價值，還談不上是現代語言學意義上的研究。」〔註2〕清代末年，奧地利人屈耐特 1898 年出版《南京字彙》，德國人何美齡（K. Hemeling）1902 年在上海出版《南京官話》。

〔註 1〕劉存雨，《江蘇江淮官話音韻演變研究》，蘇州大學 2012 屆博士學位論文，13 頁。
〔註 2〕劉存雨，《江蘇江淮官話音韻演變研究》，蘇州大學 2012 屆博士學位論文，13 頁。

高本漢《中國音韻學研究》中也記錄了不少南京話的字音。當然影響最大的還是趙元任先生發表於 1929 年的《南京音系》。〔註3〕

由此看來，《正音新纂》是一本難得的清代末年的南京本地學者編撰的南京官話，是研究清末南京官話的一份不可多得的材料。本文不探討清代官話標準語問題，只是想全面而系統地考察《正音新纂》中描寫的當時南京官話的聲母系統（韻母和聲調系統將另文討論），從而為清代南京官話的研究從音系上提供一份新的資料。

二、《正音新纂》的二十個聲母

在「說音」中，作者指出了南京官話的十九個聲母：開口齶音三，曰隔曰嘻曰克；舌音五，曰抵曰離曰耳曰喜曰踶；齒音七，曰持曰知曰氣曰視曰時曰此曰子；唇音四，曰比曰符曰靡曰闢。

在正文中作者又指出：元音（凡二十字，即開口音也）：「比持抵符知隔及嘻克氣離靡闢耳視時喜踶此子」。與「說音」中的十九個聲母相比，多出一個「及」字。

對於這二十個聲母，作者解釋說：「元音者，即開口音也。凡此二十音，從無有在尾音驗出者，其所驗出處，純在於子母所生音上相見，統不必贅。讀者可於後相生音開口處按類求之，則知凡開口音，不能出於二十音之外，亦不能少二十音之內，所以祇二十音也。至若必知此二十音為開口音者，為凡開口音，在上不待相加一音，在下亦不過依類助一相似音而已。設使上加一音，氣亦逆而莫出，即前發義五問中所謂上實下虛也。」

作者對這二十個聲母的發音部位、發音方法都作了詳細的描述，並給出與其相承的其他聲調字及該字的其古代切音：

元音二十字生音法：

必以比，上下唇先合後開，舌抵下齒，平送音。〇比音凡三聲，比閉必，比上聲，閉去聲，必入聲。比又音去聲啊，比俗有上平，因晦聲，又列。〇古切法比卑履反。

遲曰持，上下齒合，舌貼上齶，平送音。〇持音凡五聲。癡持齒滯吃，癡上平，持下平，齒上聲，滯去聲，吃入聲。〇古切法，持直之反。

〔註 3〕具體可參看孫華先（2002，2008）。

地以抵，口齒微開，舌先貼上齶後迭下音。○抵音凡四聲，低抵地的，抵上平，底上聲，地去聲，的入聲。○古切法，抵都禮反。

夫無符，上齒咬合下唇舌平送音。○符音凡五聲，敷符府付弗，敷上平，符下平，府上聲，付去聲，弗入聲。○古切法，弗，防無反。

之日知，上下齒閉合，舌貼上齶音。○知音凡四聲，知止至直，知上平，止上聲，至去聲，直入聲。知又音去聲，同智。○古切法知陟離反。

格額隔，口開，舌前平舒後鼓上齶喉音。○隔音凡一聲，隔入聲。○古切法，隔古核反。

既以及，上下齒微合，舌抵下齒音。○及音凡四聲，雞幾記及，雞上平，几上聲，記去聲，及入聲。○古切法及其立反。

害愛嗐，口開，舌平抵下齒，上齶高掀相送音。○嗐音凡三聲，孩海嗐，孩下平，海上聲，嗐去聲。又音瞎，嗐聲，唉氣也。○古切法嗐下蓋反。

刻額克，口開，舌前抵下齒後上鼓上齶音。○克音凡一聲，克入聲。○古切法，克苦得反。

器以氣，口開，舌抵下齒後鼓上齶送音。○氣音凡五聲，欺奇起氣乞，欺上平，奇下平，起上聲，氣去聲，乞入聲。○古切法，氣去既反。

禮以離，口開，舌鼓上齶快迭落下音。○離音凡四聲，離禮利力，離下平，禮上聲，利去聲，力入聲。裏又音去聲，間遠也，又同罹音，羅說文釋罹通作離。○古切法離呂支反。

彌以靡，上下唇先合後開，舌抵下齒音。○靡音凡散三聲，靡米密。靡上平，米上聲，密入聲。○古切法靡文彼反。

皮以闢，舌抵下齒，上下唇先閉後開相迭音。○闢音凡五聲，批皮丕屁闢，批上平，皮下平，丕上聲，屁去聲，闢入聲。○古切法闢房益反。

而日耳，口開，舌上曲回空際合喉音。○耳音凡三聲，而耳二，而下平，耳上聲，二去聲。○古切法耳而止反。

士吔視，口開，上下齒輕合，舌尖平送音。○視音凡三聲，偲死視，偲上平，死上聲，視去聲。○古切法視時利反。

恃日時，口開，上下齒合，舌微上曲送出音。○時音凡五聲，詩時史恃十，詩上平，時下平，史上聲，恃去聲，十入聲。時，又音去聲，同是經傳多見。○古切法，時市之反。

兮以喜，口開，舌身鼓起，舌尖抵下齒送出音。○喜音凡五聲，希攜喜係吸，希上平，攜下平，喜上聲，係去聲，吸入聲。○古切法，喜虛裏反。體以踶，口開，齒微合，舌迭上齶落抵下齒根相送音。○踶音凡五聲，梯題體替踶，梯上平，題下平，體上聲，替去聲，踶入聲。○古切法，踶特計反。

次呭此，口微開，齒合，舌迭上齒根相送音。○此音凡四聲，疵慈此次，疵上平，慈下平，此上聲，次去聲。○古切法此雌氏反。

字呭子，口開齒合舌貼上齒根相送音。○子音凡三聲，龇了字，龇上平，子上聲，字去聲，龇俗呼牙外出者。○古切法，子即裏反。

根據以上內容列表如下：

二十聲母發音表

聲母代表字	發音部位	反切	發　音　方　法	五聲相承	古切法
隔	齶音	格額隔	口開，舌前平舒，後鼓上齶，喉音	隔	古核反
嗐		害愛嗐	口開，舌平抵下齒，上齶高掀相送音	孩海嗐	下蓋反
克		刻額克	口開，舌前抵下齒，後上鼓，上齶音	克	苦得反
抵	舌音	地以抵	口齒微開，舌先貼上齶後送下音	低抵地的	都禮反
離		禮以離	口開，舌鼓，上齶快迭落下音	離禮利力	呂支反
耳		而日耳	口開，舌上曲回空際合喉音	而耳二	而止反
喜		兮以喜	口開，舌身鼓起，舌尖抵下齒送出音	希攜喜係吸	虛裏反
踶		體以踶	口開，齒微合，舌迭，上齶落抵下齒根相送音	梯題體替踶	特計反
持	齒音	遲日持	上下齒合，舌貼上齶，平送音	癡持齒滯吃	直之反
知		之日知	上下齒閉合，舌貼上齶音	知止至直	陟離反
氣		器以氣	口開，舌抵下齒後鼓上齶送音	欺奇起氣乞	去既反
視		士呭視	口開，上下齒輕合，舌尖平送音	偲死視	時利反
時		恃日時	口開，上下齒合，舌微上曲送出音	詩時史恃十	市之反
此		次呭此	口微開，齒合，舌迭上齒根相送音	疵慈此次	雌氏反
子		字呭子	口開齒合舌貼上齒根相送音	龇子字	即裏反
比	唇音	必以比	上下唇先合後開，舌抵下齒，平送音	比閉必	卑履反
符		夫無符	上齒咬合下唇，舌平送音	敷符府付弗	防無反

麑	彌以麑	上下唇先合後開，舌抵下齒音	敷符府付弗	防無反
闢	皮以闢	舌抵下齒，上下唇先閉後開相迭音	批皮丕屁闢	房益反
及 ?	既以及	上下齒微合，舌抵下齒音	雞幾記及	其立反

三、對《正音新纂》二十個聲母所轄字之考察

《正音新纂》的作者於每一聲母下列出此聲母可與韻母相拼之字，每字後先列切音，然後列出與該音五聲相承之字，接著指出每個字的聲調，再解釋其中某個或某幾個字的意義或用法，多音字給出又音，最後給出該字的中古反切，如「持額徹，徹音凡三聲，車扯徹。車上平，扯下平，徹入聲，車輛也，又音居，義同。○古切法徹直列反。」本章對二十個聲母所轄之字分四節進行考察，每節根據作者對字音的敘述列出表格，從中可以觀察中古聲類到清末南京官話中的分合情況。表格中的「反切」一欄下的「某某」是《正音新纂》的作者馬氏給出的該音節[註4]在南京官話中的拼讀法；「古切法」一欄下的「某某反」是馬氏給出的該音節古代的切音，「某某切」是本文作者依據《廣韻》或《洪武正韻》（反切右側標注《洪武》）所列的切音，「古切法」和「聲母來源」下有空白的字是《廣韻》或《洪武正韻》未收之字。表格中不計多音字（即「又音」）。

（一）開口齶音

1. 隔　母

隔母下共十三音，各音五聲相承之字共四十二字，除一字來自中古匣母（仄聲）外均來自中古見母。

嘗母字	反　切	五聲相承之字	古切法	聲母來源
岡	隔安	岡（上平）	古郎反	見母
		敢（上聲）	古覽切	見母
		幹（去聲）	古案切	見母
告	隔拗	高（上平）	古到反	見母
		稿（上聲）	古老切	見母
		告（去聲）	古到切	見母

苟	隔偶	溝（上平）	古侯切	見母
		苟（上聲）	古厚反	見母
		彀（去聲）		
改	隔愛改	該（上平）	古哀切	見母
		改（上聲）	古亥反	見母
		蓋（去聲）	古太切	見母
果	隔我	哥（上平）	古俄切	見母
		果（上聲）	古火反	見母
		個（去聲）	古賀切	見母
		各（入聲）	古落切	見母
公	隔翁	公（上平）	古紅反	見母
		拱（上聲）	居悚切	見母
		貢（去聲）	古送切	見母
耿	隔恩	根（上平）	古痕切	見母
		耿（上聲）	古幸反	見母
		更（去聲）	古行切	見母
古	隔無	孤（上平）	古胡切	見母
		古（上聲）	公戶反	見母
		故（去聲）	古暮切	見母
		骨（入聲）	古忽切	見母
管	隔忘	光（上平）	古黃切	見母
		管（上聲）	古滿反	見母
		貫（去聲）	古丸切	見母
貴	隔危	規（上平）	居隨切	見母
		鬼（上聲）	居偉切	見母
		貴（去聲）	居胃反	見母
		國（入聲）	古惑切	見母
拐	隔歪	乖（上平）	古懷切	見母
		拐（上聲）	古買反	見母
		怪（去聲）	古壞切	見母
掛	隔娃	瓜（上平）	古華切	見母
		寡（上聲）	古瓦切	見母
		掛（去聲）	古賣反	見母
		刮（入聲）	古頒切	見母
袞	隔問	袞（上聲）	古本反	見母
		棍（去聲）	胡本切	匣母

2. 嘻 母

嘻母下共十三音，各音五聲相承之字共五十一字，來自中古曉母、匣母。

嘻母字	反 切	五聲相承之字	古切法	聲母來源
罕	嘻安	憨（上平）	呼談切	曉母
		寒（下平）	胡安切	匣母
		罕（上聲）	呼旱反	曉母
		漢（去聲）	呼旰切	曉母
好	嘻拗	蒿（上平）	呼毛切	曉母
		豪（下平）	胡刀切	匣母
		好（上聲）	呼昊反	曉母
		耗（去聲）	火號切	曉母
嚇	嘻額	嚇（入聲）	呼訝反	曉母
吼	嘻偶	瘊（上平）		
		喉（下平）	戶鉤切	匣母
		吼（上聲）	呼後反	曉母
		後（去聲）	胡茍切	匣母
火	嘻我	呵（上平）	虎何切	曉母
		河（下平）	胡歌切	匣母
		火（上聲）	呼果反	匣母
		賀（去聲）	胡個切	匣母
		合（入聲）	侯閣切	匣母
烘	嘻翁	烘（上平）	呼東反	曉母
		紅（下平）	戶公切	匣母
		哄（上聲）	胡貢切	匣母
		鬨（去聲）	胡貢切	匣母
很	嘻恩	哼（上平）		
		痕（下平）	戶恩切	匣母
		很（上聲）	胡懇反	匣母
		恨（去聲）	胡艮切	匣母
胡	嘻無	呼（上平）	荒烏切	曉母
		胡（下平）	戶孤反	匣母
		虎（上聲）	呼古切	曉母
		護（去聲）	胡誤切	匣母
		忽（入聲）	呼骨切	曉母

還	嗐忘	荒（上平）	呼光切	曉母
		遠（下平）	戶關反	匣母
		謊（上聲）		
		換（去聲）	胡玩切	匣母
回	嗐危	灰（上平）	呼恢切	曉母
		回（下平）	戶灰反	匣母
		毀（上聲）	許委切	曉母
		惠（去聲）	胡桂切	匣母
		或（入聲）	胡國切	匣母
壞	嗐歪	懷（上平）	戶乖切	匣母
		壞（去聲）	胡怪反	匣母
滑	嗐娃	花（上平）	呼瓜切	曉母
		嘩（下平）		
		哈（上聲）	五合切	疑母
		化（去聲）	呼霸切	曉母
		滑（入聲）	戶八反	匣母
橫	嗐問	昏（上平）	呼昆切	曉母
		橫（下平）	戶盲反	匣母
		渾（上聲）	胡本切	匣母
		混（去聲）	胡本切	匣母

3. 克　母

克母下共十三音，各音五聲相承之字共四十四字，來自中古溪母、群母。

克母字	反　切	五聲相承之字	古切法	聲母來源
康	克安	康（上平）	苦岡反	溪母
		掆（下平）		
		砍（上聲）		
		炕（去聲）	苦浪切	溪母
靠	克拗	考（上聲）	苦浩切	溪母
		靠（去聲）	苦到反	溪母
口	克偶	摳（上平）	恪侯切	溪母
		慳（下平）	苦閒切	溪母
		口（上聲）	去厚反	溪母
		扣（去聲）	苦後切	溪母

開	克愛	開（上平）	苦哀反	溪母
		鎧（上聲）	苦亥切	溪母
		慨（去聲）	苦蓋切	溪母
可	克我	科（上平）	苦禾切	溪母
		可（上聲）	肯我反	溪母
		課（去聲）	苦臥切	溪母
		渴（入聲）	苦曷切	溪母
空	克翁	空（上平）	苦紅反	溪母
		孔（上聲）	康董切	溪母
		控（去聲）	苦貢切	溪母
坑	克恩	坑（上平）	克庚反	溪母
		肯（上聲）	苦等切	溪母
		揩（去聲）		
苦	克無	枯（上平）	苦胡切	溪母
		苦（上聲）	康土反	溪母
		庫（去聲）	苦故切	溪母
		哭（入聲）	空谷切	溪母
狂	克忘	寬（上平）	苦官切	溪母
		狂（下平）	巨王反	群母
		欵（上聲）	苦管切	溪母
		曠（去聲）	苦謗切	溪母
魁	克危	虧（上平）	去為切	溪母
		魁（下平）	苦回反	溪母
		傀（上聲）	口猥切	溪母
		窺（去聲）	去隨切	溪母
		闊（入聲）	苦括切	溪母
快	克歪	蒯（上聲）	苦怪切	溪母
		快（去聲）	苦夬反	溪母
跨	克娃	誇（上平）	苦瓜切	溪母
		侉（上聲）	安賀切	影母
		跨（去聲）	苦化反	溪母
困	克問	坤（上平）	苦昆切	溪母
		捆（上聲）	苦本切（《洪武》）	溪母
		困（去聲）	苦悶反	溪母

（二）舌　音

1. 抵　母

抵母下共十八音，各音五聲相承之字共五十字，來自中古端母、定母。

抵母字	反　切	五聲相承之字	古切法	聲母來源
擋	抵安	丹（上平）	都寒切	端母
		擋（上聲）	丁浪反	端母
		旦（去聲）	得按切	端母
到	抵抝	刀（上平）	都勞切	端母
		島（上聲）	都皓切（《洪武》）	端母
		到（去聲）	都導反	端母
得	抵額	得（入聲）	多則反	端母
鬬	抵偶	兜（上平）	當侯切（《洪武》）	端母
		鬥（上聲）	當口切	端母
		鬬（下平）	都豆反	端母
迭	抵野	爹（上平）	陟邪切	知母
		迭（入聲）	徒結反	定母
調	抵要	刁（上平）	都聊切	端母
		屌（上聲）		
		調（去聲）	徒弔反	定母
丁	抵因	丁（上平）	當經反	端母
		頂（上聲）	都挺切	端母
		定（去聲）	徒徑切	定母
點	抵岩	顛（上平）	都年切	端母
		點（上聲）	多忝反	端母
		店（去聲）	都念切	端母
丟	抵有	丟（上平）	丁差反	端母
歹	抵愛	呆（上平）	五來切	疑母
		歹（上聲）	多改反	端母
		代（去聲）	徒耐切	定母
多	抵我	多（上平）	得何切	端母
		躲（上聲）		
		惰（去聲）	徒果切	定母
		奪（入聲）	得何反	端母

懂	抵翁	東（上平）	德紅切	端母
		懂（下平）	多動切	端母
		洞（去聲）	多動反	端母
等	抵恩	登（上平）	都縢切	端母
		等（下平）	多肯反	端母
		凳（去聲）	都凳切	端母
都	抵無	都（上平）	當孤反	端母
		堵（上聲）	當古切	端母
		杜（去聲）	徒古切	定母
		讀（入聲）	徒谷切	定母
短	抵忘	端（上平）	多官切	端母
		短（上聲）	都管反	端母
		緞（去聲）	徒管切	定母
對	抵危	堆（上平）	都回切	端母
		對（去聲）	都隊反	端母
大	抵啊	打（上聲）	德冷切	端母
		大（去聲）	徒蓋反	定母
		答（入聲）	都合切	端母
遁	抵問	墪（上平）		
		躉（上聲）		
		遁（去聲）	徒困反	定母

2. 離母

　　離母下共二十二音，各音五聲相承之字共六十九字，來自中古泥母、來母、疑母、娘母。

離母字	反切	五聲相承之字	古切法	聲母來源
難	離安	難（下平）	那干反	泥母
		懶（上聲）	落旱切	來母
		爛（去聲）	郎旰切	來母
惱	離拗	撈（上平）	魯刀切	來母
		牢（下平）	魯刀切	來母
		惱（上聲）	奴皓反	泥母
		鬧（去聲）	奴教切	娘母
勒	離額	勒（入聲）	歷德反	來母
僂	離偶	僂（下平）	落侯反	來母
		簍（上聲）	落侯切	來母
		漏（去聲）	盧候切	來母

裂	離野	裂（入聲）	良薛反	來母
涼	離羊	娘（上平）	女良切	娘母
		涼（下平）	呂張反	來母
		仰（上聲）	魚兩切	疑母
		亮（去聲）	力讓切	來母
了	離要	僚（下平）	落蕭切	來母
		了（上聲）	盧鳥反	來母
		料（去聲）	力弔切	來母
零	離因	拎（上平）	朗丁切	來母
		零（下平）	郎丁反	來母
		領（上聲）	良郢切	來母
		另（去聲）		
念	離岩	拈（上平）	奴兼切	泥母
		年（下平）	奴顛切	泥母
		臉（上聲）	力減切	來母
		念（去聲）	奴店反	泥母
虐	離越	虐（入聲）	魚約反	疑母
牛	離有	溜（上平）	力救切	來母
		牛（下平）	語求反	疑母
		柳（上聲）	力久切	來母
		遛（去聲）	力求切	來母
倆	離雅	倆（上聲）	里養反	來母
乃	離愛	奶（上平）		
		來（下平）	落哀切	來母
		乃（上聲）	奴亥反	泥母
		賴（去聲）	落蓋切	來母
羅	離我	囉（上平）	魯何切	來母
		羅（下平）	魯何反	來母
		攎（上聲）	郎古切	來母
		懦（去聲）	人朱切	日母
		落（入聲）	盧各切	來母
弄	離翁	隆（下平）	力中切	來母
		攏（上聲）	力懂切	來母
		弄（去聲）	盧貢反	來母
能	離恩	能（下平）	奴登反	泥母
		冷（上聲）	郎丁切	來母
		楞（去聲）	魯登切	來母

女	離遇	馿（下平）		
		女（上聲）	尼呂反	娘母
		慮（去聲）	良倨切	來母
		律（入聲）	呂恤切	來母
奴	離無	奴（下平）	乃都反	泥母
		魯（上聲）	郎古切	來母
		路（去聲）	洛故切	來母
		六（入聲）	力竹切	來母
鸞	離忘	鸞（下平）	落官反	來母
		暖（上聲）	奶管切	泥母
		亂（去聲）	郎段切	來母
類	離危	雷（下平）	力遂反	來母
		累（上聲）	力委切	來母
		類（去聲）	力遂切	來母
那	離啊	拉（上平）	盧合切	來母
		拿（下平）		
		娜（上聲）	奴個切	泥母
		那（去聲）	奴答切	泥母
		納（入聲）		泥母
嫩	離問	倫（下平）	力迍切	來母
		嫩（去聲）	奴困反	泥母

3. 耳 母

耳母下共十一音，各音五聲相承之字共二十四字，除一字來自「以」母外均來自中古日母。

耳母字	反 切	五聲相承之字	古切法	聲母來源
然	耳安	然（下平）	如延反	日母
		冉（上聲）	而琰切	日母
		讓（去聲）	人樣切	日母
饒	耳拗	饒（下平）	如招反	日母
		擾（上聲）	而沼切	日母
		遶（去聲）	而沼切	日母
熱	耳額	惹（上聲）	如列反	日母
		熱（入聲）	如列切	日母
柔	耳偶	柔（下平）	耳由反	日母
		肉（入聲）	如六切	日母

若	耳我	若（入聲）	而灼反	日母
絨	耳翁	絨（下平）	如融反	日母
		冗（上聲）		
扔	耳恩	扔（上平）	如乘反	日母
		仍（下平）	如乘切	日母
		忍（上聲）	而軫切	日母
		認（去聲）	而振切	日母
肉	耳無	如（下平）	人諸切	日母
		乳（上聲）	而主切	日母
		肉（入聲）	如六反	日母
軟	耳忘	軟（上聲）	而袞反	日母
蕊	耳危	蕊（上聲）	如壘反	日母
		銳（去聲）	以銳切	以母
潤	耳問	潤（去聲）	如順反	日母

4. 喜 母

喜母下共十五音，各音五聲相承之字共四十字，來自中古曉母、匣母，個別來自「心」母、「見」母、「雲」母。

喜母字	反 切	五聲相承之字	古切法	聲母來源
歇	喜野	歇（入聲）	許竭反	曉母
香	喜羊	香（上平）	許良反	曉母
		降（下平）	下江切	匣母
		想（上聲）	息兩切	心母
		向（去聲）	許兩切	曉母
淆	喜要	枵（上平）	許嬌切	曉母
		淆（下平）	胡茅反	匣母
		曉（上聲）	馨皛切	曉母
		孝（去聲）	呼教切	曉母
興	喜因	欣（上平）	許斤切	曉母
		形（下平）	戶經切	匣母
		興（去聲）	虛陵反（許應切）	曉母
掀	喜岩	掀（上平）	虛言反	曉母
		賢（下平）	胡田切	匣母
		顯（上聲）	呼典切	曉母
		現（去聲）	胡甸切	匣母
學	喜約	學（入聲）	胡覺反	匣母

		休（上平）	許尤切	曉母
朽	喜有	朽（上聲）	許久反	曉母
		嗅（去聲）	許用切（《洪武》）	曉母
		偕（下平）	古諧反	見母
偕	喜愛	蟹（上聲）	胡買切	匣母
		懈（去聲）	古隘切	見母
凶	喜翁	凶（上平）	許容反	曉母
		雄（下平）	羽弓切	雲母
籲	喜遇	籲（上平）	況於反	曉母
		詡（上聲）	況羽切	曉母
穴	喜越	靴（上平）	許胆切	曉母
		穴（入聲）	胡決反	匣母
訓	喜雲	薰（上平）	許雲切	曉母
		訓（去聲）	許運反	曉母
		喧（上平）	況袁切	曉母
泫	喜願	懸（下平）	胡涓切	匣母
		泫（去聲）	戶畎反	匣母
勖	喜無	勖（入聲）	許玉反	曉母
		鰕（上平）	胡加切	匣母
		蝦（下平）	胡加切	匣母
下	喜啊	隲（上聲）		
		下（去聲）	胡雅反	匣母
		瞎（入聲）	許轄切	曉母

5. 踶 母

踶母下共十七音，各音五聲相承之字共五十二字，來自中古定母、透母。

踶母字	反 切	五聲相承之字	古切法	聲母來源
		貪（上平）	他含切	透母
踢	踶安	唐（下平）	徒郎切	透母
		躺（上聲）		
		踢（去聲）	徒浪反	定母
		韜（上平）	土刀反	透母
韜	踶拗	逃（下平）	徒到切	定母
		討（上聲）	他浩切	透母
		套（去聲）		
特	踶額	特（入聲）	徒得反	定母

透	踶偶	偷（上平）	託侯切	透母
		頭（下平）	度侯切	定母
		歆（上聲）		
		透（去聲）	他候反	透母
鐵	踶野	鐵（入聲）	天結反	透母
條	踶要	挑（上平）	吐雕切	透母
		條（下平）	徒聊反	定母
		佻（上聲）	吐雕切	透母
		跳（去聲）	徒聊切	定母
挺	踶因	廳（上平）	他丁切	透母
		廷（下平）	特丁切	定母
		挺（上聲）	徒鼎反	定母
		聽（去聲）	他定切	透母
甜	踶岩	天（上平）	他前切	透母
		甜（下平）	徒兼反	定母
		忝（上聲）	他玷切	透母
		掭（去聲）		
態	踶愛	胎（上平）	他代反	透母
		抬（下平）	徒哀切	定母
		態（去聲）	他代切	透母
託	踶我	拖（上平）	吐邏切	透母
		駝（下平）	徒河切	定母
		妥（上聲）	他果切	透母
		託（入聲）	他各反	透母
同	踶翁	通（上平）	他紅切	透母
		同（下平）	徒紅反	定母
		統（上聲）	他綜切	透母
騰	踶恩	騰（上平）	徒登反	定母
		騰（下平）	徒登切	定母
突	踶無	途（下平）	同都切	定母
		土（上聲）	他魯切	透母
		唾（去聲）	湯臥切	透母
		突（入聲）	陀骨反	定母
團	踶忘	團（下平）	度官反	定母
		彖（上聲）	通貫切	透母

頹	蹪危	推（上平）	他回切	透母
		頹（下平）	杜回反	定母
		腿（上聲）	吐猥切	透母
		退（去聲）	他內切	透母
他	蹪啊	他（上平）	詫何反	定母
		塔（入聲）	吐盍切	透母
吞	蹪問	吞（上平）	吐根反	透母
		屯（下平）	徒渾切	定母
		褪（去聲）	吐困切（《洪武》）	透母

（三）齒　音

1. 持　母

持母下共十四音，各音五聲相承之字共四十六字，來自中古昌母、常母、初母、崇母、徹母、澄母。

持母字	反　切	五聲相承之字	古切法	聲母來源
長	持安	昌（上平）	尺良切	昌母
		長（下平）	直良反	澄母
		產（上聲）	所簡切	生母
		唱（去聲）	尺亮切	昌母
吵	持拗	抄（上平）	楚交切	初母
		潮（下平）	直遙切	澄母
		吵（上聲）	亡沼反（初爪切）	明母（又初母）
		鈔（去聲）	初教切	初母
徹	持額	車（上平）	尺遮切	昌母
		扯（上聲）	昌者切	昌母
		徹（去聲）	直列反（丑列切）	澄母（又徹母）
丑	持偶	抽（上平）	丑鳩切	徹母
		綢（下平）	直由切	澄母
		丑（上聲）	齒九反	昌母
		臭（去聲）	尺救切	昌母
豺	持崖	豺（下平）	士皆反	崇母
		踹（去聲）	市兗切	常母
戳	持我	戳（入聲）	敕角反	徹母

		衝（上平）	昌中反	昌母
衝	持翁	蟲（下平）	直弓切	澄母
		寵（上聲）	丑隴切	徹母
		銃（去聲）	沖仲切	昌母
		稱（上平）	處棱切	昌母
逞	持恩	成（下平）	是徵切	常母
		逞（上聲）	丑郢反	徹母
		趁（去聲）	直珍切	澄母
		樞（上平）	昌朱切	昌母
		除（下平）	直漁切	澄母
出	持無	暑（上聲）	舒呂切	書母
		處（去聲）	昌與切	昌母
		出（入聲）	赤律反	昌母
		穿（上平）	昌緣切	昌母
		床（下平）	士莊切	崇母
餗	持忘	餗（上聲）	初良反	初母
		釧（去聲）	尺絹切	昌母
		吹（上平）	昌垂切	昌母
捶	持危	捶（下平）	之累反	昌母
		吹（去聲）	尺偽切	昌母
揣	持歪	揣（上聲）	初委反	初母
		吹（去聲）	尺偽切	昌母
		叉（上平）	初八反	初母
察	持啊	茶（下平）	宅加切	澄母
		岔（去聲）		
		察（入聲）	初八切	初母
蠢	持問	春（上平）	昌脣切	昌母
		蠢（上聲）	尺尹反	昌母

2. 知 母

知母下共十三音，各音五聲相承之字共三十七字，來自中古知母、章母、莊母、疑母、澄母。

持母字	反 切	五聲相承之字	古切法	聲母來源
		張（上平）	陟良反	知母
張	知安	斬（上聲）	側減切	莊母
		站（去聲）	陟陷切	知母

招	知拗	招（上平）	止搖反	章母
		找（上聲）		
		召（去聲）	直照切	澄母
這	知額	遮（上平）	正奢切	章母
		者（上聲）	章也切	章母
		這（去聲）	魚變反	疑母
		折（入聲）	旨熱切	章母
周	知偶	周（上平）	職流反	章母
		肘（上聲）	陟柳切	知母
		咒（去聲）	職救切	章母
債	知愛	齋（上平）	側皆切	莊母
		債（去聲）	側賣反	莊母
卓	知我	卓（入聲）	竹角反	知母
重	知翁	鍾（上平）	職容切	章母
		腫（上聲）	之隴切	章母
		重（去聲）	柱用反	澄母
珍	知恩	珍（上平）	陟鄰反	知母
		疹（上聲）	章忍切	章母
		症（去聲）	陟陵切	知母
珠	知無	珠（上平）	章居反	章母
		主（上聲）	之庾切	章母
		住（去聲）	持遇切	澄母
		竹（入聲）	張六切	知母
賺	知忘	專（上平）	職緣切	章母
		奘（上聲）	徂朗切	從母
		賺（去聲）	直陷反	澄母
追	知危	追（上平）	陟佳切（直佳反）	知母
		墜（去聲）	直類切	澄母
		拙（入聲）	職閱切	章母
詐	知啊	抓（上平）	側交切	莊母
		詐（去聲）	側駕反	莊母
		紮（入聲）	側八切	莊母
準	知問	諄（上平）	之允反	章母
		準（上聲）	之尹切	章母

3. 氣 母

氣母下共十四音，各音五聲相承之字共三十七字，來自中古溪母、群母、從母。

氣母字	反 切	五聲相承之字	古切法	聲母來源
怯	氣野	敧（上平）	牽奚切（《洪武》）	溪母
		怯（去聲）	去刧反	溪母
腔	氣羊	腔（上平）	苦江反	溪母
		強（下平）	巨良切	群母
		鏹（上聲）	居兩切	見母
橋	氣要	敲（上平）	口交切	溪母
		橋（下平）	巨嬌反	群母
		巧（上聲）	苦絞切	溪母
		竅（去聲）	苦弔切	溪母
勤	氣因	傾（上平）	去營切	溪母
		勤（下平）	巨斤反	群母
		頃（上聲）	去穎切	溪母
		磬（去聲）	苦定切	溪母
遣	氣岩	牽（上平）	苦堅切	溪母
		虔（下平）	渠焉切	群母
		遣（上聲）	去演反	溪母
		欠（去聲）	去劍切	溪母
卻	氣約	卻（去聲）	去約反	溪母
求	氣有	樞（上平）	巨救切	群母
		求（下平）	巨鳩反	群母
		朽（上聲）	許久切	曉母
楷	氣愛	楷（上聲）	苦駭反	溪母
窮	氣翁	窮（下平）	渠公反	群母
去	氣遇	驅（上平）	豈俱切	溪母
		劬（下平）	其俱切	群母
		去（去聲）	丘據反	溪母
		曲（入聲）	丘玉切	溪母
闕	氣越	瘸（下平）	巨靴切	群母
		撅（上聲）	居月切	見母
		闕（入聲）	袪月反	溪母
群	氣雲	群（下平）	渠云反	群母

圈	氣願	圈（上平）	驅圓反	溪母
		權（下平）	巨員切	群母
		犬（上聲）	苦泫切	溪母
		勸（去聲）	去願切	溪母
卡	氣啊	卡（上聲）	從納反	從母
		恰（入聲）	苦洽切	溪母

4. 視　母

視母下共二十五音，各音五聲相承之字共六十九字，主要來自中古心母、邪母，個別來自中古生母、審母。

視母字	反　切	五聲相承之字	古切法	聲母來源
三	視安	三（上平）	蘇甘反	心母
		傘（上聲）	蘇旱切	心母
		散（去聲）	蘇旰切	心母
嫂	視拗	騷（上平）	蘇遭切	心母
		嫂（上聲）	蘇老反	心母
		埽（去聲）	蘇到切	心母
色	視額	色（入聲）	所力反	生母
細	視以	西（上平）	先稽切	心母
		洗（上聲）	先禮切	心母
		細（去聲）	蘇計反	心母
		息（入聲）	相即切	心母
瘦	視偶	搜（上平）	所鳩切	生母
		叟（上聲）	蘇厚切	心母
		瘦（去聲）	所祐反	生母
寫	視野	些（上平）	寫邪切	心母
		邪（下平）	似嗟切	邪母
		寫（上聲）	悉也反	心母
		謝（去聲）	辝夜切	邪母
		泄（入聲）	余制切	以母
想	視羊	箱（上平）	息良切	心母
		想（上聲）	悉兩反	心母
		像（去聲）	徐兩切	邪母
肖	視要	消（上平）	私妙反	心母
		小（上聲）	私兆切	心母
		肖（去聲）	私妙切	心母

心	視因	心（上平）	息林反	心母
		惝（上聲）	息井切	心母
		性（去聲）	息正切	心母
鮮	視岩	鮮（上平）	相然反	心母
		涎（下平）	夕連切	邪母
		線（去聲）	私箭切	心母
削	視約	削（入聲）	息約反	心母
羞	視有	羞（上平）	息流反	心母
		秀（去聲）	息救切	心母
顋	視愛	顋（上平）	蘇來反	心母
		賽（去聲）	先代切	心母
所	視我	唆（上平）	蘇禾切	心母
		矬（下平）	昨禾切	從母
		所（上聲）	疏果反	審母
		索（入聲）	蘇各切	心母
松	視翁	松（上平）	私崇反	心母
		聳（上聲）	息拱切	心母
		送（去聲）	蘇弄切	心母
生	視恩	生（上平）	所庚反	生母
		省（上聲）	所景切	生母
胥	視遇	胥（上平）	相居反	心母
		敘（去聲）	徐呂切	邪母
雪	視越	雪（入聲）	相絕反	心母
洵	視雲	洵（上平）	相倫反	心母
		殉（去聲）	辭潤切	邪母
勘	視願	宣（上平）	須緣切	心母
		旋（下平）	似宣切	邪母
		勘（上聲）	息淺反	心母
		旋（去聲）	辭戀切	邪母
酥	視無	酥（上平）	孫租反	心母
		數（上聲）	所菹切	生母
		膆（去聲）	桑故切	心母
		速（入聲）	桑穀切	心母
酸	視忘	酸（上平）	素官反	心母

碎	視危	雖（上平）	係遺切	心母
		隨（下平）	旬為切	邪母
		髓（上聲）	息委切	心母
		碎（去聲）	蘇對反	心母
撒	視啊	薩（上平）	桑葛反	心母
		斜（下平）	似嗟切	邪母
		灑（上聲）	所綺切	生母
		撒（入聲）	桑轄切（《洪武》）	心母
損	視問	孫損	蘇本反	心母

5. 時　母

時母下共十三音，各音五聲相承之字共四十一字，來自中古生母、常母、書母、審母、船母、以母。

時母字	反　切	五聲相承之字	古切法	聲母來源
尚	時安	山（上平）	所閒切	生母
		裳（下平）	市羊切	常母
		閃（上聲）	失冉切	書母
		尚（去聲）	時亮反	常母
少	時拗	稍（上平）	所教切	生母
		韶（下平）	市昭切	常母
		少（上聲）	書沼反	書母
		紹（去聲）	市昭切	常母
捨	時額	賒（上平）	式車切	書母
		佘（下平）	石遮切（《洪武》）	常母
		捨（上聲）	書冶反	書母
		設（去聲）	識列切	書母
		貝舌（入聲）		
守	時偶	收（上平）	式州切	書母
		守（上聲）	書九反	書母
		受（去聲）	殖酉切	常母
篩	時愛	篩（上平）	疏夷反	審母
		曬（去聲）	所寄切	生母
芍	時我	芍（入聲）	市若反	常母
深	時恩	深（上平）	式針反	書母
		神（下平）	食鄰切	船母
		審（上聲）	式人切	審母
		慎（去聲）	時刃切	常母

舒	時無	舒（上平）	商魚反	書目
		樹（去聲）	臣庾切	常母
		孰（入聲）	殊六切	常母
爽	時忘	拴（上平）	此緣切	清母
		爽（上聲）	疏兩反	審母
		涮（去聲）	生患切	生母
睡	時危	誰（下平）	視佳切	常母
		水（上聲）	式軌切	書母
		睡（去聲）	是偽反	常母
衰	時歪	衰（上平）	所危反	生母
		摔（上聲）		
		帥（去聲）	所類切	生母
煞	時啊	沙（上平）	所加切	生母
		耍（上聲）		
		煞（去聲）	所八反	生母
唇	時問	唇（下平）	食倫反	以母
		瞬（上聲）	舒閏切	書母
		順（去聲）	食閏切	船母

6. 此　母

此母下共二十三音，各音五聲相承之字共六十六字，來自中古清母、從母、初母、崇母、精母、心母。

視母字	反　切	五聲相承之字	古切法	聲母來源
慘	此安	倉（上平）	七感反	清母
		殘（下平）	昨干切	從母
		慘（上聲）	七感切	清母
		儳（去聲）	士咸切	崇母
曹	此拗	操（上平）	七刀切	清母
		曹（下平）	昨牢反	從母
		草（上聲）	采老切	清母
		懆（去聲）	采老切	清母
測	此額	測（入聲）	初側反	初母
愁	此偶	愁（下平）	士尤反	崇母
		湊（去聲）	倉奏切	清母

戚	此以	淒（上平）	期稽切	清母
		臍（上聲）	徂奚切	從母
		砌（去聲）	七計切	清母
		戚（入聲）	倉歷反	清母
切	此野	且（上聲）	七也切	清母
		切（入聲）	千結反	清母
蹌	此羊	蹌（上平）	七羊反	清母
		詳（下平）	似羊切	邪母
		搶（上聲）	七羊切	清母
		嗆（去聲）		
誚	此要	鍫（上平）	七遙切	清母
		瞧（下平）		
		誚（去聲）	才笑反	從母
親	此因	親（上平）	七人反	清母
		尋（下平）	徐林切	邪母
		請（上聲）	七靜切	清母
		親（去聲）	七人切	清母
倩	此岩	千（上平）	蒼先切	清母
		前（下平）	昨先切	從母
		淺（上聲）	七演切	清母
		倩（去聲）	倉甸反	清母
雀	此約	雀（入聲）	即略反	精母
囚	此有	揪（上平）		
		囚（下平）	似由反	邪母
才	此愛	猜（上平）	倉才切	清母
		才（下平）	昨栽反	從母
		採（上聲）	倉宰切	清母
		蔡（去聲）	倉大切	清母
挫	此我	磋（上平）	七何切	清母
		挫（去聲）	則臥反	精母
		撮（入聲）	倉括切	清母
聰	此翁	聰（上平）	倉紅反	清母
		崇（下平）	鋤弓切	崇母
層	此恩	撐（上平）		
		層（下平）	昨棱反	從母
		撐（去聲）		

趣	此遇	蛆（上平）	七余切	清母
		娶（上聲）	七句切	清母
		趣（去聲）	七句反	清母
全	此願	全（上平）	疾緣反	從母
促	此無	粗（上平）	徂古切	從母
		雛（下平）	仕余切	崇母
		楚（上聲）	創舉切	初母
		醋（去聲）	倉故切	清母
		促（入聲）	七玉反	清母
攢	此忘	躦（上平）		
		攢（下平）	徂官反	從母
		竄（去聲）	七亂切	清母
誰	此危	崔（上平）	倉回切	清母
		誰（去聲）	雖遂反	心母
擦	此啊	擦（入聲）	初戛反	初母
存	此問	村（上平）	此尊切	清母
		存（下平）	徂尊反	從母
		忖（上聲）	倉本切	清母
		寸（去聲）	倉困切	清母

7. 子 母

子母下共二十四音，各音五聲相承之字共六十四字，主要來自中古精母、從母，個別來自以母、莊母。

視母字	反 切	五聲相承之字	古切法	聲母來源
藏	子安	臧（上平）	則郎反	精母
		咱（下平）		
		趲（上聲）	藏旱切	從母
		贊（去聲）	則旰切	精母
早	子拗	遭（上平）	作曹切	精母
		早（上聲）	子皓反	精母
		皂（去聲）		
則	子額	則（入聲）	子德反	精母
奏	子偶	鄒（上平）	側鳩切	莊母
		走（上聲）	子苟切	精母
		奏（去聲）	則候反	精母

集	子以	躋（上平）	祖稽切	精母
		擠（下平）	祖稽切	精母
		際（上聲）	子例切	精母
		集（入聲）	秦入反	從母
藉	子野	姐（上聲）	茲野切	精母
		藉（去聲）	慈夜反	從母
		接（入聲）	即葉切	精母
將	子羊	將（上平）	即良反	精母
		蔣（上聲）	即兩切	精母
		醬（去聲）	子亮切	精母
勦	子要	焦（上平）	即宵切	精母
		勦（上聲）	子小反	精母
浸	子因	侵（上平）	七林切	清母
		盡（上聲）		
		浸（去聲）	子鴆反	精母
僭	子岩	尖（上平）	子廉切	精母
		剪（上聲）	即淺切	精母
		僭（去聲）	子念反	精母
爵	子約	爵（入聲）	即略反	精母
酒	子有	揫（上平）	即由切（揫）	精母
		酒（上聲）	子有反	精母
		救（去聲）	居祐切	見母
在	子愛	栽（上平）	祖才切	精母
		宰（上聲）	作海切	精母
		在（去聲）	昨宰反	從母
座	子我	昨（下平）	在各切	從母
		左（上聲）	臧可切	精母
		座（去聲）	徂臥反	從母
		鑿（入聲）	昨木切	從母
頌	子翁	宗（上平）	作冬切	精母
		總（上聲）	作孔切（《洪武》）	精母
		頌（去聲）	余封反（似用切）	以母（又邪母）
爭	子恩	爭（上平）		
		怎（上聲）	側莖反	莊母
		掙（去聲）		

聚	子遇	疽（上平）	七余切	清母
		聚（去聲）	慈廋反	從母
絕	子越	嗟（上平）	子邪切	精母
		絕（入聲）	情雪反	從母
俊	子雲	俊（下平）	子峻反	精母
祖	子無	租（上平）	則吾切	精母
		祖（上聲）	則古反	精母
		助（去聲）	床據切	崇母
		足（入聲）	即玉切	精母
纘	子忘	鑽（上平）	借官切	精母
		鬖（上聲）		精母
		鑽（去聲）	作管反	精母
最	子危	嘴（上聲）		
		最（去聲）	祖外反	精母
咱	子啊	咱		
		帀	子葛反	精母
尊	子問	尊	祖昆反	精母

（四）唇　音

1. 比　母

雖然作者指出「右元音比生音十三字」，但實際列出的只有七字的字音，各音五聲相承之字共二十字，來自中古幫母、滂母、并母。

比母字	反　切	五聲相承之字	古切法	聲母來源
班	比安	班（上平）	布還反	幫母
		板（上聲）	布綰切	幫母
		半（去聲）	博慢切	幫母
報	比拗	包（上平）	布交切	幫母
		保（上聲）	博抱切	幫母
		報（去聲）	博耗反	幫母
白	比額	卑（上平）	府移切	幫母
		彼（上聲）	甫委切	幫母
		倍（去聲）	薄亥切	幫母
		白（入聲）	旁陌反	滂母
褒	比偶	褒（上平）	博毛反	並母
別	比野	瞥（上聲）	普蔑切	滂母
		斃（去聲）	毗祭切	並母
		別（入聲）	必列反	幫母

表	比要	標（上平）	甫遙切	幫母
		表（上聲）	陂矯反	幫母
		膘（去聲）	撫招切	滂母
稟	比因	兵（上平）	甫明切	幫母
		稟（上聲）	筆錦切	幫母
		病（去聲）	皮命切	幫母

2. 符　母

符母下共五音，各音五聲相承之字共十六字，來自中古幫母、并母。

符母字	反　切	五聲相承之字	古切法	聲母來源
方	符安	方（上平）	府良反	幫母
		防（下平）	符方切	並母
		反（上聲）	府遠切	幫母
		範（去聲）	防錽切	並母
廢	符額	非（上平）	甫微切	幫母
		肥（下平）	符非切	並母
		菲（上聲）	敷尾切	滂母
		廢（去聲）	方肺反	幫母
否	符偶	浮（下平）	縛謀切	並母
		否（上聲）	方久反	幫母
		缶（去聲）	方久切	幫母
分	符恩	分（上平）	方文反	幫母
		墳（下平）	符分切	並母
		粉（上聲）	方吻切	幫母
		份（去聲）	府巾切	幫母
發	符啊	發（入聲）	方伐反	幫母

3. 靡　母

靡母下共十四音，各音五聲相承之字共四十六字，主要來自中古明母，個別來自疑母。

靡母字	反　切	五聲相承之字	古切法	聲母來源
曼	靡安	漫（上平）	莫半切	明母
		曼（下平）	莫半反	明母
		滿（上聲）	莫旱切	明母
		慢（去聲）	謨宴切	明母

貌	靡拗	眸（上平）	莫浮切	明母
		毛（下平）	莫袍切	明母
		卯（上聲）	莫飽切	明母
		貌（去聲）	五稽反（莫教切）	疑母（明母）
美	靡額	媒（下平）	莫杯切	明母
		美（上聲）	無鄙反	明母
		妹（去聲）	莫佩切	明母
		墨（入聲）	莫北切	明母
侔	靡偶	侔（下平）	莫浮反	明母
		某（上聲）	莫厚切	明母
		昧（去聲）	莫貝切	明母
蔑	靡野	咩（上聲）		
		蔑（入聲）	莫結反	明母
妙	靡要	描（下平）	莫交切	明母
		渺（上聲）	亡沼切	明母
		妙（去聲）	靡笑反	明母
名	靡因	名（下平）	武並反	明母
		泯（上聲）	靡鄰切	明母
		命（去聲）	眉病切	明母
綿	靡岩	綿（下平）	武延反	明母
		免（上聲）	亡辨切	明母
		面（去聲）	莫甸切	明母
繆	靡有	繆（下平）	眉救反	明母
		謬（去聲）	靡幼切	明母
邁	靡愛	埋（下平）	莫皆切	明母
		買（上聲）	莫蟹切	明母
		邁（去聲）	莫話反	明母
摩	靡我	摸（上平）	莫胡切	明母
		摩（下平）	莫婆反	明母
		慕（去聲）	莫故切	明母
		末（入聲）	莫撥切	明母
捫	靡恩	捫（上平）	謨奔反	明母
		門（下平）	莫奔切	明母
		猛（上聲）	莫幸切	明母
		孟（去聲）	莫更切	明母

木	靡無	母（上聲）	莫厚切	明母
		木（去聲）	莫卜反	明母
麻	靡啊	媽（上平）	莫補切	明母
		麻（下平）	莫遐反	明母
		馬（上聲）	莫下切	明母
		罵（去聲）	莫下切	明母
		抹（入聲）	莫撥切	明母

4. 闢 母

闢母下共十三音，各音五聲相承之字共四十五字，來自中古並母、滂母、幫母、明母。

靡母字	反　切	五聲相承之字	古切法	聲母來源
盤	闢安	潘（上平）	普官切	滂母
		盤（下平）	簿官反	並母
		盼（去聲）	匹襇切（《洪武》）	滂母
匏	闢拗	拋（上平）	匹交切	滂母
		匏（下平）	蒲交反	並母
		跑（上聲）	簿角切	並母
		泡（去聲）	簿交切	並母
珀	闢額	胚（上平）	普伯反	滂母
		陪（下平）	簿回切	並母
		配（去聲）	滂配切	滂母
		珀（入聲）	普伯切	滂母
裒	闢偶	裒（上平）	簿侯反	並母
撇	闢野	瞥（上聲）	普蔑切	滂母
		撇（入聲）	匹蔑反	滂母
摽	闢要	摽（上平）	符笑反	並母
		瓢（下平）	符霄切	並母
		瞟（上聲）	撫招切	滂母
		票（去聲）	毗召切（《洪武》）	滂母
品	闢因	摒（上平）	畀政切	幫母
		平（下平）	符兵切	並母
		品（上聲）	丕飲反	滂母
		聘（去聲）	匹正切	滂母
徧	闢岩	偏（上平）	芳連切	滂母
		便（下平）	房連切	並母
		徧（去聲）	比賤反	並母

排	闢愛	排（下平） 派（去聲）	步皆反 匹掛切	並母 滂母
頗	闢我	坡（上平） 婆（下平） 頗（上聲） 破（去聲） 潑（入聲）	旁禾切 薄波切 普火切 普過切 普活切（《洪武》）	滂母 並母 滂母 滂母 滂母
朋	闢恩	烹（上平） 朋（下平） 捧（上聲） 碰（去聲）	普庚切（《洪武》） 蒲登反 敷奉切	滂母 並母 滂母
鋪	闢無	鋪（上平） 蒲（下平） 譜（上聲） 鋪（去聲） 僕（入聲）	普胡反 簿胡切 博古切 蒲木切	滂母 並母 幫母 並母
帕	闢啊	爬（上平） 扒（下平） 怕（去聲） 帕（入聲）	蒲巴切 博拔切 普駕切 莫轄反	並母 幫母 滂母 明母

（五）及　母

及母下共十四音，各音五聲相承之字共三十五字，來自中古見母、群母，個別來自「以」母、「來」母。

視母字	反　切	五聲相承之字	古切法	聲母來源
竭	及野	竭（入聲）	渠列反	群母
港	及羊	江（上平） 港（上聲） 夅（去聲）	古巷反 古項切	見母 見母
教	及要	交（上平） 絞（上聲） 教（去聲）	古孝反 古巧切 古孝切	見母 見母 見母
瑾	及因	金（上平） 瑾（上聲） 敬（去聲）	居吟切 居尹反 居慶切	見母 見母 見母

		奸（上平）	古寒反	見母
奸	及岩	撿（上聲）	良冉切	來母
		劍（去聲）	居欠切	見母
覺	及約	覺（入聲）	古約反	見母
		糾（上平）	居黝反	見母
糾	及有	久（上聲）	舉有切	見母
		救（去聲）	居祐切	見母
		皆（上平）	古諧切	見母
戒	及愛	解（上聲）	佳買切	見母
		戒（去聲）	古拜反	見母
窘	及翁	窘（上聲）	渠隕反	群母
		俱（上平）	其據反	群母
遽	及遇	舉（上聲）	居許切	見母
		遽（去聲）	其據切	見母
		局（入聲）	渠玉切	群母
決	及越	嘄（上平）		
		決（入聲）	古穴反	見母
君	及雲	君（上平）	舉雲反	見母
		郡（去聲）	渠運切	群母
		捐（上平）	余專反	以母
捐	及願	卷（上聲）	巨員切	群母
		倦（去聲）	渠卷切	群母
		家（上平）	古牙反	見母
家	及啊	假（上聲）	古疋切	見母
		嫁（去聲）	古訝切	見母

四、分析與討論

（一）分　析

1. 齶　音

馬氏的齶音有三個：隔、克、嘻，實際上，這三個音是舌根音。馬氏指出，「隔」的發音方法是：「口開，舌前平舒，後鼓上齶，喉音」，這裡的描述實際是舌根音［k］的發音方法，馬氏這裡所謂的「齶」，指的應該是軟齶，把舌頭的前部平舒，把舌頭的後部鼓起來貼到軟齶發音；「克」的發音方法是「口開，

舌前抵下齒，後上鼓上齶音」，講的和「隔」的發音方法幾乎相同，應該的 [k‘] 的發音，唯一的區別在於發「隔 [k]」時舌頭前部平舒，發「克 [k‘]」時舌頭前部要「抵下齒」，作者雖然沒有明確描述送氣與不送氣的區別，但從這個區別可以看出「克 [k‘]」是送氣音，因為送氣比不送氣要稍微用力，所以才需要「舌前抵下齒」；「嘻」的發音方法是「口開，舌平抵下齒，上齶高掀相送音」，描述的是 [x] 的發音，「高掀」是指舌根接近但不貼住軟齶，「相送」是指氣流從舌根和軟齶之間的縫隙中穿過。

從來源看，「隔」聲母下四十二字除一字來自中古匣母（仄聲）外均來自中古見母；「克」聲母下四十四字，主要來自中古溪母，個別來自中古群母；「嘻」聲母下五十一字來自中古曉母和匣母，從中我們可以看到清末的南京官話中，沒有全濁聲母，全濁聲母（如「群」母和「匣」母）在當時的南京官話中讀清聲母，且中古平聲字在南京官話中分讀為陰平和陽平字。

在趙元任先生的《南京音系》中，這三類字的發音分別是 k，k‘，x。

2. 舌 音

馬氏的舌音有五個：抵、踶、離、耳、喜，從馬氏描述的發音方法看，這五個音可以分為三類：「抵、踶、離」為一類，「耳」為一類，「喜」為一類。

「抵」是「口齒微開，舌先貼上齶後疊下音」；「踶」是「口開齒微合，舌迭上齶，落抵下齒根相送音」；「離」是「口開，舌鼓上齶快迭落下音」。這三個描述的實際上是 [t] [t‘] [l] 的發音。「抵 [t]」和「踶 [t‘]」發音時都是口齒微開（或微合）舌貼上齶，然後落下，不同之處在於發「踶 [t‘]」時舌頭從上齶（這裡指的應該的上齒齦）落下後再抵住「下齒根」，這是因為「踶 [t‘]」是送氣音，氣流把舌頭從上齶沖到下齒根。「離 [l]」的發音部位和「抵 [t]」「踶 [t‘]」相同，都要用舌頭貼住上齶，不同之處在於舌頭要鼓起。

「耳」是「口開，舌上曲回空際合喉音」。這裡描述的是捲舌音 [ʐ] 的發音方法。

「喜」是「口開，舌身鼓起，舌尖抵下齒送出音」。這裡描述的是 [ɕ] 的發音方法。

「耳」和「喜」被歸入舌音一類，完全是作者根據自己對發音部位和發音方法的揣摩做出的主觀上的歸類，沒有任何科學的依據，下面「氣」字被歸入

「齒音」，而「及」字沒有任何歸類是同樣的道理。

從來源看，「抵」聲母下五十字來自中古端母、定母；「踶」聲母下五十二字來自中古定母、透母，「離」共六十九字來自中古泥母、來母、疑母、娘母，「耳」母下二十四字均來自中古日母，「喜」母下四十字來自中古曉母、匣母三等字。

從以上字的歸類中，我們可以看到清末的南京官話中馬氏所列的舌音聲母的以下特點：

一、沒有全濁聲母，全濁聲母（如「定」母和「匣」母）在當時的南京官話中讀清聲母，其演變規律為「平聲送氣、仄聲不送氣」，且中古平聲字在南京官話中以「清陰濁陽」的規律分讀為陰平和陽平字。

二、來母、泥母、娘母不分。中古來母、泥母、娘母字和個別疑母字合流為「離」母，即［l］音。疑母字「仰」讀離母。

三、曉母細音字齶化，變為「喜」母，曉母洪音字讀「嘻」母。

3. 齒　音

馬氏的齒音有七個：持、知、時、子、此、視、氣。這七個齒音字實際上可分為三類：持、知、時為一類，子、此、視為一類，氣字為一類。

「知」的發音方法是「上下齒閉合，舌貼上齶」；「持」的發音方法是：「上下齒合，舌貼上齶，平送音」；「時」的發音方法是「口開，上下齒合，舌微上曲送出音」。這三個描述的是［tʂ］［tʂ'］［ʂ］的發音。

「子」的發音方法是「口開齒合舌貼上齒根相送音」；「此」的發音方法是「口微開，齒合，舌迭上齒根相送音」；「視」的發音方法是「口開，上下齒輕合，舌尖平送音」。這三個描述的是［ts］［ts'］［s］的發音

「氣」是「口開，舌抵下齒後鼓上齶送音」。這和「喜」的「口開，舌身鼓起，舌尖抵下齒送出音」。比較相近，描寫的是［tɕ'］的發音。

從來源看，「知」聲母下三十七字來自中古知母、章母、疑母、莊母、澄母；「持」聲母下四十六字來自中古澄母、昌母、崇母、徹母、初母；「時」聲母下四十一字來自中古常母、書母、審母、生母、以母。

「子」聲母下六十四字主要來自中古精母、從母，個別來自以母、莊母；「此」聲母下六十六字來自中古清母、從母、初母、崇母、穿母、精母、心

母、邪母;「視」聲母下六十九字主要來自中古心母,個別來自中古生母、審母。

「氣」聲母下三十七字,來自中古溪母、群母、從母。

從以上字的歸類中,我們可以看到清末的南京官話中馬氏所列的舌音聲母的以下特點:

一、沒有全濁聲母,全濁聲母(如「澄」母、「崇」母、「從」母、「群」母)在當時的南京官話中讀清聲母,其演變規律為「平聲送氣、仄聲不送氣」,且中古平聲字在南京官話中以「清陰濁陽」的規律分讀為陰平和陽平字。

二、中古知系、莊系、章系字合流,知、澄(仄)、莊、章等母合流為「知」母,徹、澄(平)、初、昌等母合流為「持」母,常、書、審、生、以等母合流為「時」母。

三、中古精系字在清末的南京官話中沒有齶化,不論在洪音字還是在細音字前精母、從母(仄聲)都合流為「子」母,另外,「子」母下還有見(「救」)、莊(「爭」「怎」「掙」)等母字;清母、從母(平聲)都合流為「此」母,另外,「此」母下還有初(「測」、「楚」、「擦」)、崇(「儳」、「愁」、「崇」、「雛」)、穿(「撐」「」)邪(「詳」、「尋」、「囚」)精(「雀」、「挫」)、心(「謅」)等母字;心母、邪母都合流為「視」母,另外,「視」母下還有生(「色」、「搜」、「瘦」、「生」「省」、「數」、「灑」)、常(「視」)、從(「矬」)、審(「所」)等母字。

四、溪母細音字齶化,變為「氣」母,溪母洪音字讀「克」母。

4. 唇 音

馬氏的唇音有四個:比、闢、靡、符。

「比」是:「上下唇先合後開,舌抵下齒,平送音」;「闢」是「舌抵下齒,上下唇先閉後開相送音」;「靡」是「上下唇先合後開,舌抵下齒音」;「符」是「上齒咬合下唇,舌平送音。」這四個描寫的是 [p] [p‘] [m] [f] 的發音。

從來源看,「比」聲母下二十字來自中古幫母和並母(仄聲);「闢」聲母下四十五字來自中古滂母和並母(平聲);「靡」聲母下四十六字來自中古明母,「符」聲母下十六字來自中古幫母和並母合口三等字。

從以上字的歸類中,我們可以看到清末的南京官話中馬氏所列的舌音聲母的以下特點:

一、沒有全濁聲母，全濁聲母（如「並」母）在當時的南京官話中讀清聲母，其演變規律為「平聲送氣、仄聲不送氣」，且中古平聲字在南京官話中以「清陰濁陽」的規律分讀為陰平和陽平字。

二、幫系合口三等字變為「符」母。

5. 及 母

還有一個「及」母，馬氏沒有歸類，「及」母下共十四音，各音五聲相承之字共三十五字，來自中古群母、見母、另有一個來自以母，一個來自來母。「及」的發音方法是「上下齒微合，舌抵下齒音」，這和「氣」和「喜」的發音方法很像，描寫的是 [tɕ] 的發音，「及」母下所收之字與「隔」母下所收之字都來自中古見母和群母，不同之處在於「及」母下所收之字是見組細音字，「隔」母下所收之子是見組粗音字，由此可見中古見母字在清末的南京官話中分為兩組，粗音字仍讀 [k] 類，細音字已齶化為 [tɕ] 類。

（二）討 論

從以上的分析中可以看到清末南京官話聲母系統的特點：

一、全濁聲母清化。中古全濁音聲母並、奉、定、澄、從、邪、床、禪、群、匣依「平聲送氣、仄聲不送氣」的規律在《正音新纂》中讀為清音聲母。

二、有平舌音（[ts] [tsʻ] [s]）和翹舌音（[tʂ] [tʂʻ] [ʂ]）的分別，但部分翹舌音字進入平舌音中。如「視安三」、「視拗嫂」、「視額色」、「視以細」「視無酥」、「此偶愁」、「子恩爭」等音。

三、存在著尖團音的對立，但對立模式與一般的尖團音對立不同。清末的南京官話中見組細音字齶化，但精組細音字未齶化（如「子有酒、子岩儳、子約爵、此以戚、此要誚、此羊蹌、此野切、視以細、視野寫、視羊想、視要肖、視因心」等音）。一般說來，尖團音的對立模式有三種：A. 精組細音為 [ts] [tsʻ] [s]，見曉組細音為 [tɕ] [tɕʻ] [ɕ]，如河南鄭州方言，河北邯鄲永年方言等；B. 精組細音為 [ts] [tsʻ] [s]，見曉組細音為 [k] [kʻ] [x]，如粵方言、閩方言、江蘇贛榆方言等；C. 精組細音為 [tɕ] [tɕʻ] [ɕ]，見曉組細音為 [k] [kʻ] [x]，比較接近的如山西的陽城方言，山東的煙臺方言等。〔註5〕

〔註5〕楊亦鳴、王為民，〈《圓音正考》與《音韻逢源》所記尖團音分合之比較研究〉，《中國語文》，2003 年第 2 期，131～136 頁。

四、n、l不分，都讀為l。中古來母、泥母、娘母字和個別疑母字合流為「離」母。如「離安難、離拗惱、離岩念、離有牛、離越虐、離愛乃、離翁弄、離遇女、離無奴、離啊娜、離恩能、離忘彎」等。

五、二等韻牙喉音聲母字齶化。如二等韻牙喉音聲母字「家」（及啊家）、「江」（及央江）、「交」（及要交）等都收在「及」母下。

趙元任先生曾寫過《南京音系》一文，該文中對當時南京音的聲母系統及其發音部位和發音方法做過描述：

南京音系中共有20是個聲母：

白 p	拍 pʻ	墨 m	拂 f
得 t	忒 tʻ	勒 l	
格 k	克 kʻ	黑 x	
基 tɕ	欺 tɕʻ	希 ɕ	
知 tʂ	蚩 tʂʻ	施 ʂ	日 ʐ
茲 ts	雌 tsʻ	思 s	

1. 發音方法

[p，t·k] 是極不吐氣的破裂音（plosives）；[tɕ，tʂ，ts] 是極不吐氣的破裂摩擦音（affricates）。

第二縱行 [pʻ，tʻ，kʻ，tɕʻ，tʂʻ，tsʻ] 都是吐氣音。

[l] 母略帶鼻音，碰到 [i]、[y] 音時幾乎變成 n 音。

[ʐ] 元音摩擦甚少，比北平的更軟，它跟英文 [ɹ] 音不同的地方就是 [ʐ] 不一定有唇作用，而英文 [ɹ] 總帶一點唇作用。

2. 發音部位

[x] 部位很後，輕讀時有變成喉音 [h] 的傾向。

[tɕ，tɕʻ，ɕ] 比北平的略後，但不後到德文 ich [iç] 裏 [ç] 的程度，所以現在用近來國際音標裏新定的 ɕ，代表這稱普通部位的舌面齶音（palatals），細說起來，這裡的 t 字也應作帶左橫鉤的 t，因為它也是舌面與齶接觸的音，但因為後頭已經有 ɕ 號了，所以第一字母可以從簡了。

[tʂ，tʂʻ，ʂ] 比北平稍前。

［ts，ts'，s］跟中國別處的差不多，因此比英文的要前得多。〔註6〕

《正音新纂》中的二十個聲母和趙元任先生《南京音系》中的二十個聲母相當地一致，因此正如作者所說，他是南京人，正音就要先正南京官話音，這二十個聲母就是清末南京官話的聲母。但當時的南京土音聲母與南京官話音聲母是不同的，以「隔」「克」「嗐」三個聲母為例，元音「隔」「克」「嗐」下列出的南京土音的音節都是二十個，「隔」母下「凡土音二十，隔吔隔以隔野隔羊隔要隔因隔岩隔崖隔約隔用隔日隔有隔雅隔嗯隔鬱隔遇隔越隔雲隔願隔啊」，「克」母下「凡土音二十，克吔克以克野克羊克要克因克岩克崖克約克用剋日克有克雅克嗯克鬱克遇克越克雲克願克啊」，「嗐」母下「凡土音二十，嗐吔嗐以嗐野嗐羊嗐要嗐因嗐岩嗐崖嗐約嗐用嗐日嗐有嗐雅嗐嗯嗐鬱嗐遇嗐越嗐雲嗐願嗐啊。」三個聲母拼出的音節完全相同，都可以和齊齒呼與撮口呼韻母相拼，而南京官話的「隔」「克」「嗐」三個聲母只與開口呼和合口呼韻母相拼，說明南京官話中的見組細音字已經齶化，而南京土音中的見組細音字還沒有齶化，南京土音中尖團音對立的模式是 B 模式，即精組細音字為［ts］［ts'］［s］，見曉組細音為［k］［k'］［x］。從二者的對立模式看，南京官話比南京土音音系演變得更快，這種演變可能是受北方官話的影響所致。

麥耘、朱曉農（2012）曾指出：「要證明明代官話基礎是江淮方言，只依靠文史資料是遠遠不夠的，它需要語言本體材料、尤其是歷史比較研究的成果支持。不管最後結論如何，這一步絕不能繞過去。」〔註7〕可見在探討音系基礎問題時，語言本體材料是相當重要的。二位先生認為，南京官話和南京方言是不同的，南京官話不屬於江淮官話，因為它不具備江淮官話最為關鍵得兩個語音特點：一是古臻、深攝與曾、梗攝陽聲開口韻（即一般所說的 in、ən～in、iŋ）問題，在現代南京話和江淮方言多數方言點中，-n～-ŋ 兩個鼻音韻尾沒有對立，但明末《西儒耳目資》和《西字奇蹟》中-n～-ŋ 兩種鼻音韻尾有嚴格的區分；二是古泥／娘、來母（即 n～l 聲母）問題，江淮方言絕大多數 n～l 不分，在江淮方言核心的、也是最大的一片洪巢片（南京即在此片中）尤其是如

〔註6〕趙元任，〈南京音系〉，《趙元任語言學論文集》，北京：商務印書館，2002 年，274～275 頁。

〔註7〕麥耘、朱曉農，〈南京方言不是明代官話的基礎〉，《語言科學》，2012 年第 4 期，345 頁。

此，但《西儒耳目資》和《西字奇蹟》中的 n～l 是分得很清楚的。8）從《正音新纂》描寫的南京官話來看，清末的南京官話確實屬於江淮方言（雖然本文沒有探討南京官話的韻母問題，但從「隔安岡、隔恩耿、隔忘管、嘻問橫、克安康、克恩坑、抵安擋、抵因丁、抵恩等、抵忘短……」等完全可以看出 -n～-ŋ 兩個鼻音韻尾沒有對立的特點）。明末傳教士描寫的是不是南京官話還有待於商榷，清末南京官話語音與明末南京官話語音的區別也還有待於研究，但有一點是可以肯定的：南京官話和南京土音都屬於江淮方言。

五、結　語

《正音新纂》是記錄清末南京官話的一份非常珍貴的材料，對其聲母、韻母、聲調系統的研究有助於搞起清末南京官話音的真實面貌。本文通過對《正音新纂》二十個聲母代表字的發音及各自下所轄的同聲母字的考察，釐清了清末南京官話聲母系統的特點。在清末的南京官話中：全濁聲母清化；有平舌音（［ts］［ts'］［s］）和翹舌音（［tʂ］［tʂ'］［ʂ］）的分別，但部分翹舌音字進入平舌音中；存在著尖團音的對立，但對立模式是精組細音為［ts］［ts'］［s］與見曉組細音為［tɕ］［tɕ'］［ɕ］的對立；n、l 不分，中古來母、泥母、娘母字和個別疑母字合流為「離」母，都讀為［l］。二等韻牙喉音聲母字齶化，如二等韻牙喉音聲母字「家」（及啊家）、「江」（及央江）、「交」（及要交）等都收在「及」母下。南京土音聲母與南京官話音聲母是不同的，當時的南京土音中見組細音字還沒有齶化，其尖團音對立的模式是精組細音字［ts］［ts'］［s］與見曉組細音為［k］［k'］［x］的對立。《正音新纂》記錄的清末南京官話的聲母系統的這些語音特點與趙元任先生 1929 年《南京音系》中記錄的聲母系統完全一致。這些特點是江淮方言的語音特點。

六、參考文獻

1. 鄧興鋒，〈《南京官話》所記南京音系音值研究——兼論方言史對漢語史研究的價值〉，《南京社會科學》第 4 期，1994 年。
2. 劉存雨，《江蘇江淮官話音韻演變研究》，蘇州大學屬博士學位論文，2012 年。
3. 魯國堯，〈明代官話及其基礎方言問題——讀《利瑪竇中國箚記》〉，《南京大學學報》第 4 期，1985 年。
4. 魯國堯，〈研究明末清初官話基礎方言的廿三年歷程——「從字縫裏看」到「從字面上看」〉，《語言科學》第 2 期，2007 年。

5. 馬鳴鶴，《正音新纂》，復旦大學圖書館館藏，1899 年。

6. 麥耘、朱曉農，〈南京方言不是明代官話的基礎〉，《語言科學》第 4 期，2012 年。

7. 孫華先，〈趙元任《南京音系》研讀〉，《語文研究》第 1 期，2008 年。

8. 孫華先滿《〈南京字彙〉音系研究》，南京大學博士學位論文，2002 年。

9. 張衛東，〈北京音何時成為漢語官話標準音〉，《深圳大學學報（人文社會科學版）》第 4 期，1998 年。

10. 曾曉渝，〈試論《西儒耳目資》的語音基礎及明代官話的標準音〉，《西南大學學報（社會科學版）》第 1 期，1991 年。

11. 趙元任，〈南京音系〉，吳宗濟，趙新那編《趙元任語言學論文集》（2002），北京：商務印書館，1929 年。

《正音新纂》韻母系統考

一、緒　論

　　《正音新纂》，清末江寧（即南京）人馬鳴鶴撰，成書於光緒乙亥二十五（1899）年，是一本教兒童學習南京官話的課本。在凡例中作者指出自己編寫此書的目的：「是書原為童蒙正音而設，初不敢作為儒林諸大雅考音之券。」此書開篇有一篇「自序」，作者講到：「正音者，為正語言文字之聲音也。顧聲音之別有二：一官音、一土音。官音如南北二京音者是，土音如土俗及纖巧油滑之音者是。但無論官音、土音，究不外乎先當查考音之所以然，而後官音土音總能得其正軌，且亦能得其地之音多少之數，使不難稽核。……輒謹於讀書談話之際，細審某字某言，其音之出納何在？遂先審得尾音三十四音，名為子音；起音二十音，名為母音。即以每一起音（又名開口音）通切尾音（又名收尾音）。諸音一遍，名為以母生子，遂得南京音若干音。彼凡非南京官音，別為土音，逐一如是。合生南京官音三百有七音，加之子母五十四音，通得南京官音三百六十一音。緣各所為字，成三百六十一字，設施之平仄，可普通之話語千萬，文字千萬，無有越乎此三百六十一音者，法具備後，惟閱者識之。第正音之作，初非敢求邁古人，用資問世，直欲付童蒙習之，俾語音有準，字音有歸，得為古人反切之後助云爾。歲次光緒乙亥二十五年小陽月書於鈍齋前窗之左。江寧馬鳴鶴九皋甫謹識。」

從自序中我們可以瞭解到，作者馬鳴鶴不贊同以前的反切法，把南京官話音的聲母、韻母重新整理，得出聲母二十個，韻母三十四個，共得出南京官話音三百六十一音，並說：「普通之話語千萬，文字千萬，無有越乎此三百六十一音者。」作者指出：「余為南京人，故正音必先自南京始，示不忘本也。」

考察此書中聲母、韻母及這三百六十一音，可以得出清末南京官話的真實面貌。本文考察該書的三十四個韻母，由此可以得出清末南京官話的聲母系統。

除彭靜（2014）的文章外，目前還沒有見到過研究《正音新纂》的相關資料。

對於清代南京官話音系的系統的研究，目前也還很少（具體討論見彭靜2014）。《正音新纂》是一本難得的清代末年的南京本地學者編撰的南京官話，是研究清末南京官話的一份不可多得的材料。本文想全面而系統地考察《正音新纂》中描寫的當時南京官話的韻母系統，從而為清代南京官話的研究從音系上再提供一份新的資料。

二、《正音新纂》的三十四個韻母

南京官話的韻母，作者稱為收尾音或子音，並用三十四個字代表：

吔安拗額偶以野羊要因岩崖約用日有雅愛嗯我翁鬱恩遇越雲願無忘危歪啊娃問。〔註1〕

對於這些字，作者先給出反切拼音，然後列出與其五聲相承之字，偶而會解釋一下其中一個字的意思，最後給出韻母代表字的古切法，如「安」韻的發音：「額拗安口開舌凹喉大出音　○安音凡四聲安昂啽暗，安上平，昂下平，啽上聲，暗去聲，以物納口曰『啽』。○古切法安於寒反。」

但馬氏給出反切的韻母代表字不是三十四個，而是二十九個，有五個韻母（額、偶、以、野、羊）是作為反切下字出現的。

作者把這三十四音細分為五類：

茲審得收尾喉音五，吔安拗額偶是也；齶音十五，以野羊要因岩崖約用日愛我翁恩啊是也；鼻音二，嗯問是也；齒音三，有雅鬱是也；唇音九，遇越雲願無忘危歪娃是也。

〔註1〕作者補充說明道：「吔嗯啊三字有音無字，特撰三字以實之。」

根據作者的分類及描述可列出下表：

韻母發音表

代表	部位	反切	發　音　方　法	五聲相承字	古切法
吔	收尾	額也	口開舌橋喉微出音	有聲無字	
安	喉音	額拗	口開舌凹喉大出音	安昂暗暗	於寒反
拗		額偶	口開舌凹喉重出音	爐熬襖拗	
因	齶音	以岩	口微開上齶合下舌曲抵下齒鼻送音	音迎引印	於真反
要		以拗	口微開舌曲抵下齒上齶先合後快掀音	腰搖咬要	於宵反
岩		以野	口微開舌曲抵下齒上齶先合後快掀鼻送音	淹岩掩宴	五銜反
崖		以愛	口開舌曲抵下齒上齶先合後大掀音	崖藹隘	於羈反
約		以我	口微開舌先抵下齒後縮上齶亦先合後掀下唇微收音	約	於略反
用		以翁	口微開舌先抵下齒後縮下唇微收上齶先合後大收音	雍容勇用	於頌反
曰		以額	口微開牙合舌上曲上齶掀起	曰	人質反
愛		吔崖	口開舌縮上齶高掀音	哀挨矮愛	烏代反
我		額無	口窩開舌縮上齶空起音	窩俄我臥愕	五可反
翁		額用	口先開後窩合舌縮上齶空起音	翁甕	烏紅反
恩		額嗯	口開舌平舒不動上齶空起相送音	恩上平	烏痕反
啊		吔我	口開舌曲抵根底上下唇大窩聚上齶空起送出音	啊去聲	
嗯	鼻音	吔恩	口開舌縮鼻送音		
問		無恩	口唇先微合舌平舒後下唇快落齶空起鼻音	溫紋穩問	亡運反
有	齒音	野額	口微開舌曲抵下齒牙先微合後開音	悠由有又	雲久反
雅		以啊	口微開舌先抵下齒後縮上齶高掀下唇微收下齒下開音	丫牙雅亞壓	烏加反
鬱		以無	口微開上下唇齒亦微合舌尖下迭音		紆物反
遇	唇音	鬱以	口先開後上下唇窩聚舌尖曲抵下齒舒送音	迂魚禹遇	牛聚反
越		遇也	口先開舌曲抵下齒上下唇亦先窩聚後開音	越入聲	王伐反
雲		以遇	口先開舌曲抵下齒上下唇先窩後開歸鼻音		王分反
願		越吔	口先開舌曲抵下齒上下唇窩聚後開上齶掀起音	淵元遠願	魚怨反

無	以鬱	口先開後上下唇窩聚舌平舒相送音	烏無五務物	武扶反
忘	無安	口先開舌下縮上下唇先窩後大開音	汪忘往旺	五方反
危	無額	口先開舌下縮上下唇先縮後微開音	威危尾未	魚為反
歪	無愛	口先開舌平舒上下唇先窩後快開音	歪外	烏乖反
娃	額無	口開舌曲抵根底上下唇大窩上齶空起送音	蛙娃瓦窪襪	於佳反

三、對《正音新纂》韻母所轄字來源之考察

本章考察《正音新纂》的三十四韻下所轄之字，以《廣韻》為基礎列出每字的中古音來源，以期觀察中古至《正音新纂》中音類的分合情況。

（一）喉　音

1. 吔　韻

吔韻下有三個音「士吔、次吔、字吔」，各音下所轄五聲相承之字共十字，以下是十字的中古來源（舉平以賅上去，下同）：

之開三：偲慈子字

支開三：疵此觜

脂開三：死視次

2. 安　韻

安韻下有十七音：「比安、持安、抵安、符安、知安、隔安、嘻安、克安、離安、靡安、闞安、耳安、時安、視安、蹠安、子安、此安」。各音下所轄五聲相承之字共 60 字，加上安音下所轄之字，共 64 字。以下是 64 的中古來源：

寒開一：安幹寒罕漢丹旦難懶爛傘散殘趲贊

桓合一：半漫曼滿潘盤

山開二：產山

刪開二：班板慢

仙開三：然

元合三：反

唐開一：昂炕岡康擋唐踢倉臧

陽開三：讓昌長唱張裳尚

陽合三：方防

覃開一：唅暗貪慘

談開一：敢憨三

鹽開三：冉閃

咸開二：斬站儳

凡合三：範

《廣韻》未收：捐砍躺咱盼

3. 拗　韻

拗韻下有十五音：「隔拗、嗐拗、克拗、抵拗、離拗、耳拗、踶拗、持拗、知拗、視拗、時拗、此拗、子拗、比拗、靡拗」。各音下所轄五聲相承之字共 51 字，加上拗音下所轄之字，共 55 字。以下是 55 字的中古來源：

豪開一：熬襖高稿告蒿豪好耗考靠刀到撈牢惱韜逃討騷嫂埽操曹草懆遭早保報毛

肴開二：拗鬧抄鈔稍包卯貌

宵開三：饒擾遶潮吵招召韶少紹

尤開三：眸

《廣韻》未收：燆島套找皂

4. 額　韻

額韻下有十七音：「嗐額、抵額、離額、耳額、踶額、持額、知額、視額、時額、此額、子額、比額、符額、靡額、闢額、格額、刻額」。各音下所轄五聲相承之字共 39 字。作者未給出「額」音的反切拼音及五聲相承之字。以下是 39 字的中古來源：

薛開三：熱折設徹

藥開三：惹

陌開二：嚇白珀

職開三：色測

德開一：得勒特則墨克

麥開二：隔

麻開三：車扯遮者賒捨

仙開三：這

支開三：卑彼

脂開三：美

咍開一：倍

微合三：非肥菲

廢合三：廢

灰合一：媒妹陪配

《廣韻》未收：佘胚貝舌

5. 偶　韻

偶韻下有十七音：「隔偶、嘻偶、克偶、抵偶、離偶、耳偶、踶偶、持偶、知偶、視偶、時偶、此偶、子偶、比偶、符偶、靡偶、闊偶。」各音下所轄五聲相承之字共 49 字，作者未給出「偶」音的反切拼音及五聲相承之字。以下是 49 字的中古來源：

侯開一：溝喉吼後摳口扣鬥闊僂簍漏偷頭透叟湊走奏某哀

尤開三：柔抽綢丑臭周肘咒搜瘦收守受愁鄒浮否缶侔

屋開三：肉

泰開一：昧

山開二：慳

《廣韻》未收：苟殼瘺兜豆欠褒

（二）齶　音

1. 野　韻

野韻下有十二音：「抵野、離野、喜野、踶野、氣野、視野、此野、子野、比野、靡野、闊野、及野」。各音下所轄五聲相承之字共 25 字，作者未給出「野」音的反切拼音及五聲相承之字。以下是 25 字的中古來源：

麻開三：爹些邪寫謝姐藉

屑開四：迭鐵切瞥蹩蔑彆

薛開三：裂別

月開三：歇竭

業開三：怯

葉開三：接

祭開三：泄嫳

魚開三：且

《廣韻》未收：敔咩撇

2. 羊　韻

羊韻下有七音：「離羊、喜羊、氣羊、視羊、此羊、子羊、及羊」。各音下所轄五聲相承之字共 24 字，作者未給出「羊」音的反切拼音及五聲相承之字。以下是 24 字的中古來源：

陽開三：娘涼仰亮香想向強鏘箱想像蹌詳搶將蔣醬

江開二：降腔江港

《廣韻》未收：嗆佯

3. 以　韻

以韻下有十二音：「視以、此以、子以、必以、地以、既以、器以、禮以、彌以、皮以、兮以、體以」。各音下所轄五聲相承之字共 50 字，作者未給出「以」音的反切拼音及五聲相承之字。以下是 50 字的中古來源：

脂開三：比地利丕屁

支開三：抵奇離靡皮踶

之開三：記欺起喜

微開三：幾氣希

齊開三：西洗細淒臍砌躋擠閉底雞禮米批攜係梯題體替

祭凱三：際

職開三：息力

錫開四：戚的

緝開三：集及吸

質開三：必密

迄開三：乞

昔開三：闢

4. 要　韻

要韻下有十二音：「抵要、離要、喜要、踶要、氣要、視要、此要、子要、比要、靡要、闢要、及要」。各音下所轄五聲相承之字共 37 字，加上「要」音

下所轄之 4 字，共 42 字。以下是 41 字的中古來源：

肴開二：咬殽孝敲巧剿交絞教

宵開三：腰搖要枵橋消小肖鐐誚焦標表瞟描渺妙摽瓢瞟

蕭開四：刁調憭了料曉挑條佻跳竅

《廣韻》未收：屌瞧票

5. 因　韻

因韻下有十二音：「抵因、離因、喜因、踶因、氣因、視因、此因、子因、比因、靡因、闓因、及因」。各音下所轄五聲相承之字共 42 字，加上「因」音下所轄之 4 字，共 46 字。以下是 46 字的中古來源：

耕開二：丁

庚開三：迎兵病命平敬

青開四：頂定拎零形廳廷挺聽磬

清開三：領傾頃愲性請名摒聘

蒸開三：興

欣開三：欣勤

真開三：引印親（上平）親（去聲）民泯瑾

侵開三：音心尋侵浸稟品金

《廣韻》未收：另盡

6. 岩　韻

岩韻下有十二音，但只列出了十一個反切拼音：「抵岩、離岩、喜岩、踶岩、氣岩、視岩、此岩、子岩、靡岩、闓岩、及岩」。本該有「比岩邊」的發音，但書中沒有列出來。列出的十一音下所轄四聲相承之字共 38 字，加上「岩」音下所轄之 4 字，共 42 字。以下是 42 字的中古來源：

刪開一：奸

先開四：宴顛年賢顯現天牽千前淺倩面徧

仙開三：虔遣鮮涎線剪綿免偏便

元開三：掀

添開四：點店拈念甜忝僭

銜開二：岩

鹽開三：淹掩臉尖撿

嚴開三：欠劍

《廣韻》：掭

7. 崖　韻

崖韻下有兩個音，但只列出了一個反切拼音：「持崖豺」。本該有「比崖拜」的發音，但書中沒有列出來，「比」字下缺七個音。「豺」音下有「豺、踹」二字，加上「拜」字及「崖」音下所轄之4字，共6字。以下是6字的中古來源：

蟹開一：藹

蟹開二：隘

皆開二：豺拜

佳開二：崖

仙合三：踹

8. 約　韻

約韻下有七音：「喜約、氣約、視約、此約、子約、及約、離越」，各音沒有五聲相承之字。以下是7字的中古音來源：

覺開二：學覺

藥開三：卻削雀爵虐

9. 用　韻

作者雖列出「用」韻，但韻下除「用」音四字「雍容勇用」外沒有所轄之其他南京官話音字，作者解釋說：「『用』字為尾音獨音（惟土音多用之），僅為「翁」一字。「雍容勇用」四字中古均是鍾開三字。

10. 日　韻

日韻下有四個音：「遲日、之日、而日、恃日」。各音下所轄五聲相承之字共17字，加上「日」音一聲，共18字。以下是18字的中古來源：

質開三：日吃

之開三：癡持齒止而耳詩時史恃

祭開三：滯

支開三：知

脂開三：至二

職開三：直

緝開三：十

11. 愛　韻

愛韻下有十六音：「隔愛、克愛、抵愛、離愛、喜愛、踶愛、知愛、氣愛、視愛、時愛、此愛、子愛、靡愛、闢愛、及愛、害愛」。各音下所轄五聲相承之字共 44 字，加上「愛」音下所轄之 4 字，共 48 字。以下是 48 字的中古來源：

咍開一：哀愛該改開鎧呆代來乃胎抬態顋賽猜才採栽宰在孩海

泰開一：蓋慨賴蔡

皆開二：挨偕齋楷埋排皆戒

佳開二：矮蟹懈債買派解

脂開三：籭

支開三：曬

夬開二：邁

《廣韻》未收：歹奶嗐

12. 我　韻

我韻下有十六音，但只列出了十五個反切拼音：「隔我、嗐我、克我、抵我、離我、耳我、踶我、持我、知我、視我、時我、此我、子我、靡我、闢我」。本該有「比我胮」的發音，但書中沒有列出來。列出的十五音下所轄五聲相承之字共 47 字，加上「我」音下所轄之 5 字，共 52 字。以下是 52 字的中古來源：

歌開一：俄我哥個呵河賀可多囉羅拖駝磋左

戈合一：臥果火科課惰妥唆挫座摩坡婆頗破

模開一：擄慕

虞合三：懦

藥開三：若芍

鐸開一：愕各落昨摸

覺開二：卓

合開一：合

曷開一：渴

末合一：奪撮末

屋合一：鑿（又鐸開一）

《廣韻》：窩躲託戳潑

13. 翁　韻

翁韻下有十五音：「隔翁、嘻翁、克翁、抵翁、離翁、耳翁、喜翁、踶翁、持翁、知翁、氣翁、視翁、此翁、子翁、及翁」。各音下所轄四聲相承之字共40字，加上「翁」音下所轄之2字，共42字。以下是42字的中古來源：

東開一：翁甕公貢烘紅空孔控東懂哄関洞隆攏弄通同送

東開三：絨雄沖蟲銃窮崇

冬韻：統松宗

鍾韻：拱凶寵鍾腫重聳頌

清韻：聰

真韻：窘

《廣韻》未收：冗總

14. 恩　韻

恩韻下有十七音，但只列出了十六個反切拼音：「隔恩、嘻恩、克恩、抵恩、離恩、耳恩、踶恩、持恩、知恩、視恩、時恩、此恩、子恩、符恩、靡恩、闢恩」，少了「比恩崩」一音，各音下所轄四聲相承之字共53字，加上「恩」音下的「恩」字，共54字。以下是54字的中古來源：

痕開一：恩根痕很恨

耕開二：耿爭

庚開二：更坑生孟猛

庚開三：省

登開一：肯登等凳能楞騰騰層朋

青開四：冷（又庚韻）

清開三：成逞

蒸開三：扔仍稱症

侵開三：深審

真開三：忍認趁珍疹神慎份

文合三：分墳粉

魂合一：捫門

鍾開三：捧

《廣韻》未收：哼揹撑怎掙烹碰

15. 啊　韻

啊韻下有十六音，但只列出了十五個反切拼音：「隔翁、嘻翁、克翁、抵翁、離翁、耳翁、喜翁、踦翁、持翁、知翁、氣翁、視翁、此翁、子翁、及翁」，少了「比啊罷」一音，各音下所轄四聲相承之字共 47 字，加上「啊」音下的「啊」字，共 48 字。以下是 48 字的中古來源：

以下是 48 字的中古音來源：

梗開二：打

泰開一：大

歌開一：娜那他

合開一：答拉納

點開二：瞎帕

盍開一：塔

轄開二：察紮煞扒

洽開二：恰

曷開一：薩

月合三：發

末合一：抹

麻開二：鰕蝦下叉茶詐灑沙麻馬罵爬怕假嫁

麻開三：斜

肴開二：抓擦

模開一：媽

《廣韻》：啊拿陸岔卡撒耍咱咂家

（三）鼻　音

1. 嗯　韻

「嗯」韻只有一音，反切拼音為「吧恩嗯」，發音方法為「口開，舌縮，鼻送音」，「嗯音凡五聲」，皆有聲無字。

2. 問　韻

問韻下有十三音：「隔問、嗜問、克問、抵問、離問、耳問、踶問、持問、知問、視問、時問、此問、子問」，各音下所轄四聲相承之字共 32 字，加上「我」音下所轄之 4 字，共 36 字。以下是 36 字的中古來源：

魂合一：溫穩棍昏渾混坤困遁嫩孫損村存忖寸尊

諄合三：倫潤屯春蠢諄準唇瞬順

文合三：紋問

痕開一：吞

庚開二：橫

《廣韻》未收：衰捆塈薹褪

（四）齒　音

1. 有　韻

有韻下有九音：「抵有、離有、喜有、氣有、視有、此有、子有、靡有、及有」，各音下所轄四聲相承之字共 23 字，加上「有」音下所轄之 4 字，共 27 字。以下是 27 字的中古來源：

尤開三：悠由有又溜牛柳遛休朽樞求杇羞秀囚酒救繆久救

幽開三：謬糾

《廣韻》未收：丟嗅揪揪

2. 雅　韻

「雅」韻下只有一音「離雅」，此音下只有「倆（裏養反上聲）」字，加上「雅」音下的「丫牙雅亞壓」五字，「雅」韻下共六字。

麻開二：丫牙雅亞

狎開二：壓

《廣韻》未收：倆

3. 鬱　韻

「鬱」韻下只有一聲，「鬱」去聲。「鬱」字中古是物合三字。

（五）唇　音

1. 遇　韻

遇韻下有七音：「離遇、喜遇、氣遇、視遇、此遇、子遇、及遇」，各音下所轄四聲相承之字共 21 字，加上「遇」音下所轄之 4 字，共 25 字。以下是 25 字的中古來源：

魚開三：魚女去胥敘蛆疽舉遽

虞合三：迂禹遇籲詡驅朐娶趣聚俱

術合三：律

燭開三：曲局

《廣韻》未收：馿慮

2. 越　韻

越韻下有六音：「離越、喜越、氣越、視越、子越、及越」，各音下所轄四聲相承之字共 11 字，加上「越」音下所轄之「越」字，共 12 字。以下是 12 字的中古來源：

藥開三：虐

戈合三：靴瘸

屑合四：穴決

月合三：越撅闕

薛合三：雪絕

麻開三：嗟

《廣韻》未收：噘

3. 雲　韻

雲韻下有五音：「喜雲、氣雲、視雲、子雲、及雲」，各音下所轄四聲相承之字共 8 字，加上「雲」音下所轄之 3 字，共 11 字。以下是 11 字的中古來源：

文合三：雲暈薰訓群君郡

諄合三：允洵殉俊

4. 願　韻

願韻下有五音：「喜願、氣願、視願、此願、及願」，各音下所轄四聲相承

之字共 15 字，加上「願」音下所轄之 4 字，共 19 字。以下是 19 字的中古來源：

元韻：喧圈勸

元合三：元遠願

仙合三：權宣旋勬旋全捲卷倦

先合四：淵懸法犬

5. 無　韻

無韻下有十八音，但只列出了十七個反切拼音：「夫無、隔無、嗜無、克無、抵無、離無、耳無、喜無、蹍無、持無、知無、視無、時無、此無、子無、靡無、闢無」，少了「比無不」一音，各音下所轄四聲相承之字共 66 字，加上「無」音下所轄之 5 字，共 71 字。以下是 71 字的中古來源：

虞合三：無務敷符府付乳樞珠主住數樹雛

魚開三：如除暑處舒楚助

模開一：烏五孤古故呼胡虎護枯苦庫都堵杜奴魯路途土酥臊粗醋租祖鋪蒲譜

侯開一：母

物合三：物弗

術合三：出

沒合一：骨忽突

屋開一：哭讀速木僕

屋開三：六肉竹夙

燭開三：勗促足

戈合一：唾

《廣韻》未收：鋪

6. 忘　韻

「忘」韻下除「忘」音所轄的「汪忘往旺」四字外，沒有其他例字。這四字來源於中古的唐韻和陽韻合口：

唐合一：汪

陽合三：忘往旺

7. 危韻

危韻下有十三音:「隔危、嗜危、克危、抵危、離危、耳危、踱危、持危、知危、視危、時危、此危、子危」,各音下所轄四聲相承之字共 42 字,加上「危」音下所轄之 4 字,共 46 字。以下是 46 字的中古來源:

支合三:威危規毀虧窺蕊吹(上平)吹(去聲)隨髓睡

脂合三:累類推追墜錐誰水誶

微合三:未尾鬼貴

灰合一:灰回魁傀堆對雷頹腿退捶碎崔

泰合一:最

祭合三:銳

德合一:國或

末合一:闊

薛合三:拙

齊合四:惠

《廣韻》未收:嘴

8. 歪韻

歪韻下有五音:「隔歪、嗜歪、克歪、持歪、時歪」,各音下所轄四聲相承之字共 12 字,加上「歪」音下所轄之 2 字,共 14 字。以下是 14 字的中古來源:

皆合二:乖怪懷壞

佳開二:拐

怪合二:蒯

泰合一:外

夬合二:快

支合三:揣吹衰

脂合三:帥

《中原》未收:歪摔

9. 娃韻

娃韻下有三音:「隔娃、嗜娃、克娃」,各音下所轄四聲相承之字共 12 字,

加上「娃」音下所轄之 5 字，共 17 字。以下是 17 字的中古來源：

　　麻合二：瓦瓜寡花化誇跨

　　佳開二：娃

　　佳合二：蛙掛

　　歌開一：侉

　　月合三：襪

　　黠合二：刮

　　合開一：哈

　　沒合一：滑

　　《廣韻》未收：嘩漥

四、分析與討論

（一）分　析

1. 喉　音

馬氏的喉音有五個：呬、安、抝、額、偶。

呬韻來源於中古之、脂、支三韻，只有三個音「士呬、次呬、字呬」，即「呬」只和聲母「士、次、字」相拼，作者說：「呬音凡五聲，皆有聲無字」，「呬嗯啊三字有音無字，特撰三字以實之」，此韻的發音方法為「口開舌橋喉微出音」，參考《南京音系》，這裡應該是「ɿ」的發音。

南京土音中，呬韻可以和聲母「比、持、抵、符、知、隔、及、嗜、克、氣、離、靡、闢、耳、時、喜、踶」相拼，說明南京土話中「呬」韻仍然是「i」音。

安韻來源於《廣韻》元、寒、桓、刪、山、先、陽、唐、覃、談、鹽、咸、凡諸韻，這些韻中古共三個韻尾：/m/、/n/、/ŋ/，在《正音新纂》中合為一個韻尾，但已經不是三個韻中的任何一個的發音，因為在作者的語感中屬於喉音，發音方法是「口開舌凹喉大出音」「安」的反切音為「額抝安」，說明「安」的鼻音韻尾已失去，參考《南京音系》，此韻的發音應為「/ã/」。

抝韻來源於《廣韻》豪、肴、宵、尤（眸）諸韻，發音方法是「口開舌凹喉重出音」，參考《南京音系》，此音應為「au」音。

額韻沒有單列發音方法，是作為「危」字的反切下字出現的，韻字包括「熱折設徹惹嚇白珀色測得勒特則墨克車扯遮者睞舍這卑彼美倍非肥菲廢媒妹陪配」來源於中古薛、藥、陌、麥、職、德、麻三（章組）、支三（重唇）、脂三（重唇）、微和廢（合口輕唇）、灰（重唇）等韻，還有一個仙開三的「這」。參考《南京音系》，此韻應為「ə」音。

偶韻也沒有單列發音方法，是作為「拗」字的反切下字出現的，主要來源於中古的侯韻和尤韻，另外還包括屋韻的「肉」、泰韻的「眛」、山韻的「慳」字和一些《廣韻》未收字，參考《南京音系》，此音應為「əu」音。

2. 齶音

馬氏的齶音有十五個：以、野、羊、要、因、岩、崖、約、用、日、愛、我、翁、恩、啊。

「以」韻來源於《廣韻》支、脂、之、微韻開口、齊、祭（際）、質、迄、昔、錫、職、緝諸韻，參考《南京音系》，此韻為「i」音。

「野」韻來源於《廣韻》麻、祭、魚（且）、月、屑、薛、葉、業諸韻，參考《南京音系》，此韻應為「ie」音。

「羊」韻來源於中古江韻和陽韻，此韻有「降腔江港」等字，說明中古見系二等牙喉音已齶化，參考《南京音系》，此韻為「iã」音。

「要」韻來源於中古宵、蕭、肴三韻，此韻中有「咬淆孝敲剿交絞教」等音，說明中古見系二等牙喉音已齶化。此韻的發音方法是「口微開舌曲抵下齒，上齶先合後快掀音」，參考《南京音系》，這裡描寫的應為「iau」的發音。

「因」韻來源於中古真、欣、庚、耕、清、青、蒸、侵諸韻，這些韻中古共三個韻尾：/m/、/n/、/ŋ/，在《正音新纂》中合為一個韻尾，因韻的反切是「以岩因」，但「岩」卻是以「野」為切下字，乍看起來有些奇怪，但這應該是作者審音的結果。「岩」韻已失去鼻音韻尾，發成一個鼻化母音，而「因」韻是「鼻送音」，且二韻都是齊齒呼，在這兒做反切下字在作者看來應該是合適的。此韻的發音方法是「口微開，上齶合，下舌曲，抵下齒，鼻送音」，參考《南京音系》，此韻為「/iŋ/」音。

「岩」韻來源於《廣韻》元、刪（奸）、先、仙、添、鹽、嚴諸韻，這些韻中古共兩個韻尾：/m/、/n/，在《正音新纂》中合為一個韻尾，但已不是

鼻音韻尾,而是一個鼻化母音韻尾,從「以野岩」的反切也可以看出來,「岩」字以「野」為切下字,但發音方法是「口微開舌曲抵下齒,上齶先合後快掀鼻送音。」參考《南京音系》,此韻為「ie~」音。「岩」又音崖,蘭茂的《性天風月通玄記》中有對這個音的記錄。

「崖」韻來源於中古佳、皆二韻,還有一個仙韻合口三等的「踹」字,發音方法是「開舌曲抵下齒,上齶先合後大掀音。」,參考《南京音系》,此韻應為「iaæ」音。

「約」韻是「微開舌先抵下齒後縮,上齶亦先合後掀,下唇微收音。」,來源於中古覺、藥二韻,覺韻字和藥韻字在同一韻下也說明見系二等牙喉音字已齶化。參考《南京音系》,此韻應為「ɔi」音。從作者的解釋看,這個音已沒有喉塞音韻尾,完全變為舒聲韻了。

「用」韻下只有「雍容勇用」四字,均是中古鍾開三字,發音方法是「口微開,舌先抵下齒後縮,下唇微收,上齶先合,後大收音」,參考《南京音系》,此韻的發音應為「ioŋ」。

「日」韻下有「癡持齒滯吃知止至直詩時史恃十而耳二」等字,來源於中古支、脂、之、祭(滯)、質、職、緝諸韻的知莊章三母和日母(「吃」字源於見母),發音方法是「微開,牙合,舌上曲,上齶掀起音」,參考《南京音系》,此韻為「ʅ」音。此韻有「而耳二」等字,說明中古日母止攝開口三等字仍讀日母。

「愛」韻來源於中古佳、皆、咍、泰、夬、脂(篩)諸韻,發音方法是「口開,舌縮上齶高掀音」,參考《南京音系》,此韻的發音應為「aæ」。

「我」韻來源於中古歌、戈、模(摹慕)、虞(儒)、覺、曷、末、藥、鐸、合、曷諸韻,來源於「口窩開,舌縮,上齶空,起音」,參考《南京音系》,此韻應為「o」音。

「翁」韻來源於中古「東、冬、鍾、真(窘)」諸韻,發音方法是「口先開,後窩合,舌縮,上齶空,起音。」參考《南京方言》,此韻應為「oŋ」音。

「恩」韻來源於中古鍾(捧)真、文、魂、痕、庚、耕、清、青、蒸、侵諸韻,這些韻中古共三個韻尾:/m/、/n/、/ŋ/,在《正音新纂》中合為一個韻尾,發音方法是「口開,舌平舒不動,上齶空起相送音」,描述的應為「/ə~/」的發音。

「啊」韻來源於中古麻開二、麻開三（斜）、肴（抓）、模（媽）、泰（大）、歌（娜那他）、月、曷、末、黠、轄、合、盍、恰諸韻，發音方法是「口開舌曲抵根底，上下唇大窩聚，上齶空起，送出音」，參考《南京音系》，此韻應為「a」音。

3. 鼻　音

馬氏的鼻音有兩個：嗯、問。「嗯」韻只有一音，俗字有音無字，作者借用「嗯」字來表示這個韻的發音，發音方法為「口開，舌縮，鼻送音」，此韻應為「əŋ」音。馬氏說：「嗯音凡五聲，皆有聲無字，」「嗯」音有五聲有些奇怪，且「『嗯』字亦尾音獨音（惟土音多用之）」，說明「嗯」韻不和其他聲母相拼，可能其他聲母都和「恩」韻相拼了。

「問」韻來源於《廣韻》魂、諄、痕（吞）、庚（橫）等韻，發音方法是「口唇先微合，舌平舒，後下唇快落，齶空起，鼻音」，參考《南京音系》，此韻應為「uən」音。

4. 齒　音

馬氏的齒音有三個，有、雅、鬱。

「有」韻來源於中古尤、幽二韻，發音方法是「口微開，舌曲，抵下齒，牙先微合，後開音」，參考《南京音系》，此韻為「iəu」音。

「雅」韻來源於中古麻開二和狎開二，發音方法是「口微開，舌先抵下齒後縮，上齶高掀，下唇微收下齒下開音」，此韻應為「iɐ」音。

「鬱」韻下沒有例字，發音方法是「口微開，上下唇齒亦微合，舌尖下迭音」，可能是一個入聲的發音。

5. 唇　音

馬氏的唇音有九個：遇、越、雲、願、無、忘、危、歪、娃。

「遇」韻來源於中古的魚、虞、術、燭等韻，發音方法是「口先開，後上下唇窩聚，舌尖曲抵下齒，舒送音」，參考《南京音系》，這裡描述的應該是「（y）」的發音。

「越」韻來源於中古戈、麻（嗟）、月、屑、薛、藥諸韻，發音方法是「口先開，舌曲抵下齒，上下唇亦先窩聚後開音。」發音應該為「（yɛ）」音。

「雲」韻來源於中古文韻合諄韻，發音方法是是「口先開，舌曲，抵下齒，

上下唇先窩後開，歸鼻音」，描寫的應該是「（yin）」的發音

「願」韻來源於中古元、仙合三、先合四韻，發音方法為「口先開，舌曲，抵下齒，上下唇窩聚後開，上齶掀，起音」，參考《南京音系》，此韻應為「（ye˜）」音。

「無」韻來源於中古模韻、魚開三知照、虞合三、侯（母）、屋、燭、術、物、沒、戈（唾）諸韻，發音方法是「口先開，後上下唇窩聚，舌平舒，相送音」，參考《南京音系》，此韻應為「u」音。

「忘」韻下沒有例字，注音為「無安忘」，發音方法是「口先開，舌下縮，上下唇先窩，後大開音。」，應該是「uaŋ」音。

「危」韻來源於中古灰合一、支合三、脂合三、微合三、齊合四（惠）、泰合一、德合一（國或）、末合一（闊）、薛合三（拙）諸韻，發音方法是「口先開，舌下縮，上下唇先縮後微開音」，參考《南京音系》，此韻為「uəi」音。

「歪」韻來源於皆合二、佳開二、怪合二、夬合二、支合三、脂合三諸韻，發音方法是「口先開，舌平舒，上下唇先窩後快開音」，參考《南京音系》，此韻為「uaæ」音。

「娃」韻來源於中古麻合二、佳合二、歌開一、黠合二、合開一、沒合一諸韻，發音方法是「口開，舌曲，抵根底，上下唇大窩，上齶空起送音」，參考《南京音系》，此韻為「ua」音。

（二）討　論

從以上分析中，可以看出清末《南京官話》韻母系統的特點：

1. 沒有閉口韻 m 尾

《正音新纂》中沒有閉口韻 m 尾，m 尾和前鼻音 n 尾及後鼻音 ŋ 尾合為一個韻，如：「安」韻下包括《廣韻》「元、寒、桓、刪、山、先、陽、唐、覃、談、鹽、咸、凡」諸韻；「因」韻包括《廣韻》「「因」韻來源於中古真、欣、庚、耕、清、青、蒸、侵」諸韻；「岩」韻下包括《廣韻》「元、刪（奸）、先、仙、添、鹽、嚴」諸韻；「恩」韻下包括《廣韻》「鍾（捧）真、文、魂、痕、庚、耕、清、青、蒸、侵」諸韻，這些都說明《正音新纂》描寫的清末南京官話中已沒有閉口韻尾了。

2. an、ang 不分；uan、uang 不分

《廣韻》陽韻和唐韻字在《正音新纂》中被歸在「安」韻之下，「安」的注音為「額拗安」四聲相承之字為「安昂唵暗」；以「安」為切下字的音及四聲相承之字有：無安忘，汪忘往旺；比安班，班板半；持安長，昌長產唱；抵安擋，丹擋旦；符安方，方防反範；知安張，張斬站；隔安岡，岡敢幹；嘻安罕，憨寒罕漢；克安康，康捐（qian？）砍炕；離安難，難懶爛；靡安曼，漫曼滿慢；闢安盤，潘潘盼；耳安然，然冉讓；視安三，三傘散；時安尚，山裳閃尚；蹉安踢，貪唐躺踢；此安慘，倉殘慘儳；子安藏，臧咱趙贊。

「忘」的注音為「無安忘」，四聲相承之字為「汪忘往旺」；以「忘」為切下字的音及四聲相承之字有：持忘饞，穿床饞釧；抵忘短，端短緞；知忘賺，專獎賺；隔忘管，光管貫；嘻忘還，荒遠謊換；克忘狂，寬狂欸曠；離忘鸞，鸞暖亂；耳忘軟；視忘酸；時忘爽，拴爽涮；蹉忘團，團彖；此忘攢，躦攢竄；子忘纘，鑽髟贊鑽。這些字說明《正音新纂》中 uan（官）uang（光）不分。

3. en、eng 不分；in、ing 不分

「恩」的注音為「額嗯恩」，以「恩」為切下字的音及四聲相承之字有：持恩逞，稱成逞趁；抵恩等，登等凳；符恩分，分墳粉份；知恩珍，珍疹症；隔恩耿，根耿更；嘻恩很，哼痕很恨；克恩坑，坑肯揹；離恩能，能冷楞；靡恩捫，捫門猛孟；闢恩朋，烹朋捧碰；耳恩扔，扔仍忍認；視恩生，生省；時恩深，深神審慎；蹉恩騰，騰騰；此恩層，撐層撐；子恩爭，爭怎掙。

「因」的注音為「以岩因」，四聲相承之字為「音迎引印」，以「因」為切下字的音及四聲相承之字有：比因稟，兵稟病；抵因丁，丁頂定；及因瑾，金瑾敬；氣因勤，傾勤頃磬；離因零，拎零領另；靡因名，名泯命；闢因品，拼平品聘；視因心，心惇性；喜因興，欣形興；蹉因挺，廳廷挺聽；此因親，親尋請親；子因浸，侵盡浸。

4. 有 ɿ 音和 ʅ 音，沒有兒化韻

中古止攝三等字在《正音新纂》描寫的南京官話音中分為三類：與精組聲母相拼的「呬」韻（「士」在南京官話中讀如精組字），與知莊章聲母和日母相拼的為「日」韻，與其他聲母相拼的為「以」韻，說明當時的《南京官話》中

出現了舌尖前母音和舌尖後母音。中古止攝開口三等日母字「兒耳二」等歸在「日」韻下，和「癡持齒滯吃知止至直詩時史恃十」等字韻母相同，說明在馬氏的語感中，「兒耳二」等字還沒有兒化，韻母的發音仍為「ʅ」。

5. 沒有入聲韻尾

在「額」、「野」、「以」、「日」、「我」、「啊」、「遇」、「越」、「無」、「危」、「娃」十個韻中，除陰聲韻字外還有很多入聲字。如「額」韻下有「車扯遮者賒捨這卑彼美倍非肥菲廢媒妹陪配」，也有「嚇白珀得勒特則墨克惹熱折設徹色測隔」；「野」韻有「爹些邪寫謝姐藉泄嬖且」，也有「迭鐵切瞥蹩蔑鱉裂別歇竭怯接」；「以」韻有「比地利丕屁、抵奇離靡皮蹄、記欺起喜幾氣希西洗細凄臍砌躋擠閉底雞禮米批攜係梯題體替際」，也有「息力戚的集及吸必密乞闢」；「日」韻有「知至二癡持齒止而耳詩時史恃滯」，也有「日吃直十」；「我」韻有「哥個呵河賀可多囉羅拖駝磋左果火科課惰妥唆挫座摩坡婆頗破攜懦」，也有「若芍各落昨摸鑿卓合渴奪撮末」；「啊」韻有「打鰕蝦下叉茶詐灑沙麻馬罵爬怕假嫁斜抓擦媽大娜那他」，也有「發薩抹瞎帕察柴煞扒答拉納塔恰」；「遇」韻有「女去胥敘蛆疽舉遽籲詡驅劬娶趣聚俱驢慮」，也有「律曲局」；「越」韻有「靴瘸嗟」，也有「虐穴決撅闕雪絕噱」；「無」韻下有「敷符府付乳樞珠主住數樹雛如除暑處舒楚助孤古故呼胡虎護枯苦庫都堵杜奴魯路途土酥膝粗醋租祖鋪蒲譜母唾鋪」，也有「弗出骨忽突哭讀速木僕六肉竹孰勗促足」；「危」韻下有「規毀虧窺蕊吹吹隨髓睡累類推追墜誰誰水醉鬼貴灰回魁傀堆對雷頹腿退捶碎崔最銳惠」，也有「國或闊拙」；「娃」韻有「瓜寡花化誇跨掛侉嘩」，也有「刮哈滑」。另外，「約」韻是一個入聲韻，下有七字：「覺卻虐削學雀爵」。

6. 有 o 二沒有 uo（鍋讀如歌）

「我」韻有五聲「窩俄我臥愕」，包括「脖截多桌果火可羅摩頗若所芍託挫座」等十六音，各音下所轄字有「哥果個各、呵河火賀合、科可課渴、多躲惰奪、囉羅攜懦落、若、拖駝妥託、截、卓、唆、芍、磋挫撮、昨左座鑿、摸摩慕末、坡婆頗破潑」，說明「o」和「uo」在當時的南京官話中不分。

7. o（渴）、e（客）不混

「科可課渴」字在「我」韻下，發音為「o」；「克（客）」字在「額」韻下，

發音為「e」。

五、結　語

　　《正音新纂》是記錄清末南京官話的一份非常珍貴的材料，對其聲母、韻母、聲調系統的研究有助於搞起清末南京官話音的真實面貌。本文通過對《正音新纂》三十四個韻母代表字的發音及各自下所轄的同韻母字的考察，釐清了清末南京官話韻母系統的特點。在清末的南京官話中：沒有閉口韻 m 尾；an、ang 不分；uan、uang 不分；en、eng 不分；in、ing 不分；有 ɿ 音和 ʅ 音，沒有兒化韻；沒有入聲韻尾；有 o 沒有 uo；o（渴）、e（克）不混。《正音新纂》記錄的清末南京官話的韻母系統的這些語音特點是江淮方言的語音特點。

六、參考文獻

1. 鄧興鋒，〈《南京官話》所記南京音系音值研究——兼論方言史對漢語史研究的價值〉，《南京社會科學》，第 4 期，1994 年，45～57 頁。
2. 劉存雨，《江蘇江淮官話音韻演變研究》，蘇州大學屆博士學位論文，2012 年。
3. 魯國堯，〈明代官話及其基礎方言問題——讀《利瑪竇中國箚記》〉，《南京大學學報》，第 4 期，1985 年。
4. 魯國堯，〈研究明末清初官話基礎方言的廿三年歷程——「從字縫裏看」到「從字面上看」〉，《語言科學》第 2 期，2007 年，3～22 頁。
5. 馬鳴鶴，《正音新纂》，復旦大學圖書館館藏，1899 年。
6. 麥耘、朱曉農，〈南京方言不是明代官話的基礎〉，《語言科學》，第 4 期，2012 年，337～358 頁。
7. 彭靜，〈《正音新纂》聲母系統考——一百多年前南京官話的聲母系統〉，《中國語文學論叢》第 86 輯，79～100 頁。
8. 孫華先，〈趙元任《南京音系》研讀〉，《語文研究》，第 1 期，2008 年，49～53 頁。
9. 孫華先，《《南京字彙》音系研究》，南京大學博士學位論文，2002 年。
10. 曾曉渝，〈試論《西儒耳目資》的語音基礎及明代官話的標準音〉，《西南大學學報（社會科學版）》，第 1 期，1991 年，66～74 頁。
11. 張衛東，〈北京音何時成為漢語官話標準音〉，《深圳大學學報（人文社會科學版）》，第 4 期，1998 年，93～98 頁。
12. 趙元任，〈南京音系〉，吳宗濟、趙新那編《趙元任語言學論文集》（2002），商務印書館，1929 年。